野の詩人 真壁仁

その表現と生活と実践と

楠原 彰

野の詩人　真壁仁

その表現と生活と実践と

楠原　彰

目次

［戦後編］

〔凡例〕

・本文中、真壁仁の以下の著作からの引用などは、註によらず本文中に書名で示した。

真壁仁『野の教育論』〔上〕〔下〕、民衆社、一九七六年

真壁仁『野の教育論』〔続〕、民衆社、一九七七年

真壁仁、白鳥邦夫『希望の回想――対話』秋田書房、一九八〇年

真壁仁『野の文化論』〔一〕～〔五〕、民衆社、一九八三年

真壁仁『野の自叙伝』民衆社、一九八四年（佐藤治助がこれまでの真壁の文章をもとにまとめたもの。真壁自身も病床で手を入れている。）

・真壁仁が生前に刊行した詩集は以下の通り。詩作品の引用は、詩集未収載の作品を除き以下の詩集を参照した。

第一詩集『街の百姓』北緯五十度社、一九三二年（一九七三年に郁文堂書店より復刊）

第二詩集『青猪の歌』札幌青磁社、一九四七年

第三詩集『日本の湿った風土について』昭森社、一九五八年（一九七九年に青磁社より復刊）

第四詩集『氷の花――蔵王詩集』東北出版企画、一九七八年

第五詩集『失意と雲』青磁社、一九七八年

第六詩集『冬の鹿』潮流社、一九八三年

また、新・日本現代詩文庫14『新編真壁仁詩集』土曜美術社出版販売、二〇〇二年に収載されている作品は、適宜同書も参照した。

・「手紙」（年月日）は、川田信夫、斎藤たきち編「真壁仁・更科源蔵往復書簡（抄）」『真壁仁研究』第一号（二〇〇〇年一二月）～第七号（二〇〇七年一月）までの連載に収録された一九二七年三月から一九四五年四月までの手紙からの引用である。

・「年譜」は、佐藤治助、斎藤たきち編「真壁仁年譜　一九〇七（明治四〇）年～一九八四（昭和五九）年」『真壁仁研究』第一号（二〇〇〇年一二月）三五七～四三六頁を指す。

・真壁仁の未公刊の手記・日記・ノート類からの引用は、「日記」（年月日）で示した。参照したのは、一九二八（昭和三）年から一九三九年（昭和一四）年までとびとびに残されている戦前の日記類と、一九五〇（昭和二五）年二月六日から九月六日までの日記ノートである。

・引用文の文中、文末に付された〔　〕は引用者による補註である。〔……〕は中略、後略を示す。

・戦前の詩、文章からの引用は、原則として旧仮名づかい、旧漢字のままにした。なお、『新編真壁仁詩集』に収載されている作品は、その表記にしたがった。詩の題名に†が付されているものは、同書からの引用である。

序　真壁仁が生まれ育った地域と時代

真壁仁は、詩人・思想家であると同時に、平和運動、文化・教育運動の実践者であった。そして何よりも農民であった。〈農の精神〉を生きた生活者であった。

一九〇七（明治四〇）年三月一五日から一九八四（昭和五九）年一月一一日までの七六年一〇か月の生涯を通じて、東北の南西端に位置する山形という地域に根を下ろし、田を耕し、書を読み、詩をつくり、人を愛し、思索を深めながら、民衆の暮らしの全領域におよぶ地域文化の研究に従事してきた。そして真壁仁は、一人の〝百姓〟であるという自覚と矜恃をもった生活者として、平和・文化・教育などの様々な分野の実践を、挫折と蹉跌をのりこえてはまた躓《つまず》きながら、地域の友人たちや住民たちとともに、終生荷ない続けた人である。

真壁がそこで生き、たたかい続けた東北は、「化外の民の住む世界、飢餓と貧困の風土として、おくれた文化と経済しか持たず、社会的秩序もなく、骨肉近隣相食む狂暴な世界として」[*1]古代律令国家体制の成立以来、朝廷の権力者の側からみなされてきたところである。

ぼくは野に立った。それは野良であり、生産点であり、生活圏であったが、同時に、官にたいし、公にたいし、体制にたいし、権力にたいしての野でもあった。下野といい、在野といい、野に遺賢ありなどともいわれる野。それは絶対に踏みかためてはならず、膨軟な土と、無数の地中動物が見えないところで生きて働いて、自然の生態系につながっている歴史的で人間的な空間であった。

ぼくはそこで、おれはひとりの百姓であるとつぶやいた。それはわずかな土地のほか何も持たず、とくに知識や学問を所有しないことによって貧しい存在の、自覚であった。その無所有の貧しさは、裏を返せば際限のない欲望をみたしたい飢えというものであった。世界をよこせ。そうぼくが考えるようになったのはいつからであろうか。（『野の教育論』［上］二八〜二九頁）

これは真壁仁の晩年、他界する七年ほど前の文章である。ここには、真壁仁生涯の生きる姿勢、生きてきた態度が見事に表現されている。

一九一三（大正二）年、真壁は家から徒歩で一〇分もかからないところにあった、山形市立第三尋常小学校の一学年に入学する。六歳の時である。この学校は今でも現役の小学校（市立第三小学校）である。先生を困らせる腕白坊主だったが、操行と唱歌（音楽）以外はすべて甲（今でいうオール5評価）というから、勉強のよくできる少年だった。

五年生の時、授業中に講談の豆本（岩見重太郎や霧隠才蔵など）を読んでいて先生に叱られたりしている。（『野の自叙伝』三二〜三三頁）

一九一九（大正八）年、尋常小学校を優秀な成績で卒業した仁は、二年制の高等小学校農業科に入学。小学校の担任の先生は中学校（旧制）進学をつよく進めたが、精農家の仁の父親幸太郎は、農家の跡取りには学問はいらない、とそれを認めなかった。

この高等小学校で仁は、後述するように、いずれも家の事情で中学進学を断念せざるをえなかった、学びと表現に渇《かつ》えた友人たちと出会う。

一四歳で高等小学校を卒業した真壁は、「はじめて紺の股引きをはき、縞木綿の野良衣を着て田圃に立った。」（「年譜」）つまり、一人の東北の百姓として「野」に降り立ったのである。一九二一（大正一〇）年のことである。

真壁仁が「泥かまし」（田圃仕事）をしながら、学びへの「際限のない欲望」を意識し始め「世界をよこせ」と自分の内と外に向かってつぶやくようになるのは、そのころからだ。

しかし、おれにも「世界をよこせ」という仁少年のつぶやきが明確な〈叫び〉に変わるのは、それから七、八年の濃密な学び・労働・出会い・表現などの経験を俟《ま》たなければならなかった。百姓仕事で一人前でなければ本など読むなと父から言われ、真壁は疲労と睡魔とたたかいながら、次のような内外の詩人・作家・思想家・画家・音楽家などの作品を貪るように読み、聴き、観て、芸術的・知的世界の震えるほどの深淵に惹《ひ》き込まれていく。少年期から青年期のとばくちに立つころである。

仁がこの時期に出会った詩人・作家・歌人としては、竹村俊郎、徳富蘆花、島崎藤村、徳田秋声、有島武郎、結城哀草果、ホイットマン、尾崎喜八、ロマン・ロラン、エミール・ヴェルハーレン、中西伍堂、高村光太郎、マルセル・マルチネなど、画家はピカソ、ゴーギャン、ゴッホ、セザンヌ、ボッティチェリ、ルノアール、音楽家はベルリオーズ、バッハ、ベートーベンなど、そして思想家としては、クロポトキン、大杉栄などである。

一方で仁は、毎日のきつい農作業のかたわら、一六歳（一九二三・大正一二年）になると友人たちと詩の同人誌を作り始めるだけでなく、一七歳から一九歳（一九二六・昭和元年）までの間に全七冊の手造りの自家版詩集（詩稿ノート）の制作を行っている。*2

ところで、そのころの日本の社会状況はどのようなものだったのだろう。真壁仁の少年時代とはどんな時代であったのか。

天皇制絶対主義体制（神勅主義的立憲君主制）の下で出発した藩閥官僚や公卿たちによる強引な「富国強兵・殖産興業」政策の道を突き進んできた明治国家は、日清・日露の戦争を経て、上からの一定の産業化・近代化に成功する。アジアで初めての帝国主義的資本制国家と社会の誕生である。

生まれたばかりの「国民」（nation）が日露戦争に沸き返っているころ（一九〇四・明治三七年）、渡良瀬川流域の農・漁業に甚大な被害を及ぼしていた足尾銅山の古河鉱業（古河財閥）による鉱毒事件に抗議して、田中正造が衆議院議員を辞し、鉱毒の捨て場（貯水池）とされた「亡国の模範地」と彼が呼んだ家《や》中《なか》村（現在の栃木県藤岡市）に入り、残ったわずかの農民たちとともに財閥企業とそれを支える政府への必死の抗議行動に入っている。*3

その六年後の一九一〇（明治四三）年八月、明治政府は韓国の併合（植民地化）を強行した。同じ年の五月から「大逆事件」（明治天皇暗殺計画）の名目で社会主義者や無政府主義者二六人の逮捕に乗り出し、きわめて短時間の傍聴禁止法廷で、翌年一九一一年一月一八日に二四名に死刑判決を下し、四日後には幸徳秋水ら一二人を処刑している。死刑判決をうけた残りの一二人は、明治天皇の恩赦によって無期懲役刑に減刑されている。

国家の暴走と民衆抑圧に抗って全国各地で登場してきた社会活動家や宗教運動家に対する見せしめと、天皇の「慈悲心」信仰への民衆誘導であった。

この事件や日韓併合の様を注視していた二四歳の岩手県出身の詩人・石川啄木は、一九一〇年八月に「時代閉塞の現状——強権、純粋自然主義の最後及び明日の考察」という「冬の時代」の到来を見据えた評論を発表。「我々青年を囲繞する空気は、今や少しも流動しなくなった。強権の勢力は普く国内に行き亘っている。現代社会組織は其の隅々まで発達している。*4」真壁仁三、四歳のころである。

一方で、明治後半からの日本の資本制社会の成立と発展は、その牽引車となる特権的な中産階級を生み出していく。明治一九年の学校令によって創出された、少数の選良養成機関（帝国大学・旧制高校・旧制中学校）の出身者が中産階級の担い手となっていった。国家によって創出された新しい家族（家庭）の担い手である。

かれらの多くは都市に住み、国家権力から相対的に距離を取ることができ、ある程度自由で民主主義的な文化・教育・政治の担い手となっていく。また、かれらの中には、自分個人や地域社会（コミュニティ）に目を向け、自主的・自発的・個人主義的な社会活動や芸術文化活動を始める人たちも現れてくる。いわゆる「大正デモクラシー」の担い手たちである。

日本の諸地域で無数の文芸雑誌・郷土雑誌の刊行が行われ、白樺派の教員たちを中心にした自由な教育啓蒙活動や自由大学運動などが始まるのは、大正初年から昭和の初年にかけてである。山形県内でも大正年代に出版された文芸雑誌・郷土雑誌の類はゆうに二〇種を超えている。[＊5]

旧制中学校や旧制高校に進めなかった、真壁少年のような非中産階級の向学心あふれる若者たちを対象にした通信教育（中学講義録）などの刊行物や、学習・文芸雑誌などが普及するのもこのころである。

この時期、つまり、一九一〇〜二〇年代（大正から昭和初年にかけて）はまた、国内生産に占める農業と工業の比率が逆転する。就業人口は依然として農林業が過半数を占めるものの、日本全体の農業生産は国内生産比率二〇％台に落ち込み、都市化・工業化が進展し、社会生活全体に動揺と不安が生まれてくる。

旧来の農（農業・農村・農民）における牧歌的・非経済的・非工業的・反都市的・反官僚的な価値観が擁護され、注目される雰囲気が生まれてくる。それが近代の農本主義・農本思想として、「農は国の大《おお》本《もと》」のスローガンの下で、大正末から昭和一〇年代にかけての日本社会に陰に陽に大きな影響を及ぼしていくようになるのである。[＊6]やがて農民詩人として表現活動に入っていく真壁の体質にも、この思想は浸透していく。

この時期にはまた、シベリア出兵や産業恐慌・金融恐慌などによる社会混乱（経済不況）によって苦しめられた下層民衆の怒りが「米騒動」の形を取って爆発する。また、何世紀もの間非人間的扱いを受けてきた被差別部落の若者たちが、仏教やキリスト教、また、ロマン・ロラン、ゴーリキー、ウィリアム・モリス、レヴェラーズ（イギリスの平等主義者）などの戦闘的民主主義や、直近のロシア革命（一九一七・大正六年）の影響を受けて、全国水平社を立ち上げ綱領と宣言を発表する。

さらには、農業恐慌による農作物価格の暴落や冷害などに苦しみ不安定な暮らしを余儀なくされてきた小作農民たちは、小作権の確立や人格の平等を地主たちに認めさせようとする願いを底流に秘めた小作争議に立ちあがり、それが全国的な広がりを見せ始める。*7 こうした社会運動、反差別運動、農民運動の台頭もまた「大正デモクラシー」のさらにまた別の側面であった。

そして、この「大正デモクラシー」の自由と平等と民主主義を求める大きなうねりは、男子のみの普通選挙法と引き換えに出されてくる治安維持法の制定(一九二五・大正一四年)や「満洲事変」(一九三一・昭和六年)に端を発する新たな強権的国家主義と軍国主義の台頭によって、またたく間に「昭和ファシズム」へと転換させられていくのである。

少年時代には「大正デモクラシー」期の白樺派的自然賛美や西欧のヒューマニズム思想の影響を受けて人間賛歌の詩を書いていた真壁仁にも、大きな変化が起こる。

青年期にさしかかった真壁は、社会主義的リアリズム、アナーキズムに彩られた「血みどろなアソビ」(詩作活動のこと——後述)に移行すると同時に、小作料減額闘争や農民組合の結成などの社会的実践の方にも向かっていく。

それは、真壁仁の青春時代の屈折と挫折の始まりであり、農民詩人真壁仁の誕生と重なっていた。二〇歳の徴兵検査(一九二七年六月二五日)を、「五日前から至誠堂病院に入院、十二指腸潰瘍の治療を受け、下剤を飲み減量が頂点に達したとき検査日を迎え」(「年譜」)て「丙種合格」と判定され、入隊を免れることができたものの、一九三〇年代の昭和の「ファシズム」と「戦争」は詩人真壁仁の生命である〈表現〉を、可視・不可視の巨大で粘着質な、天皇制ナショナリズムと癒着した地縁・血縁の網の目で覆い、「総動員」体制と「戦争」の方へと向かわせるのである。

日本近代に生まれ、一九三〇年代以降に創造のみちを辿ったような詩人は、誰しも「戦争」という生死を試す関門をくぐらぬわけにはいかなかった。生死というのは、人間個体の文字通りの生き死にのことであり、尚それ以上に、詩の生命の生き死にに関わってのことである。
それは、昭和の十五年戦争を含む時代に生きたからであるのは当然だが、その詩人が生れた日本的近代という胎土の矛盾的動態のいわば総決算として、〈侵略〉戦争があったからに他ならぬ。〔……〕彼の詩の生れた胎土は、日本近代の象徴としての「農村」――その近代の歪形・悲惨の時代的、地理的な貌といえる昭和初頭の東北地方の村であった。*8

「大正デモクラシー」から昭和の「ファシズム」と「戦争」に向かう時代、これが真壁仁が少年期から青年期に向かう時代と重なるのである。まさしく、「人間個体の文字度通りの生き死に」と「詩の生命の生き死に」に深くかかわる時代であった。

〔序章・註〕
*1　真壁仁、野添憲治編『民衆史としての東北』日本放送出版協会、一九七六年、七頁。
*2　この「詩稿ノート」は山形農民文学懇話会『地下水』編集部によって復刻されている。真壁仁『詩ノート〈復刻版〉「畑の落日」「蔬菜園」「草原の握手」』「地下水」出版部、一九八九年。函入り七分冊、いずれも手書きノート。
*3　林竹二『田中正造――その生涯と戦いの「根本義」』田畑書店、一九七七年、二七頁。
*4　石川啄木「時代閉塞の現状」『啄木全集』第四巻、筑摩書房、一九六七年、二六二頁。
*5　山形県『山形県史』第五巻〈近現代編下〉、一九八六年、四八九頁。白樺派とは大正デモクラシー期に誕生した理想主義・人道主義・個人主義の立場にたった雑誌『白樺』に拠る人たちのこと。志賀直哉、有島武郎、武者小路実篤などが中心。

＊6　岩崎正弥「大正・昭和前期農本思想の社会史的研究」京都大学学位論文、一九九四年。http://hdl.handle.net/2433/7850

＊7　金原左門編『大正デモクラシー』吉川弘文館、一九九四年、一三頁。

＊8　黒田喜夫「真壁仁の詩と時代」『新編真壁仁詩集』土曜美術社出版販売、二〇〇二年、一四六頁。

馬見ヶ崎川河畔
仁の少年から青年時代の散策コース

［戦前編］

第一章　少年時代――知的・芸術的なるものへの飢え、学びへの渇望

本章では、東北・羽前山形の農村の一人の百姓として生を受けた真壁仁少年が、なぜかくもはげしく学びと表現への欲求に揺り動かされ、知的・芸術的なるものへの尽きせぬ渇望をもつにいたったかを、真壁の個人的環境・経験と彼が生きた時代情況の探求の中から探ってみたい。

一　街の百姓

真壁仁《まかべじん》の仁は、彼が一〇代後半に詩文を発表するようになってからの筆名《ペンネーム》である。両親の付けた幼名は常吉《つねきち》。祖父母の幼くして亡くなった実子（次男で最後の子ども）の名前を継いだもの。尋常小学校入学時に先祖名の仁兵衛《にへえ》を襲名。これは真壁家の当主の地位を与えられ、家督相続権が付与されたことを意味する。真壁家の当主は代々仁兵衛を名乗ってきた。

農作業小屋の前に立つ10代の仁

「このとき、ぼくの運命は、街の百姓仁兵衛としてのさだめを帯びたのである。〔……〕自らの運命への挑戦と反逆のしるし」（『野の文化論』〔一〕一五頁）として、少年時代の終わりに筆名に「仁《じん》」を選び、終

生それを自らの名として使い続けた。

仁には「自らの運命への挑戦と反逆」の強い意志が込められていた。本書でも統一して「真壁仁」を用いる。（戸籍名は仁兵衛である。）なお、仁の弟（四男）に「仁《ひとし》」（一九二六～）と名のる人がいるが、これは父幸太郎が長男常吉（仁兵衛）の筆名が「仁」であることを知らずに命名したものらしい。

真壁家が現在の山形市宮町《みやまち》三丁目の場所に移り住んだのは江戸時代中期、宝永四（一七〇七）年というから、相当に古い農家である。近世の山形藩、米沢藩などの保護・奨励によって、紅花や青苧《あおそ》（イラクサ科の多年草木カラムシ。その表皮から越後上布のような高級織物の繊維素材が採れた）の栽培が著しい発展を見せるころである。その発展は日本海の北国海運とつながった最上川舟運に支えられていた。

真壁家のある宮町は、いまはすっかり市街地にのみこまれているが、仁の少年時代は、市街地と農村地帯の狭間にあった。狭間というより、押し寄せる市街地に必死に踏みとどまろうとする農村地帯といってもいいかもしれない。蔵王の伏流水がこんこんと湧き出る馬見ヶ崎《まみがさき》扇状地の一角である。飲み水や洗い水や稲作の灌漑用水は、すべてこの蔵王から湧き出る清冽な地下水や馬見ヶ崎川の表流水に依存していた。そして蔵王の流水は終生真壁仁の身体と精神に流れつづけた。

宮町の宮は山岳信仰の山である鳥海山、月山を祀るお宮様（鳥海・月山両所宮《りょうしょのみや》）の門前町に由来する。そこには農民、職人、寺社にかかわる人々の三つの職種の人たちが、それぞれ同じくらいずつ分かれて住んでいた。現在の宮町同様、銅町、鍛治町などその名残である。真壁家に隣接する広大な敷地の「お宮様」は、仁の子ども時代の格好な遊び場であった。

仁が一人の百姓として野良に立って三年目の一九二四（大正一三）年には、真壁家は仁が生まれ育った藁ぶき屋根の古い家屋を取り壊し、トタン屋根の白壁の二階家に改築している。当時としてはモダンな農家であった。両側に窓のある明るい二階の一室が仁の部屋となった。仁一七歳の時である。一日のはげしい農作業を終えた仁が睡魔とたたかいながら読書し、友と語らい、詩作を試みた場所である。

その新築の部屋から見える風景を、仁は一九二五（大正一四）年、「五月の聲」というタイトルでうたっている。

五月の聲[*1]

友よ
廣い田野を背に負ふた僕のすまひを
訪ね来たまへ。
ちょうど今宵のやうな夜がよい。

この二階の瑠璃《るり》窓〔ガラス窓〕をひらいて
うす曇った薄暮の風景に見入るとき
怯えるやうに眼の前、空間を横切る
おちぶれた夕闇の彷浪者　蝙蝠《こうもり》を見るだらう。
〔……〕
おゝ聞き給へ、
幾千の蛙の聲々を。
〔……〕
一望の野は挿秧《そうおう》〔田植え〕の歓喜に波打つ多忙な季節の
その耳に親しい前奏を。

この詩を読むと仁の家は田園のただなかにあったかに見えるが、仁の家は県内最大の都市である山形市の西北端に位置し、周りには田畑のみならず、大小の住宅や商店、工場、駅舎（北山形駅）、神社なども近くにあった。神社（両所宮）からは出羽三山（羽黒山・湯殿山・月山）参りでにぎわう寒河江街道が西にのびていた。仁も幼いころ祖父に連れられて三山参りに出かけている。それは「家」の子どもから「地域」（コミュニティ）の子どもへの生まれ変わりを保証する行事（通過儀礼）でもあった。

また仁の家の前を通って、東根、村山、新庄へとつらなる白い塵埃の舞う天童街道が北上していた。最上川は東根あたりから、この天童街道に併行して流れる。その最上川の一〇何キロかの上流に、真壁より一九歳ほど若い詩人の黒田喜夫（一九二六～一九八四）が生まれた寒河江町（現在は寒河江市）があった。黒田喜夫は少年時代に寒河江から眺めた県都山形市街の光景を、「〔最上川の〕土手に立って眺めると、東南の蔵王山のふもとの方角に夕方などキラキラ光りだす街の灯が」あった、と書いていた。*2

真壁家の南側や東側には「キラキラ光る」市街が迫っていたが、北側、西側には前掲詩にあるように、田園風景が広がっていた。現在のように市街地に完全にのみこまれるようになったのは、そんなに遠い昔のことではない。高度経済成長の影響が顕著になる一九六〇年代後半以降のことである。

手もとにある一九四九（昭和二四）年と一九六三（昭和三八）年の「山形市市街地図」（塔文社、復刻版）を見ると、真壁家の北側にも西側にもまだ広々とした田園地帯が続いている。とりわけ奥羽線の左側から北の、蔵王の清流が流れ下る馬見ヶ崎川の下流方面は、一九六三年の地図でさえ広大な田野が続き、市街地はまったく及んでいない。

当時の仁の家は季節の鳥たちが飛来する欅や樫の木、桜、柿の木などに囲まれ、こんもりとした森のようであった。庭には藁《わら》仕事などに使われる作業小屋（納屋）や、刈り取った稲束や脱穀後の藁束を円形に積み重ねた堆《にお》もあった。家の前を流れ走る灌漑や生活用水の軽やかな水音が絶えることはなかった。

農村と市街の狭間に住む仁はやがて「街の百姓」を自認するようになる。押し寄せる都市化・近代化・産業化に対峙して、野良の百姓として生きようとする自覚である。この異文化の狭間という環境、そこで、「街の百姓」として生きるということ、それが仁の人格形成や表現への屈折した渇望、また中学校進学をあきらめざるをえなかった状況下での、学び（独学）への「際限のない欲望」などに及ぼした影響はきわめて大きい。

手づくりの処女詩集『街の百姓』（北緯五十度社、一九三二年）に収録され、その詩集のタイトルにもなった「街の百姓」（全二一編）で真壁はこううたっている。

街の百姓（一）†

おれたちが庭の隅つこに堆肥の山築きあげると
それは悪意ある隣人の抗議にふれる
おれたちギシギシ天秤きしませダラ桶かついで行くとき
さかしげに鼻をつまむ女がいる
街の百姓
けれどもおれたちはやめない
一塊の土があればたがやし
成長する種を蒔くことを
おれたちはやめない
豚を飼ひ　堆肥を積み　人間の糞尿を汲むのを
高い金肥が買へないからだ
土のふところに播いて育てる天の理法しか知らないからだ

〔二～十略〕

街の百姓（十一）

街の百姓は冬中水田に灌漑した
長いエブリ〔水田をならしたりする柄のついた農具〕でごみを掻き立て
町で濁つてくる流れを見てよろこんだ
吹雪の夜も凍結の朝も水かけに気根〔骨身を削って尽力〕した
そこは砂と腐蝕土を食つた無肥料地帯だ

豆粕や硫安を入れないでもそこは出なぐれた
そこには中生愛国をつくつた
愛国はいつも検米にはづれたが多収穫の王座であつた
こやしに強かつた
年貢にとらないといはれても腹につめる分にはさしつかへなかつた
家蔭や木蔭やつめたい水のかかるところには青立《あおだち》〔穂の出ない稲〕がたち
街の百姓は屑米を食つた
〔愛国は明治から昭和初期にかけ栽培された稲（米）の三大品種の一つ。陸羽一三二号や現在のコシヒカリなどのDNAにつながっている。〕

「街の百姓」は文化の狭間、思想の狭間、生産と消費の狭間、「貧しさ」と「豊かさ」の狭間、「沈黙」と「饒舌」の狭間、村と街の狭間、農と商工の境、「封建的圧迫」と「近代的自由」の狭間、「衆」と「個」の狭間……様々な異質なものが交錯し合ったり、対立し合ったりする〈場〉〔境界〕、に生きる農民である。「街の百姓」として生きるという、この引き裂かれる、生への相矛盾する衝撃度のきわめて強いポジションの自覚と選択が、真壁仁の知的・芸術的なものへの飢えと学びへの渇望を大きく刺激し、揺すぶったことは間違いないだろう。

同じ山形県だが西部の中・山間地帯である朝日町で生まれ育った阿部宗一郎〔一九二三〜〕は、「街の百姓」という真壁の特異な出自の〈場〉について次のように書いている。

> 山形市という都市機能の近くにいて、中学校講義録〔通信教育の教科書〕などよりはるかに質量の高い情報の場、書店、図書館、新聞雑誌、そして何よりも豊かな人間関係の出会いに恵まれたこと、そこに、仁の天成の資質を誰よりも大きく開花させる可能性が〔あった〕。〔……〕したがって仁はそのはざまの中で、自らの峠をふみ越えて農民化する決断をしなかった。あくまでもそのはざまにとどまり、はざまのなかでうめき叫び泳ぐことを選び、それをもって「振幅のある人生」〔昭和七年二十五歳八月二十日警察に踏み込まれた日の日記〕としたのであった。[*3]

なお、阿部は若き仁を「はざまで生きたダンディ青蜥蜴《あおとかげ》」と表現し、同じ文章の中でこんなことも書いている。「青蜥蜴とは、都市型の青白きインテリに対して、土に足をつけているだけに、同じ青でもどこか野生的な農村の青年詩人達を、私がイメージしたメタファー」である。

いずれにしても、「街の百姓」として生まれた真壁仁の少年時代の知的・芸術的なるものへの飢えは、学びたいという欲求を刺激し、表現への欲望を揺り動かした。それには阿部が言うように、図書館〔仁は家から徒歩で三〇分ほどで行ける県内でも最も充実した県立図書館を利用した〕、本屋〔新刊書を買えない仁の得意先は古本屋だった〕、映画館〔子どものころ学校に隠れてチャンバラ映画をよく観ていた〕といった文化施設、そして何よりも「豊かな人間関係」(なかんずく、仁同様に学びと表現への欲求に飢えていた同年輩の「切磋琢磨しあう仲間たち」)の存在は、欠かすことのできないものであった。

二　真壁家の人々——血縁

真壁仁の祖父母や父母、親族などが醸し出す、真壁家に流れる文化的な雰囲気も忘れてはならないだろう。普通の農家には稀な、フランスの社会学者ピエール・ブルデュー(一九三〇〜)のいう、いわゆる「文化資本」[*4]の豊かさである。文化資本とは、種々の家族的AP(action pédagogique 教育的な働きかけ)によって伝達されてくるもろもろの財をいう。真壁仁流に言えば「血」の豊かさということになろうか。生育時の家族的・地域的な環境の文化的な豊かさである。

仁が三二歳まで一緒に暮らした祖父の清七(一八六一・文久元〜一九三八・昭和一三年)は、百姓でありながら松藤軒という称号をもつ生け花の師匠(池坊の免許もあった)でもあり、冬になると近郷近在からのたくさんのお花の弟子たちに囲まれていた。祖父はまた茶をたて、茶甕には九谷焼の赤絵の蓋付きや天目の黒い大きなものを使っていたという。どんなに忙しい時でも、朝食後には玉露を汲んでからでないと野良に出なかった。こうした粋《いき》の文化のようなものを、仁は祖父から受けついでいる。「油断をするな。だが無理もするな」が口癖だった。清七は月並みだったが俳句も詠んでいた。(『野の自叙伝』二七頁)

後年、祖父の野辺送りを終えた直後の「日記」(一九三八年二月五日)に、仁はこう記している。

祖父は百姓の子として生まれ幼い日より父を失って片親だけで育ったが、風流の志をもって花を活け、花卉〔かき、草花のこと〕、果樹を培い、お茶を好み茶道のたしなみを身につけていた。生涯を自然の愛に生き、土に生き、孤独の境涯と静謐な世界を求めて来た。それが最後の日まで保たれて見事であった。何の未練も執着もなく、天上界の招きにおもむいた。佛を唱えないが佛に近かった。あのような魂は藝術家にひどく類縁を感じさせるものかと思われ、慕わしい最期であった。

父の幸太郎（一八八七・明治二〇～一九六三・昭和三八年）は精農家の次男として生まれ、一九〇四（明治三七）年真壁家に婿養子に入ってきた。祖母ユンの実兄田中伝九郎の四男で、ユンの甥にあたる。小さいががっしりした体躯の働き者だった。生涯酒も煙草ものまず、頑固でまじめな百姓だった。手が器用でまるで民芸品のような荷縄や蓑を作った。仁にきびしく百姓仕事をしつけたのは幸太郎だった。「百姓仕事に一人前でなければ詩など書くな」、父幸太郎は常々仁にそう言っていた。だが幸太郎には謡《うたい》の趣味があり、農閑期に近所の人たちに教えたりもしていたようだ。幸太郎は、農（生活）よりも文学に傾こうとする仁の前に常に立ちはだかる世間の壁だった。この壁との闘いが仁の人生と表現に大きな影響を及ぼした。

母のマサ（一八八五・明治一八～一九七六・昭和五一年）は、宮城師範出の小学校教師で歌人の、山形市内旅篭町で古書店も営んでいた田中衷平の四女であった。衷平はかなりの知識人であった。マサは自分を生んだ両親を知らないうちに、真壁家の養女となった。祖父母（清七、ユン）の寵愛を受けて育った。成人して幸太郎を婿に迎えた。つまり、仁の両親は両養子であった。幸太郎は働き者で、妻マサの分まで働いた。

幸太郎とマサは一〇人の子どもをもうけ、三人を幼くして失い、七人を育て上げた。一歳をまたずに夭死したのは、三女、次男、五女である。仁（常吉）はその長男である。

仁の読書好きや文才は、この母の系統から受け継いだ。「母方の父（祖父）が小学校の教師で文学好きで短歌なども作っておったこともあって、私も百姓をしながら、少し読書をしたいと思い、勝手に読み始めました。同時に本を読みながら、自分でも何か書こうということで、詩を書き始め、雑誌に投稿し、掲載されたり」した、と仁は回想している。（『野の文化論』〔三〕四二頁）

「百姓の血」は父幸太郎から受け継ぎ、「知識人みたいなところは母の血」だと、仁は『野の自叙伝』で述懐している。母のマサもまた農閑期には近所の娘たちに裁縫を教え、針子さんで座敷がいっぱいになっていた。

祖父清七のお花の弟子たち、父幸太郎の謡の弟子たち、それに母マサのお針子たちと、仁の家には入れ代わり立ち代わり、色々な違った人たちが出入りしていた。人と文化の交差点のような家だったにちがいない。

仁はまた、気丈で美しい女性であったという祖母のユンから独立独歩、無言実行の精神を学んだ。幼年期の常吉（仁）を藁で編んだ「いじこ」（子守篭）で揺らし、背中でおぶって子守唄を歌ってくれたのは祖母のユンだった。一九三一（昭和六）年に同人詩誌『北緯五十度詩集』に発表した「祖母の詩」（『街の百姓』収載）で、仁はユンについてこう歌っている。

祖母の詩†

一

祖母はとうとう目をわるくした
目をわるくした祖母が
濡手拭をあてがひながら蚕部屋に働いてるのを見たら
ぐつと亦　疲れがひつこんでしまつた
ぢつとねていればなほるんだと一言いふのも
なんだかよけいなことのやうだ

〔二、三略〕

四

ひとにたよらず生きぬくことを教へてくれた祖母
かたらずしておこなふあの行動のおきてを教へてくれた祖母
くるしみながら　ほがらかな祖母
あの
白い頭髪の叱咤に立たずにいられようか

この祖母ユンの無言の「教へ」もまた、真壁仁の成長にとって欠かすことのできないものであった。なお、遠い親戚でアララギ派歌人として活躍する結城哀草果が、ごく近くの村で農業に従事しながら暮らしていた。母マサの父（田中衷平）は哀草果の実兄にあたった。哀草果の生き方は、仁の人生モデルの大切な一つとなる。

三　自小作農

仁（常吉）が生まれた当時の真壁家の農業経営は、田が一町三反《たん》（約一・三ヘクタール）、畑三反一畝《せ》（三・一アール）、というものであった。田は自作と小作が半々で六反五畝ずつ、畑は自作が二反二畝、小作が九畝であったというから自作兼小作農ということになる。「経営規模からいえば、街の百姓としてはまあ中くらいということになろうか」と『野の自叙伝』の中で仁は書いている。小作地の収穫の半分近くを年貢として地主に納めなければならない自作兼小作農であった。

米のほか当時は、紅花、藍、綿、ハッカ、蚕などで暮らしをたてていた。常吉誕生の翌々年（一九〇九・明治四二年）の県全体の経営規模別農家戸数の比率を示す統計によれば、真壁家の田畑合わせた一・六一町歩（一・六一ヘクタール）は、五反未満（二七・三%）、五反～一町（二五・三%）、一町～二町（二三・六%）、二～三町（一三・四%）、三～五町（七・七%）、五町以上（二・〇%）という数字[*5]に照らしてみると、真ん中より少し上の経営規模になる。上の下といってもいい。

当時（といってもさらに翌年明治四三年の同じ統計だが）の自作農・小作農の比率は真壁家のある村山地方で、自作（二五%）、自小作（四一%）、小作（三四%）であったから、真壁家同様に自小作農が一番多かった。

この自小作農の比率は、明治四〇年代から昭和一〇年代にかけ、県全体に大きな変化はない。だが、村山地方のみならず最上、置賜、庄内の各地も同じように、年を経るにしたがって自作農の比率が減り小作農が増えている。つまり、県全体で田畑を失う農家が増え、農民の貧窮の度合いが増していくのである。

仁が一四歳となり、高等小学校を終え農業に従事するころ（一九二一・大正一〇年）には、「田が一町三反、畑五反強、稲作と養蚕が経営の中心で労役用の牛が一頭」（「年譜」）というから、規模は生まれたころとほとんど変わっていない。精農家の父は先祖伝来の田をしっかりと守り、畑を二反ほど増やしている。自家用の蔬菜とわずかに売るための宮町葱を作っていた。祖父母が養蚕と畑を、田は父の幸太郎と常吉（仁）が受け持っていた。

「〔米の〕反当りの収量は平年作だと八俵前後であった。小作地が六反五畝あったから二六、七俵の米は（反当り約四俵）年貢として地主に納めなければならなかった。」（『野の自叙伝』四五頁）

ところで、真壁仁は後年「自小作農の暮らしは楽でなかった」、「私は貧しい自小作農の長男で」といった表現を多く残している。本書の「序」に引いた文章でも、「わずかな土地のほかは何も持たず」、「無所有の貧しさ」という表現さえ見られる。

真壁家の農業経営規模の評価をめぐって『真壁仁研究』[6]誌上において、阿部宗一郎が第三号（二〇〇二年一二月）の先に引用した論稿で、そして玉田尊英（一九四七〜）が第五号（二〇〇四年一二月）の論稿で、それぞれ問題提起を行っている。

玉田は真壁家が「限りなく上層の裕福な農家」とするその結論から、真壁が「微温的なヒューマニズム」の域から抜け出せず、農民運動に身を投ずる動機はなかったと敷衍している。真壁が自分を「貧しい百姓の出」と言っているのは「事実を隠蔽する自己韜晦であった」とさえ書いている。[7]

自小作農の真壁家の一・八町歩強の経営規模が「限りなく上層の裕福な農家」と断定するのは、大正末期から昭和初期にかけての県農家一戸当たりの平均耕作地が一・五町歩弱だった[8]ことから見ても、それは言い過ぎだろう。

また、朝日連山に抱かれた西村山郡朝日町在住の阿部宗一郎は、前掲稿で「〔自分の村では〕田地面積八反歩の自作農ですら部落一番の農家であり、日常の呼び名も「やどんつぁま」とさま付で呼ばれていた」と述べ、「〔「かなりの豊か」な真壁家のような〕中間層の自作農には、階級意識は育たないのである。仁の詩の多くが地主に向けられず、その矛先を市場のメカニズムや条件の不公平などに向けられるのはそのためである。／資本と労働の対立のはざま、中間にいた都市の知識人インテリゲンチャと共通する意識である」と書いた。[9]

阿部は終始真壁家を「自作農」としているが、先に見たようにこれは事実と違う。田の所有面積も少し異なる。しかし、耕地面積の少ない上に生産性の低い中・山間部の農家から見れば、それが自小作農であったとしても「一・八町歩」の、大消費地に隣接する街場の百姓は豊かに見えるに違いない。山間部の農家の多くは稲作よりも畑作に依存せざるをえず、貧窮の度合いは平野部と較べもようもないほど高い状態にあった。

三反歩にも満たない山間の畑と炭焼きに依存するほかない農家も多かった『山びこ学校』（無着成恭編、初版一九五一年）を生んだ旧南村山郡山元村の極貧の暮らしを、私たちはその著名な作品で知っている。また、真壁を師と仰ぐ上山市牧野《まぎの》村の農民詩人・木村廸夫の「はるかなる血と地の闇――ある小農の系譜と戦後史」*10に描かれている赤貧洗うが如き貧窮は、真壁家の「貧しさ」とは全く異質のものであった。

そんな真壁家でも、昭和四、五年から一〇年にかけて続く農村不況時には「食へるか食へないか」（「手紙」一九三〇年七月五日）といった情況になってくる。このあたりは次章で触れる。

ところで、真壁家の「豊か」さは、経営規模もかなり重要なファクターになろうが、同時にそれ以上に、都市と農村、資本と労働、所有と無所有、自由と「封建」……のはざまに生きた「街の百姓」の、かなり「文化資本」の高い家だったことにも起因しているだろう。そして、仁の居住するその「街」は、様々な社会関係資本を独占する県の政治・経済・文化の中心地であった。

阿部も指摘しているように、真壁仁は文化や社会の病理、経済や階級の矛盾がよく見える位置にいた。『街の百姓』に収められた貧農の「クニ子」をうたった詩に、それがよく表れている。

畑で†

みごとな青ばなの棒を二本垂らしながら
色のさめた赤い襟巻きで頸をうづめ
両手を袖からぬいて　ふところにまろめて
クニ子はそれでも寒くないのだといふ
さつま諸の飯食つてきたのだといふ
お父〔とう〕は工場へ　姉さんは製糸工場へ出かけてしまつて

もう誰も居ないのだといふ
帰つてくるとお父が鍋をとぐのだといふ
（そして何といふことだ）
クニ子はお母《かあ》が死んだとき
沢山人が集まつた事　饅頭をもらへた事がうれしかつたといふ
お母と命をとりかへつこして産れた赤ん坊が
遠い山の家に預けられてるのだといふ
〔……〕

これは貧農の子クニ子に一体化していたら生まれない詩である。自小作農の仁が日々の厳しい労働の中で寸暇を惜しんで本を読み、詩を書き、友と語らい、休日には書籍代をえようと日銭稼ぎに出る、そうしたある種の経済的・文化的・精神的ゆとりが、クニ子とクニ子の置かれた現実を異化させるのである。このような表現が可能だったのは、仁がクニ子のような極度の貧困から免れていて、相対的に豊かな文化資本に恵まれ、クニ子とクニ子が置かれている状況を客体化できる立場にあったからである。

そのポジションが、真壁の中に「微温的ヒューマニズム」（玉田）や「中間層意識」（阿部）を生み出したという指摘については、追々見ていくことになるだろう。だが、そのポジションに支えられ醸成された、もっと学びたい、もっと表現したいという渇望と意志の強さが、真壁仁を農民運動の方へ突き動かすよりも、詩作（文学）の方へ歩ませたこともまた、忘れてはならないだろう。

そして真壁仁が「私は貧しい自小作農の長男で……」と言い続けたのは、それは近現代の商・工業中心の資本制社会を、終生東北の〈農〉（農民・農業）にこだわりながら「まつろわぬ民」の一人として生き抜いていくための、自らの立ち位置とアイデンティティの選択・検証・確認の持続的なこころみであったことも確かであろう。

四　高等小学校

仁少年に最初の転機が訪れるのは一二歳のときであった。当時の義務教育であった尋常小学校を優秀な成績で終えたものの、父の反対で中学進学をあきらめざるをえず、その代わりに二年制の高等小学校農業科に進ませてもらったことは前述した。孫の仁を可愛がった祖母のユンは、真壁家を訪ねた親友の更科源蔵に「学校がとても好きな子だから〔中学校進学を〕何とかしてやりたかった」と語っていたという。[*11]

「山形に一校しかない堂々たる独立校舎の高等小学校に胸をはって入学した」と後年真壁は『野の自叙伝』で書いている。尋常小学校時代彼と同じほどに優秀だった友人たちの幾人かは、神保光太郎や醤油醸造業「紅谷」の佐藤トシ（敏）のように、少数エリート養成の中学校や高等女学校に進学していった。なお、一級上の神保光太郎（一九〇五～一九九〇）は少年時代からの知己であったが、旧制山形高校から京都大学に進学してから真壁のよき語り相手となり、仁の豊かな交友関係を彩った一人である。

仁が後年自らの学歴問題に言及している文章には、不思議と個人的なわだかまり（ルサンチマン）や劣等感は見当たらない。むしろその経験に固執しているようである。

「〔百姓にとっては、日本の〕政治・経済政策、学問、芸術、教育は切れていた。とくにヨーロッパに学んだ知識・学問・技術は、それ自体の完成が目的であるかのように、野には還ってはこなかった」（『野の教育論』〔上〕二七頁）と書いているように、仁は個人的なルサンチマンを、官僚資本制国家に従属させられ、民・百姓を見向きもしようとしないと同時に、蔑みの対象とさえしてきた日本の官許の学問・芸術・教育への批判に向けている。自己教育こそが教育の本質である、これが仁の生涯変わらない教育に対する考え方だった。自己学習・自己教育によって自らを育んできたからである。

民・百姓にとって現代のような「学校依存」などは、制度的にありえようもない時代であった。ところで、今はなじみのないこの高等小学校とは、どういうものであったか。

それは、尋常小学校の上に置かれた初等教育の過程で、明治一九（一八八六）年から昭和一六（一九四一）年まで存在した。「中等学校に進めない大多数の子どもたちのために実生活への準備教育を与える機関という性格を持った。そのため（少数エリート養成の旧制）中学校の低学年と並列する「袋小路」的な学校として、学校制度上幾多の問題点をはらむようになった」制度である。*12

仁少年がその「袋小路」的な（その先がないという意味）高等小学校に進むのは一九一九（大正八）年である。その前年（大正七年）の「尋常小学校卒業者の高等小学校・中学校・高等女学校へ入学比率」統計があるので紹介すると、高等小学校への入学率は男六〇・六%、女三四・四%で、男女平均では四八・五%である。男子のみ入学が許された中学校への入学率は二一・〇%、女子のみの高等女学校（実科を含む）は一二・三%となっている。*13

仁が進んだ高等小学校はこのように、中学校へ進学できない大多数の子どものために実生活への準備を与えるところだった。半分以上の子どもたちは、この高等小学校さえ行くことができなかった。仁はこの学校で彼と同様に高い学力・能力を有しながら、様々な理由でそこへやって来た、かけがえのない友人たちと出会う。

かれらは仁と同じように知的・芸術的なものに飢え、学びと表現への際限のない渇望にのたうちまわる少年たち、若者たちであった。

真壁が通った高等小学校にはまた、郷土出身の詩人竹村俊郎（一八九六～一九四四）の従弟であり俳人中塚一碧楼の「海紅」の同人で、自由律俳句をひねる農業科教師の長谷川新二郎（号は真珠楼）がいた。

彼は初期「海紅」派の山形市内のメンバーの一人だった。しばしば彼は、仁を市内の旧制山形高校教授宅で開かれる句会に連れて行き、「お前もつくれ」と命じたりしたという。「はじめてものを創る喜びを私はこの長谷川先生から学んだことになる」と仁は後年回想している。（『野の自叙伝』三九頁）

この高等小学校は、仁にとっては自己教育の始まりの場であり、友人たちとの学び合いの場であった。

五　切磋琢磨しあう豊かな交友関係

山形市周辺の、仁同様に人間的な知的・芸術的飢えを抱えた働く若者たちと仁との対話や、〈表現〉（同人雑誌づくりなど）を媒介にした豊かな交わり、さらには旧制高校や大学に進んだ尋常小学校時代の友人たちと百姓真壁仁少年との切磋琢磨しあう交友関係は、私には信じがたい風景を見る思いである。

それは、隣県（新潟県）の農村に生まれ育った私自身の少年時代・青年時代（一九五〇〜六〇年代）にも、ありえない風景であった。私の少年時代は、中学校が義務教育となり、高校進学（定時制も含めて）が半数を越えるようになるころである。また二〇世紀後半から二一世紀初頭にかけて、職場（大学）で私が日々向き合ってきた若者たちにも想像しがたい光景だろう。それにしても、今日の彼ら彼女らが真壁の少年時代のような、知的・芸術的なものへの切ないほどの渇望や学びへの欲求を枯渇させられるようになったのは何故なのだろう。

この疑問を考えてみようとすることが、私が本書のもととなる「真壁仁研究ノート」を書き始めた動機の一つだった。[*14]

さて、仁に大きな影響を及ぼした友人の一人に、先に触れた神保光太郎がいる。仁より一つ上の秀才で、仁が五年生で在校生代表として修了証書を受け取ったとき、光太郎は卒業生総代として卒業証書を受け取った。神保光太郎は馬見ヶ崎川に近い薬師町新町に家があった。真壁の宮町とは隣接していた。旧制山形中学、旧制山形高校から京都大学に進んだが、「帰省すると必ず訪ねたり訪ねられたりした。夏は馬見ヶ崎川の河畔を散歩しながら、冬は火鉢を囲みながら飽きもせず文学を語りあうようになった」(『野の自叙伝』)という間柄だった。帰郷の折などには、神保は専攻しているドイツ文学の一節を、ドイツ語で読んで聞かせたりもした。「ぼくにはドイツ語は分からなかったが、そのアクセントやリズムの美しさは伝わって来た」と仁は後年述懐している。[*15]

高等小学校卒の若い百姓の仁と帝大(京大)生の神保が「飽きもせず文学を語り合う」、そんな光景は当時の日本社会でも珍しかったに違いない。そう思いながら、真壁とほぼ同時代に群馬県の農村に生まれ、仁同様高等小学校卒の自小作農の長男である渋谷定輔の日記『農民哀史』(勁草書房、一九七〇年)を読んでいて、これまた仰天。定輔は一五歳(一九二〇・大正九年)で高等小学校を卒業するや、社会主義運動に加わり、農作業のかたわら詩や短歌をつくり村の青年たちと学び合い、著名な農本主義者の中西伊之助らと対等に付き合い、農民自治運動にのめり込んでいく。詩集『野良に叫ぶ』は渋谷定輔一八歳(大正一二年)のときの作品である。

貧しさや家業などで進学できなかった在野の有為な若者たちが、真壁仁や渋谷定輔のように学校教育などとは無縁なところで、独力で道を切り拓いていった時代だった。そういえば、真壁を陰に陽に支え続けた歌人の結城哀草果もまた、高等小学校卒の学歴しか持たない農民歌人だった。

普通の民衆には制限されていた学校教育の外に、ハングリーな精神をもった在野の有為の若者たちがたくさん存在していたということだろう。仁は文学の素養において、帝大生(神保)にインパクトを与えるほどの力量を持っていた。

なお、神保光太郎は後に独文学者、詩人への道を進み、戦後は日大教授になっている。第三章で言及するが、『日本浪曼派』、『四季』、『コギト』などで、保田与重郎や亀井勝一郎らとともに中心的な役割を果たした詩人で、昭和一〇年代に仁がそれらの中央詩誌に詩や評論を発表するきっかけをつくった友人である。

また、仁に絵や彫刻、それにおそらくは色彩論の素養を与えるようになったのは、山形市内の老舗の菓子屋の跡継ぎで、高等小学校の同級生だった菅野矢一（一九〇八～一九九一）である。少年時代の仁は、菅野の家でフランス版のピカソの「青の時代」の画集をはじめとする様々な西欧の画集に出会っている。菅野矢一は後に一水会の重鎮画家となり、芸術院賞を受賞している。かれらはいずれも「街」にしかいない少年たちだった。

高等小学校時代から二〇歳ころまでの仁と、もっとも励まし合い、支え合い、学び合ったのは、同じ宮町に住む尋常小学校からの友である武田幸蔵（一九〇七～一九四五）だった。

仁が初めて触れた文学書は武田の父が持っていた徳富蘆花の『自然と人生』だった。

武田の父は人力俥夫をしていたが、蘇峰の信奉者で読書家だった。あとで新聞記者になるため独学をはじめた武田と、文学に興味を燃やしていた私は方向がちがっていたが、貧しい者どうしだから一冊の本を二人で読むことにした。彼が『マル・エン全集』や『経済学全集』などをそろえるようになると、私は追いつけなくなっていた。〔……〕〔兵役から〕帰還後、日刊山形新聞社の編集長になったけれども、敗戦の年病魔に侵されて惜しい命を失ってしまった。（『野の自叙伝』三八頁）

その武田幸蔵とは高等小学校を卒業して一年目の一九二二（大正一一）年三月、つまり一五歳の時、文芸同人誌『わかくさ』を発行し、詩や短歌を書き合っている。同人は真壁仁、武田幸蔵のほかに、尋常小学校や高等小学校の同級生で、働きながら同じ「中学校講義録」（大日本国民中学校の通信教育）の付録『新国民』誌に短歌や詩を投稿していた会田長作、沼田佐寿喜の二人であった。

「中学校講義録」には早稲田や国民中学会のものがあったが、それは進学を断念せざるをえなかった、当時の向学心に燃える地方の青少年たちが、独学で学卒の資格を取るための「通信教育」だった。同郷の農民歌人結城哀草果（一八九三〜一九七二）、後に無二の友人となる北海道の更科源蔵（一九〇四〜一九八五）などもこれで学んだ時期があった。仁は講義録よりも、その付録会誌の『新国民』の文芸欄への投稿に、より強い関心があった。

仁は先のガリ版刷りの同人誌『わかくさ』に真壁愁雨のペンネームで詩・短歌・俳句を載せている。「詩らしいものを書きはじめたのは十五歳からである。野良に出て毎日みる自然と、その季節による移り変わり、それを讃美する幼い自然詩、それからほのかの恋情を綴る抒情詩の書き手だった。」（『野の教育論』［上］一一頁）

同じころから仁は農作業のひまをみつけては、歩いて行ける距離にあった県立図書館に通い、郷土出身詩人の竹村俊郎の『葦茂る』やホイットマンの『草の葉』（白鳥省吾訳や有島武郎訳）などの詩集に読み耽った。『葦茂る』などは全部ノートに写している。『草の葉』は、すぐ後に出会う尾崎喜八の詩集『空と樹木』（一九二二・大正一一年初版）とともに、少年時代の仁の芸術精神の形成にはかりしれない影響を及ぼした。

仁の古本屋通いもこのころに始まる。月に一円の書籍代を稼ぎ出すために、農作業の休みを利用しては、農家の賃雇いや近くの鋳物工場の掃除などに働きに出ている。その古本屋で一九二四（大正一三）年の暮、一七歳の仁は尾崎喜八詩集『空と樹木』と出会う。

『わかくさ』は三号で終わったが、一九二三（大正一二）年三月に、先の同人四人に高橋蔵之介、吉田美子たちが加わり、活版文芸同人誌『ささなき』（幼い鶯のさえずりの意）が刊行された。同人は全員山形市内の居住者で、おそらく真壁や武田同様に、学びと表現への強い欲求をもった働く男や女の若者たちだったと推察される。

その創刊号の巻頭に「創刊の辞にかえて」として、仁は「緑濃き梅の若葉の奥に羽ばたきつつ、／

〔……〕／荒んだ古巣を抜け出て／春の空の自由さに／朗らかにうたうささなき。」といった文字通りに「幼い」詩を寄せ、さらに編集後記まで書いている。(『野の自叙伝』四八頁)

『ささなき』は一九二三年中に五集が出て、全部で九集まで刊行されて終わる。四集から仁の自宅が発行所になっている。

学びへの渇望に突き動かされる同世代の若者たちとの親密な交友関係は、仁が一六歳(一九二三年)の六月ころから作り始める「詩稿ノート」(『畑の落日』、『蔬菜園』、『草原の握手』など)の中で、詩の形でもいくつかうたわれている。とくに武田幸蔵は仁の「詩稿ノート」の中に何回も登場する。その一つ、「納屋の午後――竹田幸三〔ママ〕におくる」(一九二六年二月二四日)という詩を紹介しよう。

納屋の午後

たった一人の私の納屋に　飄然とやってきて
惜しい日曜の午後半日を潰す君が、
熱烈に語り、
詩を讀んで呉れる友情を、
私は何にたとえよう!
〔……〕
あゝはげしい愛の激情が私を嵐のやうにする……
友よ、
いつものやうに讀んでくれ給へ。
けふは　その乳色の本の　最も輝かしい頁、
マキシム・ゴルキーの手紙の数行を!

「親愛なる貴き友、ロマン・ロラン君、
貴方に是非子供の為のベートォヴェン傳を書いて
頂きたい……」
〔……〕

こうした親密な交友関係は青年期に入ると、後述するように全国各地の同人詩誌の詩友へと広がって行く。真壁は後年、白鳥邦夫との対談の中で、若い時代の交友関係について、「ぼくは貧しかったし、高校や大学の同級生というものは持っていない。それだけに、友人に恵まれることが嬉しかった。ぼくが二十代を生きた昭和十年代の初めはほとんど暗い時代だったけれども、もし青春があったとすれば、あの遍歴の中の出会いのことかもしれません」(『希望の回想』八一頁)と語っている。

この少年時代の武田幸蔵らとの出会いは、その後に続く青年時代の遍歴の前奏曲《プレリュード》であった。仁の作詩の修行時代の結晶である一九二三(大正一二)年から一九二七(昭和二)年までつづく「詩稿ノート」は、一六歳から二〇歳までの真壁仁の表現の集大成である。野の詩人・思想家・実践者の祖型を明らかにするためには、欠かすことの出来ない重要な資料である。

この「詩稿ノート」には、仁のおおらかで屈託のない自然と友情への賛歌をうたった少年時代から、社会の矛盾と不合理を見つめながら、身体《からだ》を動かして社会や他者に向かい、そのことによって屈折を余儀なくされる青年時代(青春の遍歴)への転換が見られる。農民詩人真壁仁の誕生はそのときまでまたなければならない。

六　結城哀草果、尾崎喜八との出会い

（1）結城哀草果

真壁仁が同輩の少年・少女らとかたらって同人誌『ささなき』にあるような詩・短歌・俳句などを書き始めたころ、農民の結城哀草果（旧姓黒沼、本名光三郎《みつさぶろう》）は山形市近郊の本沢《もとさわ》村（南村山郡、現在は山形市）の山麓から、土岐哀果主宰の短歌雑誌『生活と芸術』や斎藤茂吉らの『アララギ』に、次のような質実剛健な農村の自然と生活をうたった短歌を寄せ、注目され始めていた。哀草果の最初の歌集『山麓』に収められている二三歳（一九一四・大正三年）の歌から二首。[*16]

ひた赤し落ちて行く日はひた赤し代掻馬《しろかきうま》は首ふりすすむ
夕照雨《ゆうでりあめ》はらはら光り輪《わ》のなかにわが里《さと》いれて虹たちにけり

哀草果は真壁の宮町に近い山形市下条町の小地主・黒沼作右衛門家の三男として生まれたが、生まれてすぐに近郷本沢村の農家結城太作家に縁あってもらわれ、農民として育てられた。彼もまた独学で文学（短歌）をこころざし、歌詠みとなった。

一九二一（大正一〇）年から、哀草果は彼の居住村の本沢村で有為な青年たちのために「本沢読書会」を開き、月に一回例会を開くほか、読書会（勉強会）の公開も行っていた。頼まれて准訓導（助教諭）として奉職していた本沢尋常小学校の宿直室が、読書会の場所だった。地元の本沢村はもちろんのこと、隣接する山形市や近郷の村や町からも向学心と表現欲求に燃える若者たちが集まってきた。そこには、地元の小学校教師（遠藤友介）や帰省中の帝大生（神保光太郎）もいれば、真壁仁のような農民や渡辺熊吉のような屋根葺き職人もいた。

この「本沢読書会」は一九三一（昭和六）年一月まで続いた。哀草果はまた「読書会」を母体として『アカシア』という文芸誌を謄写版刷りで発行している。

一〇代の真壁仁、神保光太郎、金子てい（蔵王出身の童謡詩人。後に小説家の外村繁夫人となる）、福田信などもそこに寄稿し、相互に交流を深めている。一九歳の真壁はそこに「向日葵」という長詩を寄稿している。真壁が「仁」の筆名を初めて使ったのは、この『アカシア』誌上からであった。[*17]

哀草果は根っからの農民で、農業と村落の暮らしをこよなく愛し、それを生涯かけて五・七・五・七・七にうたいあげた農民歌人だった。仁は哀草果についてこう語っている。「哀草果は山麓の純農村の、しかも勤労農民のなかでそだち、生得の優性を生かすことができた。生みの親から手離されるという不幸が、逆に血のよみがえりをもたらした。そしてほろびの光を創造の炎にうばいかえしたのである。哀草果の人間と芸術の生成は、源をとおくここにおいている。」[*18]

仁と哀草果（光三郎）の年齢差は一四歳。哀草果は母（マサ）の実父の弟だが、仁は若い兄のように哀草果を慕い、地域に根を下ろし農と芸術を愛し、思想や活動の内容は異なるが、哀草果と同じような生き方をしていくのである。百姓と文学を飄々と両立させ、すぐれた作品を発表し続けている哀草果に、仁は尊敬の念を終始抱いていた。

哀草果は早くから仁の文才を見抜き、一人の自立した表現者として受け入れた。対等に付き合って仁を励まし続けた。仁が初めて哀草果から手紙をもらうのは、一九二三（大正一二）年二月、一六歳のとき。そのとき哀草果は三〇歳。おそらく、自ら開いていた「本沢読書会」への誘いの手紙ではなかったか。

そのころから、仁は毎月一回、哀草果らが待つ本沢尋常小学校の宿直室までの四キロの夜道を自転車を飛ばして通い始める。ゆるやかながら、長い傾斜がどこまでもつづく山形盆地。さぞや帰路は難儀したことだろう。仁の学びと表現欲求はとどまるところをしらない。

仁が伯母を連れて本沢村山麓の、どっしりとした藁屋根の結城哀草果の家を訪ねたときのことを、仁はこんな詩にしている。一九二五（大正一四）年四月、一八歳のときである。詩稿ノート『蔬菜園2』から写してみる。

山里の村にて

まだ初々しい太陽の
陽射し柔軟《やわらか》な　四月の春を
山と樹木の懐にのびやかに手を絡《つな》ぎ合う家、家、
その十戸に満たぬ村落に
あなたの静かな住居もあった。

あゝあなたの村は奇蹟のやうに　大地の隅へ
いとけない小鳥の雙翼をはってゐた。
その、村へのただ一つの往還である、しめっぽい朝の作場道を、
私らは　どんなに行き惑ふたであらう。
〔……〕
清らかな蔵王颪の一吹きが
千萬の樹立を揺すり、
せうせうと身慄ひしながら
遥かな山の友情を運びくるとき、
あゝかかる有難き風景の中で、思索に心を充たしながら、
あなたは孜々《しし》として畑を耕《う》つ。
〔……〕

一七歳のとき、仁はすでに短歌をやめ詩一本に専念することを決意し、哀草果にその旨を伝えている。「短歌といえば数えきれないほど山形にも先生がいて、ちょっと頭がつかえるみたいな気がしてね」と『希望の回想』の中で語っているが、詩人尾崎喜八との出会いもまた大きな理由だったに違いない。早くからホイットマンやヴェルハーレン、ロマン・ロランなどに親しんでいた彼には、定型に閉じ込められる短歌にはなじめないものがあった。

結城哀草果と真壁仁の子弟愛と友情関係は、山形での文学活動を担いあいながら、その後公私にわたって深まってゆき、一九七四（昭和四九）年哀草果が没するまで続くのである。

思想的にも生活の面においても大きく揺れ動く真壁にとって、村里から離れず、何があろうと百姓として泰然と生き歌い続ける哀草果の存在は、どれほど力強かったことだろう。哀草果は真壁には安心してぶっつかることができ、自分を鍛えてくれる壁のような存在だった。

村と村人を土の底から淡々と見つめる哀草果の眼差しは、『村里生活記』（岩波書店、一九三五年）の随筆によく現されている。同時期に書かれた真壁の「血まみれのアソビ」（後述）と称した第一詩集『街の百姓』（一九三二年）とは対照的である。

仁は評論「野の生活者」（『生活者』一九二七年六月号）、評論「万葉を継ぐもの——結城哀草果と歌集『すだま』」（『日本浪曼派』一九三七年一月号）などで哀草果の文学について熱く論じている。後に詳しく言及するが、真壁仁が青春時代の終わりに出逢い、真壁の文学をよみがえらせる力の一つとなった道ならぬ恋の相手であるK（UK）という女性は、哀草果の短歌会に通う哀草果の歌の教え子の一人だった。

（2）尾崎喜八

哀草果と同様に、真壁仁の詩の才能を見つけ励ました文学の先達に、尾崎喜八（一八九二〜一九七四）がいる。この詩人と出会うことによって仁は、ひたすら美を探求する純粋芸術の世界といってもよいような、「もう一つの世界」、また想像したことのない「異質な世界」（文学や絵画などの世界、とりわけ西洋音楽の世界）と出会い、魂のおののきを覚える経験をする。

仁一七歳の一九二四（大正一三）年暮れに、その後の人生に大きな影響を与える尾崎喜八の詩集『空と樹木』に出会う。それは山形市内の古本屋で求めた一冊の詩集だった。

それ以前から仁は雑誌『日本人』で、人生を深くあたたかく肯定する牧歌的な農村詩を書いていた尾崎の名前に注目していた。「私の好みに合った詩人であった」と後に仁は回想している。（『野の自叙伝』六九頁）

『空と樹木』と出会った直後の一九二四（大正一三）年一二月一三日に、仁はさっそく「農夫と樹木」（詩稿ノート『田園詩篇　蔬菜園』収載）という詩をつくっている。翌年早々、感動の心を抑えきれずに、仁は東京・上高井戸の尾崎喜八に手紙を送る。二月一三日に次のような返信を尾崎から受け取るのである。

そこには、「未来によって認められ愛されている私は幸福」「君は幸福ですか。ご両親はおありですか。友人は、愛は？」「凡そ君の毎日の思念と生活とが、一切の君の詩の中に織り交ざって、我々の芸術に一つの高い風を加えられる事を私は心から望むところです」と書かれていた。（『野の自叙伝』六一頁）

東京で活躍する大好きな新鋭詩人からの、このような温かい私信が一七歳の少年の内面に何をもたらしたかは想像してみるまでもないだろう。少年仁と喜八との心のこもった手紙のやりとりが始まる。尾崎を介して、仁はベルリオーズ、ロマン・ロラン、ヴェルハーレン、中西伍堂、高村光太郎、高田博厚、片山敏彦などの世界に入って行く。同世代の渋谷定輔は、少年時代にすぐに社会主義リアリズムの世界に身を投じ、詩集『野良に叫ぶ』（一九二六・大正一五年）を刊行し農民詩人の名が冠せられるが、同じく農民詩人と呼ばれるようになる真壁仁は、このようにまずヒューマンで自然賛美の美的芸術の世界に入って行くのである。真壁は渋谷と異なって農民運動や自治村運動に深くかかわることはなかった。

仁は、一九二五（大正一四）年五月につくっていた習作「南」（詩稿ノート『蔬菜園２』収載）に手を加え、翌二六年、内藤鋠策主宰の詩誌『抒情詩』に尾崎喜八を選者に指定して「新人推薦号」（八月号）に投稿し、二位に入選する。一位は当時慶大生の金井新作、三位は小樽高等商業学校を出て旧制中学校の英語教師をしていた伊藤整、四位が北海道で農業や牧畜など様々な仕事に就いていた更科源蔵、五位は鼓島雅彦だった。この後仁は、金井新作からアナーキズムや社会主義思想を学び、更科とは詩作（同人詩誌）を媒介にした終生変わらない親密な交友関係を持ち続けることとなる。その真壁の中央詩界へのデヴュー作となった「南」を、『野の自叙伝』（六二〜六五頁）から引用する。

南

茫たる無辺の野原に立つとき、
遙に明るむ天蓋の窓は南だ。
鬱蒼と山は山につながり、山林と草原との国土のはて、
宝埋もる朝鮮半島の、琉球諸島の、台湾の、壮厳無比の太平洋の
さて南洋の島島のその明るい風光の、遙に連れることにより、
その波のはげしい勇躍と、善良な愛すべき同胞と、
馨り高い果殻〔穀〕との、遥に呼びかけるを知りたることにより
ああ　私の思慕は南に燃える。
〔……〕
南から
渺茫の波濤に洗はれ、蜿蜒の山脈に話しかけ、
樹木に村落に野道に、

はるかの上空から敏しい感度の歌をふりまいて
それらの鳥達は渡って来た。
百千の古木を抱いた　ここ北国盆地は、
そのあらわな胸を拡げ、その情愛の双手を差伸べて
いかに久しく、かかる音信《おとづれ》を焦がれ待ったか。

茫たる無辺の野原に立つとき、
悦びのおとづれを受ける天蓋の窓は南だ。
光のやうに、風のやうに、流れてやまぬ潮のやうに。
明るく軽く
季節は滲透し滲透する。
見えざる精力に果殻〔穀〕を飾る其等。
見えざる思考に鳥禽を歌はす其等。
全風景にみなぎる其等。
おう　其等は南から——。
〔果殻は「詩稿ノート」では果穀となっている。〕

この詩に対して選者の尾崎は、「〈少しでも多く太陽の光線を受けようとする若い樹木の、その枝葉の無作法をたしなめるな！〉……彼はよく己の生きる環境の自然を見ている。彼は青年農夫である。かれはその生活と生活の周囲とをみんな書く。彼のヴィタリティーは遠慮会釈をしない。ここに彼独特の美がある。その美は未だ雑然としているだろう。しかしこの雑多の夢と現実とのボ〔ポ〕リフォニー

の中からこそ、やがては真に確乎たる光明を内から射出する芸術が生まれるのであろう」と、評している。（『野の自叙伝』六六～六七頁）

尾崎喜八は真壁の作風に大いに影響を与えただけではなく、詩作への自信も強固なものにしたに違いない。真壁のこの詩界への初デヴューとなった「南」の入選について、詩人で『日本農民詩史』の作者である松永伍一は、こう書いている。

尾崎喜八の選で「南」が『抒情詩』八月号を飾ってから、白樺派の末裔というべき自然讃美、人生肯定の思想に当然触れることになる。農民的というより芸術的であり、八方破れ的プロレタリア詩の激怒性より健康な素材による内面の秩序と調和性を選ぼうとしていた。誠実な芸術家の苦悩と歓喜、それを高い調べによって抒情することから真壁仁の青春の詩は歩み出した。*19

そしてその年（一九二六年）の八月、一九歳の仁は「朴歯の下駄をはいて、白い絣の着物に兵児帯をしめ、ハンチングをかぶってね〔……〕柳で作ったバスケットをぶら下げて」（『希望の回想』七七頁）、生まれて初めて上京し、上高井戸（当時はまだ畑の広がる東京郊外だった。現在は杉並区）の尾崎家を訪ね、二泊三日滞在している。

「あの高井戸での三日は、ぼくの幼い精神史にとって、異常なほどはげしく、魂のおののきを感じた最初の体験だった。」（『野の文化論』〔二〕四三頁）

とくに初めて聴くベートーベンやバッハの感動は、自らの「泥かまし」の百姓生活を考えて、不安と動揺さえ惹き起こした。もう百姓を続けられないかもしれない、そんな思いにさえ駆られている。しかし、真壁仁は不況と貧困が渦巻く、家族や友人たちのいる、羽州山形の野良に戻って行った。

『近代山形の民衆と文学』の著者の大滝十二郎（一九三三～一九九六）は、その中で、真壁が尾崎喜八から学んだものは、詩（感動表現）と人生（現実生活）は一つのものだという詩の考え方と、もう一つは、真壁が一九歳の時（一九二六年）に書いたという「韻律論」を紹介しながら、詩の芸術性（美）と深く関わる詩のリズムやフォルムといった技法の問題、つまり「詩の韻律の自覚」であった、と書いている。[*20] この問題は後のいくつかの章でも触れる。

一九歳から仁は、真壁家の稲作だけではなく農作業のいっさいを、一九二四年四月に盲腸手術で入院した父親の幸太郎から任されている。百姓仕事を一人前にやれないようでは、本を読んだり詩を書いたりしてはならないという、この父の教えは変わらない。

父を超える収穫を上げ、父親や野良の仲間たちに「血みどろなアソビ（詩作活動）」を認めてもらうために、また、読書と詩作の時間をつくりだすために、仁は農作業を合理化し、労働の生産性をあげることに尽力するのである。そして真壁は、尾崎から学んだ詩表現についての考え方を、東北の農村の所与の労働と暮らしのなかであたため、育て、掘り下げていく。

都会では、経済的にも文化的にも豊かな中間層が台頭し、洒落たモダンボーイ、モダンガールが闊歩する大正文化の爛熟期が始まっていた。

農村地帯では、小作争議が全国的な広がりをみせ、貧しさのために娘を女工や娼妓（当時公認されていた「売春婦」）に「身売り」せざるをえない農家が続出していた。一九二五（大正一四）年の全国の娼妓五一二五人の出生地を見ると、東京府が七八四人（総数の一五％）、次が真壁の山形県で五七四人（一一％）となっており、四〇〇人以上の県は秋田、茨城、福島、北海道、三〇〇人台が新潟、青森、神奈川と続いていた。[*21]

仁の少年時代が終わり、苦節と苦難の青年時代が始まりかけていた。一九歳の中頃から、仁の詩に変化が生まれてくる。長い日照り続きや経済不況による農村の疲弊で、仁の周辺でも水争いや小作争議が起こり始める。アナーキズムや社会主義思想が友人たちや雑誌などを通じて仁にもたらされてくる。

そんな状況の中で書かれた、日照り続きに苦しむ百姓同士の「水争い」をうたった詩を、最後の「詩稿ノート」（一九二七年二月の『蔬菜園6』）から引いてみよう。

草に眠る

静かに廣大な夜空の下、
露に湿った畦草に座し、
水口《みなくち》を守る。
きょうも、燃えるやうな日輪は見事な夕映の中に沈んで行った。
亀裂《ひびわれ》た稲田を　めぐって
仲間達は　悲しく狂おしく奔りまわった。

遥か明るい空の下で都會は眠ってゐる。
夜更けだ、
時の流れは重く渋く
懶《ものう》　いつかれが瞼を襲ふ刻限だ、
だが　見ろ、
仲間の焚く篝火は物凄く天に燃え、
カンテラの灯は　闇を縫ふのだ。
すこし冷たい風を感じながらおれは想ひ出す、
水源の分水區域で、
二群れの村民が睨み合った夜の悲劇を。

亦、先刻《さっき》
落日の山の上で　雨乞ひの祭りの太鼓が響いたとき、
憂鬱な瞳で北方の紫雲《しうん》を眈視しながら
草刈の友が呟いた言葉を。
あの雲あ　雨だんべえなあ……
〔……〕
螢は　青くかすかに　ながれ飛ぶ、
今宵も　夜更けてひとり　水口を守り、
疲れて草に眠るのだ

〔一九二七年〕六月二十五日作

一九二七（昭和二）年、二〇歳になった真壁は、初夏（六月）には徴兵検査に臨み、秋には本沢村の哀草果の「読書会」で、無政府主義者クロポトキンの思想や哲学について語っている。それを、そこに出席していた同輩の遠藤友介が、こううたっている。（「年譜」）

世のおそるるアナーキズムのまことのみち君説く時に秋の雨しげし

真壁仁の少年時代の終わりが近づいていた。

［第一章・註］

＊1　真壁仁「五月の聲」（一九二五年）、詩稿ノート『蔬菜園2』に所収。

＊2　黒田喜夫「真壁仁の詩と時代」『新編真壁仁詩集』土曜美術社出版販売、二〇〇二年、一四六頁。

＊3　阿部宗一郎「外野席からの『街の百姓』考――はざまを生きたダンディ青蜥蜴」『真壁仁研究』第三号（二〇〇二年一二月）、三六～三七頁。なお、阿部は尋常高等小学校を卒業後志願兵として関東軍に編入され、敗戦とともに四年半近くシベリアで抑留生活。帰国後故郷で木工会社を設立し、経営にあたりながら、権力・権威に抗する詩集、句集を多数上梓している。

＊4　ピエール・ブルデュー、ジャン＝クロード・パスロン『再生産――教育・社会・文化』宮島喬訳、藤原書店、一九九一年、五一頁。

＊5　山形県『山形県史』第五巻（近現代編下）、一九八六年、二八二～二八三頁。

＊6　『真壁仁研究』は真壁仁研究委員会編、東北芸術工科大学東北文化研究センター発行により、第一号（二〇〇〇年一二月）から第七号（二〇〇七年一月）まで刊行された。

＊7　玉田尊英「貧困と凶作――真壁仁論」『真壁仁研究』第五号（二〇〇四年一二月）、二二九頁。

＊8　山形県、前掲（＊5）、二二三頁。

＊9　阿部宗一郎、前掲（＊3）、三四頁。

＊10　木村迪夫『八月十五日』八島信雄編、遙かな日の叢書刊行会、二〇〇五年に所収。

＊11　更科源蔵「街の百姓」『犀』第一六号（一九三三年）、三〇頁。杉沼永一編著『詩人更科源蔵と山形』山形ビブリアの会、一九九三年にも採録されている。

＊12　海後宗臣監修『日本近代教育史事典』平凡社、一九七一年、八九頁（佐藤秀夫「高等小学校」）。

＊13　同前、一七五頁。

＊14　楠原彰「真壁仁と少年時代」『真壁仁研究』第一号（二〇〇〇年一二月）、一六二～一六四頁。

＊15　真壁仁『文学のふるさと山形』山形郁文堂書店、一九七一年、二八二頁。

＊16　結城哀草果『山麓――歌集』岩波書店、一九二九年、八頁、一八頁。

＊17　斎藤禮介『物語山形文壇史』高陽堂書店、一九七七年、二〇五頁。
＊18　真壁仁、前掲（＊15）、一〇七頁。
＊19　松永伍一『日本農民詩史』中巻二、法政大学出版局、一九六九年、七三二頁。
＊20　大滝十二郎『近代山形の民衆と文学』未來社、一九八八年、二三一～二三二頁。
＊21　竹村民郎『帝国のユートピア』三元社、二〇〇四年、一三二頁。さらに大凶作に見舞われる一九三四（昭和九）年には、一〇月末の山形県の婦女子の出稼ぎ状況は、判明しているだけで芸妓八四一人、娼妓二〇五一人、酌婦三七八一人、合計六六七三人にも達している。（横山昭男ほか『山形県の歴史』山川出版社、一九九八年、二八六頁）

第二章　野の詩人の誕生、また徴兵忌避考
――「宿命的なアソビ」を野良の仲間よ、許してはくれないか

一　少年時代の終わり

真壁仁が一人前の百姓として、「紺の股引きをはき、縞木綿の野良着を着て」（「年譜」）祖父母・父母とともに山形市郊外の街と村のはざまにある野良に立ったのは、一九二一（大正一〇）年の春。仁が二年間の高等小学校農業科を終えた一四歳の時である。

さて、真壁仁が野良に降り立った一九二〇年代は、第一次世界大戦後の戦後不況に端を発する日本の慢性不況の荒波が農村を襲い始める時代と重なる。一〇万人を超える死者・行方不明者を出し、六〇〇〇人の朝鮮人等の虐殺を引き起こした一九二三（大正一二）年九月の関東大震災の影響が、経済的混乱とともに日本社会全体に暗い影を落としていた。そうした震災直後の混乱の中で無政府主義者の大杉栄と妻伊藤野枝、大杉の甥橘宗一（六歳）が憲兵隊司令部で虐殺されている。また、労働運動の指導者で劇作家でもあった平澤計七が拘留中の亀戸署で、習志野連隊の兵士たちによって殺される。

仁21歳と更科源蔵23歳
［『真壁仁研究』第1号より］

真壁の住む農村部も暗い時代に向かっていた。一九二〇年代後半以降の農産物価格、とりわけ米と繭の価格の下落は留まるところを知らなかった。一九二六（大正一五）年の米価は一石（一五〇キロ）三二円五五銭から、一九三〇（昭和五）年には一六円三一銭と半分に下落し、繭価は一貫目（三・七五キロ）八円〇七銭から、一九三〇年には四分の一近い二円七六銭に暴落している。[*1] とくに繭価の崩落は、真壁家のような中農層の養蚕農家に深刻な打撃を与えた。

東北地方を毎年のように襲う冷害も農民を苦しめる。農家の負債は深刻化し、青田刈りや娘の身売り、頻発する小作争議が大きな社会問題となり始めるようになった。

県内の小作争議は、真壁が二〇歳の時（一九二七年）は三一件（全国二〇位の発生件数）だったものが、翌年には九二件（同六位）、一九二九（昭和四）年に一三九件（同五位）、一九三〇（昭和五）年には二六一件（同一位）、一九三三（昭和八）年には三四〇件（同一位）、と急増している。小作料を支払えない小作農、自小作農の続出が背景にあった。[*2] 小作と自小作農家、とりわけ小作農家は、地主に生殺与奪の権を握られていた。

明治二三（一八九〇）年に創設された帝国議会は設立以来地主層によって牛耳られていた。日本の農村貧困の最大要因であった小作制度（農民搾取のシステム）は、敗戦まで廃止されることはなかった。一九一〇年代から二〇年代にかけて、農村の困窮、都市と農村の経済的・文化的格差が「農村問題」「農業問題」として大きな社会不安の根源となり、そこに日本を侵略戦争の泥沼に引き込む国粋主義や国本的農本主義のタネが蒔かれていった。

経済史家の森武麿は、小作農の自作農化を企図した一九二九（昭和四）年の「自作農地法案」および小作権の承認を骨子とする一九三一（昭和六）年の「小作法案」の帝国議会での廃案と、同三一年九月の「満州事変」による中国東北戦争への突入こそ、大正デモクラシーの終焉と挫折を意味し、そして昭和ファシズムの開始を象徴するものであったと述べている。[*3]

真壁仁が詩作を始める少年時代から「詩人」を意識し始める青年期の初期は、このような時代様相の中にあった。

一九歳の六月から二〇歳の七月までの作品を収めた「詩稿ノート」の最後の二冊（六冊・七冊目）から、それまでの作品に見られなかった、明らかなある変化を読み取ることができる。それは、素朴な自然・田園賛美、理想主義的人間賛歌の詩から、社会的・階級的な描写、つまり、社会主義リアリズム詩への移行である。また、素朴な自我の内面の表出から、自らとは異質な世界に生きる他者の発見（意識化）である。

「貧しき職工」、「村のこじき」、「支那人」、「釜焚き」……などをうたった詩が登場してくる。徴兵検査に臨む二〇歳前後から、その傾向は顕著になる。

「詩稿ノート」の最終冊（『蔬菜園６』）の最後に、製糸工場で働く労働者（釜焚きの人夫）を歌った、一九二七年七月五日の日付のある詩が載っている。素朴なプロレタリア・リアリズムの傾向をもった詩である。

釜焚きの人夫

焚いてゐるな、
けふも、君は、裸身に汗を滲ませ、
逞しい腕で石炭の山にシャベルを突き立て乍ら
機関の釜を焚いてゐるな、
君は見るか、
その地下室から　窓越しに大空を。
そこには　煙が　渦巻いてゐる。

〔……〕
巨大な蒸気機関は煮え返る、
奮然と湧き立つ蒸気は管に充ちて
彼方、繭乾燥場の方へ奔流する。
鍛冶やハンマーの音がそばの小屋から響く。
亦、細長い工場の喧囂《けんごう》〔喧噪に同じ〕の中では、
悲壮な諦めから立ち上がった五百の女工が、
歌ひながら糸を紡いでゐる。
まるで器械のやうに。
みんななにかに動かされてゐる。
××製糸工場のまっぴるま。
〔……〕
なあ　兄弟！
君も元気に歌ひ返すんだ、労働の歓喜を。
〔……〕

もう一つ、やはり最後の「詩稿ノート」に載っている真壁の二〇歳の誕生日（一九二七年三月一五日）前後に書かれた、というよりも書き殴られたといった方がふさわしいような、たくさんの書き込み、削除、追加、訂正、挿入のある詩を紹介する。農本主義的でアナーキスティックな傾向の詩である。

さいわい真壁は翌年二月、その習作に手を入れて「土に立つ者」と改題し、釧路の葛西暢吉が創刊し、同人に更科源蔵らがいた同人詩誌『港街』（一九二八年二月号）に掲載しているので、そちらの方を引用す

る。少年時代の素朴な人間賛歌・田園賛歌の詩は姿を消していく。農と農業労働への矜持が迫り出してくる。労農運動の指導者への違和感情も持つようになる。農村の窮乏、都市と農村の経済・文化格差の常態化と労働運動・農民運動の広がりの中で、真壁の詩に素朴な農本主義、アナーキズムの傾向が芽生えてくる。

真壁仁の少年時代は終わろうとしていた。

土に立つ者〔原題「私は百姓だ!」〕

憚《はばか》りなく言ふ
おれたちは百姓、与え、愛撫し、憂慮し、待つものだ、
耕鋤、播種、除草、施肥、それらはおれたちの仕事だ、
おれたちは野菜や繭や、つややかな米を収穫する、
それを眺め入ることは限りない喜びだ、
それらの来歴を想ふことは青空を想ふことだ、
それらはおれたちの富、おれたちの汗と塵労、
それはおれたち自身。
〔……〕
おれたちはおれたちの為に正義の叫ばれているのを聴く
おれたちを指導し解放すると称する人等の、自由や権利を求めんとする行動を見る。
だがおれたちは、日光と土と野菜ほどの自由は見ない、
雌鶏が産卵し、牡豚が多くの仔を哺育するほどの正しさは知らない
堆肥の蔭に咲く韮《にら》の花ほどの美しい倫理を聴かない、

おれたちは活字や会話や演説を通じて
富める者、権力ある者、暴使する者等への嘲罵や叛逆を聴く、
だがそれは、黙々として畑に畝を作り、馬鈴薯を蒔きつけ乍ら流すおれたちの汗の一雫《しずく》より
　確かだとは言われない。

おれたちは、一本の牛蒡、一株の甘藍《かんらん》〔キャベツ〕の中に
苦痛や悲劇や欲望や誇張や哀歓の相貌を見る、
又、組織や行動を学ぶ、
だがおれたちはおれたち、
おれたちの動きはおれたちを処理する。
必然！
そうだ、見ろ、雲の流れるのを、
花や果実や木の芽たちを、
歪みながら青い路傍の草の葉を、
見ろ、
雪を凌いだ三月の麦の素晴らしさ！
〔……〕

二　野の詩人・真壁仁の誕生

東北山形の百姓真壁仁兵衛（常吉）が、「真壁仁」の名で、詩人（表現者）として生きること、つまり、

百姓仕事と同時に、詩作表現活動を生活の中心において生きることを強く意識するようになるのは、いつからか。それはおそらく、一八歳のとき「南」という詩が尾崎喜八の選で高い評価を与えられ、内藤鋠策創刊の詩誌『抒情詩』の新人推薦号に掲載される頃からだろう。真壁仁の詩がはじめて中央詩壇に登場する時である。

それを契機に、同じ新人推薦号で入賞した、若くて無名で未然の可能性を秘めた、更科源蔵、金井新作、伊藤整らとの交流が始まる。同時にまた、選者の尾崎喜八を介して高村光太郎、中西伍堂、高田博厚、片山敏彦らの、東京在住の、すでに名のある詩人や文学者、芸術家たちと直接出会うようになる。これら同じ志で結ばれた同輩・先輩との交流と出会いが、真壁仁の文学的・思想的成熟を導いていく。

高村、尾崎、中西らは、地方在住の真摯な若い農民・労働者詩人たちを大切にし、対等に付き合うことをいとわなかった。

真壁家の農作業のいっさいを父親からまかされるようになり、文字通り一人前の百姓となった真壁が、多忙な百姓仕事の合間を縫うようにして、中央や地方の詩誌・文芸誌に次々と詩や評論を発表するようになるのは、一九二七（昭和二）年、二〇歳のころからである。

倉田百三主宰の総合文芸誌『生活者』、北海道釧路の葛西暢吉、更科源蔵らが始めた同人詩誌『港街』、そして『港街』を改題し真壁、猪狩満直、渡辺茂、金井新作らが同人に加わる『至上律』（第五号から『北緯五十度』と改題）、東京の中西伍堂の『濶葉樹』、山形市で図書館勤務の同世代の長崎浩が始め真壁や更科が加わっていく『犀』、さらには『星座図』、『東方』、『至聖林』、『藁屋根地方』、『流氷』、そして『山形新聞』などが、真壁の作品発表の場となっていくのである。（『藁屋根地方』は真壁が本沢村の友人遠藤友介、渡辺熊吉、横尾健三郎に呼びかけて一九二九（昭和四）年に山形で発刊した同人誌。）

中でも真壁の詩作修練の場は、若い農民や労働者の同人たちによる手作り詩誌であった『至上律』（『北緯五十度』）や『犀』であった。これらの詩誌には真壁自身も編集・発行の中心として参加する。

前述したがこの時代は、日本社会が大正デモクラシーから昭和のファシズムに移行していく時期と重なる。

一九二五（大正一四）年に普通選挙法（男性のみの参政権）と引き換える形で成立した治安維持法が、一九二八（昭和三）年には死刑や無期刑を追加して改定され、国家権力によって「共産主義者」と見なされた者への大弾圧が行われるようになる。真壁の周辺にも治安警察の影がちらつき、手紙や刊行物などが頻繁に開封されるようになる。治安維持法は第一条に「国体を変革し、または私有財産制度を否認することを目的として結社を組織し、または情を知りて加入したる者は、十年以上の懲役または禁錮に処す。前項の未遂罪はこれを罰す」とあるように、「国体」批判と見なされればどんな行動でも思想でも罰することができるような法律だった。「国体」の定義も曖昧模糊としたものであった。

真壁の詩から素朴な自然賛歌や人間賛歌の色彩が姿を消す。困窮に向かう農民や労働者の暮らしをリアルに描写する社会主義的な生活詩・農民詩へ移行するのはこの時期である。すでに紹介した「街の百姓」、「釜焚きの人夫」、「土に立つ者」などがそうである。

この重厚な生活リアリズム詩は、一九三〇年代初期に一気に書かれる「蚕の詩」（一九三〇年、初出は『犀』）、「祖母の詩」（同、初出は『犀』）、「娘達の話」や「目覚メ」（同、初出『北緯五十度』）、「街の百姓」（一九三一年、初出は前半が『北緯五十度』、後半が『犀』）において頂点に達する。

「街の百姓」と「祖母の詩」の一部分は前章で紹介したので、ここでは、「蚕の詩」、「娘達の話」、「目覚メ」を紹介したい。

蚕の詩†

その一

蚕棚《こだな》のあひだにごろ寝した

ねぼけた眼で桑をやつた
薯の皮むくひまがなかつた
蚕沙《さんさ》の上で箸を持つと肱がぶつかつた
腰がいたくなり
ねむくなり
寒暖計に目をこすつた
眠りながら火の番をした
蚕は成長して食ふことをやめ白い繭をつくるのであつた
そうして間もなく蛾になつて繭を破るのであつた
おれたちは急いで繭を売らなければならなかつた
製糸家たちは勝手にそれを値ぶみした
何も何ものこらなかつた
それでいいか　決して否
おれたちはみんな何でも知つてゐるのだ
ただおれたちはまだ離れればなれであつた

さかな屋やしょうゆ屋の帳面を半分消してもらうと
棚をほぐしたひろい部屋で
病蚕の腐れたにおいをかぎながら
せめて塩辛い鱒を焼いて白い飯をたべるのであつた

〔その二〜九は略〕

その十

蚕はおれたちを養はなくなつた
蚕糸会の調査による
秋繭十貫の生産費四十四円五十銭
それをおれたちは二十四円で売つてるではないか
ひと月の間夜の目もねずに汗ながしてとつたまつしろな繭
それが薯のやうに食へないのが口惜しかつた
おれたちの繭おれたちのものでないのだ
養蚕組合はつひに御用組合にすぎないのだ
桑の木を仆して薯を播かう
よし口に糊するものの乏しくとも
薯つくりの土まみれなよろこびは深いのだ

娘達の話†

お嫁になる日の着物を買ふため
娘達はかかさず夜なべをはげむとよ
くらい土間で縄をなふとよ
がんこながんこな岩や壁みたよな親たち

うるさいうるさい雀みたよなあたり近所衆
娘達はさびしいあきらめに泣くとよ
霜やけで手がふくらみ
そこから血がながれ
米磨汁でうでてゐるとよ
あかりのとどかぬ土間にあぐらをかいては
一本のかんざしにも
いくばんもいくばんも縄をなふとよ

目覚メ†

〔一～四連は略〕
ドウスレバジブンノツクツタ米ガクヘルカ
ドウスレバムスメヲウラナイデスムカ
ダレモソレヲカンガヘテイタガ
ダレモクチニハ言ハナカツタ
ダガミンナワカツタノダ　イマ
ミンナノミコンダノダ　腹ノソコデ
フブキハ荒レテマドヲツイタ
ケレドモダレモウゴコウトセズ

ダレモ手ヲウタナカツタ
ミンナコブシヲニギツテイタカラダ
目バカリウスグライ土間デギラギラヒカリ
タダモエタ不言実行ノ意志

まったく同じころ、真壁は『中央公論』(一九三〇年一〇月号)のルポルタージュ募集に、青山修平のペンネームで、「俺達の行くのは何処だ——養蚕奴隷覚え書き」という生活記録を書いて入選している。これは養蚕農家が製糸家(製糸工場主)に搾取されている現実を、真壁自身の家の状況を題材にして報告した激しい怒りに満ちたルポルタージュで、内容は「蚕の詩」に重なる。(この時の賞金の半分の五円を、渡仏直前の彫刻家・高田博厚に送っている。当時の高田は貧窮どん底の暮らしをしていた。)

このあたりの真壁の詩やルポは、農民詩人・農民作家として面目躍如たるものがある。

だが、真壁仁の詩(表現)には意識的に詩作を始める一〇代後半から、次の三つの重要な内実が不離不即に重なり合い、融合し合っていた。それは、自然を歌う心、人間とその生活(仕事・労働)を歌う心、そして形象や観念が孕む美を歌う心である。ナチュラリズム、ヒューマニズム、リアリズム、ロマンチスシズムの融合といってもいい。

真壁は詩の技法(方法・形式・韻律等)へのつよい執着を棄てることなく保持しつづけた。それは真壁が困窮のどん底に喘ぐ貧農ではなく、文化資本に恵まれ、社会関係資本も豊かな県都の「街の百姓」の出身だったこととも関係があるだろう。また、早くから豊かな技法に恵まれた芸術家たち、とりわけ尾崎喜八と出会っていたことにもよるだろう。その傾向は一〇代の習作詩集(「詩稿ノート」)から、最晩年の『冬の鹿』(一九八三年)まで変わっていない。

これが詩人真壁仁の最も重要な資質といってもいい。彼は生活・社会・労働のありようをリアルに描きだそうとするリアリストの詩人であった。同時に、農とその観念・始原・エロチシズム、また事物の形象や自然・人間性の不可視の本質などを、美的に芸術的に表現せずにはいられないロマンチストの詩人であった。*4

暮らしの周辺に貧困や抑圧が押し寄せて来る状況に直面した一九三〇年代初めには社会主義リアリズムの詩が多くなってくるが、そのちょっと前の一九二七（昭和二）年には「ゴツホ礼讃」（初出『生活者』）という詩を、また、全く同じ時期（一九三〇年）にも「日溜りの人生」（初出『流氷』）などという美的表現をつよく意識した詩を書いている。

ゴツホ礼讃†

夏の真中の田野に立って
丸く穂を孕んだ緑の稲の波だちの中に
今日も憩ふ　ヴインセント・ヴアン・ゴツホ
その苦難と忍黙との多彩な生涯
〔……〕
おんみは
樹木と天空と　村道と麦畑
そして勤勉な農夫の中におんみ自らの魂を見出し
その生涯の血と呼吸とから
永遠の色を搾った
おんみの不思議な技巧で
おんみの無比の意力で

焦げつくばかりに輝きます太陽
孜々として働く耕作の人　収穫の人
りょうらんとして光る麦の畦並
燃えるばかりの気勢で天を摩すサイプレス〔イトスギ〕
おう　それらの溌溂たる殼動！
おう　目覚ましい　エメラルド・グリーンよ！
〔……〕

日溜りの人生†

お祖母さんのソランジユ・ブランシヤアルが
小さいシヤルル・ブランシヤアルを葬式の物乞ひにやる
物持のデユクロさんの葬式の日
シヤルルはみんなと一緒に銅貨を貰ふ
それを落とさないやうに手の平に掴んで
手の平をかくしに突つこんで帰つて来る
（私はあの物語が好きだ）
町のお祭に木馬が来てもシヤルル・ブランシヤアルは乗れなかつた
――木馬に十文つかつたら明日《あした》にことがかけるんだよ
さうお母さんがいふ
みんなが乗つてぐるぐる廻るのを見てゐるシヤルルはかなしかつたろう

——あたい木馬を見て来たよ　とお母さんにいふシャルルは
石にひしがれた草のやうなプロレタリアの子だ
「真実こそ貧しいものの武器」である
それは幸福を暖かい日溜まりに見つける落魄の人生であつた
乾いた木の匂ひのこもる木靴師の家に弟子入りした少年シャルル・ブランシヤアルを
私はいつも
血の通ふたさびしい一人の同志だと思ふ
〔この詩はフランスの作家シャルル・フィリップ（一八七四〜一九〇三）の小説『シャルル・ブランシャール』（小牧近江訳、叢文閣、一九一三年）にもとづいて書かれたものである。〕

これらの詩のすべてが、一九三二（昭和七）年三月一五日、真壁仁の二五歳の誕生日に処女出版された詩集『街の百姓』（釧路の北緯五十度社刊）に収められている。北海道に住む詩友・更科源蔵が凍える手で鉄筆を握ってガリを切り、真壁のために編集・刊行したものであった。『街の百姓』は第一部と二部に分かれ、一部には「ゴッホ礼讃」や「日溜りの人生」などのロマンチシズムの色彩の濃い詩群が、二部には「目覚メ」、「蚕の詩」、「祖母の詩」、「街の百姓」といった圧迫された農民の暮らしをリアルに歌った詩群が収められている。詩人で農民詩研究者の松永伍一は、この真壁仁の詩集を「同時代のあまたの農民詩人の仕事のなかで、もっとも傑出した出来ばえの詩集であったというべきである」[*5]と激賞している。

この処女詩集『街の百姓』の巻頭には、この時代の人間真壁仁、詩人真壁仁を理解するにきわめて重要な、いささか張りつめた思いの次のような「自序」が掲げられている。農村窮乏と侵略戦争が日常化し始めるころである。

自序†

私は頭を垂れてこの小さい詩集を世におくる。

〔……〕自分は此の書を出すのにけんせきを感じぬわけには行かないのだ。

私は生れながらの土百姓だ。百姓である自分にとつて、詩はひそかな心のおごりであつた。私はそこに苦窮を直視する目をそらした。私は微かな胸のときめきや夢のために詩を書き、亦自分への深いさげすみの為にも書いた。けれども今はちがう。今は――だが言ふべきことでもない。ただここに、自分のこれまでの仕草を考へて生れた結論は、「私にとつて芸術は所詮遊びである」といふことだ。

私は決して詩人の前に、自分の詩想の貧しさ、試技の拙さを恥じはしない。けれどもはたらく野良の仲間の前に立つとき、自分の饒舌に過ぎないところの歌に対して言ひやうの無い卑みを覚えるのだ。実に表現を知らない――亦欲しない百姓の強さは、星を見入る私の頭に鉄槌打撃をくらわすのである。

芸術に対するこのやうな不信で私は詩を書き、そして此の書をつくるのであるが、この不信を省みて激怒を投げるのも自分自身である。私にとって詩は所詮アソビに過ぎないけれど、それはしかし実に血みどろなアソビだからである。今は多くの人がおれら土百姓の肩に手を置き、多くの人がおれら貧しいものの生活の意味を重んじて呉れる時だ。思へば私の懐疑はあはれである。だが逆説をもてあそぶのではない。芸術の社会性に就ての一般的意義を私も亦知つて居るのである。

私は此の宿命的なアソビを野良の仲間に許してもらう。そして此の清算的な一書を機縁に、両手でムチうつて詩を自分の中に確立させようと思ふ。
〔……〕
千九百三十二年一月十四日

この「自序」は真壁仁の「詩人（表現者）宣言」であると同時に、他者の発見、他者との対峙、そして他者との別れの宣言でもあろう。この他者は百姓仲間だけではなく、家族やコミュニティも入っているだろう。詩を書く、あるいは、表現するということは、自分を他者やコミュニティから引き剥がし相対化し、他者・コミュニティとのあいだに距離・溝をつくらないと不可能な実践である。そうしないと日常の形象を包む不可視の真実や美が見えてこないからである。

他者（野良の仲間など）の相対化・客体化とは、なんと「卑み」にみちた「心のおごり」であろうか。その代償は他者との別れ、他者の疎外、コミュニティからの離脱・離反、その結果招来するであろう自己不信と孤独……。それでも真壁仁（詩人）には、表現せずにはいられない何かが心身にたぎっているということだろう。それを真壁は「詩魔」とも表現したことがあった。

真壁は他者にむかって、「頭を垂れ」恥じらいながら、この「私の宿命的なアソビ」を許してほしいと懇願してはいるが、しかし、それは自分にとっては、他者と自身に深い傷を与えることになるであろう「血みどろなアソビ」なのだとも宣言している。

この懇願と宣言の深層には、五年前のひそかな徴兵忌避の体験（国家への抵抗と他者・共同体への背信の思い）が渦巻いていたのかもしれない。詩人・表現者としての出発が昭和のファシズムと戦争の時期と重なるという不幸と悲しみを、真壁仁もこれから存分に味わうこととなる。

三　二〇歳の儀式――真壁仁の「徴兵忌避」をめぐって

真壁仁が二〇歳に達したとき、日本国のすべての青年男子同様に、兵役制の一環である徴兵検査に臨まなければならなかった。帝国陸海軍の兵士として徴兵可能な身体を持つ者かどうかを軍医や担当武官が調べるもので、一人ひとり素裸にしての身体検査が中心であった。

身体の表面上の頑健さだけでなく、屈辱的な方法で行う性病や痔疾の有無の検査、内臓疾患の検査まで綿密に行われるものだった。真壁の場合は学歴や職業についての簡単な筆記と身体検査のみだったが、後に農民詩人・農民運動活動家となる真壁より二歳年長の埼玉県の渋谷定輔などは、国語と算術の学科試験のほか「信用はなぜたいせつか」「わが国の農業の現状をどう考えるか」といった思想調査も課されている。[*6]

日本の徴兵令の制定は一八七三（明治六）年と極めて早い。幕藩体制と身分制の解体に伴って誕生した明治近代国家は、「国民皆兵」を目指して軍事防衛体制を整えようとした。これはしかし、中世以来の兵農分離体制とは全く異なるもので、若衆の労働力に依存することが大であった農民・商人・職人層などの反発を呼び起こした。したがって、徴兵忌避・回避は制度発足時から民・百姓のひそかな願望であった。ある人々は検査日前に絶食したり、身体を傷つけたり、醤油・薬品などを大量に服用したり、視力をごまかしたり、戸籍を偽ったり、逃亡したり……、と様々な方法を工夫して徴兵から逃れようとした。

一方、支配層や富裕層は養子縁組、代人料を支払っての徴兵免除、また徴兵免除や猶予・延期などが認められていた中等・高等教育機関への進学などの制度を使って、合法的に子弟を徴兵から逃れさせようとした。合法・非合法の徴兵逃れに手を焼いた政府は、徴兵令の改正を繰り返し、徴兵の免除・猶予・延期などの規定を厳しくしたり削減したり、また、非合法・合法の忌避者に対する罰則や取り締まりを強化したりすることによって対処してきた。

一八八九（明治二二）年二月、天皇を政治・道徳・宗教の絶対的権威とする帝国憲法の二〇条に「臣民（国民）の兵役義務」が規定される。それと呼応して同年「徴兵令改正（法律第一号）」が行われ、ここではじめて法律の形をとった「国民皆兵」を原則とする徴兵令（新徴兵令と呼ばれた）が生まれる。

真壁は一九二七（昭和二）年六月に徴兵検査に臨んだが、その時の法令は、この明治二二年「新徴兵令」以来の大改正といわれた、一九一八（大正七）年三月公布（翌年一二月施行）の「改正徴兵令（法律第二四号）」であった。この「大改正」でも、富裕層や高学歴者への徴兵猶予や通常三年間の徴兵期間の短縮など、様々な形での特権的・合法的措置が残された。[*7]

例えば、宮沢賢治の場合、二〇歳の徴兵検査は盛岡高等農林学校在学中で猶予され、二二歳の卒業時（一九一八年）には経費自弁の一年志願兵を強く意識——つまり合法的な徴兵の回避を強く願望——したが、適用年齢が引き下げられたことなどの問題もあり、それは断念。

徴兵延期を望む父の説得もあって高等農林の研究生として残ることを決めるのだが、賢治は法華経信仰や国民としての倫理観などの葛藤の中で苦悶し、学生（研究生）特権を行使しないで、一般の人たちと一緒に一八年四月に徴兵検査を受けることを決意している。検査の結果は「第二乙種、兵役免除」であった。この徴兵忌避をめぐる賢治のジレンマや徴兵・兵役にまつわる「死」へのイマジネーションなどが、彼の童話や詩に深い影響を及ぼしたと言われている。[*8]

また、真壁の知友の村山俊太郎の場合は、一九二六（大正一五）年三月山形師範学校本科を卒業して四月に山口村尋常小学校教師となり、その年の八月に「一年現役兵となり横須賀軍港などの東京方面の現地演習」を行っている。[*9]

また、真壁や宮澤賢治、村山俊太郎らが検査を受けた一九一八年の徴兵令から、違反者に対する罰則が強化され、徴兵忌避者には「三年以下の懲役」という規定が明記されるようになる。なお、この徴兵令は一九二七（昭和二）年一二月一日から「兵役法」（法律第四七号）と名称が変わって施行されることになる。

菊池邦作の「陸軍統計年報」を駆使した『徴兵忌避の研究』によれば、真壁が臨んだ一九二七年の徴兵検査では、全国で五八万一三〇七人が検査を受けたが、その中で、わざと体に傷をつけたり、病気・怪我を装ったり、また逃亡したり、隠れたり、騙したりなどして告発されるか、その疑いがあるとみなされた「徴兵忌避者」は五〇五人だったという。この数字は、当年の全被検査人員に対する千分比では〇・六九‰にあたる。[*10]

これを多いとみるか少ないとみるかは、意見の分かれるところだろう。国家権力には把握されていない（気づかれていない）、つまり統計には乗らない真壁仁のような「徴兵忌避者」は、その何十倍もいたことは間違いない。

なお、日中全面戦争開始の二年前にあたる一九三五（昭和一〇）年の徴兵忌避者（またはその疑いのある者）は、検査人員が五万三〇〇〇人も増えたにもかかわらず、二六八人、千分比は〇・四二三‰と激減している。[*11] 特高警察や憲兵が徴兵逃れを厳しく取り締まるようになったことにもよるが、総動員体制の進展とともに国民相互の監視体制が強まったことにもよるだろう。

さて、真壁仁の場合に戻ろう。真壁が自らの徴兵忌避・回避についておおやけに語るのは、私の知る限りでは、一九七八年の雑誌『あすの農村』に執筆した「八月十五日、私的体験からの出発」という一文においてである。真壁が定時制高校時代から見守り育ててきたと言ってもいい若い農民詩人・木村迪夫の『わが八月十五日』（たいまつ社、一九七八年）に強い衝撃を受けて書いたものだ。

木村は北太平洋上のウェーク島での叔父の遺骨収集からもどるとすぐにこの詩集を出版した。なお、木村の父は、木村がまだ小さい時に中国の戦野で病死している。木村は成仏できない戦死者たちの怨念と、二人の息子を戦争で死なせた祖母の「泣哭」のくぐもりの中で少年時代を生きてきた百姓青年である。真壁を慕い、詩を作り田畑を耕す農民詩人となった。

僕は強い衝撃をうけた。(木村の)「逃げている、逃げている、大きいのも小さいのも、年とったのも若いのも……」ということばが錐のように突きささってくるのだ。

ぼくは若いとき刻みこんだはずの反戦の思想をつらぬきとおしたなどとはとてもいえない。徴兵検査のとき十二指腸潰瘍の薬をのんで体重を減らし、丙種合格となって兵役をのがれ、戦中も召集を免れて戦争に行くことから逃げとおしてきたにすぎない。戦争に正面切って反対することができず、「銃後のまもり」につかされ、米の増産と供出につくことで、戦死などという、健全なからだのまま死ぬ無残さから逃げてきたのだ。[*12]

真壁に衝撃を与えた「あゝ　逃げている　逃げている　逃げている　大きなのも年とったのも若そうなのも髭を生やしたのも生やさないのも　皆んな逃げている　三十年の時間を逆しまになお俺の室を逃げ回っている　八月十五日との鬼ごっこは今日も俺の室で熱気をおびている」とつづく木村廸夫の詩は「俺の室(部屋)」という詩で、敗戦後三〇年たった一九七五年八月一五日の感懐を、四畳半の自分の室(後に木村はすべて部屋と直している)で死者に思いを馳せながらうたったものである。

「あゝ　逃げている　逃げている」という言葉が、徴兵を逃れ、戦争を逃げ通してきた真壁仁の胸にも、「錐のように突きささってくる」。

この木村の言葉は、戦死した父親の署名のある古びた修身書に貼られた「皇族の家族の煤けた写真に写っている人たち」に向けられたものであった。だが、戦死者の魂は、戦争忌避者にも、逃げずに戦場に赴き帰還を果たした人にも、兵役や戦場とほとんど無縁だった人たちにも、銃後の人たちにも……

「錐のように突きささって」いくのである。

真壁仁の徴兵検査当日の詳しい描写は、私たちは真壁の死の直後に刊行された『野の自叙伝』で知ることができる。

一九二七年〔昭和二年〕の五月〔実際は六月〕だった思う。初めに学歴と職業をかんたんに筆記させられた。それから身体検査に移り、身長、体重を計る。それから四つん這《ば》いにさせて痔疾の有無を見る。次に男根をつかんで性病を調べる。聴診器を使った内臓の検査、そして眼、耳を見る。〔……〕私は百姓だったから、顔だけは日に焼けて頑丈そうに見えたにちがいなかった。

それなのに体重は一二貫〔四八キロ〕そこそこしかなかった。連隊区司令官で徴兵検査の最終判定をくだす伊達少佐というのが、うさんくさい眼つきでにらんでいたが「ようし、丙種、勉強してこい!」とどなりつけた。〔……〕私は「はい!」と答えたものの、内心、しめた! と思った。甲種はもちろん、乙種になるのも避けたいと思っていたのだ。乙種には第一、第二とあったが、年に一回は連隊に呼び出されて訓練をうけなければならないと聞いていた。〔……〕

私は品物としては、かなり値打ちの低い品物に見られたが、その辱《はずか》しめに耐えた。〔……〕私は　徴兵検査の五日ばかりまえ、山形市内の至誠堂病院に入院して、十二指腸虫駆除の治療をうけていたのだ。祖母の弟に軽患者を世話して病院に出入りしている者がいて、相談したところ、このさいに駆除の処置をしたらいいといってくれ入院した。毎日ドロドロの油薬を飲まされ、食べものは飲まず食わずのうえ、腹中のものをいっさい排泄してしまった。チモールとかネマトールとかいう薬だったかもしれないが、そのときは知りもしなかった。ひどく飲みにくい薬で〝大望〟がなければ、ちょっと飲みくだせるシロモノではなかった。からだがガタガタ痩《や》せていった。減量が最高に達したとき、徴兵検査をうけたのだから、兵隊としては使いものにならないとされたのである。

私は貧しい自小作農の長男で、一六歳のころから牧歌的な田園詩人ばりの幼稚な詩ばかり書いていた。尾崎喜八と会ってから、ロマン・ローランを読み始め、バルビュス〔アンリ・バルビュス。フランスの反戦作家〕やマルセル・マルチネなどを読んだ。そして、金井新作の影響でアナーキズムの本を読むようになった。戦争否定と兵隊ぎらいは、しかし牧歌主義時代からの情感にもあったように思う。〔……〕ともかく〔私は〕軍隊を「囹圄《れいご》」〔牢獄〕と考えていた。（『野の自叙伝』七七～七八頁）

このように、真壁仁の徴兵忌避は強固な平和思想や反戦思想に基づいた「良心的徴兵忌避」というよりも、少年時代以降の読書や友人や知識人との交流で身に着けたリベラリズムやアナーキズムに影響を受けた「戦争否定と兵隊ぎらい」によるものであったことが分かる。真壁仁はそれを「牧歌主義時代からの情感」と呼んでいる。しかし兵役から逃れることは〝大望〟だったと書いている。そして軍隊を「囹圄」〔牢獄〕と思っていた。土からひきはなされることへの百姓の無意識の拒否感でもあったろう。

ここで真壁は触れていないが、「五日ばかりまえ」から病院に入院し十二指腸虫駆除の治療を受け、病院に出入りしていた「祖母の弟」に相談して「大量のドロドロの油薬」を飲み続けて「ガタガタ痩せて」徴兵検査に臨んだという一連の行為は、彼の「情感」もさることながら、「貧しい自小作の長男」を国家に持って行かれることへの、家族や親族全体の隠された願望にも支えられていたのも確かなことだろう。「祖母の弟」と相談して油薬を飲んでいる。〝大望〟はまた真壁の家族・親族のものでもあっただろう。

それはまた真壁家のみならず日本中のどこの家族の〝大望〟でもあった。そのことは徴兵制度が施行されて以来、日本社会の各地に見られるようになった民衆の間の様々な「徴兵よけ祈願」や「弾丸よけ祈願」などの流布や、徴兵制度発足以来なんど法改正をこころみても絶えることのなかったたくさんの非合法徴兵忌避者の出現を見れば明らかである。[*13]

軍隊に入らなければ生活できなかった生活困窮者や国家への忠誠心を軍隊に服務することによって示めそうとする人たちも少なからず存在したことも事実であるが、権力支配と皇国教育によるきびしい思想統制による同調圧力の中で、ほとんどの人たちは「徴兵忌避・回避」の願望を面に出すことはできなかった。「非国民!」のそしりに人々は怯えていた。

真壁が徴兵検査に臨み「丙種合格」(身体上極めて欠陥が多く現役の兵役には不適切)と判定された直後、三つ年長の親友である更科源蔵に宛てた手紙(ハガキ)が残っている。検査二日後の一九二七(昭和二)年六月一七日付の手紙である。

この十五日の徴兵検査で私は全く希んでゐた結果を獲たことを兄も悦んでくれ給へ。私の歩みは大きな暗渠《あんきょ》を事なく越えたことに依って祝福されました。自由は遂に性格的一転換を将来〔ママ〕するでせう。(「手紙」一九二七年六月一七日)

真壁がはじめから兵役逃れをひそかに願望し、徴兵検査ではねられることをつよく望んでいたことがよくわかる。真壁は兵役を「大きな暗渠」と呼んでいる。それを「事なく越えたことによって祝福され」たと喜んでいる。徴兵忌避から得た「自由」は自分に「性格的一転換を将来する」だろうとも書いている。

これは先に引用した戦後の回想と違ってはいないと思う。「祖母(ユン)の弟と相談」して大量の十二指腸虫駆除薬を服用して「希んでいた結果」を得ようとしていたことも本当だろう。徴兵検査ではねられることを願っていた〈消極的徴兵忌避〉である。

さて、真壁仁の徴兵忌避とは何だったのだろうか。真壁仁の秘められた徴兵忌避という選択が、その後の真壁の内面にどのような影を落とすのか。この問題は難しい。先の更科宛の「手紙」以外、戦後管見するところ一九七〇年代になるまで、それについて何一つ語っていないからである。

徴兵忌避とは国家への抵抗であったとしても、真壁が愛してやまない民衆（国民）に対する背反・乖離であったことも間違いない。兵役についた「野良の仲間」たちの死にも直面しなければならない。「裏切り」という感情にさえ苦しめられていたかもしれない。それがどれほど深い認識のもとにあったのかどうかは定かではないが、この問題は真壁の心性の闇の部分に沈殿し、名状しがたい響きとなって振動しつづけていったのではないだろうか。

それまでほとんど言及する人がいなかった真壁仁の徴兵忌避問題について、詩人で真壁研究者でもある玉田尊英が「真壁仁――徴兵忌避に至るまで」という精緻な論稿を『真壁仁研究』に寄せている。長い論稿であるが、以下にその結論部分を紹介する。なお玉田は、当時の真壁家の経営規模からして、仁は「微温的ヒューマニズム」から抜け出ることができず、農民運動に身を投ずる動機はもっていなかったと書いた人（第一章参照）である。

真壁が徴兵検査に臨む前後に書かれたたくさんの詩のなかに、「徴兵検査を直接・間接に匂わせる詩は一編もない。極めて不自然で奇異な感じが否めない。」むしろ「純粋に国家と一体化している真壁の心根」がみられるような詩、たとえば、『蔬菜園2』（一九二五年）に掲載されている「祝日の街の心象」や「櫻を讃ふ」などの詩を書いている。したがって、戦後真壁が徴兵検査について振り返っている文章についての、「私の疑問はこれらの文章は後年の回想で、徴兵検査までの足跡から考えると、後付けの理由に読めてしまうのである」と玉田は書く。そしてこう結論する。

> でなければ、その後、農業会の幹部となり実質的な戦争協力を行い、『辻詩集』に戦争詩を書く行為も、戦中の詩をまとめて戦後に出版した『青猪の歌』（昭和二十二年十月／一九四七）の「おぼえがき」

のなかで「これは私の初めての詩集である。二十年あまり詩を書いてきて、今処女詩集をだすというのに何の感激も持たない」と戦前の処女詩集『街の百姓』（昭和七年三月／一九三二〔三二〕）を否定し、『青猪の歌』を処女詩集だと書く行為も説明がつかないのではないだろうか。いささか強引な結論のように聞こえるかもしれないが、真壁は時代とともに「牧歌的な情感」に沿って自然に振る舞っただけなのである。真壁は軍国主義的な土壌に〈農本主義的な〉〈牧歌的田園主義的な〉木を育て、民衆詩派とアナーキズムを接ぎ木したが、接ぎ木された二つの思想は成長しないままだった。*14

私はもう少し丁寧に、当時の真壁仁の行為の軌跡と内面の葛藤を見る必要があると思っている。玉田が言うほどに、無葛藤に戦争協力の方に向かっていったのではないだろう。

以下に玉田へのいくつかの反論の形で、真壁仁の徴兵忌避問題についての私の論点を述べてみたい。

まず第一に、玉田は真壁の徴兵検査前後に書かれた詩に「徴兵検査を直接・間接に匂わせる詩は一篇もない」と書いているが、これは事実に反する。玉田自身が同じ論稿で、真壁が徴兵検査の年（一九二七年）の一月一日に書いた「脅威」という詩を紹介し、「これは、身近に迫ってきた軍国主義の恐怖から逃れたいと考えるが、その不安が風に鳴る林のなかに翻弄される一存在として表現されている。徴兵や軍国主義に痛めつけられる人々への共感とともに、その騒擾が自らの身から一刻でも早く遠ざかってくれることを願っている」詩だと書いているではないか。

それは、「詩稿ノート」（『蔬菜園6』）にある、こういう詩である。

脅威

林が鳴ってゐるだらう。

巨大な樹木達が空を掻き廻してゐるだらう。
ねえ、枝葉は折れるし、
小鳥共は何処へ逃げたか判りやしない。
聞こえるだろう、
存在の底の底の神経で泣いてる聲が。
あの聲に無関心でゐられるやつは軽蔑されよ、
あの現象《すがた》に心痛まぬやつは呪はれてあれ。
他人《ひと》ごとじやないんだ。
夢ぢやないんだ。

ああ用心しよう。
おれは身構へが實に下手なんだから。
あゝ慄えるばかしだ。
早く鎮まってくれればいいになあ。

〔一九二七年〕一月一日

間違いなくこの詩は、半年後に迫った徴兵検査〔と兵役〕への不安が下地になっている。兵役につながる徴兵検査を目前にして、「怯え」「慄え」ながら「存在の底の底の神経で泣いている」詩である。一九二七〔昭和二〕年の山形連隊管区内の徴兵検査は、「四月一六日から七月二九日までの間、飽海郡に始まり田川、最上、村山、置賜を経て西村山郡に終わる一〇数か所で行われることが二月中旬に本決まりになった。検査を受けるべき壮丁〔満二〇歳の兵役検査に達した青年男子〕総人員は一万九百一名」だったとい

う。[＊15]

真壁の居住地の山形市は「村山」地方にあたり、六月一五日が徴兵検査の日だった。先の「脅威」の詩の他に、同じ年の二月二二日の「詩稿ノート」に「寂しい冬の日に」という詩も書いている。

それは「寂しい　寂しい　冬の夜／滅入るやうな静謐に　おびえるこころ！〔……〕顔！　顔！　顔！友達の顔！／（君は兵隊だ）／（君は重い銃と背嚢《はいのう》とに泣いた兵隊なのに）／妹の顔！　三人の妹の顔！／（何か歌ってゐる、小聲で歌ってゐるな）／死んだ弟の顔！／（あんなに艶々しい　紅い頬をして）／（まだ三才のままで）／あゝ愛する人々が　みんなゐるんだな、／父の顔、母の顔、別れたひとの顔／たまらないなあ、／みんな　うれしそうに語り合ってゐる、合唱してゐる。〔……〕」

さらに四月一日には「春愁」という詩で、「〔……〕人の子のすがたのいたいたしさ／人の世の生業《なりわい》のみにくさ、／戦よ、悩みよ、困憊《こんぱい》よ、／汗よ、疲労よ、生活の傷よ、／なぜ一切はかくも懶《ものう》くさびしいのか、〔……〕」などとも歌っている。

第二の反論は、玉田が「純粋に国家と一体化している真壁の心根」が見られるという詩として、真壁が少年時代の終わりころに作成した『蔬菜園』（一九二五年）から、三月の春季皇霊祭（現在の春分の日）に詠んだ「祝日の街の心象」と、五月八日作の「櫻を讃ふ」を挙げている問題にかかわっている。

前者の詩は、北国の早春の街の子どもらや、小鳥たちの悦びを歌ったものである。確かに「門毎に翻る日章旗」という表現は出てくるが、一八歳になったばかりの真壁には「国家意識」などはどこにも見られない、それこそ「牧歌的田園主義的」な幼い詩である。

後者の詩にしても、「櫻よ、櫻よ。／愛しい、華やかな国土の紋章よ。／今、こんなにも旺な花の樹々枝々が日本の胸を飾ってゐる。／〔……〕気高し壮麗な日本の花よ。」などと歌っているものの、玉田のように「遠く鳴り響ている軍国主義への疑いはみじんもなく、純粋に国家と一体化している」と言うのは、いささか酷だろう。

一八歳になったばかりの真壁は、社会や国家を見る認識道具も持っていなければ、渋谷定輔など違って農民運動や農民自治運動などの社会運動とも向き合っていない。真壁少年の社会認識をいっきに拡大深化させる若いアナーキストの金井新作や社会派詩人の更科源蔵とも出会っていない。『港街』、『至上律』、『北緯五十度』などの、社会矛盾にのたうち回りながら詩を書いている東北や北海道を中心にした各地の若い農民や労働者の同人（誌友）たちとも、まだ出会っていないのである。クロポトキンも大杉栄も中野重治もプレハーノフも、もちろんマルクスもまだ読んではいない。牧歌的な「南」が尾崎喜八の選で『抒情詩』に入選する直前である。

真壁が社会や国家や他者との関係を、自らの生き方や芸術創造と切り離すことが出来ないことに気づくのは、あと一年（一九二六年）か二年（一九二七年――徴兵検査の年）待たなければならない。

玉田への第三の反論は、真壁が戦後になって徴兵検査忌避は「大望」であったと振り返っている文章について、それは後年の「後付けの理由に読めてしまう」と玉田が書いていることに関してである。

徴兵検査直後に更科源蔵に宛てた「手紙」（「私は全く希んでゐた結果を獲たことを兄も悦んでくれ給へ。私の歩みは大きな暗渠を事なく越えたことに依って祝福されました。自由は遂に性格的一転換を将来するでせう。」）を、玉田はどう読んだのだろうか。この「手紙」は二〇〇〇年一二月発行の『真壁仁研究』第一号に掲載されたものだから、玉田も知っているはずである。

玉田は真壁の徴兵忌避行為を「時代とともに「牧歌的情感」に沿って自然に振る舞っただけ」のもので、真壁の思想は「成長しないままだった」としているが、真壁の徴兵忌避問題は、そんな単純なものではなかったと私は考えている。その理由をいくつか述べてみる。それにしても思想の「成長」とは何だろう。

昭和二年の徴兵忌避問題を契機にして、真壁の詩に社会主義リアリズムが色濃く刻印されるようになる。正確に言えば、徴兵検査の年の前半（検査前）の「詩稿ノート」には、「脅威」や「寂しい冬の夜に」

のような不安と怯えの隠しきれない詩がつづくが、六月一五日の検査が終る頃から、前に紹介した「草に眠る」（六月二五日）や「釜焚き人夫」（七月五日）などの社会主義リアリズムへ向かう詩が突然のように現れ、そこで真壁仁の少年時代の詩の習作ノートである全七冊の「詩稿ノート」は幕を閉じている。

真壁が労働農民党の講演会に出たり（二月）、秋に結城哀草果の「本沢読書会」でクロポトキンの思想や哲学を語るようになるのも、みな同じ年のことである。さらに真壁は翌年には、地元の宮町に「農民組合を組織し地主と小作料軽減交渉をする。あとで山形市農民組合の指導者となった鈴木健治郎らと自宅二階で「資本主義のからくり」などの勉強会をはじめる」（「年譜」）ようになる。そしてこの年を境に、真壁を最も苦しめることとなる、次章でみるような家族との泥沼の葛藤が始まる。

徴兵忌避・回避が真壁仁個人の「大望」であると同時に、真壁家全体のものでもあったことは前に言及した。近い将来の家督相続者、戸主・仁兵衛を継ぐ長男の兵役・入隊を喜ぶものなどいるはずがない。この国家義務への反逆行為（サボタージュ）である真壁の徴兵忌避行為は、家族の関与なしには不可能だったであろうことにも触れておいた。玉田もこの出来事には「隠さなければならない関係者がいたということ。準備は周到に行われたということではないだろうか」と同じ稿（三五一頁）に書いている。

このことがまた、詩や社会的行動を通して国家社会への反抗の方に向かおうとする真壁仁（仁兵衛）と、帝国憲法下の民法（家族法）のもとで国家の末端機構の役割を与えられている家父長制家族（真壁家）との衝突・対立を、一層ぐちゃぐちゃで隠微で「自虐的」（真壁）なものにしていく。

徴兵検査を終え、徴兵忌避に成功した一か月後の真壁から更科への手紙である。

身体がものうくだるく夜になるとホトホト疲れてしまふ。少しの読書、執筆が耐えられなく苦しい。〔……〕私はもう二・三年、此の古い道徳と因襲とに煩わされた家に降参してゐよう、私は時々反逆を思ふけれど、人間生活の根本の幸福感が、現在のそれをくつがへし征服する程にならなければ、到底逃れられないやうである。微妙な事柄が人の心を押しつけ縛りつけることを、そして何でもないやうな、亦ひとしれぬ悩みが、高邁な求道や勉学のこころを圧倒するものであることを痛感します。私は弱輩だから、思想を築く前に実生活の闘ひに揺るがざる信念を打ち建てたいと思ふのです。(「手紙」一九二七年七月一八日)

徴兵検査の一、二年後から、これまでの真壁にみられなかったような、内向的で信仰告白のような詩が現れる。『至聖林』一九二九年一月号に掲載された「夕暮れの歌」がその一つである。「私は人間の吐息に疲れてやって来ました/私はひとり泣く為にやって来ました/醜い現実に拳を挙げて、怒り身悶え/騒擾と虚偽と屈辱とに闘意を感じた時/〔……〕/私の為に祈って下さい、私の孤独の為に。空に流れる力よ/私の魂に鋼鉄の意志を、私の血に乱れない平安を。/私の此の腕に/窮迫から、かよわい肉親をかばったのだ/しかし私の存在は醜い現実の解説ではない。/夕暮れよ、夕暮れよ/夢のような幼い記憶で私を呼んでくれたものよ/此の和かな空の下に」といったような詩。

もう一つ同じ時期に書かれた「背徳者」(『至上律』一九二九年八月号)を挙げてみる。

背徳者

われ身貧しくして祭壇にかしづかず
こころ不遜にして神を蹂躙す
ただ烈しき現實の火の中に
峻厳たる戒律を感ぜり
間断なき戦ひの中にのみいのち生き得れば
われらの信仰は忍黙にあり

われらの祭壇は天日の真下にあるなり
われ生きる業《わざ》につたなくして世の裏を行き
世はわれに侮辱をそそげり
われ益々至難なる戦いの中に
幼く且つ弱き家族《はらから》の口腹の頼みを肩に担《にな》わんとす
護るもの神に非ず
わが小なる肉身こそ
自らの主たる不羈の魂を内に宿せり

われ智慧少くして
四面楚歌の中を
身を屈めつつ行けども　涙呑みつつ行けども
道に光りあるを信ず
苦悩は欣びに非ざるも真実の故に輝けり
わが背徳の行為を譴《とが》むるなかれ
われ亦世の風評ゆえにひるまず

これらの詩が意味するものは何か。それは軽々に判断できるものではないが、徴兵検査前後から始まる真壁の詩作と社会的実践による意識的な社会関与、ならびに近代の国家家族の象徴である家父長制家族との衝突（と家父長制家族への依存）と見えないところでつながっていはしないだろうか。これは近代社会における「個人」「家族」「国家」の錯綜したトライアングルの構図である。

「背徳者」を書く同じ年（一九二九年）に真壁は、母校の小学校校長に頼まれて青年団学区対抗弁論大会に出ている。「百姓が働いても働いても食っていけない現実を」自分の家の畑作を素材にして演説（演題は「馬鈴薯階級宣言」）して聴衆の喝采をあびたが、危険分子として、以後警察にマークされ監視や尾行の対象となる。真壁を起用した校長は左遷された。（『野の自叙伝』八九〜九〇頁）

真壁が官憲監視の対象とされていく中で、徴兵忌避問題は、真壁個人にとっても、また真壁「家」にとっても、決して表面化されてはならない闇の中での出来事として秘匿されていく。国家に対するサボタージュ（抵抗）が民（野良の仲間たち）への背信とならざるをえない。これ以上に野の詩人真壁仁を苦しめる逆理がほかにあるだろうか。

次章で詳述するが、真壁の思想的・文学的「転向」への分水嶺は一九三四（昭和九）年から三五（昭和一〇）年にかけて訪れる。このころを境にして真壁の対社会的、対自・対他者の張りつめた批評意識は摩滅し、剥落し、社会や国家、そして他者への同調・同化の傾向に向かう。その底流にうごめいているのが、徴兵忌避問題につながる一連の凝固した黒いトライアングルである。

真壁が戦争協力の詩を書くようになるのは、玉田が言うように権力への思想的屈伏（転向）であったことは間違いない。その事実と同時に「屈服」の内実と意味が深く掘り下げられなければならない。屈服の中で書かれた詩も再吟味されなければならない。屈服を弱さや悪として突き放せる人が、日本に世界に存在するだろうか。

今私たちに求められているのは、屈服と敗北から何を学ぶかである。

［第二章・註］

＊1　岩本由輝『山形県の百年』山形出版社、一九八五年、一八一頁。

＊2　山形県『山形県史』第五巻（近現代編下）、一九八六年、三五二頁。全国順位の数字は、岩本由輝、前掲（＊1）による。

＊3　森武麿『戦間期の日本農村社会』日本経済評論、二〇〇五年、一三三頁。

＊4　この真壁仁の詩論については、前章で引用した大滝十二郎の指摘と、真壁仁の先駆的研究者であり『野の思想家真壁仁』（れんが書房新社、一九八七年）の著者である新藤謙（一九二七―二〇一六）に多くを負っている。新藤は真壁の詩のこの傾向は、「『街の百姓』時代からあった真壁仁の芸術観で、彼の作品が生活記録（その裏返しとしてのイデオロギー優先）に終わらず、審美主義に流れず、現実と形象を調和と均衡によって統一させることに成功したことにつながっている。それは換言すれば、かれの中のロマンティシズムとリアリズムの調和であり均衡である」（『野の思想家真壁仁』一七八頁）と指摘する。

＊5　松永伍一『日本農民詩史』中巻二、法政大学出版局、一九六九年、七二九頁。

＊6　渋谷定輔『農民哀史――野の魂と行動の記録』勁草書房、一九七〇年、八四頁。

＊7　加藤陽子『徴兵制と近代日本』吉川弘文館、二〇〇五年、一六三～一六四頁。

＊8　中村晋吾「徴兵忌避者としての宮沢賢治――徴兵忌避とその周辺」『国文学』第一六〇号（二〇一〇年三月）、六二～七三頁。中村は賢治を「潜在的な意味での徴兵忌避者の一人」（七一頁）であったと論じている。原子朗編著『宮澤賢治語彙辞典』東京書籍、一九八九年所収の「年表」一九一八年の項目も参照。

＊9　村山俊太郎『村山俊太郎著作集』第一巻、百合出版、一九六七年、四四四～四四五頁。

＊10　菊池邦作『徴兵忌避の研究』立風社、一九七七年、三五〇頁。

＊11　同前、三五一頁。

＊12　真壁仁「八月十五日、私的体験からの出発」『あすの農村』第四五号（一九七八年八月）、一一二頁。『野の文化論』［四］一〇～一一頁に所収。

＊13　大江志乃夫『徴兵制』岩波書店、一九八一年、一一八～一三〇頁。菊池邦作、前掲（＊12）、三四四頁も参照。

＊14　玉田尊英「真壁仁——徴兵忌避に至るまで」『真壁仁研究』第三号（二〇〇二年一二月）、三五一～三五二頁。

＊15　高島真『特高Sの時代——山形県社会運動史のプロフィール』新風社、一九九九年、一六八頁。

第三章　詩人の転向・農民の蹉跌——国と家のフッショのなかで

一　「因襲と旧道徳」

「個人」「家族」「国家」の錯綜したトライアングル〈三つ巴の葛藤〉の中で、長男仁兵衛に真壁家の家督と先祖霊の後継者にふさわしい百姓になってほしいと願い日々干渉してくる家族〈祖父母や父母〉と、個人の自由な表現領域を確保しようとする真壁仁との衝突が日常化してくる。家族との衝突が激しくなり内面に不平・不満が鬱積していく分、それだけ国家や社会に批判を向ける真壁仁の力が弱まっていくのである。

本など読むな。「本を読むと悪い考えになる」という父に、「悪い考えってどだな〔どんな〕考えのことだ！」〈『野の自叙伝』五九〜六〇頁〉と激しく口答えをしたりもするようになる。真壁の内面にもっとも濃い影を落としていた母親マサにも当たり散らすこともあった。以下は二一歳の時の、ある日の「日記」である。

仁26歳。自宅で長女圭子と
［『野の自叙伝』より］

二十日盆だ、休んだらよさ相なものを皆　朝の内働く。悲しい百姓の道徳であり、又悲しい貧乏性なのだ。それを考へるとわけもなく悲しくなり、憤ほろしくなり、怒りぽくなり、それを爆発させたく思ひ、母にあたり、散らかった雑誌を抛《ほう》りつけた。〔……〕気をまぎらわすためにトルストイの恋文を読んだ。少し落付いて　寂しく　テロリストの悲哀を想った。（「日記」一九二八年九月三日）

旧態依然たる農法にしがみつき、朝から晩まで黙々と働き続ける父親と、土地改良をして機械を入れ、労働の生産性をあげ読書や詩作や社会的な活動の時間を作りたいと願う息子とが、農作業のことでぶつかり合うこともしばしばだった。

父親の盲腸の手術入院を契機に、一九歳で稲作だけではなく農作業のいっさいを、仁は父親から任されるようになる。百姓仕事の重みは増し、ますます真壁の「アソビ」（詩作）や読書の時間を押し潰した。その対策として真壁は「惰農」になろうと決める。そして労働の生産性を高める農作業を模索していった。

〔ぼくは〕自他ともに惰農をもって任ずることを意識した。惰農こそほんものの百姓であるという逆説だか反語だかを公言することもあった。本心では逆説でも反語でもなかった。惰農は米よりも野菜よりも、「時間」を生み出すことを考えていたからである。背中に稲を負って運び、夜おそくご飯を食べると新聞も読めない。疲れすぎている。一〇〇のエネルギーを一二〇ぐらい消費して体力は赤字になっている。重い稲を当時（昭和のはじめ）リヤカーか牛車で搬ぶ農道をつくること。それは惰農の夢であった。〔……〕

〔仲間と相談し合って、暗渠排水の共同工事や耕地の改良事業に取り組んで〕むずかしいことばでいえば、土地生産性だけを追求してきた百姓が、労働生産性を高める農へ一歩ふみだしたことである。ぼくはおかげで夜になると本を読むことが出来た。〔……〕ぼくは稲つくりの技術をすこしは勉強して、父親よりは決して劣らぬ収量をあげることを実行し、それでアソビを公認させたのである。(『野の教育論』〔上〕一一〇〜一一一頁)

農作業はなんとか工夫し時間をつくり出し、真壁仁は同じ志を持つ仲間たちと交流しながら詩作と読書を続けていく。また、経済恐慌や冷害で暮らしが窮乏していく昭和初期の自小作農の一人として、仁は対地主小作料軽減交渉などの農民運動にもかかわっていく。「因襲と旧道徳」にこだわる肉親や親族との葛藤は増していくばかりである。

当時、真壁青年が泥と汗にまみれて働き、文字通り寸暇を惜しみながら、睡魔とのたたかいの中で読んでいた本は、シャルル・ルイ・フィリップ、ホイットマン、黒島伝治、トルストイ、クロポトキン、高村光太郎、尾崎喜八、中西伍堂、ロマン・ロラン、アンドレ・ジイド、中野重治、ヴェルハーレン、プレハーノフ、マルクス、ブハーリン、江口渙……などであった。少年時代とはだいぶ違ってきている。真壁仁の内面で、背反し合い、時には交わり合いながら渦巻くこの二つの世界(労働と読書)の錯綜は、いかなるものであったか。

最も信頼し親しみを覚えていた友人の更科源蔵に宛てた「手紙」で、真壁仁はその胸の内をこう吐露している。

みにくい因襲と旧道徳に劇しく反抗して隠遁への道を辿らうとあくがれたら、時に頼りなく寂しく、愛ある伴侶を求めやうとするこの心の矛盾！　それさへ一つの人間苦であるのだらうか？　自分の寂寞を決定的にするものは焦燥の心です。〔……〕寂寞に徹し、孤独に徹してみたい。〔……〕こんど江渡さん(江渡狄嶺。東京・高井戸の尾崎喜八の近くに住む東京帝大中退の農民思想家で農本主義者)の「或

る百姓の家」を読んで非常に愉快に思ひました。（「手紙」一九二七年五月二八日）

次の「手紙」はその三年後のもの。内容は同じ家族との葛藤。それは年を追って高まっていく。社会的閉塞状況の中で家族内の「因襲と旧道徳」に苦悶する真壁がいる。

家族を担ってゐる俺には遂に真に戦ふための自由さえなかった。俺はこれら肉親の「愚昧な真実」の為に燃える意志を抑制しなければならなくなった。これまで少しづつして来た行動的なものを中止しなければならなくなった。信念を曲げるのではない、力が尽きたのでもない。ただ泣いて戒める小心の母にも一すじの血のにぢんだ叫びがあるのを知るからだ。〔……〕自分の生き育った巣を蹴って立つことは苦しいけれど亦、自由と正義との実感に生きんとする良心の前には仕方がないんだ。長男といふ権利を捨てられるなら喜んで捨ててやる。〔……〕俺はどうしても自分だけ仕合せで自由であるわけには行かない。このヂレンマで苦しんでいる。俺は詩が書けない。（「手紙」一九三〇年八月四日）

肉親の「愚昧な真実」のために抑制しなければならなくなった「燃える意志」とは読書や表現活動のことであり、中止しなければならなくなった「行動的なもの」とは、農民運動への参加などの直接的な社会活動をさしている。友人（更科源蔵）のいる北海道への移住すら考えたりするも、「長男といふ権利を捨て〔……〕自分だけ仕合せで自由であるわけには行かない」と思い留まる。家の存続と安泰がすべてであった。江戸中期以来の古い農家の長男である仁は、結婚問題でも家や親族の「因襲」や「旧道徳」とたたかわなければならなかった。

真壁は家族の「因襲や旧道徳」と書いているが、仁を苦しめた「家制度」も「家族」も明治政府になってから戸籍法（明治四年）と民法（家族法、明治三一年）によって、国民（臣民）統治のために新しくつくられたもので、時代遅れの「因襲や旧道徳」などではなかった。

明治政権は家族の長（戸主）を国家機構の最末端に組み込むことによって、家族を統率し、家族構成員の生活を保障する義務を課したのである。婚姻関係も親子関係も戸長の強い権限内にあった。この制度（家父長制）は敗戦まで変わらなかった。*1

当然ながら、一般の国民にも真壁にもそうした近代国家のありようなど認識しえるものではなかった。そうした近代国家の見えない網の目の中で、真壁は個人の意思に基づいた自由な生き方を求めようとするが潰されていく。恋愛もそうだった。

真壁には文学活動を通じて知り合った恋人がいた。友人の妹で山形師範学校を出て小学校教師になっていた女性である。しかし身体が弱く、きつい百姓仕事に耐えられそうもなかった。心は燃え上がるのだが、真壁は自制してしまう。

> 彼女は百姓になると言ってくれたけれども、私の嫁にすることは彼女を殺すことになると思った。その繊細な体は、鍛えれば頑丈になることなど考えられなかった。〔……〕二人は馬見ヶ崎川畔を通り、一〇〇メートル〔現在の地図では一五六・一メートルと表記される〕前後の盃《さかずき》山の頂までよく散歩した。私は彼女を攫《さら》い取ってしまいたい激情にかられたこともあった。が、百姓として生きなければならない私は、やっと自制し、ことわる、苦しい決断をしなければならなかった。（『野の自叙伝』一一〇～一一一頁）

早く嫁を貰えと祖父母はひんぱんに要求してきた。体の弱い彼女と別れてから一年半ほど過ぎた日の日記に、仁はローマ字でこんな文章を綴っている。

Yoneko no Yasashisa, Sunaosa Kawayui ekubo! ubu ubushii hohoemi! Nogiku no hana no Yōni Seiso na inakamusume, Ore wa Akarui hizashi no Naka de Aishita.〔ヨネコノ　ヤサシサ、スナオサ　カワユイ　エクボ！　ウブ　ウブシイ　ホホエミ！　ノギクノ　ハナノヨウニ　セイソナ　イナカムスメ、オレハ　アカルイ　ヒザシノナカデ　アイシタ〕（「日記」一九二八年一〇月一五日）

ローマ字にしたのは家人に日記を読まれるのを恐れたからだろう。Yonekoは祖母ユンの系統にあたる農家の娘（従妹）であった。親族が集まった法事の時に見染めたようである。仁は血族結婚の遺伝的影響などについて、それとなく調べたりしている。本当に彼女と結婚したかったのだろう。

それから二か月後の仁の日記。「自分は遠からぬ年に配偶者を得なければならぬ事情になってゐるが、求めたなら　善き　みめよき人もあるであらうとはいえ、安心して求められるのは、彼女だ。彼女となら今にでもいいと思ふ。彼女は何等の智的教養もない田舎娘だ。然し家庭の生活人として大切なものはそんなものでない筈だ。あれの純情と素朴と優しさと勤勉とこそ望ましい。〔……〕現在　自分の心に生きる若き異性は彼女を措いてはないといへよう。」（「日記」一九二八年一二月一〇日）

真壁はYonekoへの思いを「十月の緩徐調」というタイトルの詩を書いて、中西伍堂が主宰する『濶葉樹』（一九二九年一月号）に寄稿している。（ここでは後に若干手を入れ、タイトルも「十月の抒情詩」と変えて『街の百姓』に収めたものを引用する。）

十月の抒情詩†

深遠な哲理があの碧落にあるといふ

秋　秋十月
陽はもう真向からは照らない
おれたちは扶け合ひながら稲を運んだ
畔の上に仰向けになるお前をおれは起こしてやつた
お前が荷縄《にな》をギユツと締めないのは
胸にふくらんでいる可愛いい乳房のせいなんだ
おれたちの額から草径にしたたる汗
おれたちの背中でぎしぎし擦れ合ふ稲束
往手には明るく納屋の破風が光つてゐた
〔……〕
あゝ明るいお前の村へ行くのは
フイリツプやジヤムを読むよりももつと楽しい事なのだ
この世の現実は
おれたちに永い忍辱を強ひるけれど
この油然とあふれる感情におれたちは浸らう
おれは告白する
お前を愛するために明日があり更に又明日があるのだと

来い　来い
ミルクのにほひのするお前のからだを
紺青無礙の青空の下で

太陽のやうに攻めようと思ふ

〔フィリップはシャルル・ルイ・フィリップ（一八七四〜一九〇九、フランスの作家）、ジャムはフランシス・ジャム（一八六八〜一九三八、フランスの詩人）。〕

しかし、この農の青春バラードのような恋も成就しなかった。祖母ユンの甥である幸太郎（仁の父）を婿養子に迎えていた真壁家は、これ以上祖母・父方の血統で固めることは均衡がとれなくなり断固反対という母方の縁者たちから強い要求が出て、何度も親族会議が繰り返され、仁のたっての願いも無視されてしまう。一緒になりたいと抗ってはみたものの親族の壁は厚かった。仁は家族・親族の「因襲と旧道徳」に屈してしまう。

親族が選んだのは、父方でも母方でもない隣村東村山郡千歳村（現山形市）の農家仁藤孫次郎の長女きよのであった。仁は後年こう語っている。

見合いの席で、百姓として逞しく明るいきよのの祖父（当時村会議員をしていた）に圧倒され、この人の孫娘なら、いい百姓の嫁になってくれるに違いないと思い、私はいっしょになる決心をした。式は一九三一（昭和六）年の一一月（正しくは一二月九日）に行われた。私が二四歳のときである。（『野の自叙伝』一一六頁）

仁もまたすっぽりと家の「因襲と旧道徳」のなかに包み込まれていた。真壁家の存続と安泰を最優先させ、それまで会ったこともなかった農家の娘きよのを嫁に迎えた。長男の結婚は農家にとっては最も重要な出来事で、家のために一生懸命に働いてくれる女性（まさに家の女＝嫁）、それ以外に仁の選択の余地など無いに等しかっただろう。真壁仁も「家族国家」の統制に従うほかはなかった。*2 妻となる女は家と夫に尽くすことが最も大事なことであるという考え方が、仁の中にも根強く存在していた。
この考えは北海道の親友・更科源蔵に嫁いだ葉那子へ宛てた手紙にも表れている。葉那子は源蔵や仁の詩友であった。「何はともあれ更科源蔵は仕合せだと思ふ。僕はあんたに詩をのぞまないね。まず詩人である前に女であるべきであり、その次に詩人でない百姓であるべきだと思ふんだ。詩はその中にひとりで含まれてゐるわけなんだ。これは僕の変化かもしれない。実際ハナちゃんの詩はいいなあと思ふより、ハナちゃんのケツは大きいだらうなあと思ふ方がよっぽどうれしい。彼あるところに彼女あり、両々相俟って美しき傑作を生む、とでも言はうか。その結合がいかにもがっちりしてゐてたのもしい。」(「手紙」一九三三年一月一四日)
ここでも真壁がロマン・ロランやホイットマン、尾崎喜八や高村光太郎等から学んだ近代意識は、日本の天皇制近代国家にたくみに組み込まれた「因襲と旧道徳」の網の目に絡めとられて機能しない。というよりも、尾崎や高村から学んだ真壁の「近代意識」そのものが、近代家父長制の下での女性観・男性観・結婚観と本質的に矛盾するものではなかった、と言った方が当たっているだろう。

ところで、「因襲と旧道徳」との葛藤あるいは格闘は、真壁仁にかぎらず昔も今もさほど変わらぬ青年期に固有な現象の一つだが、それが日本がファシズム期に向かう、一九二〇年代後半から三〇年代初頭という時代と重なるとなると、その葛藤あるいは格闘はまったく別な様相を帯びてくる。

関東大震災が起こった二年後の一九二五（大正一四）年に治安維持法が施行される。一九二八（昭和三）年には死刑・無期刑が加えられて改正治安維持法となり、政治運動・労働運動・農民運動などへの弾圧が日々強化されるようになる。やがて文学や学問上の批判的表現も取り締まりの対象とされた。

共産主義者検挙の名のもとに、何千何万という知識人、学生、農民、労働者が検挙・拘束されるようになる。一九三一（昭和六）年から三三（昭和八）年の三年間は、全国の治安維持法違反容疑で検挙される人たちの数は、毎年一万人を超えた。

　真壁の周辺でも旧制山形高校社会科学研究部の学生たち、小作争議にかかわった無数の農民たちや農民運動の指導者たちが検挙されるようになっていった。

　一九二九（昭和四）年一〇月のニューヨーク株式の大暴落に端を発する世界恐慌が日本の農村を直撃し、農民とりわけ小作農民らが塗炭の苦しみに落とされるのが翌三〇年、そして三一年。そうした状況の中で一九三一（昭和六）年九月、その後の日本のアジア侵略のきっかけとなる「満洲事変」が関東軍参謀石原莞爾中佐（山形県西田川郡鶴岡、現在の鶴岡市出身）らによって引き起こされた。

　ここから日本は泥沼のアジア・太平洋戦争（一五年戦争）へと突き進んでいくのである。

「満洲事変」からわずか二年間に全国で三一六六人の戦死者が出る。そのうち山形県出身者は、一四七人であった。[*3]

　一九三一年一一月一五日の『山形新聞』は、「満洲」（中国東北部）に向かう山形連隊の出征式に市内の沿道や山形駅前に、当時の県民総人口の約一〇分の一に当たる、一〇万人の県民が集まって兵士を見送ったと報じている。『山形新聞』は特派員を派遣して、山形歩兵第三二連隊（通称山形連隊）の動向を、その後連日県民に向かって報道した。マスコミは山形でも戦争モードに入った。

　軍国主義とファシズムの空気が、山形の空や大地をも覆っていく。真壁仁は同じ一九三一年の一〇月、県立図書館に勤める友人長崎浩と二人で編集刊行していた同人誌『犀』一二号の「通信」欄にこんな文章を記している。


　満蒙の空には侵略主義の銃砲が轟いてゐる。彼等は戦争の正体を見極はめなけりゃならない。少なくとも、普仏戦争の時、フローベルが自我の巣〔賛美?〕で祖国にめざめたやうな興奮ではだめなのだ。骨まで戦塵にまみれるのは誰だか。（一〇月七日、真壁）

この年の暮れ〔一二月九日〕、二四歳になっていた真壁は、前述のように隣村千歳村の農家の長女仁藤きよのと結婚する。

そして、翌一九三二〔昭和七〕年二月発行の『犀』一四号の「通信」欄でも、真壁は状況への鋭い批判を書いている。「一九二二〔三二の誤植〕年は満蒙の戦塵と軍国的昂奮の中からひらけて行った。兵火は上海・ハルビンと無限に拡大され、第二次世界大戦の展望が一歩一歩接近して来た。〔……〕百姓は、米が高くなったとき、手元がさむくなり、指をくわへた。デントウを消し、シンブンをやめた。冬の真中に雪なく、せいろうとして空ははれ、ふたたび天の摂理が懐ぎ〔疑〕された。」

一九三二年三月二日から三日にかけて、前年の一一月に山形県教育労働組合〔非合法〕の結成に参加した七人の教員が治安維持法違反で一斉検挙された〔教労事件〕。新聞は「赤化教員検挙」を大々的に報じた。その検挙者の中に真壁との付き合いのあった小学校教員で文学にも造詣の深い村山俊太郎がいた。真壁にも嫌疑がかけられる。

日常的に特高からマークされ、出版物や郵便物などがチェックされるようになっていた真壁は、肉親や親族の一層の不安と心配を掻きたてるようになった。村山らの検挙直後の三月一五日〔仁の二五歳の誕生日〕に、真壁の初めての詩集『街の百姓』が北緯五十度社から刊行されたのも家族・親族を刺激し不安にした。

処女出版で嬉しいはずの真壁は、三月一九日、意気消沈した長文の手紙を友人の更科源蔵に書き送っている。この処女詩集は更科の尽力で世に出ることができたものだった。官憲からの直接弾圧の前に、肉親からのきびしい攻撃と非難にさらされたのである。

俺は実際これ〔『街の百姓』〕を世に送るに少しの情熱もない。俺の、「文学活動に対する懐疑」は益々深くなって来た。それが、詩作の上の行き詰まりや何かからではなしに、外部からの圧迫から来てゐるのだから自分で思って情けないのだ。〔……〕俺はこの間おやぢの強いダンアツを受けた。ちかごろ新聞を賑はした赤化教員検挙の話が直接の刺激となっておやぢをああいふ態度にさせた。一つはさういふ危険な観念と一つは経済上の困窮化とから一切の読書、文筆活動を禁□〔ママ〕しようといふのだ。「百姓らしくない遊びだ」といふのだ。それに折あしく或ることで酢縄〔スパイ――警察のこと〕が来た。親類の間の相談とまでなった。その結果、「あまり強く言はないで極力自覚を促す」といふことになったらしい。トウシャ板器械は没収された。〔……〕迫害の中で出す詩集。俺は涙がこぼれた。それよりも行動からの乖離《かいり》がかなしかった。胸がさける程苦しかった。社会思潮のファッショ化と歩調を合わせて、親権のファッショ化。
俺はおとなしくするより他ないといふことに友達ともきめた。しかしやる。徐々に。階級的な良心の叱責を心の全面にきき乍、やり得るだけはやるつもりだ。詩人真壁仁の名前はこれ切りだらう。俺はこんど土田楢夫だ、又は山村恒だ。〔「手紙」一九三二年三月一九日〕

さっそく土田楢夫のペンネームで、真壁は同年五月発行の『犀』第一五号に「テガミ――百姓から百姓へ」というエッセイを書いている。

メーデーも近づいた。特別険悪な世相の中に迎へる今年のメーデーに、この国際的な被抑圧階級の祝祭に、俺たちは泥田の中にゐて参加するだらう。一つの激発する感情を鍬の先にこめて大地を打つだらう。俺のこのかなしい位置は、自分でくりかへした幾たびかの環境闘争〔家族内闘争のことか〕の後の位置である。呵責と諦観とが、この境地に漸く慣れつこうとする自分を二分する。それを漫然と「今は良心の苦悩の時代だ」などと言ひきかせてわづかに自らいたわるのだ。〔……〕真実に物を考へる何十万の青年を今、万力の強さが搾めつけてゐるに違ひない。俺は二重三重の自己分裂に、全身の創痍をかんずるやうだ。俺はまっしぐらであることができる人々、俺たちの後に生ひ立って行く人々を（その軽薄さを目にしながらも）羨望するのだ。

真壁仁はこのあたりまで必死になって耐え、踏み止まってきたものの、国・家（国家と家）の「ファッショ化」に抗しながらも、内側から滲み出てくる精神の崩解感覚を確かに感じ始めている。もはや若い世代のように「まっしぐら」に生きていくことはできないと思う。

この後すぐに、官憲の手は直接に真壁自身にも及んできた。真壁が「文化運動弾圧の巻き添え」で、初めて山形警察署の五人の制服・私服の警察官に襲われ、家族らの見守る前でひきたてられ、署内で一晩拘禁を余儀なくされた。一九三二（昭和七）年八月二〇日のこと。その日のことを真壁は「日記」にこう記している。

朝、制私服のスパイが五人程来てガサをやり豚箱のある建物の中へ案内される。〔……〕家族はみんな心配して呉れた。怒りと心配とをかくし切れない祖父、父。困惑し狂気せんばかりの母。泣き出しさうな憂ひに包まれてゐた妻、妹。口さがない世間の眼の中で、真に苦労してくれる肉親の愛はうれしかった。肉親はやはり最後の味方であると思った。この愛情を裏切るのはふがいない罪だ。何はあれ　みんなを安心させなければならないと思ふ。単なるヒロイズムは、自分の期してゐるような、「振幅ある人生」の道ではない。（「日記」一九三二年八月二〇日）

家の「因襲と旧道徳」は国家権力の直接介入と、「口さがない世間」によって一層増幅され、真壁仁の内面を浸蝕していく。そんな状況の中で書かれた詩が「我母の記」である。やはり土田楢夫の名前で

『犀』第一七号（一九三二年）に書いている。

我母の記　土田楢夫

母は七人の子を育てた／そのためにちからのありたけをすりへらした
母はまだみやこを知らない／海を知らない／むさくるしい町裏や村に住むたくさんの人とおなじやうに／私の母も瑣〔粗〕末な衣食の苦労に老いて行く
〔……〕
私は誰よりも「きかない子」であった／それだけ私は母に近いのであった
母は私の意地をしかるとき自分自身の血を見たであらう
母はついに仕合せを齎さない子を見なければならなかった／そして感じ易い心に転動するかなしみを味はわなければならなかった
母は或る日
いやらしい奴等にひかれて行く息子を見送り／つひに絶望の壁につきあたった
〔……〕
私は母をすてない／苦労でいっぱいな　おどおどした母を／私はどんなにいとしいとおもうことだらう。（一九三二・九）

真壁仁に襲いかかり絡みつく家の「因襲」と「旧道徳」の象徴は、「父親のダンアツ」もさることながら、「おどおどした母」の湿った涙もそうだった。この「母の涙」こそ、日本の家・村落共同体の人間関係をつねに平衡状態（現状維持）に保ち続けるために近代資本制家族国家が分泌する、人間呪縛の象徴のようなものであった。真壁仁もまた、その呪縛から逃れられなかった。

真壁が二度目に検挙され、「左翼的活動」のかどで七〇日間監房生活を送り取り調べを受けるのは、それからほぼ八年後の一九四〇（昭和一五）年二月であった。すでに「満洲事変」は日中戦争に変わっており（一九三七年〜）、国家総動員法も施行され（一九三八年）、ヨーロッパ諸国は第二次世界大戦に突入していた。

真壁は監房の中で三〇〇枚にも及ぶ「陳述文」（転向宣言）を書いている。それよりはるか前から真壁仁の精神は、侵略戦争を皇国日本の生命線を死守するためのいくさ、さらには、欧米の植民地支配から東アジアを解放するための「聖戦」（大東亜戦争）として受け入れるようになっていた大多数の日本国民と一体化しており、家族・共同体を包み込んだ社会ファシズムの雰囲気に身を委ねるようになっていた。検挙されるはるか前から、国と家のファッショの中で真壁仁の「転向」は始まっていたのである。「個人」「家族」「国家」の錯綜したトライアングルの拮抗関係が崩れだす。

二　詩人の転向

転向とは何だろう。「アマチュアからプロに転向する」などのように日常用語としても使われるが、ここでは、日本の昭和ファシズム期の国家権力による民衆の思想統制にかかわる歴史的概念として用いる。

当時の天皇制国家権力が危険思想（「国体」変革思想）と考え、取締の対象とした共産主義・社会主義・無政府主義、後には自由主義などの思想の持主（と当局が判断する者）の身体を拘束し、投獄・拷問（直接暴力）や甘言・懐柔（間接暴力）などの手段を使って、それらの思想を放棄させ、官許の思想（国体思想）に同化させることを、司法権力は「転向補導・転向誘導」という言葉を使って表現した。

一九三一（昭和六）年ころから多くの治安維持法違反容疑者への転向補導・転向誘導政策、つまり刑の執行を猶予する「留保処分」がとられるようになった。「留保処分」制度は、翌三三年末には公式に司法大臣訓令として確立している。三二年から思想犯容疑の検挙人数が一万人を超えるようになったことも大きな要因だが、きびしい取り締まりや処分よりもソフトな「転向補導・誘導」(留保処分)の方が左翼思想(当局のいう革命思想)を放棄させる効果が大きいと判断したからである。(かといって投獄や拷問が無くなったわけではないことは、戦争末期にでっち上げられた「横浜事件」などをみれば明らかである。)

「留保処分」にするか否かの基準として、司法当局は「七、思想転向シ将来適法ナル生活ヲ営ムノ見込ノ有無、八、適当ナル身元引受人ノ有無」という項目を組み入れている。身元引受人の八〇%以上が親族関係で、これに旧師・先輩・知人などの縁故関係を合わせると九七%にのぼったというから、近代国家権力が血(家族主義)や身分的上下関係のような情緒的紐帯を巧みに利用しようとしていたことは明瞭である。

家族・親族や縁故関係だけの監視・補導による「留保処分」だけでは不安を感じていた政府は、一九三六(昭和一一)年になると「思想犯保護観察法」を成立させ、国家機関である「保護観察所」を全国に二二か所設置し、専門的な保護司に「思想犯」の監視・補導をあたらせるようになる。さらに、一九三三年末に当局が採用した転向基準は「革命思想の放棄」であったが、一九四一(昭和一六)年九月になるとそれだけではすまなくなり、「日常生活裡ニ臣民道ヲ躬行《きゅうこう》シ居ルモノ」(検事正宛刑事局長通牒)、つまり、日本精神を体得・実践しえるか否かまでも転向要件として求められるようになったという。[*4]

ところで日本の先駆的な転向研究は、思想の科学研究会によって安保闘争の最中の一九五九年から六二年にかけて刊行された『共同研究転向』である。[*5]

それは、転向を悪や弱者の敗北などとして他人事のように切り捨てたりせずに、前代の転向体験を追体験することによって、日本の思想的伝統の最も深いところからエネルギーと遺産をくみ取ろうとする、画期的な研究だった。未だにこれを超える研究は生まれていない。共同研究のリーダーの一人が鶴見俊輔だった。

鶴見は転向を「権力によって強制されたためにおこる思想の変化」と定義する。[*6] 権力による強制にせよ誘導にせよ、そこには何らかの形で〈自発性〉がはたらいていることは否めず、転向という行為や言葉には、やりきれなさ・不快感情・自己嫌悪の感情がまとわりつくのはそのためである、とも鶴見は述べている。

さらに鶴見は転向研究で、「思想」というものを、「信念と態度との複合」として理解していた。そのことは重要である。人間の態度（生活・身体）が、暴力や暗く湿った関係性にさらされることよって、信念（知・信）に動揺が起こり、思想がそれによって溶解し崩落していく。思想なき身体（生活）、信念と態度の分離・背反……、転向が戦時中の国家権力の個人に対する強制・被強制の問題に限定されるものではないことは明らかである。

したがって、転向とは平時においても日常的に起こりうる問題であると、鶴見は考えていた。[*7]

さて、わが真壁仁の場合である。すでに触れたように、一九四〇（昭和一五）年二月六日、真壁は山形警察署に検挙され、最初は新庄警察署に、次に山形警察署の監房に拘禁され取り調べを受け、四月一六日に釈放される。警察署暮らしは七〇日間に及んだ。

二四歳で結婚し娘と息子の二人の父親になっていた、仁三三歳の春である。今回の検挙と長い拘束の理由は、表向きは村山俊太郎ら教師たちの生活綴方教育の実践・運動（司法省刑事局の用語では「生活主義教育運動」）との関係が疑われたものであった。

しかし真壁仁は、山形の小学校教師で教員組合運動と教育研究運動の突出したリーダーであった村山俊太郎ら教育実践者たちと近い場所には居たものの、村山をはじめとする東北地域の教員たちの運動とは、直接に深い関係をもってはいなかった。真壁が地域の教師たちの研究と実践に深くかかわっていくのは、戦後の一九五〇年代以降である。戦中のこの苦い反省が真壁には強く残っていた。これについては戦後の章でふれる。

したがって、仁が七〇日間も拘留された実際の理由は、村山らとの関係の取り調べではなく、仁のこれまでの文学表現を中心にした執筆・編集・刊行の活動を、国体変革に通ずる「マルクス主義的な文学運動」として糾弾することにあった。

また、一九三九（昭和一四）年一月の「宮沢賢治を偲ぶ会」の開催、同年二月から始めた松田甚次郎らと「山形宮沢賢治の会」の活動が、政治・思想集会の嫌疑をかけられたことも、真壁が検挙された理由の一つであった。同研究会は真壁仁、松田甚次郎、相葉伸（当時山形師範教授）、新関三良（当時小学校教員）などのほかに村山俊太郎も参加していた。「賢治の会」にはいつも私服の特高が一人同席していた。

一九四〇年一月から真壁は松田甚次郎と別れ、自らが中心になり本格的な賢治研究の会（「宮沢賢治研究会」、真壁宅が連絡先）を再出発させる。一回目の研究会で真壁は「宮沢賢治のユートピア思想」を発表している。これが特高によって「ユートピア社会主義」の研究と疑われもした。

ここで少し、松田甚次郎と真壁仁の関係について触れておきたい。

山形県最上郡稲船村大字鳥越（現在の新庄市）の松田甚次郎（一九〇九〜一九四三）は盛岡高等農林学校を卒業後、宮沢賢治を師と仰ぎ、地主の息子ながら賢治の勧めを忠実に守り、小作人となる。郷里の鳥越に一九三二（昭和七）年「最上共働村塾」を設立。各地から集まった農村青年に対して皇国精神の鍛錬と「満洲」（中国東北地方）と朝鮮への開拓・植民の精神を培う「共働農業」と農村演劇活動を実践した。共働農業と農村演劇は賢治の重要な教えだった。

松田の活動は、皇国の根本に農業を据えようとする当時の国本的農本主義者（加藤完治、石黒忠篤、有馬頼寧ら）の高い評価を得た。一九三八（昭和一三）年五月刊行の、「農は国の大本《おおもと》」の精神で書いた実践の書『土に叫ぶ』（羽田書店発行、岩波書店発売）は、新国劇一座によって東京有楽座で上演され好評を博したこともあって、大ベストセラーになった。

また松田は、一九三九（昭和一四）年『宮沢賢治名作選』（羽田書店）の編集・刊行の中心となり、賢治の存在を初めて全国に知らしめた。

松田甚次郎との別離について、真壁は戦後になってこう語っている。「松田君は毎月（新庄から）出て来て研究会に協力してくれたが、賢治の作品はあまり勉強しているとは思えなかった。村塾の経営とその自給自足主義や農民劇は賢治の教えの実践とみられるが、しかし時流に乗り、国策におもね、そのことで虚名を流した。これは賢治には全くみられぬものであった。」[*8]

これは戦後の真壁の回想であって、すでに「時流」や「国策」を受け入れる素地が出来上がっていた真壁は、松田と思想的には、本質的にはそんなに大きな違いはなかった。大きな違いがあるとすれば、松田は最初から最後（一九四三・昭和一八年病没）まで、愛郷と皇国への実践的献身に生きたことである。真壁には迷いと悶えがつねにつきまとっていた。

さて、昭和一五（一九四〇）年二月六日〜四月一六日までの七〇日間の監禁が真壁仁の転向を決定的にする。

真壁は警察署内の監房できつい尋問や拷問を受けることもなく、仏教書や岡倉天心の本やゲーテの『色彩論』などを読みながら大部の「陳述書」（いわゆる「転向宣言」）を書いた。その文章は残されていない。だが、釈放半月後に親友の更科源蔵に宛てた手紙で、私たちはその概要を知ることが出来る。

今回の事件（村山俊太郎らの生活綴方教育運動の事件）に直接関係ないことを判ってもらったのですが、『犀』『北緯五十度』や詩集出版、新聞の詩の選、座談会等をやった昭和四年－八年代の文学活動を左翼的な運動として峻烈に自己批判しそれを克服し清算することが、その間の仕事だったのです。僕は現在日本人としての国民的感情に目覚めてゐて、特に芸術や美の血統を通して東洋――殊に日本を支持し主張したいと思ってゐるので、過去に於ける思想傾向を謬まれるものとして糾明することに何の逡巡も感じなかったのです。
私たちがやった詩の仕事が（『北緯五十度詩集』などを最高潮とする）最もマルクス主義的な文学運動だったといふ批判が今は成立するのださうです。〔……〕生活の実際の飽くなき追求と階級的感情の主体的燃焼を以て詩を書き、現実の中の進歩的要素に直接呼びかけて行った僕たちの仕事が、最もマルクス主義的であったといふのです。僕はそれを承認し、かゝる観点から清算を実行して来ました。
そして自分の仕事が与へた謬った影響が、若き詩人を危機に陥れた罪を自覚し、その償ひをすることが、僕の負ふべき責任だと注意されたのです。僕の左翼思想からの転向は今度の検挙によって始まったのではなく、昭和九年頃から文学上の転向が始まり、思想・世界観の上では今次事変〔一九三七年七月七日に始まる日中戦争〕以後積極的に進んで、頗る愛国的な詩精神を以て歌ってもゐるのですから、過去を酷しく批判することは、その転向をして徹底せしめることに外ならず、この意味でこんどの七十日間は再清算、再反省の機会として意義ふかくすごして来て別に苦痛を感じませんでした。〔……〕
芸術上の日本的な美の理解は理論的にも可能でありますが、日本の世界史的位置の学問的把握は、インテリゲンチヤの協同の仕事としてこれから成されねばならぬでせう。〔……〕高村〔光太郎〕さんの詩などにあらはれている日本精神は清らかで健康的ですね。古典が最も新しい生命の由緒であることは高村作品にも顕著です。
ともかく僕らは大いに新しい出発のために反省しませう。『犀』時代の粗暴な汚い詩はフォルムとしてもスタイルとしても完全に克服しなければならない。〔……〕
戦争の感激と、民族の意志は亦詩人にとって詩精神にとって本質的な血縁だと思ってゐます。詩人のパッションは案外そこにつながってゐるのではなからうか。然し抒情詩はどうしても詩の本体ですね。戦争さへ抒情するのが真の詩人かもしれません。（「手紙」一九四〇年四月三〇日）〔傍点引用者〕

検閲が確実に予想される友人への私信であるという事情を差し引いても、きびしい農作業の中で辛苦しながら創ってきた過去の作品を「粗暴な汚い詩」とは、何ともせつない文章である。生活リアリズムや社会批評の精神も完全に否定されている。『街の百姓』（一九三二・昭和七年）にみなぎっていた「野良の仲間」（民衆）との緊張関係も消滅し、ファシズムに絡めとられていく大衆（国民）と国家権力（国体）への迎合と同調の表明である。

農民詩人真壁仁は、「戦争さえ抒情する」詩人に変わろうとしている。すでに変わっていたのである。先の「手紙」の中で真壁は、「昭和九年頃から文学上の転向が始ま」っていた、と書いている。昭和九年は異常気象による雪害・風害・水害・冷害が相次ぎ、東北地方、とりわけ山形県一帯は大凶作に襲われた年である。

凶作による米の収穫被害は、前五か年に対する減収比と対前年度減収比は、県内全体で四六%（前年度比五〇%）。山間部の最上郡では七二%（同七五%）、真壁の住む山形市でも二九%（同三三%）という甚大なものであった。経営規模が中の上といった位置にあった自小作農の真壁家でも、生活の困窮を免れなかった。真壁の更科への手紙の中で、生活の窮迫を嘆く文章が現われ始めるのは、世界恐慌が日本の農村を直撃する一九三〇（昭和五）年頃からである。養蚕農家でもあった真壁家は生糸の暴落で大きな打撃を受けていた。

食へるか食へないか（そんなに窮迫して来た）といふのに書物どころの沙汰ぢゃないからね。それでもまだ本を売り払ってしまふところまで来てゐないから贅沢だ。〔……〕もう詩は飢えたる百姓を躍らせん。〔……〕俺たち蚕を飼って夜もおちおち眠らないで稼いだけれど結局損をしたよ。すっぽり生血をしぼられたよ。（「手紙」一九三〇年七月五日）

そこへ一九三四（昭和九）年の米の大凶作である。真壁家は娘の身売りこそ免れたが、とても安心して詩を書いていられるような状況ではなかったようである。思想警察による直接的な弾圧や嫌がらせと家族・親族との軋轢の中で、この年の二月、真壁仁はこんな悲痛な手紙を更科宛に書く。これは、真壁が文学の転換点にあることをも意味するだろう。

僕はこの頃何も書けない。なんとしても手が出ない。かたいかたい殻のやうな圧力に押されてゐて身悶えてゐる。僕等は書けないでゐる状態は矢張り淋しい。ちょうど二年ばかり前の自分に比べても「歌へなく」なった自分を見て、そのうつり変わりの速さに驚く。〔……〕今はより少なく歌ふというところに、また口では歌はないところにしか真実の見出せない時代かと考へられる。（「手紙」一九三四年二月二八日）〔傍点引用者〕

実際、真壁が一九三三年、三四年に発表した詩も評論もきわめて少ない。一九三四年に書かれた詩は『北緯五十度』に発表した「蔵王の吹雪」（第一〇輯、四月）と「渡邉熊吉」（第一一輯、一〇月）くらいしかない。そして、真壁仁、更科源蔵、猪狩満直ら東北・北海道の若い農民・労働者たちの同人誌『北緯五十度』の最終号（第一二輯、一九三五年六月）に、真壁は最後のリアリズムに徹した農民詩「野良」を書いた。前年（一九三四年）の凶作を歌った詩である。

野良（問題ノ三）

どろのふかい窪地で稲熱《イモチ》にかかったからっぽの晩生《おく》刈って居ると
ゴリリ　ゴリリ
鋸鎌《ノコガマ》の音だけが曇った空にひびいて
北からの風が襟くびにさむい
風はからっぽの稲田を吹いて乾いた枯葉の音を立てる

隣りの田の山川忠次郎はぺそりとする稲束をつかんで見せて
まなこにいっぱい涙を溜めて
穂切りした籾の量が二百八十五匁の話
窒素が多過ぎるんだとだけいふ技術者の話
年貢は言ふ通りまけるから来年から田をよこせといったといふ地主の話で
さびしく笑って手鼻をかんだ
それから又鎌をにぎって田に曲がった
〔……〕

真壁が詩友たちと作品を次々と発表してきた同人誌の『犀』は一九三三（昭和八）年一〇月で終刊し、最も愛着をもっていたもう一つの同人詩誌『北緯五十度』も一九三五（昭和一〇）年六月の廃刊に向かっていた。

これまでのような「生活の実際の飽くなき追求と階級的感情の主体的燃焼を以て」（前掲「手紙」一九四〇年四月三〇日）表現するような雑誌などは、自由に発行はできない状況に追い込まれていたのである。

一九三一（昭和六）年の「満洲事変」以来、日本軍の中国大陸への「進出」と利権の確保以外に日本が生きる道はないという世論が、日本国内の農村の疲弊と相まって浸透し、帝国軍隊が救世主のように思われ始める時代である。この世論に乗じて軍部の国政関与（操作）が常態化する。「満洲国」建国（三二年三月）二か月後に起こった海軍青年将校らによる首相官邸襲撃・犬養首相暗殺事件（五・一五事件）もそれを加速させた。

真壁仁が実質的な転向へ向かう一九三四（昭和九）年の一年前、昭和八年から全国的に共産主義者を中心にした転向が始まっており、昭和一〇年末までに、共産主義との関連で検挙された政治活動家や学生運動家や文学者らの九割をこえる人たちが、転向宣言をする頃である。

例えば、真壁仁と交流のあった亀井勝一郎（神保光太郎と同じ旧制山形高校出身。山高から東大に進み共産党に入党し政治活動に入る）は、一九二八（昭和三）年三月の共産党大検挙（三・一五事件）の直後に検挙、投獄されるが、一九三五（昭和一〇）年に転向を表明し執行猶予となっている。亀井は同じ年に保田与重郎、神保光太郎らと『日本浪曼派』を創刊。一九三七年一二月に刊行された『人間教育』（亀井の転向宣言の評論）は、真壁が大切に読んでいた一冊だった。

書けなければ、書かない方がいい。歌えなければ無理して歌うことはない。より少なく歌うこと、あるいは歌わないところにしか真実は見出せない時代なのだから……と真壁は先の更科宛の「手紙」に書いていた。その決意に踏みとどまることができたら、真壁の転向はなかったはずである。

真壁仁の精神がこれまでの人生で最も衰弱し切っていたこの時期、真壁は少年時代からの親友の文学者・詩人の神保光太郎やその友人の評論家亀井勝一郎などを通じて、『コギト』、『四季』、『日本浪曼派』など中央の文芸詩誌に寄稿する機会を与えられる。とりわけ『四季』への寄稿が多かったのは、そのころ神保がその雑誌の編集を担当していたからである。

これらの雑誌は、泥沼の日中戦争前夜の農村の疲弊などの社会現実を関心の外に置く非政治性を特徴として、美的芸術的表現を重視する都市インテリゲンチャを中心にしたモダニズム詩人たちの表現の場であった。保田与重郎、亀井勝一郎、神保光太郎、三好達治、萩原朔太郎、丸山薫、室生犀星、田中克己、中谷孝雄、中島栄次郎、中原中也、津村信夫、芳賀檀……などがおり、コミュニズムやアナーキズムからの思想転向を経験していた人たちも少なくなかった。

時代閉塞と都市文明に絶望を感じていた若者や知識人の内面的空洞を、現実政治とは異次元のところで観念された大衆像や庶民意識、それに古代（古典）への憧憬を美しい技巧的な表白（言葉）で埋めようとする雑誌だった。

農への回帰、都市（文明）以前の自然や文化への憧憬、古典への回帰は、当時台頭しつつあった農本思想・農本主義と相通じるものがあった。農および農本主義の身体をもつ真壁が、「生活の実際の飽くなき追求と階級的感情の主体的燃焼」と別れを告げ、それでも詩を書いて世に問うとするのであれば、日本浪曼派や四季派の文学に向かう外なかったのだろう。

鶴見俊輔と並ぶ『共同研究転向』のもう一人のリーダーである藤田省三は、農本主義が「官僚機構の命令政治に反対して非政治的な自主共同体をつくろうとする運動」であるならば、日本浪曼派は「「時務」すなわち政治を拒否して（保田与重郎）イロニーの世界で「孤高の反抗」を行わんとする（亀井勝一郎）」もので、両者とも「美的感覚体験――それ自身が抽象世界の中にある――の世界を離れなかっただけである」と論じ、農本主義と日本浪曼派の対応を指摘している。*9

ともあれ、歌えなければ歌わない方がいいと親友への手紙に書きながらも真壁仁は、一九三五（昭和一〇）年から中央詩壇の『コギト』、『日本浪曼派』、『四季』、『文芸』、『詩精神』……などに詩を書き出すのである。

そのことについての弁明とも読める自虐的な「手紙」を、真壁は更科宛に書いている。

地熱の湧き返ってくる自然の春にくらべて三十に近い青年の自分には、もはやどのやうな熱情も

エネルギーもないかに思へる。詩へのかすかな衝動も実は、ひとからひっぱられてゐる糸につながってゐるにすぎない。〔……〕

僕は昨年の秋以来わずかに数編の詩を書き、『一九三四年詩集』や『コギト』一月号や『詩精神』二月号にそれを発表した。そしてそれは一つとして自分のやどり場ではない。木樵のやうにひとりの歌に安んじてをれない俗物根性が自分では恥づかしく、それでもそうした人間のいっそう卑屈な溜まり場である巷の雑誌に顔を出す。そして人並に詩の問題を考へやうとする。しかし現在の自分にはそれら一切を空だとする、それらを白々しく自己欺瞞と見返す無の意識が芽生えてゐる。詩人は己れの胸をぶちまけるものだといふか、そしておのれを飾り、おのれを価値づけるために表現して来たのか、そのお目出度さを、歌わざる人の清さと較べる。

けれども詩が追っても追っても向ふから来るのなら、詩に自分の無力をこそ語らせよう、自分の醜悪をこそ委託しよう、そうおもふ。僕はわずかにさうした気持ちを自己使虐《ママ》の感情を歌ってみた。そしてそれすらはかない自己慰安でしかないとおもふとおそろしくなる。（「手紙」一九三五年三月二五日）

この自己卑下と「自己慰安」の文章には、権力と家や世間の圧迫への屈服感情が渦巻いている。それでも「詩が追っても追っても向ふから来る」のは、詩人（表現者）の性《さが》というものだろうか。「木樵のやうにひとりの歌に安んじてをれない俗物根性」を卑下しながら堕ちていく。

更科源蔵へのこの「手紙」の背景には、フランスに渡った知友の彫刻家高田博厚が、更科や真壁らに宛てて書き送ってきた一九三四年一月二六日付の「『北緯五十度』『犀』の諸兄」という便りの言葉が、重く痛切に響いていたことは間違いない。六歳年長で孤高の高田を、真壁は尊敬していた。

高田はその中で、隣国ドイツでナチ（ナアツィ――高田の表記）が台頭し、ファシズムが西ヨーロッパ全体を襲い始め、ドイツでも人々が沈黙を強いられる「おそろしい状態」が迫ってきていると伝えた後で、「ただ黙って、静かに一つの魂を守りつづけて働くより外はない。「信じる、と同じ程度に疑ひつつ」行くぎりぎりの信念で、せめて「自分」ひとりをでも生かしつづけるより外ない。――斯様な静かな行動が遂に何を、□〔ママ〕すかは、歴史が示してくれるでせう。〔……〕各自が「個」が静かに「魂」を死守するより外に道はない。私はそれを〔日本の〕「友」に信じたい」[*10]〔傍点引用者〕とかなり悲痛な思いで書いていた。

迫りくるファシズムのなかで、一人ひとりが自らの自由な精神〔魂〕を裏切るような表現をしないようにしようという呼びかけであった。「沈黙」もまた、たたかいではないのか。一人ひとりの個の魂をどう死守するか。高田は日本の友人たちに問いかけていた。

しかし、真壁仁や他の『北緯五十度』『犀』の友人たち、それに日本の大部分の詩人たちもまた、「ただ黙って、静かに一つの魂を守り」つづける道へは行かなかった。行けなかった。「信じる、と同じ程度に疑いつつ」行くぎりぎりの信念、つまり懐疑する知性と精神に導かれて生きようとする態度の衰弱が日本社会全体に広がっていた。思想と身体の乖離というか、身体〔日々の暮らしの態度〕による思想〔懐疑の精神〕の侵食である。鶴見流に言えば「信念」と「態度」の離反、思想の崩落・放棄である。不透明な情動と情緒だけが自らの確かな存在感覚に繋がっているように思われてくる。当時の言葉を使えば「不安」〔シェストフ的不安〕である。不安こそが私。己の魂を失くした敗北の美学である。

真壁仁の詩に本質的な変容が見られるのはこのころからである。それは一九三五〔昭和一〇〕年一月の『コギト』第三二号に掲載された「花」という詩に見ることができる。「昭和九年頃から文学上の転向が始まり……」と真壁が書いている詩群の中の最初の詩である。若干修正されて『青猪の歌』に収録されている方を引用する。

花

雲と噛みあふ刈田嶺《かるたね》
溶岩丘の燒石に
岩燕の骨がひつかかつてゐる
人間の骨だつてひつかかつてゐて
神話のひかりに風化する
雲の中でもなぜ花は紅いか
骨からの分泌は土へとほるか
可憐な童女のくちびるほどにひそやかに
その赤禿げの燒石原に
駒草の花が咲いてゐる

（また霧が吹いて來て霧の中から雹がふる）

寒いといへれるうちはいい
おれはけがれたからだを
骨まで霧に舐めさせて居よう
反省のない思念をたのしまう
山は原始のやうに殘忍である
人間界も風物も

神代からさして進んで居らないと
今こそおれは知つたのだ
誰が種をこぼしたか
山頂に歴史の前から花は咲いている
〔……〕

『コギト』誌の同じ号の巻頭に、保田与重郎が長大な論稿「後退する意識過剰――〈日本浪曼派〉について」を寄せている。保田こそ日本浪曼派の泰斗であった。

保田はそこで、「僕らは亡びゆく美しさ、亡びゆくものゝ美しさを歌ふのだ。それでいゝではないか。朽ちはてゝゆくものゝ美しさを知るものは今日の青年以外にない。〔……〕亡びゆく芸術に最後の美の歌手を試みるもの、僕らの世代の青年以外にない」と、「満洲事変」から日中戦争に向かおうとする「不安」の時代にあった青年たちに呼びかけている。

真壁の作品の発表の場は、この『コギト』に始まり、やがて『日本浪曼派』、『四季』が中心となる。三好達治の求めに応じて改造社の『文芸』に「青猪の歌」を送り好評を博している。

また、同年七月には個人詩誌『抒情』を創刊し、芸術性を強く意識した「第二自然」などを書くようになる。「花」同様、芸術性を強く意識しながら、社会関係や現実性から限りなく遠ざかろうとしている。その「芸術性」とは、保田風にいえば「亡びゆく美しさ」に近いものであった。不安の芸術、屈服の美学と呼んでもいい。

「第二自然」の最初の部分はこういうものである。

なぜだらう／あれを聴いてをるとしだいに動悸がたかまって来て／じっとして座ってさへもおれ

なくなるのは／空気があやしく犇《ひしめ》くのをかんじ／大地がぐらぐら揺れだすのを感じ／いつのまにかしびれるやうな大歓喜に包まれてしまふ／あんなに静かにはじまる最初の一音が／紫電とひらめき私を射る／それはなぜだらう／ねむってゐた私の神性　私の大きな愛／それがめざめる／神話時代の終焉と共に失った至純な感情が呼びさまされる／あれを聴いてゐるのは／小さな殻を身につけておずおずと柔弱な私でない／みじめな愛情のため悩む私でない〔……〕

〔引用は『青猪の歌』より。『抒情』の初出詩から若干手直しされている。〕

詩人（真壁）と同じ閉塞情況に生きる当時の読者たちの、内面に沁み込みこんで癒そうとする審美的韻律である。

真壁の文学上の転向は新しい審美的表現の始まりであった。これはやはりパラドックス（逆説）なのか順接なのか。それは次章のテーマである。

この転向期に真壁は、宮沢賢治の作品と深く向き合い、日本古典、なかんずく万葉集に読み耽り、そしてフレドリッヒ・ジイドを一緒に読んだというKという女性と道ならぬ恋に落ちる。さらに同じ時期に、その後の真壁仁の芸術活動のみならず戦後の地域文化活動に大きな影響を及ぼす、黒川村の農民たちが演じる神事能（黒川能）との運命的な出会いが存在する。（これらについても次章で考察する。）

検挙・拘留され「転向宣言」を書く二か月ほど前の一九三九（昭和一四）年一二月三日、真壁は地元の『山形新聞』に次のような戦争受容の詩を寄稿する。真壁仁の初めての戦争肯定・戦争協力の詩である。日中戦争が開始されて二年と五か月後のことであった。かつて兵役をのがれようと消極的な徴兵忌避を試みた真壁仁は、いまや戦争を抒情する詩人に変わろうとしている。

『街の百姓』で、はりつめた緊張をもって対峙した「野良の仲間」（民衆）たちは、これをどう読んだだろうか。かれらは、仁兵衛《にへえ》よ、よくぞ戻ってきてくれたと歓喜しただろうか。それとも「おまえもか」

と悲しんだだろうか。

徒歩進軍

きのふ泥濘の野に伏し
けふ重層の山に屯《たむろ》する
行を起せば神速
散じて木の葉となり
合して大河とながれ
機いたつて崩雪と襲ふ
身を堡塁となし
橋梁に代へ
弾丸と化する
飢渇をしのび
寒暑にたえ
巨大な一體の意志となつて
默々としてすすむ
そしてけつしてしりぞかぬ
戰場を塋域《〔えい〕いき》〔墓場〕となし
あしたに野花を手向けて友を葬り
ゆふべ白骨を負ふてたたかふ
銃火ををさめては

童兒と戯れ
老媼とむつみ
故國へのたよりを書く
誰もが平和な家と
親や伴侶をもつてゐる
しかもわたくしなく
悔恨なく
従容として命《めい》におもむく
〔……〕

〔原文に付されていたルビは大部分削除した。〕

真壁の転向は終わっていた。「陳述書」（転向宣言）を提出して仮釈放された真壁は、思想犯保護観察処分となる。その後転向宣言前の「徒歩進軍」を含めると、真壁は全部で七本の戦争協力詩を発表している。それらをすべてあげてみる。

「徒歩進軍」（『山形新聞』一九三九年一二月三日）、「長江哀歌」（『文藝世紀』第二巻一二号、一九四〇年一二月）、「建国の頌歌」（『山形新聞』一九四一年二月一三日）、「竹」（「山形県詩人会」の「靖国の神霊に捧ぐ」献納詩、一九四三年八月）、「農村学校」（『辻詩集』八紘社杉山書店、一九四三年）、「征きてかえらぬ」（『大東亜——詩集』河出書房、一九四四年一〇月）、「怒れる地霊のよびごえ」（『日本詩』第一巻四号、一九四四年九月）

一九四三年一〇月に刊行された『辻詩集』は軍艦建艦献金のための、一九四四年一〇月の『大東亜』は軍事保護院献金のための、いずれも詩人たちの戦争協力詩集である。両詩集とも体制翼賛文学団体である「社団法人日本文学報国会」が編集したもの。当時の名のある詩人のほとんどがかかわっていた。ちなみに、『辻詩集』には二〇五人、『大東亜』には一八九人の詩人が寄稿している。かつての民衆派詩人、アナーキスト詩人、マルキスト詩人、モダニスト詩人たちである。

真壁は転向後いくつかの戦争協力詩を書くだけではなく、中央の文学報国会（一九四二・昭和一七年発足）と連携する形で一九四三（昭和一八）年に発足した山形県詩人会理事長に就任したりして、同郷歌人の結城哀草果や詩人の竹村俊郎、神保光太郎らとともに、戦時総動員体制下の山形を中心にした東北地方における翼賛文化啓蒙の役割を担っていく。表現者と生活者との内的緊張と葛藤の関係が薄れていき、国策文化の伝達者になっていく。

三　農民の蹉跌

現代日本の最も必要とする人間は、粗食粗衣に耐え得て、国事のために笑って身を挺することの出来る体力と精神力の所有者であると思ふが、かゝる点において私は東北の民性を非常時型といっていいと考えるのだ。〔……〕東亜新秩序建設の理念を論じ、英米討つべし等といふことを容易く壮語しながら、外米七分搗米に直ちに悲鳴をあげる如き軽薄分子を排し、剛健な北方精神を高揚し、東北人の着実な実行力を縦横に発揮すべき時だと思ふ。[*11]

これは転向宣言を書いて仮釈放になった半年後に仙台の『河北新報』に寄稿したものだが、思想犯保護観察下にある真壁仁の、当局への「中間報告」のような文章である。「野《や》」に生きようとする農民詩人の文章ではない。このあたりから真壁は戦争協力農政に積極的にかかわっていくようになる。真壁仁の農民としての蹉跌、「百姓」魂の溶解である。

戦争末期（一九四三年三月）になると、真壁は身体を壊して、少年時代から続けて来た百姓仕事や、一九三五（昭和一〇）年から冬期間勤めていた米の検査員の仕事ができなくなる。真壁を待っていたのは、働き手を戦争に取られて疲弊しきった農家を「増産報国」に叱咤激励する、農業統制機関である「農業会」の参事（後に理事）の職である。

「農業会」とは明治三〇年代に政府の農業技術普及のために設立された地主と農民の「農会」が、一九四三（昭和一八）年に「産業組合」と合併して「農業会」となったものである。「農業報国連盟」（後に農業報国会）などとともに、戦時中は「食糧増産報国」や農村から「満洲」[*12]への農業開拓移民や、開拓村への勤労奉仕隊などを送り出す国策業務にも深くかかわる農業団体であった。

真壁の「農政」との関わりは一九三五年一一月、農林省所管の山形県農産物検査所臨時米穀検査員として尾花沢支所に勤務するようになってからのことである。一九三五年から一九四三年三月まで八年間、真壁は冬季間（一一月〜三月）のみ、雪深い尾花沢支所や日本海の寒風吹き荒れる鶴岡支所で、米穀や藁工品の検査員として勤務している。米穀検査員は農政の末端業務だったから、地主と小作人（生産者）の利害感情（怨念）のせめぎ合いの場に身を置かざるえない仕事である。

次章で紹介するが、「霙と馬」（一九三七年）という詩は、その仕事の苦悩を詠ったものである。真壁が戦中の『政界往来』誌に「恒久的な増産方策へ――山形県における（農業増産）推進隊員の活動について」を書いたり、拓務省（後に大東亜省）の外郭団体である財団法人「満洲移住協会」の機関誌である『開拓』に「満洲」視察旅行記などの国策同調の文章を寄稿したりするのは、末端ながら農政と関わりを持っていたからである。そして、農政は満洲開拓移民や「満蒙開拓青少年義勇軍」の募集・派遣にも深い関わりをもっていた。

農林省は戦争末期になると「農業報国」「食糧増産」の見地から、拓務省や文部省などよりも積極的に「満洲建設勤労奉仕隊」（後の「満洲報国農場隊」）を、各県と農業団体を通じて派遣を推進するようになる。「報国農場」の隊員はほとんどが一三歳から一八歳程度の少年や少女たちであった。山形県からも県民移住開拓村の近くに、「宝清報国農場」、「宝山報国農場」、「長春崗報国農場」、「劉美報国農場」などが設置されていた。[*13]

真壁仁の詩人としての転向は前述したが、真壁は農民としても戦時中の「報国増産」農政に関与するようになる。間接的ながら、後述のように国策「満洲移民」派遣ともかかわるようになる。

一九四一年の『政界往来』という中央誌の新年号に、真壁は「忍従の美果」というエッセイを寄せている。「時局下人生案内」という特集欄である。

吾々は食糧報国といふ使命をみんな念頭に置いて働いてゐる。〔……〕十一月一日から米穀の国家管理が実施され、これまで自分の庭で検査を受けて商人や産組〔産業組合〕に自由に売ってゐた米も、地主の倉に納入してゐた小作米も、直接指定された倉庫に搬入して管理米として取扱ひをうけることになった。今恰度この管理米の搬入で賑はってゐる。
これまで自分の米であるといふ考〔え〕、米を供給してゐるといふ考〔え〕が、国家の土に米を作って奉仕しているといふ考〔え〕に変わりつつある。こういう現実面の革新から国防国家とか、新体制といふものの理念を与えられると農民には一番直接的でいい。或程度の重大性を感じさせないと、農民は国家的な問題や戦争に関して楽天的になってしまふのだ。[*14]

これは、米のほか主要食糧を全面的に国家の厳格な管理下におこうとする「食糧管理法」(一九四二年二月公布)体制が始まろうとする頃の文章である。「国家の土に米を作って奉仕」するように農民たちに上から伝達しようとする、みちのくの百姓ではない報国農政の中間管理者のような真壁仁がいる。

真壁は三五歳の夏、保護観察の身であったが、一九四二(昭和一七)年八月一〇日からほぼ一か月間、「満洲」の東(東満)から北(北満)にかけて、さらには東南(吉林省近辺)へと、山形県出身の青少年義勇開拓移民村および一般開拓移民村を訪ねる旅に出ている。

真壁の妻きよのの妹夫婦が、一九三七（昭和一二）年、山形県第六次一般開拓団村の龍爪《りゅうそう》開拓村（東安省林口《りんこう》県）に入植していた。

真壁は八月一〇日神戸港から鴨緑《おうりょく》丸で大連に渡り、そこから汽車（満鉄）で北満の北安省嫩江《のんこう》県伊拉《いら》哈《は》にある伊拉哈青少年義勇開拓団（一九三七年から入植）の村を訪ね、一七日から一週間ほど滞在し、義勇隊に子弟を送っている、日本本土から来ていた応援奉仕隊と一緒になって農業作業の奉仕活動などをしている。最初の訪問地である伊拉哈義勇開拓団村はソ連との国境に近く、北方の防衛線として配置されたところである。

さらにそこから八月末、再び鉄路で東満の三江省樺川《かせん》県にある第一次一般開拓団村（一九三二年武装移民として入植）の弥栄《いやさか》村と千振《ちぶり》村、さらには義妹夫婦が一九三七年から入植している東安省の龍爪村に立ち寄っている。東満から真壁は再び汽車に乗って吉林省長春県に入り、山形県東村山からの単独編成で、本隊が一九四二年度内に入植予定の第一一次一般開拓村（長春崗《かん》）の先遣隊を苦労して訪ね、親しく交流をしている。

帰路は鉄路で哈爾浜《はるぴん》、奉天（現瀋陽）を経由して朝鮮半島の京城に出て、九月一日船で下関に到着している。

下関から倉敷の大原美術館に立ち寄って山形に戻ると、真壁は満洲移住協会の月刊誌『開拓』に、「新開河の先遣隊」と「拓北の信念——伊拉哈義勇隊開拓団を訪ねて」の二本の視察記を書いている。

さすが農民らしく開拓村の耕地や栽培作物の実状などが細かく書かれているが、大部分を占めるのは「満洲」の被支配民族への認識や想像力をまったく欠落させた、次のような国策（「満蒙」開拓）への熱い期待である。

義勇隊は、綱領にもある通り、私の名利のためではなく、天皇陛下の大御心に副ひ奉るために、宏謨を奉じて兵農両道を相兼する屯田兵なのだ。日本国民である以上、有事の際には何びとも兵たる義務を負ふものであるから、兵と農とは戦時と平時の姿であって、国民等しく相兼するところなのだ。

ただ義勇隊が、一般開拓団と違ふところは、単なる拓士でなく、拓士道を行ずる生活者であることである。即ち文化の尖兵であり、思想の前衛であることである。私はそのやうに考えつつ見たのであった。[*15]

これは「拓北の信念」の方の文章だが、郷里（東村山郡）出身の一般開拓団先遣隊の農民と親しく語り合った「新開河の先遣隊」の方では、「私はあちこち開拓団をみて来たが、けふほど建設と開拓のよろこびを共感したことはなかった。最も困難と欠乏の深刻な先遣隊の拓士達に、開拓者の精神の純乎たる表情をみたといっていい。この精神の光と香気は、ひとたび個人の欲望につながる時、おもかげもなく褪せてゆくものだらうか。そうではない。これが、将来この郷の良俗を形作る新芽なのだ」[*16]と軟らかな語り口になるものの、植民地開拓への疑問は微塵もない。当時開拓地で起こっていた労働力や肥料、機材などの不足、現地農民とのトラブル、移民の離脱……などについては一切触れられていない。

山形県は全国でも最も早くから満洲開拓移民に熱心に取り組んできた県の一つである。一九三二（昭和七）年三月に日本軍部によって「満洲国」が建設されると、県はその年の一〇月には満洲武装移民先発隊（第一次武装移民）を送っている。

山形県では疲弊した農村の更生と次・三男対策として、昭和の初め頃から加藤完治によって朝鮮半島や大陸（中国）への開拓移民養成事業が取り組まれてきていた。一九三二年から敗戦一年前の四四年までに「満洲」に移住した山形県民（戸数）は集団開拓移民戸数が二七一九戸、集団開拓自由移民戸数が六一〇戸で、合計三三二九戸である。県内からの青少年義勇軍人数は三六八六人とされている。[*17]

山形県から中国大陸に送りだされた開拓民および満蒙開拓青少年義勇軍の総人数は一万七一七七人で、これは長野県（三万七八五九人）につぐ全国二位の数字である。[*18] 山形県開拓自興会の調査によれば、県出身の開拓民犠牲者は六一四六名、義勇隊関係では八九五名、両方合わせて七〇四一名の県民が非業の死をとげ、ほぼ四一％の人たちが日本に戻ってくることはなかった。[*19]

山形県戦没者墓地（山形市あこや町）にある千歳山霊苑の「拓魂」碑文にも、「七千余命が悲憤のうちに大陸の露と消えた」と刻まれている。

真壁仁の義妹一家は、夫はソ連の捕虜となり、義妹は子どもを連れて引揚げる途中の船中でコレラに罹って死亡。栄養失調の五歳の子どもは引揚者に連れられて山形駅まで連れてこられ、親戚に引きとられた、と後年になってから真壁は語っている。[*20]

先に紹介した二本の「満洲」紀行文の中では義妹一家のことはどこにも触れられていない。満洲旅行の途中で更科源蔵に宛てた「手紙」（一九四二年九月、日付なし）には、「入満後二十日になりますが、予定通りはなか〳〵廻れません。北満から東満に来て有名な第一次入植の弥栄や第二次の千振に寄って第六次の龍爪に義妹を訪ね」とあるが、なぜかここでも義妹の消息に関する記述はない。何か書けない理由があったのかもしれない。

原住民である中国人農民（「満人」と日本人は呼んでいた）との対立・抗争は、様々な開拓村で起こり、開拓民の間に不安と動揺が広がっていた。「王道楽土」や「民族協和」のスローガンは、日本国内（内地）向けだけのものに変わろうとしていた。

県拓務協会による、県内名士を中心に結成された満洲開拓視察団の派遣は一九三六年一〇月から始まるが、これには県費が使われ半ば公的な視察だった。視察団には郷里に戻ってから、県民に対する満洲移民推奨の役割が期待されていた。日中戦争から太平洋戦争へと戦局が進展する中で、徴兵や徴用で国内の青年男子の移民応募は年々減少を続けていた。また、満洲の開拓地でも、男性開拓移民の現地召集が日常化し、労働力不足を補うために、本国からの勤労奉仕隊や一〇代前半の国民学校卒業生を主体にした「報国農場」隊員などを送らざるをえなくなっていた。[*21]

ところで、真壁の一九四二（昭和一七）年夏の「満洲」開拓移住村への、突然の一人旅の目的はいったい何だったのだろう。費用はどうしたのだろうか。判然としない。おそらく、米穀検査員時代から関わりが深まった「農会」（後の「農業会」――真壁は翌年三月からそこの専従となる）や「財団法人満洲移住協会」のつてで、『開拓』誌の特派員のような形で実現した視察旅行だった可能性が高い。『開拓』誌の編集室（移住協会）には、真壁をよく知る山形県出身の後藤嘉一がいた。

『山形県史』に、「勤労奉仕隊としては、暑中休暇中の小学校および青年学校教員の義勇隊教学奉仕および義勇隊開拓団縁故者によって組織する応援奉仕隊等が続々渡満したが、この応援奉仕隊には昭和一七年度のうちに、山形市社会課長吉村万五郎、同市の農村詩人真壁仁なども参加した」という記述があるのを見つけた。[*22]

真壁は最初の満洲開拓団の訪問先（北満の伊拉哈義勇隊開拓団）で、前述のように一週間の農作業の応援奉仕活動に従事しているところから察すると、それを名目にしての視察旅行であったのかもしれない。保護観察中の「息抜き」の可能性も高い。

山形に戻ってしばらくして、真壁は更科に送った「手紙」にこんなことを書いている。

僕ははづかしい程何もしていない、ことに詩が少ないのには自分でさびしい。ところがこんど満州へ行ってあの風土の印象は自分で詩による表現がいちばんふさわしいと思った。自分はやはり詩人である以上、あそこにうづまいてゐる厖大な夢を詩としてつかまずにはをられない。あそこに本当にどろの木をはぐくむひとびとがをるのだ。満州の詩集が一冊できるかもしれない。（「手紙」一

九四二年一〇月三日）

詩が書きたくて、何か表現したくて「満洲」に旅したのかもしれない。幸か不幸か詩は生まれなかった。これは私の推測であるが、真壁の旅は、小学校時代からの親友であった神保光太郎が、一九四二（昭和一七）年二月に徴用で軍政下のシンガポールの「昭南学園」の園長として送られ、アジア諸国への日本語普及の仕事に携わったことと関係があるかもしれない。日本軍占領後の文化工作の仕事である。

真壁の「満洲」行きはそれに刺激されたのではないか。神保は翌年に詩集『昭南日本学園』（愛之事業社）を出版している。この本に挟み込まれた栞には、昭南日本学園の徽章と神保光太郎の「やまとことばよ！」と題した次のような詩が記されてあったという。[*23]

あのわかもの／このをとめ／すなほで／たよりぶかいあのまなざし／そして／そのむねに／あたたかく／とびこんでいったうるわしの／やまとことばよ！／ねったいのそら／あたらしき／アジアのはなをさかせよ！

真壁仁も神保光太郎もここまで来てしまったのである。二人とも一九四二（昭和一七）年五月に誕生する文学者の翼賛団体「日本文学報国会」の会員となっている。

「満洲」を旅した時、真壁仁にはなぜ中国人（満洲民族や漢民族）・朝鮮人・モンゴル人の存在が見えなかったか。「満洲王国」や「五族協和の大東亜」構想などが、日本国家による東アジアへの侵略政策の一環であったという当時の政治構造が見えなかったにしても、「満洲」の大地が日本の百姓（開拓移民）の物ではなかったこと、「満人」が異民族で日本国家による「被抑圧民族」であることにも全く気付いていない。

真壁の（ほとんどの日本人の）精神と血肉を構成していた村や家の原理も、それらを巧みに組み込んで成り立っている近代天皇制家族国家の原理も、本質的に、異質で固有な他者（被差別部落民、アイヌ、朝鮮人、中国人、さらには女性、障害者など）を排除するか、あるいは、同化させて天皇制国家社会の最下層に不可視の存在として組み入れることによって成り立っていたからであろう。

だから真壁には、中国人（満洲民族や漢民族）も見えず、また、後述するが鶴岡や酒田での黒川能の興行を陰で支えていた「町離《ちょうり》」（被差別部落民）の存在に気づくこともなかった。前述した真壁の女性観や結婚観に露呈した偏見も、同質の構造に由来するのだろう。（東北の部落問題については第八章でも言及する。）

四　戦争と詩人

真壁の青春時代をのみこんだ天皇制国家総動員体制の民衆支配の本質は、二つの力（国家権力の暴力と家・むら制度の湿った同調圧力）の融合と巧みな使い分けにこそ存在する。前に触れたように、転向とは「権力（国家）によって強制されたためにおこる思想（信念と態度）の変化」（鶴見）であると定義されているが、多くの場合、狡猾で冷徹な国家権力は、「母」の涙や世間体に過剰反応する親族の冷ややかな眼差しなどを再編成し、たくみに利用して、真綿で首を絞めるような形で個人に襲いかかり、「自発的・自主的」転向に追い込んでいった。つまり、内側からの崩壊（くずれ）を誘導するのである。

迫りくるヨーロッパのファシズムの下で、孤独に耐えながら真壁たち若い日本の詩人に書き送った高田博厚の「ただ黙って、静かに一つの魂を守りつづけて」行こう、という呼びかけに応え得る個人の自立した思想の成立基盤は、日本のどこにもなかったのかもしれない。

日本の湿った風土から逃れ、ファシズム期の多くの時間をアジア諸地域やヨーロッパ各地を放浪して歩いていた金子光晴（一八九五〜一九七五）のような、また、終生アナーキストとして生き、戦時中は文学報国会にも入らず、したがって『辻詩集』『大東亜』にも詩を送らず、寡黙に庶民の厭戦（戦争不同調）感情を歌った秋山清（一九〇四〜一九八八）のような詩人もいた。かれらは相互癒着と相互監視の日本的抒情の世界から身を引き離し、孤立を怖れず、自我の知性と感性により多く依拠する表現をなしえた稀有な詩人だった。思想が身体を裏切らなかった詩人たちである。

その秋山が戦後『日本反戦詩集』を編み、解説「太平洋戦争と詩人たち」で、「もっとも戦意高揚をテーマにした時期の詩集の中にも、私たちは戦争に不同調の作品を見い出すことができた。〔……〕あの時期に詩人を支えた抵抗の内部的ヴォリュームは意外に大きいものであった」と書いているが、秋山の念頭にあったのは『辻詩集』に寄せた田木繁の詩「視線について――戦傷者諸君に」である。[*24]

「抵抗の内部的ヴォリューム」はそれほど大きくないとしても、次章で紹介するように、戦争協力詩を書いた真壁仁にも、農民・庶民の立場に立った戦争への不同調の詩、厭戦の詩が多々残されている。戦争中に書かれ『青猪の歌』に収められた「母たち」も「嚢と馬」などもそうである。米穀検査員の矛盾と悲哀を描いた「嚢と馬」は次章で紹介することにして、ここでは短い「母たち」の詩を引いてみる。

母たち†

母たちは雲切れのやうな
別離のおもひをもつてゐた
くらい壁におされるやるせなさを
もつてゐた
母たちは黙つて飯をかしぎ
ぼろをつづつた

かえり見もせず門を去つた息子たちも
いよいよといふとき母をおもひ
母を呼んだといふ
おほきな愛は
こだまのやうにまた母親のむねにもどつた
それだけが
母たちに
しろい菊花のやうに
いつまでもかなしく薫つた

おもに一九三〇年代以前の詩からなる『街の百姓』時代の真壁の詩から見れば、これは明らかに屈服の詩に属するだろう。得体のしれない何かに口をふさがれた脅えがある。しかし、戦争協力の詩でないことは明らかだ。息子を戦場に送らざるをえない母たちの、なすすべもない悲しみが伝わってくる。「菊花」などという戦争を象徴する言辞が見られるが、戦争への鬱屈した不同調のアイロニーとも十分に読める。この「なすすべもない」ような「鬱屈した」時代が、一九三〇年代の戦争の時代だった。

戦争詩・反戦詩の今日における評価は、転向の評価と同様に難しい。戦争協力詩をいくつか書いたからといって、その詩人のほかの詩を切り捨てていいわけではない。それは、転向を悪や敗者の汚点などと言いきれないのと同じである。秋山清が「あいつは戦争詩を書いたじゃないか、といってその彼らの反戦詩を無視してはならない。反戦詩を書いたことの方が、戦争詩をかいたことよりも、真実であったのではないか」[*25]と語っているように。転向から学ぶということは、個々の転向への道筋は、個々の状況や経験に応じて一様ではないということを知り、そして、一人ひとりが固有の抵抗の仕方を、日常の各自の生活において意識し、創造することであろう。転向から学ぶということは、私たちが転向を肯定したり受容したりすることはでは決してない。転向（転向文学）に潜む人間と社会の真実に迫ることである。

日本で最もすぐれた芸術性の高い反戦詩を遺したとされている金子光晴にしても、戦争協力詩や戦争讃美の詩がなかったわけではない。それは櫻本富雄の労作『空白と詩人』（未来社、一九八三年）などが明らかにしている。櫻本は同書で金子のほかに、草野心平、中桐雅夫、三好達治、北川冬彦、村野四郎、永瀬清子、安西冬衛らの戦争詩を取り上げて批判している。

金子光晴は敗戦後五年ほどたった頃、「戦争に就いて」という短いエッセイを書いていた。

そこで、戦争に加担しないということが、事実上、不可能なことは、第二次大戦で娘子供まで痛感させられたことだ。トラックに積み上げて捨てられる屍体を見送りながら、人間は考える。〈人間なんて、それほど高価なものじゃないんだなあ〉〔……〕戦争がいけないと言えるのは、戦争が始まる日までのことだ。戦争のいけないことはみんなわきまえている。どんな理論も非戦論の前では顔を赤くする。尻込みする。十分な惨禍におびえていないものはないからだ。戦争の利得と、損失の大きさを計算して、誰しもがそろばんの合わないことを知っている。ことに原子力が発見されてからは。それでいながら一歩一歩、人間は破滅の方へ歩み寄ってゆく。人間の作る文化の歴史が、人間を欺いているのだ。[*26]

今日、切迫したリアリティを持って予想される戦争は、一瞬にして無惨な大量死を伴うものである。個人の死のリアリティなどどこにも存在しようのないこの時代の戦争詩の評価は、以前にまして容易なものではない。金子の「戦争がいけないと言えるのは、戦争が始まる日までのことだ」という七〇年ほど前の言葉が、ますます現実味を帯びてきている。

さて、真壁仁の転向の内実をもう少し詳しく見てみる。鶴見・藤田らの『共同研究転向』によれば、日本ファシズム期の転向は大きく二つに分けられ、一九三〇年代は急進主義者の転向が中心で、四〇年代前後になると自由主義者を中心とする転向に変わるという。

自由主義者たちの転向は前代に比して、「集団的、なしくずし的、無自覚であり、同時代の大衆の動向にインテリとして歩度を合わせようとする努力を示す。〔……〕一九三〇年代の転向が「〜からの転向」であったのに対して一九四〇年代前後の転向は「〜への転向」であり、一九三〇年代のようにたんに近代西洋思想への批判ではなく、日本の手持ちの資材によって思想を自立経営できるかという問題への解答を示す努力」が見られると分析している。[*27]

真壁仁の転向はまさしく後者のタイプに属するものだった。「同時代の大衆の動向に歩度を合わせようとする」「なしくずし的、無自覚的」な転向であった。そして同時にまた「日本の手持ちの資材によって思想を自立経営できるかという問題への解答を示す努力」を古典研究（万葉集などの研究）、宮沢賢治研究、それに黒川能の独自で主体的な研究で示そうとした。司法の求める転向要件「日常生活裡ニ臣民道ヲ躬行シ居ルモノ」、つまり日本精神の体得・実践に応えようとするものでもあった。

賢治研究と黒川能の研究については後述することとして、万葉集と真壁との出会いについて簡単に触れておきたい。それは『四季』や『日本浪曼派』などに詩を書く時期と重なっている。仁が初めて万葉集について書くのは『日本浪曼派』第三巻一号（一九三七年一月）の「万葉を継ぐもの——結城哀草果と歌集『すだま』」という評論である。だが、これは結城哀草果論であって万葉論ではない。

同年の同誌第三巻二号（三月）には「山上憶良」、第三巻六号（八月）には「万葉象徴」という、いずれも長い評論を寄稿している。それらには、これまであまり真壁仁の文章には出てこなかった「古典の血統」、「野太い健康な原始の精神」、「言霊のさきわふ国の詩的伝統」、「国詩の血統に目ざめる」……などといった表現が現われてくる。日本浪曼派に通じる日本的抒情のイメージである。真壁がこの時期になぜ古典（万葉集）に魅かれて行ったのか。それは、当時の「日記」が明らかにしている。

現代の不規則な知性の分裂と、その表現形態の乱脈な変貌とは、自分に古典を思慕させた。自分が古典をとほして自分に樹てようとしたものは、整制ある形態美であり、強烈な語感と音律感であった。自分の感覚と美観とが整制と強烈とを求めるのはその北方的性格と環境のみち引き〔ママ〕である。これを自信を添へて言ひかへれば、自分の北方的性情に、古代を育てた血が蘇ったのである。それは現代の文学風潮に流れる都会的、散文的、感覚的諸要素に対する反抗の形として現はれる。

（「日記」一九三七年六月二九日）〔傍点引用者〕

可視・不可視の権力の圧迫と絡みつく共同体の無言の眼差しのなかで、生きること表現することの焦りと精神の衰弱が、真壁仁をして万葉集や日本浪曼派に向かわせた。倚りかかる「伝統」や「権威」が欲しかったのだろう。詩人の、人間の弱さは、こんな形で露呈する。

最後になるが、真壁の文学転向を考えるとき、彼の周辺にあって、様々な形で彼の文学形成に影響を及ぼしてきた知人友人の文学者たちの存在を忘れることはできない。すでに見たように、神保光太郎も亀井勝一郎もそうであった。その中心に近代日本を代表する詩人芸術家の一人、高村光太郎がいた。

真壁は一八歳で光太郎の詩「傷をなめる獅子」（『猛獣篇』所収）と当時購読していた雑誌『抒情詩』で出会い、強い衝撃を受けている。二一歳の昭和三（一九二八）年春から初夏にかけて、東京・本郷駒込にアトリエを構えていた光太郎宅を更科源蔵と二人で、初めて訪問している。光太郎に誘われて浅草に行き、トーキー映画を見せてもらったり、牛鍋やアンコウ鍋をご馳走になっている。
「私はそういう先生から人間高村光太郎、生活者高村光太郎を見、自分の精神のなかに、何か雫のようなものがしたたりはじめ、それがひびきをたてて流れ初めるのを感じていました」と後に回想している。[*28]

光太郎はまた、真壁がきびしい労働と生活の中で、更科や長崎浩らとともに辛苦しながら編集発行してきた同人詩誌『北緯五十度』や『犀』への精神的支援のみならず、時には財政的支援をも惜しまなかった。真壁は光太郎をつねに「わが師」と仰いできた。

吉本隆明は、その光太郎が「戦争に流れ込んでゆく時代動向」と「実生活上のリアルな破産〔智恵子の病状の悪化など〕」に遭遇する中で、「愚劣な生活を存分に洗ってくれるものは、ついに高村にとっては戦争の予感につながったのである。この意識はほとんど時代の大衆的な心情と一致するものであった」と書いた後で、「高村の戦争にたいする屈服は、日中戦争を契機としてはじまっている」と述べている。その兆候を吉本は、日中戦争直前に「超越的な倫理感」の中で発表された、ナチスの台頭を歌った詩「堅氷いたる」〔一九三六年一一月に書かれ、『中央公論』一九三七年一月号に掲載〕に見ている。[*29]

堅氷いたる[*30]

乾の方百四十度を越えて凛冽の寒波は来る。
書を焚くべし、儒生の口は箝すべし。
つんぼのやうな万民の頭の上に
左まんじの旗は瞬刻にひるがへる。
〔……〕
漲る生きものは地上を蝕みつくした。

この球体を清浄にかへすため
ああもう一度氷河時代をよぼうとするか。
昼は小春日和、夜は酷寒。
今朝も見渡すかぎり民家の屋根は霜田だ。
堅氷いたる、堅氷いたる。
むしろ氷河期よこの世を襲へ。
どういふほんとの人間の種が、
どうしてそこに生き残るかを大地は見よう。

この光太郎の詩にも真壁は大きく揺すぶられたようである。この詩が発表された頃、真壁はすでに『四季』や『日本浪曼派』に作品を送っている。現実社会から目をそらして、超越的・神秘的な美の世界を歌い始める頃である。「愚劣な生活を存分に洗ってくれるもの」(吉本)にあこがれて。

真壁は更科への「手紙」に「今は詩が美しく磨かれて、純粋になってゐるから、そして外部は益々それを求めてゐるからもっと独自な言葉を各自が持ち、独自な形式を開拓してゆかなくては更に魅力がないことになった。〔……〕高村さんの『改造』八月の五編もよいが、「猛獣篇」などはすでに詩風として新味に乏しい気もする。「堅氷いたる」の態度がずっとぼくらを打ったのだった」と書いている。(「手紙」一九三八年九月一九日)

日中戦争が始まるのは一九三七(昭和一二)年七月だが、その二か月後に高村は明瞭なる戦争詩「秋風辞」(秋風起こって白雲は飛ぶが、/今年南に急ぐのはわが同胞の隊伍である。/南に待つのは砲火である。/〔……〕/太源を超えて汾河渉るべし、黄河望むべし〔……〕)を朗々と歌い出す。真壁仁の最初の戦争詩「徒歩進軍」のリズムとコンテンツのモデルがここに見られる。

高村光太郎の近来の詩文を見ると、あの人がヨオロッパからいかに日本に帰着したか、日本がいかに他に優位するか、物情騒然たるなかに日本の美がいかに健康であるか、全体の中に帰一する個が、いかに本来的なものをまもり得、またまもらねばいけないか、そうしたたくさんの問題を、無言のうちに語ってゐると思ふ。〔……〕高村光太郎に見る日本民族の理念と、永き美の血統と、日本を中枢とする世界思潮の認識、自覚とは、たしかにわれわれがこれから理想する文化世界への架橋となるものだろうと思ふ。（「手紙」一九四〇年八月一九日）

これは真壁が山形署内の監房で転向宣言を書いた三か月ほど後の手紙である。このころすでに高村光太郎は大政翼賛会や文学報国会の中枢にあった。

真壁の詩才を見抜いて真壁を中央詩界に誘った『空と樹木』の理想主義的自然詩人の尾崎喜八も、このころは大政翼賛会で大きな役割を担っていた。尾崎は戦時下に「此の糧《かて》」という愛国詩を書き、これは光太郎の「最低にして最高の道」などとともに繰り返しＮＨＫのラジオで放送され、大政翼賛会の戦意高揚のプロパガンダに利用されていた。

此の糧[*31]

芋なり。
薩摩芋なり。
その形紡錘《つむ》に似て
皮の色紅《べに》なるを紅赤《べにあか》とし、
形やや短くして

紅の色ほのぼのたるを鹿児島とす。
〔……〕
芋はよきかな、
薩摩芋はよきかな。
これをくらふ時
人おのづからにして気宇濶大、
時に愛嬌こぼるこぼるゝがごとし。

大君の墾《はり》の広野《ひろの》に芋は作りて
これをしも節米の、
混食の料《しろ》とするてふ忝《かたじけな》さよ。

つわものは命をささげて
海のかなたに戦ふ日を、
銃後にありて　身は安らかに、
この健やかの、味ゆたかなる畑つものに
舌を鼓《こ》し、腹打つ事のありがたさよ、
うれしさよ。
〔……〕

一冊の詩集となった『此の糧』には、天皇の「宣戦の詔書」の感動をラジオの朗読放送で抒情的に再現しようと意図した「大詔奉戴」という詩も収められている。[*32]

真壁もまた一九四一（昭和一六）年九月一〇日、太平洋戦争が開始される三か月ほど前、福島県霊山《りょうぜん》神社で行われた「転向教育」（思想犯に対する再教育）から戻ると、ＮＨＫ山形放送局で詩の朗読放送を行った。その時真壁が選んで自ら朗読した詩は、高村光太郎の「最低にして最高の道」、神保光太郎の「清らかなる軍隊」、真壁自身の「徒歩進軍」、「第二自然」など六編。ピアノの前奏・後奏をつけた厳粛な朗読で、まさに総力戦体制への声による参加（「声の祝祭」[*33]）であった。

〔第三章・註〕

＊1　伊藤幹治『家族国家観の人類学』ミネルヴァ書房、一九八二年、一二一〜一四頁／利谷信義「家族法の実験」上野千鶴子ほか編『シリーズ変貌する家族』第一巻（家族の社会史）、岩波書店、一九九一年、一〇一頁。

＊2　真壁の尋常小学校在学期間（一九一三―一九年）は、日本の学校に初めて強力な家族国家観が盛り込まれる国定教科書（第二期）の時代（一九一〇―一七年）とほぼ重なる。真壁は、父母に対する敬愛（孝）と万世一系の天皇に対する崇敬（忠）を同質のものとして国民（臣民）に教え込もうとする国定教科書で学び始めた世代であった。明治天皇や二宮金次郎が始めて登場する教科書である。伊藤幹治、前掲（＊1）、三五頁。

＊3　山形県『山形県史』第五巻（近現代編下）、一九八六年、六九三頁。

＊4　奥平康弘『治安維持法小史』岩波現代文庫、二〇〇六年、一六〇頁、一六三頁、一八四頁。

＊5　思想の科学研究会編『共同研究転向』上・中・下巻、平凡社、一九五九―一九六二年。

＊6　鶴見俊輔「転向の共同研究について」『共同研究転向』上巻、前掲（＊5）、五頁。

＊7　同前、六〜七頁。

＊8　真壁仁「陸羽一三二号物語」『野の文化論』〔二〕、一〇七頁。初出は『北流』第一八号（一九七四年一〇月）。

＊9　藤田省三「天皇制とファシズム」『岩波講座現代思想』第五巻（反動の思想）、岩波書店、一九五七年。現在は藤田省三『天皇制国家の支配原理』みすず書房、二〇一二年に収められている。

＊10　高田博厚「『北緯五十度』『犀』の諸兄」『北緯五十度』第一〇輯（一九三四年四月）、四頁。杉沼永一編著『詩人・真壁仁とその周辺』山形ビブリアの会、二〇一五年、二〇四〜二〇五頁にも全文紹介されている。

＊11　真壁仁「明治維新と東北（八）――実力ある指導者」『河北新報』一九四〇年一〇月二日。

＊12　「満洲」とは現在の中国東北部に出現し、やがて大清帝国（清朝）を開く「マンジュ」（Manju）民族とその居住地域に由来する。二〇世紀に入り清朝が崩壊するに及んで、清朝の精神的故郷であった「満洲」は荒廃し、中国の多数民族の農耕漢民族に同化吸収されていく。その広大な領域の支配を狙ってロシア、日本、欧米の帝国主義勢力がしのぎを削り合うが、一九三二（昭和七）年日本は関東軍が中心となり、清朝最後の皇帝愛新覚羅溥儀を担ぎ出し傀儡国家「満洲国」をでっち上げ、アジア侵略の拠点とした。軍と政府は「満洲」を「日本の生命線」と位置づけ、国策として一九三六（昭和一一）年より「二〇年間で一〇〇万戸、五〇〇万人」の「満洲開拓移民」計画に乗りだしていく。本書で「満洲」と表記するときは、一九三七年から敗戦時まで存続し、日本が実質支配した「満洲国」を指す。田中克彦『ノモンハン戦争――モンゴルと満州国』岩波書店、二〇〇九年／小峰和夫「〝満洲〟という地をめぐる歴史」『満洲とは何だったのか〈新装版〉』藤原書店、二〇〇六年などを参照。

＊13　足達太郎、小塩海平、藤原辰史『農学と戦争――知られざる満洲報国農場』岩波書店、二〇一九年、一四九〜二〇三頁（補章「満洲報国農場とは何だったのか」）。山形県史編さん委員会編『山形県史』本編第四（拓殖編）、山形県、一九七一年も参照。

＊14　真壁仁「忍従の美果」『政界往来』第一二巻一号（一九四一年一月）、三二四頁。

＊15　真壁仁「拓北の信念――伊拉哈義勇隊開拓團を訪ねて」『開拓：東亞一般誌』第七巻五号（一九四三年五月）、六〇〜六一頁。

＊16　真壁仁「現地報告　新開河の先遣隊」『開拓：東亞一般誌』第六号一一号（一九四二年一一月）、九四頁。

＊17　山形県、前掲（＊3）、七五〇頁。

＊18　松山薫「満蒙開拓の痕跡を訪ねて――山形県にあった『日輪兵舎』序章」『東北公益文化大学総合研究論

集8』第八号（二〇〇四年）、七六頁。
＊19　山形県史編さん委員会、前掲（＊13）、七五七頁。
＊20　真壁仁「八月十五日、私的体験からの出発」『野の文化論』〔四〕、一三頁。「ぼくの妹（次女ヨシエ（一九三二～一九四五））は三人のこどもをつれてサイパン島から引揚途中直撃弾を喰らって撃沈し、島にのこった彼女の主人（高橋栄助）もたぶん玉砕し一家全滅した。〈満州〉の開拓者の妻になった義妹は、夫を捕虜としてソ連にもって行かれ、子どもを連れて引揚げる船中でコレラに罹って死に、栄養失調の五歳児が引揚者につれられて駅に降ろされたのを引きとった。」初出は『あすの農村』第四五号（一九七八年八月）、一二頁。
＊21　山形県史編さん委員会、前掲（＊13）、七五六～七五七頁。
＊22　同前、四九五頁。
＊23　浦田義和「神保光太郎『昭南日本学園』論」『国文学：解釈と鑑賞』第六七巻五号（二〇〇二年五月）、一一五頁（特集日本浪曼派とその周辺）。
＊24　秋山清、伊藤新吉、岡本潤編『日本反戦詩集』太平出版社、一九七二年、二六一頁。
＊25　同前、二六三頁。
＊26　金子光晴「戦争に就いて」『金子光晴全集』第一一巻（評論二）、中央公論社、一九七六年、二三三～二三五頁。初出は『コスモス』第一五号（一九五〇年二月）。
＊27　『共同研究転向』中巻、前掲（＊5）、二頁。
＊28　杉沼永一「真壁仁と高村光太郎とその周辺」『真壁仁研究』第一号（二〇〇〇年一二月）、二〇一頁。
＊29　吉本隆明『高村光太郎』増補決定版、春秋社、一九七〇年、七九～九六頁。
＊30　尾崎喜八等編『高村光太郎全詩集』新潮社、一九六六年、四一六～四一七頁。
＊31　尾崎喜八編『尾崎喜八詩集』新潮社、一九五三年、一五八～一六一頁
＊32　坪井秀人「〈抒情〉と戦争」『岩波講座アジア・太平洋戦争』第三巻（動員・抵抗・翼賛）、岩波書店、二〇〇六年、一七頁。
＊33　坪井秀人『声の祝祭』名古屋大学出版会、一九九七年。

第四章　あえぐ農の身体――「悲劇的・壊滅的命運」に耐えながら

一　あるパラドックス

本章のサブタイトルとして引いた「悲劇的・壊滅的命運」とは、「序」の終わりで引用した黒田喜夫の文章（「真壁仁の詩と時代」）にある言葉である。黒田はそこで、「日本近代に生まれ、一九三〇年代以降に創造のみちを辿ったような詩人は、誰しも〈戦争〉という生死を試す関門をくぐらぬわけにはいかなかった。生死というのは、人間個体の文字通りの生き死にのことであり、尚それ以上に、詩の生命の生き死にに関わってのことである」と書いていた。

その数行先に、この「悲劇的・壊滅的命運」という言葉がでてくる。

あらゆる傾向の詩人たち――自然との或る型の決めで情感の応接をなす抒情派流や、日本モダニズムの仮想的脱自の気分と方法や、プロレタリア詩の観念規範や、に立つそれぞれの傾向の詩人たちの、その生き死にの悲劇的・壊滅的命運を経なければ、戦後現代の詩の在りようはなかったし、

仁38歳。千歳村農業会勤務のころ
［『真壁仁研究』第6号より］

その命運に耐え得なければ、詩人たちに現代はなかったということである。[*1]〔傍点引用者〕

国家と家のファッショに屈服して、「生活の実際の飽くなき追求と階級的感情の主体的燃焼をもって詩を書き、現実の中の進歩的要素に直接呼びかけた僕たちの仕事」が不可能となった真壁は、筆を折ることもできず、それでも歌いたいという「詩魔」の蠱惑おさえがたく、悶えと超越の浪漫主義的な屈服の美学（芸術）へ向かっていく。

そして戦争さえも抒情する詩人の方に向かって行った。これこそ黒田のいう「悲劇的・壊滅的命運」というものであろう。

黒田は真壁仁の場合に即してその「命運」について、さらに突っ込んで言及している。

『青猪の歌』の詩群の、詩形としての完成度は『街の百姓』に比べて飛躍的であり、真壁仁はこの詩集で「詩の起因は……特殊領土の事物たらざるはなく、詩の顕現は渺渺としてひろく人心普遍のひびきに到らざるはない」（高村光太郎、前同）ところに立って、日本近代に生まれた独自の詩人の姿を見せたと言えようが、しかし一方、そのことにおいて『青猪の歌』は、彼の戦争期を負う詩の生死の危機のやむない現われともなっていることを、見逃せないと思う。〔……〕『街の百姓』には稚いままに「土着人」の生活的身体―農という言い方をすれば、農の身体性と抵抗感があったが、『青猪の歌』には、農の精神――その聖化による超越的なものへの同調感がある。あるいは、『街の百姓』の農民（被抑圧階級）の生活的身体の表われから、風土のロマンティシズムへの移行といったものがある。それらにおいて語法はとぎすまされ、たかい昂揚感をもった。[*2]

黒田は、詩と詩人の転向という「悲劇的・壊滅的命運」のなかで、真壁の詩群が「詩形としての完成度」を飛躍的に高め、「語法はとぎすまされ、たかい昂揚感」をもつに到ったが、そこに「戦争期を負う詩の生死の危機のやむない現われ」が見られると書いている。

本章では、大部分が「満洲事変」・日中全面戦争・太平洋戦争の間に書かれた詩群からなる『青猪の歌』(札幌青磁社、一九四七年)に収められた詩を読み解きながら、詩人真壁仁がどうこの「危機」と「命運に耐え」、「戦後現代の詩の在りよう」につながって行こうとしたのか、そして、それをささえたものは何であったかを考えてみたい。

『青猪の歌』はその総体を見れば「転向の文学」と言えようが、そこから戦後の蘇生のために真壁が自らと戦後世代に、何を選び、何を託そうとしたかを、ここで検討しようと思う。

そこに収められた詩群は、「現実との緊張関係を失った精神のゆるみ、衰弱を、ことばの荘厳性によってとりつくろおう」としたものが多く、「詩の洗練」や「高い格率と声調」が見られるとしても、「それは詩人の精神の深さ、豊かさの証明にはならないと思う」[*3]という新藤謙のきびしい批評をも意識しながら考察を進めて行きたい。

少年期・青春期の学びで身につけた、素朴なヒューマニズムとアナーキズムの思想と、それに東北の百姓である真壁自身の身体からにじみでる農本主義思想に彩られたリアリズムが、ファシズムと戦争のなかで圧迫され表現できない状態に追い込まれ、エスタブリッシュメント、つまり官許集団(都市的・ローマン的・脱政治的文学者集団——日本浪曼派や四季、コギト派などの世界)や古典(万葉集など)の方へ移行することによって、社会性や批評性よりも、「語法はとぎすまされ、たかい昂揚感をもった」超越的・美的・芸術的表現が重視される「洗練された」詩群が前面に浮き上がってきたのである。

ところで、真壁は新藤謙が言うように、生活に根ざす社会性・批評性・思想性を棄てて、「ことばの荘厳性」と引き換えに、「精神の深さ、豊かさの証明とはならない」詩の美的・芸術性に向かおうとしたのだろうか。それとも、権力と共同体のファッショによって社会性・批評性を抑え込まれたことにより、官許の古典的・ローマン的集団や万葉集に近づき、美的芸術的洗練を学びながら、自らの表現を鍛えていき、生活性・社会性・批評性と美的・芸術性を統合する詩を難問《アポリア》の中で創造しようとしたのか。

戦後詩人の大岡信〔一九三一〜二〇一七〕が『昭和詩史』の中で、「時代の急速な悪化が、詩的技術の強化に何らかの意味で関係があるとするなら、これは皮肉なことといわねばならないが、しかしそうしたアイロニーは、詩や文学の世界にはしばしば生じるのである」[*4]と語っているようなことが、一九三〇年代後半の真壁にも起こったのだろうか。それは具体的にどのようなものであったのだろうか。

真壁仁が一九三〇年代に発表した傾向の違う二つの詩を検討してみよう。いずれも『青猪の歌』に収められている。

最初の詩「霙《みぞれ》と馬」は一九三七〔昭和一二〕年に『日本浪曼派』〔第三巻二号〕に発表され、もう一つの詩「無限花序」はその翌年の夏頃に書かれ、『四季』の一一月号に掲載されたものである。すでに真壁の「文学上の転向が始ま」っていた頃の詩である。

一九三七年七月に日本は日中戦争の泥沼〔日中全面戦争〕に突入し、農村と農民の疲弊は極点に達している。翌年は国家総動員法が公布され、山形県では満蒙開拓青少年義勇軍の第一回募集が行われた年である。山形県も含めて日本全土が戦争モードに入っている。真壁の身体もエスタブリッシュメント〔総動員体制〕の方に傾斜しかけている。

霙と馬†

いつぽんの米刺《さし》と手簿〔しゅぼ〕〔帳面〕を携へ
夜明けの母袋《もたい》街道を
ひとりこちらへ赴くとき

私の胸にはきぼうがあつた
空にも寒い光があった
長根山の小松ばやしのみどりはいい
はだれに〔うっすらと降り積もった〕白い遠山もいいと
盆地の奥にのぼつて行つた
いま私が米刺をさめて
日暮の村を出ようとするとき
みぞれは落ちて
くらくつめたく行手をとざす
みぞれは大きなもろい結晶をして
地にも沁みよとながれ降る
(日照り乏しい山地の米がなぜあのやうに飴いろなのか)
私は大事なみんなの収穫物を掌にのせて
品種や品質や粒形や
また色沢乾燥の具合をみた
地の幸いにおごらぬ人たちの貌もみた
この多雪の土地にみのる米が
こよなく市場に讃へられてをるときに
かれらの手許には屑が残り
かれらの懐はかなり寒い
そして雑炊をくらひ

襤褸《らんる》〔ぼろ〕にくるまつてるのはなぜだらう
（農業は進歩し農民は痩せる）
〔……〕
藁と萱束で蔽うた戸口のなかには
どの家にもどの家にもくらい厩があつて
馬が耳そばだてて立つてゐた
くらやみの中からうるんだ瞳を向けてゐた
うつたへずうたはずひもじさに耐え
おのづと主人たちにその性格を影響してゐた
馬たちは哀しまないか否
馬たちは嘆かないか否
ただじつとこらへつづけ耐へつづけてゐた
あのあきらめの馬たちはいまごろ
柏ばやしに降る霙を聴いてゐるだらう
わびしい地のおののきに耳を立ててゐるだらう
私は帰りの道をいそぐ
私の外套はおもたく濡れた
くらい天いつぱいにすくすくと
青いかなしみの葦が生え
私の睫毛はしづくをおとし
樹にも石にも沁みよと

沁みよとながれ降るみぞれ

この「霙と馬」という詩は、農閑期仕事の最初の勤務地である尾花沢支所で、農家の産米に等級をつける検査員として働いていたときにつくられた詩である。この仕事は農家の家計と直接につながっていて、楽な仕事ではなかった。検査員の中には「地主の奉公人」のような人も少なくなく、農家の人たちに疎んじられる存在だった。

この詩に見られるように、真壁仁は農民の身体、農の感性、内向きながら社会批評の視点を手放してはいない。時代や権力に対して、抵抗もしていないが、さりとて完全に屈服もしていない。ヒューマニズムも枯渇していない。同じ農民でありながら、農民に対する生殺与奪の権を握る米の検査員である自分自身への屈折した批判的視点も失ってはいない。

「霙と馬」同様に一五年戦争中に書かれ『青猪の歌』に収録されている「母たち」（第三章で紹介）、「冷害地帯」、「悲歌」なども、社会性、批評性を失っていない作品である。

これらの詩とは傾向の違う、社会批評性よりも美、芸術性に重点をおいた詩が「無限花序」である。あえてくくれば、前章で紹介した「花」や「第二自然」などの傾向に属していると言えるだろう。

無限花序†

あはれひそかなる稲の花
頴《〔えい〕》〔穂先〕をひらきて咲きいでぬ
ひらかれたる花の室房より
しべはゆらぎて
陽に透きしみどりの壁の

うつくしきかな
あるとしもなき風に
花粉は散りぬ
花粉は緑の室房にこぼれかかり
おきろなき碧落〔広大無辺な青空〕のひかり
うるほへる土のちしほ
ここに相搏《う》ち
みごもりゆく
ゆふべとなりて
ふたつの顥の
かたく閉ぢ
青き明りのなかに在るとき
大いなるいつくしみのしづくとなりて
稲妻はそそぐ天の乳糜《にゅうび》〔乳がゆ〕

〔「花序」とは花が茎や枝に規則正しく並ぶ状態。「無限花序」とは茎や枝の下から順番に上に向かって、また、外側から内側に向かって花をつける花序のこと。〕

この詩を『四季』に発表する年の一九三八（昭和一三）年一月の「日記」に、真壁はこう書いている。

詩の血統を健康な民衆の感情の中に打樹てんと希ふのが、自分の希ひなのだ。勤勉な労働者が詩人でありえないか。この貪欲な欲望に向って、不可能を可能とする努力が、之まで自分などの細々とやってきた仕事の全部なのだ。そういふ自分達が身辺触目の現実よりも、現実の彼岸を思ふ浪曼的思慕をはげしく抱くのも亦当たりまえと思ふ。実現しなかった生——刻々に過ぎ去りゆく生の光芒を惜しむこころが、われわれ野に在るものの詩であったのではないか。（「日記」一九三八年一月一日）

ここには友人・知人の神保光一郎、亀井勝一郎、それに保田与重郎ら日本浪曼派の詩人たちが辿った、「悲劇的・壊滅的命運」への真壁仁の同調が見られる。

しかしよく読むと先の詩「無限花序」には「悲劇的・破滅的命運」への同調にくずおれていくのをくい止めている農の身体性、農のエロチシズムが存在する。古語で書かれているが、日本浪曼派詩人たちに多く見られる、現実の事物から超越した古典（古代）回帰や擬古的ロマンチシズムを詠った詩とは様相を異にする。

先の三八年元旦の日記で真壁は、「詩の血統」、「健康な民衆」、「現実の彼岸を思ふ浪曼的思慕」、「生の光芒」……を象徴するような日本浪曼派風の歌をうたいたいと念じてはいるが、実際の作品である「無限花序」の歌では、稲の花の受粉・受胎のリアリティは蔽いがたい。百姓でなければ見えない稲穂のこまやかな生態観察にささえられている。田を耕し稲を育てる人の、モノ、コトへの愛着に満ちたリアルな観察。

それは、農のエロチシズム、農の始原を歌った真壁仁の戦後詩の代表作（「稲（オリザ）」、「糧の道」、「原風景」）などの系譜につながる詩の一つではないだろうか。これについては、終章で論ずる。

前章で見たように真壁仁は間違いなく転向した。日中戦争から太平洋戦争期にかけて、多くの著名な地方・中央の詩人たち同様に、彼も七編の「戦争さえ抒情する」愛国的な詩を書いた。

七編の戦争受容詩は決して多いとは言えないが、新聞や雑誌に寄せた評論、コラム、ルポルタージュなどではかなりの分量の時局迎合の文章を、真壁は書いてきた。さらには、一五年戦争末期には農業会参事の職にも就いている。

しかし、それでも「転向」の詩人・真壁仁は悶え苦しんでいた。そのおもい「あへぎ」は、戦中詩を回想した『青猪の歌』の「おぼえがき」(あとがき)からも聞こえてくる。

私は自分の呼吸がおもくあへぎがちであったのに気づく。自分の肉体が傷つき、つねにその抵抗にたたかってゐたのに気づく。自分をとりまいてゐた空気がどんなにうったうしくどんよりとくらいものであったかをも。人は私のおもく沈みがちなしらべから、黒いひかりをはねかへしてゐた私の心の風土を想像してくれるだらう。

私はすでに「嚢と馬」と「無限花序」の二つの詩の内奥に、その「あへぎ」を聴いた。真壁は屈服と敗北の一九三〇年代の闇のなかで、「悲劇的・壊滅的命運」に耐えながら、「黒いひかりをはねかえ」す「心の風土」を求め続け、「命運」をのりこえようと模索していた。

ここから、何が詩人真壁仁の「生き死にの悲劇的・壊滅的命運」を耐えさせたのか、について考えてみたい。そこには大きく三つの出会い、出来事が存在した。宮沢賢治との出会い、Kとの恋、そして黒川能との邂逅である。

真壁の「文学上の転向」が始まるのは昭和九(一九三四)年ころ。まさにこのころ、真壁は同じ東北の詩人宮沢賢治の詩と出会い、向き合い始める。この出会いが真壁の詩の蘇生に及ぼした影響は大きい。初めて賢治の作品に触れるのは、一九三四年であった。真壁仁二七歳の時である。

すでに二人の子どもの父親となっていた。なお、宮沢賢治はその前年の九月二一日に三七歳の生涯を終えていて、真壁は直接出会うことは叶わなかった。しかし、真壁は賢治によって、「土着」の生と表現を励まされることになる。

一九三五（昭和一〇）年の暮から一九四二（昭和一七）年までの八年の冬期間、山形県農作物検査所の臨時の米穀検査員として、雪深い山間部の尾花沢や日本海に面した鶴岡市に勤務したことは前述した。

毎年冬五か月もの長期間、家族や生まれ育った地域から離れることなど考えられなかった真壁には、初めて経験する詩作と思索の自由な時間であった。山形市内の家族には内緒で上京することさえあった。

この自由な時間（といっても検査員として働いているわけだが、その仕事は農作業と違って時間がきっちりと決まっていて、自分一人で自由に使える時間に恵まれていた）の中から、先の「雲と馬」や「青猪の歌」など数多くのすぐれた詩が誕生している。

この比較的自由な時間と空間に恵まれた環境のなかで、真壁は「ともに詩を語りジイドを読み、智恵のかなしみとよろこびを頒か」ちあった（「手紙」一九三六年八月二日）K（UK）という若い女性と恋に落ちている。短い期間だったが歓喜と悦楽と切なさに満ちた恋だった。真壁は「罪の意識」と引き換えに、はじめて共同体（村と家）の「因襲と旧道徳」の殻（枷）を破ることになる。

そこからたくさんの恋の悦びや別離の悲しみの詩が生まれた。真壁仁の詩が艶やかな色彩をおびるようになる。当然のことながら、この恋もまた真壁の詩の蘇生に貢献した。

そしてまた同じころ、米の検査員として鶴岡に滞在中に、近郷の東田川郡黒川村（現在は鶴岡市）の農民たちが演ずる神事能（黒川能）と出会っている。最初の出会いは、一九三八（昭和一三）年厳冬の二月一日から二日の朝にかけて夜を徹して繰り広げられる「王祇祭」においてであった。

どんなに戦争が激しくなっても王祇祭は中断されることはなかった。真壁も王祇祭はもちろんのこと、黒川能関係の文献や衣装・能面調査のために、毎年何度も月山の麓の現地に通い続けた。農民芸術、民衆芸術への眼を黒川能によって開かれたのである。四〇〇～五〇〇年の長きにわたって農民たちによって守り育てられてきた黒川能と出会うことによって、同じみちのくの農民であった真壁仁の衰弱しかけていた詩魂は、古典回帰の装いを纏いながら新しい境地を見出す。

先の三つの出会いとは異なる次元のものだが、真壁の戦時中の詩の蘇生とかかわる問題と言えば、色彩論を忘れるわけにはいかないだろう。

真壁はマチスの紅やゴッホの黒や緑に注目し、またゲーテの『色彩論』に早くから着目してきた。『青猪の歌』には二つの色彩にかかわる詩が収められている。一九三八（昭和一三）年の「かがやく真紅をしたたらせよ」（『四季』一〇月号、原題は「マチス」）と、一九四一（昭和一六）年の「色彩論覚書」（『四季』八月号）の詩がそうである。

ここでは「かがやく真紅をしたたらせよ」の方を紹介したい。

かがやく真紅をしたたらせよ

造花の智慧は
天地間に緑青を置いた
自然は安定の色をもって装われた
紅は万物の背後にひそむか
とぼしくあらわれて
花とかをり
夕焼雲となってかがやき
皮膚のおくが〔奥処〕に
ながれて脈搏つ紅の位置
激して火と燃え
もえて

白に還る
ぼくらは緑の飽和のはてに
いつも紅を招んだ
地に
あかき日輪を思慕した
〔……〕
紅を祝祭せよ
情熱をして
向かふところに赴かせよ
あこがれをしてうたはしめよ
この世に
妍麗《けんれい》〔美しい〕の色彩をほどこすもの
絵かきのなかの絵かき
あなたの彩管〔絵筆〕に
かがやく真紅をしたたらせよ

明らかにゲーテの「生理的色彩」の理論が下地になっている。人の生理では、「深紅色は緑色を要求する」（ゲーテ）のである。

この色彩へのこだわりと色彩感覚は、前掲「無限花序」の「緑、碧落＝青、乳糜＝白」、同時期に書かれた「青猪の歌」の「青」にも現われている。それはまた戦後の、「紅」（紅花）や「藍」（染め）の探求につながってく。戦後しばらくして「色彩論」（『至上律』一九四八年一一月号）の執筆にも取りかかっている。

真壁の色彩、色彩論への執着は何なのか。色彩の問題は、戦後から晩年までの真壁の仕事とも深くかかわっているので、第八章で論じる。今ここで言えるのは、『青猪の歌』に収められた先の二つの詩(「かがやく真紅をしたたらせよ」、「色彩論覚書」)が、戦時中の詩人の暗い「あがき」の裏側に、かすかな生へのあこがれの色彩をおいたということ。

二　宮沢賢治との出会い――「気圏詩人」の両義性

真壁は賢治と直接出会っていない。出会って語り合いたかった、と仁は一九八四年一月一五日に七六歳で他界する間際まで言い続けた。ところで真壁は、賢治が亡くなった翌年(一九三四年)に草野心平が編んだ『宮澤賢治追悼』(次郎社、一月二八日刊)で、初めて彼の存在を知るのである。

賢治は生前、いずれも一九二四(大正一三)年二八歳のとき、詩集『春と修羅』(関根書店)と童話集『注文の多い料理店』(東京光源社)の二著を自費出版していたが、ほとんど評価されることはなかった。

賢治はその後、賢治を早くから評価していた草野心平に誘われてアナーキスト系の詩誌『銅鑼』(一九二五年四月の第一号から二七年九月の第一二号まで続く)に七編の詩を発表する。後に注目される、妹トシとの別れを詠った「永訣の朝」(第九号)などもそうである。

この『銅鑼』には真壁と知己の猪狩満直、三野混沌、坂本遼、小野十三郎、岡本潤などが詩を書き、さらに真壁が崇敬して止まなかった高村光太郎、尾崎喜八なども訳詩や詩を寄せていた。[*5] 真壁仁がそこに作品を書いていないのが不思議なほどである。

真壁はおそらく『銅鑼』は読んでいたであろうが、同じ東北の土着詩人で、一一歳年上である宮沢賢治の存在には気づいていなかった。

仁が初めて賢治を認識するのは一九三四(昭和九)年、ベーリング沖・樺太方面から南下して来た寒気流が南からの暖い気流とぶつかり、異常に冷たい霖雨が長期間続いた年である。稲熱病《いもち》も発生し、秋には東北一帯の村々が大凶作に襲われる。

国家と家族の「ファッショ」の中で、真壁が「文学上の転向」に向かうころである。真壁は同じ東北の詩人で、同じように農の問題や家族との葛藤に苦闘しながら、表現活動や農民支援の実践活動を続けてきた宮沢賢治の存在を、初めて重く強く意識する。

真壁が賢治の作品に直接触れるのは、高村光太郎、横光利一、宮沢清六、草野心平、藤原嘉藤治が編者になっている、一九三四〜三五年にかけて東京の文圃堂から刊行される『宮沢賢治全集』(全三巻)からである。よほど心を動かされたのであろう、真壁は数年のうちに、賢治に関する三本の論稿と一本の「散文詩」を書く。

つまり、一九三四年には「土着の詩に就いて」(『北緯五十度』第一輯)と「実践の文学――宮沢賢治について」(『山形新聞』)の二本、一九三五年には「農業者としての宮澤さん――私の研究メモ」(草野心平編『宮沢賢治研究』東京賢治の会)を書いている。いずれも短い論稿である。そして一九三七(昭和一二)年に、「「グスコーブドリの伝記」に続けて」という副題を持つ短い散文詩「北」を、『日本浪曼派』(一九三七年四月)に発表している。

これらの論稿と散文詩のなかで真壁は、詩人としての賢治よりも、まず農民の中へ入って行こうとした「農業実践者としての賢治」に注目する。冷害と飢饉に苦しむ農民たちに全身全霊をつくして肥料設計の指導に取り組んだ賢治を、また、冷害に強い品種で稲作の北限を引き上げた「陸羽一三二号」の熱心な奨励者である賢治を、真壁仁は一人の陸奥(みちのく)の農業者として高く評価した。

さらに真壁は、都市に暮らす「専業の作家詩人」ではなかった賢治の、土着の生活・実践と表現(文学)の二律背反の緊張と葛藤の生き方に注目する。

真壁が「土着の詩」、「土着詩人」のように「土着」という表現を初めて使ったのは三四年のこの「土着の詩に就て」という論稿においてである。生活と文学の二律背反の克服は、労働をしながら詩を書いてきた同じ「土着の詩人」真壁仁には宿命的な課題であり難問であった。

「われわれが極めなければならぬリアリズムの道とは、詩の中に生活を歌ふことではなく、生活の中に如何に詩を獲得すべきかにある。〔……〕文学と生活の二律背反は、両者の調和的発展に対する情熱の深さに比して深刻である。しかし詩魔は既にわれわれの内側に居る」〔傍点引用者〕と真壁は「土着の詩に就て」で書いている。[*6]

さらに真壁は賢治の何ものにもとらわれない表現形式（フォルム）、表現技術（アート）、そして詩の韻律（リズム）の豊かさに注目すると同時に、賢治がとりわけ生活者、科学者、技術者、農業指導者、宗教家、教育者といった「全人的人格の表現者であった」〔傍点引用者〕ことに大きな意味をそこで見出している。

社会への意志も、花壇工作も、肥料設計も、作曲も詩も童話も、自然そのものへの合一にまで及ぶ土着生活での汎愛的な人間欲求の現はれのそれぞれの一齣である。そのやうにして詩人としてのかれは農村への詩ではなく自然により近い農民の夢そのもの、全人的人格の表現者であったと思ふ。[*7]

高村光太郎が『宮澤賢治追悼』に寄せた賢治についての評、「内にコスモスを持つ者は世界の何処の辺遠に居ても常に一地方的存在から脱する。内にコスモスを持たない者はどんなに文化の中心に居ても常に一地方的存在として存在する。岩手県花巻の詩人宮沢賢治は稀に見る此のコスモスの支持者であった」[*8]に、我がことのように勇気を与えられている。

後にこれに近い評を、真壁仁は自らの詩集『青猪の歌』への高村光太郎の「序」（一九四四年三月記）のなかで送られることになるのだが、これはもう少し後で触れる。

賢治の影響を強く受けたと思われる詩が生まれてくる。一九三六（昭和一一）年六月の『日本浪曼派』

に掲載された「浸種の朝」がその一つである。（若干修正されて『青猪の歌』に収載された方を引く。）

浸種の朝†

きのふは佐藤先生が
ことしの稀有な大雪につけ
ふたたび招く違作をおそれ
一語一語をはげますやうに
天地の理法をかたつてゐた
一昨年の冷害と太陽のくろほしの関係や
そのとし北洋の親潮が
三陸の岸を洗ひながら
さむくさむく南へ流れ
金華山沖まで膃肭臍《おっとせい》が来た話
ことしはその海獣が銚子の沖まで下つてゐて
この大雪になつてゐる
この大雪と豊凶の関係や
春の気象と稲熱病《いもち》の相関係数をのべたあと
さびしい微笑をぼくらに投げた

けふ明けがたの湿つた庭に下り立てば
ぼくの醒めない意識のなかに

鬢髪《ぴんぱつ》〔髪の毛〕も白い佐藤先生の
なつかしいおもかげがさつと過ぎる
ぼくはいそいでふご〔篭〕と桶との用意をなし
塩水選をはじめるのである
四升の塩を買ふ代り漬物桶の汁を汲み
比重も籾の沈みで加減する
池にあざやかなすぎごけ
空には雲
鶚は林に渡ってきた
金縷梅《まんさく》も垣に咲いた
（かなしいぼくらのはらからよ
あのやうなとどめないくりごとは
もうどうだつていいのである）
〔……〕

次に紹介する一九三七年『四季』一〇月号に載った「親潮回帰」（原題は「親潮悲歌」）の詩も、賢治の詩「稲作挿話」や童話「グスコーブドリの伝記」などが強く意識されている。真壁自身の記憶に新しい、一九三四（昭和九）年の東北の冷害と飢えの体験が下地になっている。

親潮回帰†

潮は鳴る

どす蒼くあをく流れきたり
ながれ去る北海の潮
ベーリングの沖にうねりをおこし
氷島を嚙み
朔風にうそぶき
毛立うつくしき鰭脚《〔ききゃく〕》〔ひれあし〕の海獣をうかべつつ
かの寒流はさびしくしぶき流れゆけり
〔……〕
渦汐いたぶる荒磯に立ちて
さかしき古父のしぐさをまなび
方位さだめぬ波濤の奥に
窮理のまなこをやるは誰ぞ
〔……〕
作物も育ちあぐみて
瘠薄《〔せきはく〕》〔地味のやせた土地〕の土岸に息づく
花綵《はなづな》島弧の北の陲《ほとり》
ああ大いなる愛はうまれざるべからず
あまねかるひかり生まれざるべからず
来たれ
ただしき肥培をみちびくもの
万民をひとつの道にむすぶもの

〔「さかしき古父」とは蝦夷ら原東北に移住して来た北方系民族をさす。〕

今引用した二つの詩同様に『青猪の歌』に収められている「願望」もまた、賢治の影響を直接受けたと思われる同じ系統の詩である。

さて、真壁の詩の蘇生とかかわって、戦前の真壁の宮沢賢治論の中でもっとも重要な論稿は、一九三八（昭和一三）年に、賢治の「春と修羅」や「農民芸術概論」の作品を中心にして書かれた長文の「気圏詩人」であろう。[*9]

この論稿は、真壁仁の文学的・思想的転向を明確に印象づけた論稿（宮沢賢治論）であると同時に、賢治との邂逅によって真壁の詩が芸術的蘇生に向かう新しい境地に入って行ったことが示唆される論稿でもある。

したがって、この論文の評価は非常に難しいものがある。そこには、「転向」と「蘇生」が錯綜しているからである。

日本文学の一世を風靡した（プロレタリア文学の）史的唯物論の思想と方法によって「詩精神そのものが委縮と頽廃に委ねられ」「詩文学の貧困時代」が生来した。「愚直僕の如き詩人は必然論の後背〔ママ〕を掲げて自明の論理を追いつめるあだなる努力に疲れ」はててしまった。しかし、宮沢賢治の「毅然たる肯定精神」と「とうとうとして湧きやまぬ生の歓喜へのいざない」によって、日本の詩と詩人たちに光と励ましがもたらされた。

そのような内容の文章の後で、三一歳になった真壁はさらにこう書いている。以下、いずれも「気圏詩人」（『四季』一九三八年八月号）からの引用である。

リズムや声調の美しさ、強さ、典雅さは遠く万葉の抒情精神の系譜であり、視覚的効果に対する用意の精密さ〔……〕詩は先づリズムを伴ひ音感の美を伴って心象風景を構図し、呼吸し、その後に文字による造型が成されるのだ。（五七頁）

ベートーヴェンのシンフォニーが、地上の形象を超えた純粋時空での抒情詩であり、第二自然であるように、彼の溢れ出す詩的想像力は、ただ美しい旋律、ただ豊饒な言葉の波となって、銀河系空間の絶対界にとどめもなく溢れ出して行ってゐる。（五八頁）

詩はつひに空の空なるものであっていいと。「農民芸術概論」の草稿を読むと、宮沢賢治の積極的な建設精神としての芸術思想は覗はれるが、それにも拘はらず、彼の詩は純粋に詩として花梗を未来に向けてゐる。彼の詩は農民と婚姻する前に、内部の発光体に射抜かれ、充電した。彼の夥しい精神分泌のいとなみは、詩によってしか調和し難かった。（五九〜六〇頁）

宮沢賢治の詩から若い真壁が感じ取ったものの重要な一つは、「地上の形象を超えた純粋空間での抒情詩であり、第二自然であるように〔……〕溢れ出す詩的想像力」というものであり、また、「農民と婚姻する前に、内部の発光体に射抜かれ、充電する」身体と精神の見えない内奥から湧き出る賢治の詩の、超越的な「精神的・生理的エネルギー波長の象徴表現」の重要性への気づきであった。それは真壁の日本浪曼派への傾斜と重なっている。

賢治の「春と修羅」の「序詩」について、「山形賢治の会」当時（一九三九年）の真壁仁のメモが、彼の「日記」に残っている。

〔賢治は〕主観的抒情に耽溺すべく彼の心眼はあまりにもさめてかしこく、客観的現実に偏すべく彼の精神は独歩にして高遠であった。現象即実在の大乗的宇宙観がいかなる小さな詩編にも貫かれ、流れてゐる。彼の風景は、心象と可視現象との複合体であり、それは「風景やみんなといっしょに」宇宙そのものである。彼の眼に映ずる風物は一機縁であり、その風景の上に投影される心象風景は同時に他のひとつの機縁である。それらのものの有機的な交流の中に時間と空間とが芸術的造型を完成する。そこに彼独自の統一相がある。(「日記」)[*10]

戦前戦後を通じて真壁仁の詩を代表するものの一つである「青猪の歌」は、一九三〇年代中頃の真壁の文学的・思想的危機の時代につくられた詩であるが、おそらく宮沢賢治との邂逅抜きには生まれなかっただろう。

次の詩は一九三五年一一月から翌年の二月にかけて、雪深い尾花沢で米の検査員として下宿滞在時に構想され、三七年暮れに発行された改造社の『文芸』(第一一号)に掲載されたものである。

真壁仁の当時の鬱屈した精神状況が、北方の極寒の氷雪の岩山を、荒々しく走り抜ける異形の青猪に象徴されて表現されている。自然描写のリアリズムよりも、美というか、詩の芸術性が追及されている。そうやって「悲劇的・壊滅的命運」に耐えようとしている。

「心象と可視現象との複合体」をうたった朔北の深山を走る「青猪」のメンタルスケッチである。[*11]

青猪の歌[†]

朔北の
岩こごし〔ごつごつしている〕ふかやまに
牟牟《ぼうぼう》〔牛のなくような声〕たる木枯の
吹き落ちてより

穹くもり
ひるとなくよるとなく青雪ふる
青雪つもる
冱寒地上に冴え
青ゆきうつくしくつもりて
谿なすところ
崖なすところ
青猪《あおしし》はしる　青猪はしる
雪げむり
しののめに五彩とひかり
たそがれは異形の影なす
噫《ああ》　雪ふりたり
あをき縞なして雪はつもりたり
いづこにやはらかき土ありや
生きものら地をはなたれ
脚をとどむるところなし
飢ゑたるもの
山を駛る
毛竝も濡れ
かなしみの青猪氷雪をわたれば
瘴癘《しょうれい》〔毒気を含んだ〕の風あやしくみだれ

ほそき脚と
天向ける牙との退化のけだもの
さらに怒りて青雪を蹴る
青雪を邈《はるけ》く駛り去る
……行衛も知らず

すでに述べたが、宮澤賢治と出会い真壁仁が受けた衝撃は、あえて大別すれば、私は次の二つにあったと考えている。その一つは、真壁と同時代に同郷（みちのく）で詩を書きながら、農の技術的・精神的指導者、科学者、信仰者、芸術家、教育者……の統合といった「全人的人格の表現者」たらんとする難問《アポリア》にいどみ続けた賢治の人生肯定的な生き方というものであり、もう一つは、遠く万葉の抒情詩にもつながる「リズムや声調の美しさ、強さ、典雅さ」を伴った「豊饒な言葉の波となって」、これまで経験したことのない「銀河系空間の絶対界にとどめもなく」「溢れ出す詩的想像力」というものであっただろう。

宮沢賢治との出会いがなければ真壁の戦時下の詩の芸術的蘇生もないし、敗戦後の土着の表現者（詩人）であると同時に地域の文化や教育の実践者として生きるという選択もなかったのではないか。それほどに賢治の影響は大きい。

三　Kとの恋――「愛にはじまった行為は、すべて善悪の彼岸にたつ」

本節の副題「愛にはじまった……」はニーチェの『善悪の彼岸』（一八八六年）の第四篇「箴言と間奏曲」の一五三番「愛と道徳」に出てくる言葉である。エロスの営みである人間の愛は、既存の社会秩序がつくりだす善悪や道徳を超えたものだ、という意味。

二〇代の終りから三〇代の初めにかけて、真壁仁はK（UK――Uが姓でKが名前）という、真壁より少し若い女性と道ならぬ恋に落ちる。短い期間だったが愉悦と苦渋に満ちた恋だった。先のニーチェの箴言は、この時の真壁の手紙や日記に何回か出てくる。この言葉の背後には、毒を含んだアヴァンチュールというか、ある種のデカダンスが渦巻いている。

真壁がしばしば引いたニーチェの箴言は、「私たちが罪の名に値するなら、二人してその罪を負いましょう。〔……〕神様は自分達に対して決してそんなに苛酷ではないだろうと信じます」（「日記」一九三八年八月二日）というKが真壁につぶやいたという言葉に呼応している。

Kとの恋は、真壁が農閑期の米穀検査員として初めて家と家族から長期間離れ、いにしえの羽州街道の宿場町であった雪深い尾花沢町（現尾花沢市）に単身下宿生活に入る、一九三五（昭和一〇）年一一月から翌三六年三月の間に芽生え、三六年に一気に燃え上がり、三七（昭和一二）年には終息せざるをえなかった、と私は推測している。

Kとはどのような女性だったのか。これについては後で触れることとして、まず時間の流れに沿って、「手紙」や仁の「日記」でKとの関係を追ってみたい。なお、真壁はKを一貫して「女ともだち」と書いている。

一九三六（昭和一一）年六月一四日の更科源蔵宛の「手紙」で、初めてKとの恋が、そのころの真壁の精神状況とともに綴られる。真壁二九歳と三か月のときである。

ただ歌へばいい、抒情する精神だけが詩精神だ、そして詩精神だけがぼくの愛するに足る高邁の文学であり得るといふ信念は、ぼくをうつくしい浪曼精神で灼いてくれた。二月以来ぼくは『日本浪曼派』といふ雑誌に詩を書いてきた。〔……〕ぼくのこの二年間は、『北緯五十度』、『犀』に於いて追及したぼくらのリアリティー（それは自らの生活の中に打ち建てた不逞な生活意志であった）と戦ふことの中に詩をもとめた。
あの時代のせっぱくした気持ちから生れるものを排し、その叫びと暗さをしりぞけ、むしろ詩とは、その断崖から一歩退いた余裕の中にこそあるべしとした。すべての生活すべてのあるがままの運命を歓びのものにしたかった。そしてぼくはぼくの詩はぼくの生活、ぼくの自我のはれやかな愛撫であらせたい、さう考え乍ら、やはりぼくは芸術を遊びだといった昔の自分をいとおしむのである。ぼくは今たくさんの恋うたを書いてゐる、恋さえしてゐるのだ。（これは別に語ろう。）（「手紙」一九三六年六月一四日）〔傍点引用者〕

真壁の「文学上の転向」が始まって二年以上たっている。すでに宮沢賢治と出会い、万葉集などの日本の古典にも向かおうとしている頃である。手紙にあるように『日本浪曼派』に詩を書き始めている。その最初の詩が「岩燕」（『日本浪曼派』一九三六年二月号）である。

その年の夏、Kとの恋は絶頂を迎えた。一九三六年八月二日の更科宛の次の「手紙」にそれが読み取られる。前年七月に刊行した個人詩誌『抒情』（「第二自然」をそこで発表）のことで警察にうるさく尋問されたりしたなどという文章の後に、Kとの逢瀬の歓喜が報告されている。

この間、女の友と二人で蔵王に登って来た、山の小屋に一泊して。よく晴れた日で渓のある刈田岳の腹をよこぎったり、神秘な火口湖のふちに下りたり、遠く太平洋の汀線がみえる宮城県の山野を瞰望して愉快な山旅をして来た。そしてぼくにとっては恋の絶頂への登高行でもあった。ぼくの三十才〔数え年〕の正午にひらいたふしぎな情熱の花を自ら讃へたい。これは終りの春の燎爛である。疾風怒濤《シュトウルム・ウント・ドウランク》時代の高潮であるのだ。この友は、共に詩を語りジイドを読み、智恵のかなしみとよろこびとを頒かつ女だ。妻には済まないが、ぼくはこれを青春の光栄として謳歌する。ぼくはこの恋を限られた力の二分としてではなく、新しく引き出された愛情に基づくものとして、妻への愛を失ふことなく調和の上にきづいて行かうと思ってゐる。

ぼくには妻のもってゐるものと、この友のもってゐるものとの総和が必要なのだった。ぼくはこの一方を、女性に求むることを自分の場合絶望してゐた。ぼくは今ほんたうに幸福である気がする。ぼくは君〔更科〕の幸福に近づいたやうな思ひもする。しかしたたかひである恋だ。ぼくは今張りきって生きてゐる。今年かいた作品のうち目ぼしいものを抜いて別便で送る、よんでくれたまへ。葉那子さんによろしく。（「手紙」一九三六年八月二日）

だがしかし、この恋は長く続かなかった。翌三七（昭和一二）年一月八日の尾花沢時代の「日記」には「Kから手紙が来ない」という焦りの文章が見られる。

同二月一〇日の「日記」では、すでに彼女との関係は過去形になっている。

米を作った。女を愛した。子供を養った。詩を書いた。それがどれだけの消費と生産であるか。失ふものと得るものとの変貌と秘密。自分は一つの欲望にすべての精魂を傾ける単純な欲情を持たなかったが、今はそれを悔ひない。圭子〔長女〕はいつつ、康夫〔長男〕は四つになる。もうだんだん自分が父として隙をのぞかれる日がくるやうな気がするのであった。（「日記」一九三七年二月一〇日）

いよいよ別れである。冬期のみの米穀検査員の下宿生活を切り上げて、仁は尾花沢から山形市内の自宅に戻っている。

Kはいよいよ仙台に行くことを決めたといふ。けふは終日雨だった。そしてぼくのかなしみの日である。ぼくの日はもう落ちるところだ、あのやうにまぶしかった美しい日は……なんといふさみしい大きな夜がそのあとに来ることであらう、何といふたよりない闇が悲哀をさえ打消さうといふのだらう。

Kはただ蒼くひかる五月の海を時々見るのだけがこれからのたのしみ、といってゐた。太平洋の親潮のしぶきに裾をひるがへし、きみが汀をひとりあるく姿が、一切の形を消した黒闇の中に、光った写象となって浮かびあがる。はるかなものがなしい音楽をながす夕暮れだ、夕暮れは来た。

（「日記」一九三七年四月二五日）

以下はKとの恋も回想されている三七年九月一九日の更科宛の「手紙」である。Kとの恋に託された〈真実〉が語られている。

ぼくはたくさんの抒情詩を実際に生きた。ぼくは自分の青春の終りに眩ゆい光耀をかんじ幸福をさえ感じてゐる。しかしすこしも心安んじていいといふ日はないことを知ってゐる。ぼくらの過去は苦しかったが、遅々としてゐた。そしていつしか青春の日を終らうとしてゐる。〔……〕「愛にはじまった行為はすべて善悪の彼岸に立つ」とニイチェは言ったとか。自分の恣意なる行状にそれだけの自信と矜恃とをもてたらいい。ベートーヴェンをきいてゐると、人間生活が急に窮屈だと思へてくる。

生活の体系からハミ出したくなる。創造の朝が現前してくる。そしてぼくらももっと大きく歓びかつ愉しみ、自由に哄笑し、且つ泣き、そして怒号し、すべて恣情のままに振舞っていいのだと思へてくる。ぼくはその思想を昨年から詩にも生存にも実現しようと思って努めてきた。家庭、結婚、血族、社会道徳、宗教、習俗すべてが行ひ古された体系を持ってゐる。それが秩序だとされてゐる、それに拮抗して自分の内□〔ママ〕の意志を貫いてみる事は、すくなくとも詩人だけもゆるされていい放蕩であろう。このやうなひとりよがりの告白を君はただ笑ふだろうか。(「手紙」一九三七年九月一九日)

このKとの恋は真壁仁にとって何だったのだろうか。押し潰されるような戦争の時代の東北の農村の「因襲と旧道徳」、「行ひ古された(生活)体系」とその「秩序」に対する、生命と愛を謳おうとする詩人の挑戦、あるいは反逆だったのだろうか。

しかし、しばしの歓喜と愉悦と苦酸っぱいモラルの揺れをともなったこの真壁の青春の終わりの「眩い光耀」は、湿った「生活の体系」を突き抜けて、乾いたデカダンスに向かうといった性質の恋ではなかった。世間体をはばかる農民の血がブレーキをかけ、むしろ、湿った家族国家のイデオロギーに支配された「因襲と旧道徳」に閉じ込められながらもがき苦しむというようなものであった。「愛にはじまった行為はすべて善悪の彼岸に立つ」という恋とはほど遠い恋ではあったが、鬱屈した時代と旧習のなかで疲弊し喘いでいた詩人に、新たな瑞々しい生命の灯をともしたことは間違いない。『青猪の歌』のⅢに収められた一一の詩(「山恋」、「落日」、「相聞」、「続相聞」、「誘惑」、「天使墜落」、「続天使墜落」、「見知らぬ人」、「まばたかぬ魚」、「鶴に寄せて」、「寂寥」)は、Kとの恋愛体験が背景にあり、Kとの恋なくしては生まれなかったのではなかろうか。

これらの詩はいずれも一九三六(昭和一一)年から三八(昭和一三)年のあいだにつくられている。そのいくつかを紹介してみる。そのころは、Kが書いてよこす相聞の歌に応えるように詩を書いていた、と真壁は後年述懐している。

相聞†

あくがれてつれだちきたる蔵王嶺に宮城あがたをなにに恋ふかも、と友の歌へるに寄せて

村があつた
ひとびとは朝草を刈つてゐた
美しい流れがあつた
野があつた
手に折りてもみたき紫の薊の花々
かぐはしい松林があり
見はらしのいい高原があつた
蛇は日向をよろこび
スカラベサクレは余念なく
路上に糞玉を転がしてゐた
すべての風物はいきいきと光りかがやき
すべての生きものは充ち足りて愉しげであつた
しかるにぼくらは
むなしいこころを抱いて道をいそぐ
否はてしない渇望をいだいて――
〔……〕
ぼくらは何を見
なにを為《なし》ただらう
可憐な岩根の小花よりもたやすく

ぼくらのからだは風や霧にも揺らぎ崩れ
聲をもたぬ物質へと還つてゆき
いのちは相触れ
白くかなしい光となつてただよひ漂ひ
暁の天末〔空の果て〕へと流れ去つてしまふ

誘惑

水のべの小花の花の散りどころめしひになりて抱かれてくれよ　茂吉

（季節といっしょにうつろひ去る
あの美しいものを惜しみながら
私は山を歩いてゐた）
山の頂の岩かげに
霧はまつはり流れ
エメラルドの苔に清い天の雫をふふめてゆき
神のそのふ〔庭〕をちりばめる
駒草の花のうすべにを濡らす
断崖を映して澱む火口湖を
掠め飛びながら岩燕やうたふは何の歌
この寂寞の山にして
愛もなく在り経しひとの身をしおもふ

〔……〕
私はまったくの放肆《ほうし》〔気まま〕な誘惑者となり
私のいのちは蛍光菌のひかりを放つ
（つみびとの名もて呼ばれむ）
（つみびとの責ぞ負ひなむ）
目に白く大きく揺れてうつるは百合の花
耳に嫋々《じょうじょう》と鳴くはうぐいす
蝶よごめんねとあなたは言った
山の蝶々よ
ひらひらと竜胆《りんどう》の咲いている方へ翔んでっておいで
かなしいともよ　みちづれよ
大静寂の森のなか
しめやかな草の褥《しとね》に
めしひとなって抱かれてくれよ

まばたかぬ魚

あのまなこはもう
閉ざされることがないのだ
あたたかな体温が
あの皮膚を色彩るといふこともない

まばたかぬ眼をみひらき
瘠せた青いからだで
寒潮《さむしほ》のながれにそむき
およいでゆく魚よ
魚よ

この最後の詩「まばたかぬ魚」もまた親潮の寒流を逆流して仙台に去ったKへ恋慕の情を歌っている。

さて、Kとはどのような女性だったのか。Kは真壁の人生の師匠格にあたる結城哀草果の歌の会に通っていた人だった。最初の出会いは一九二八年九月である。短歌会を終えた哀草果が、Kと連れ立って山形市内の高陽堂（書店）にいるところに、偶然真壁は出くわした。そこで哀草果からKを紹介されたのが始まりである。（「日記」一九二八年九月九日、そこにはKのフルネームが記されていた。）

翌年六月に刊行された哀草果の処女歌集『山麓』（岩波書店）の出版記念会（九月一日、教育会館四階会場）の発起人に、仁とKは神保光太郎らとともになっている。このあたりから真壁はKを認識し始めるのだろうか。[*12]

Kは知的で積極的な女性で、身辺に様々不運をかかえた薄幸の女性だったようである。仙台や東京を行ったり来たりしながら暮らしていた。真壁は一九三八年三月頃までは、山形市内で出会い、様々な相談に乗ったりしていたことが彼の「日記」に記されている。

真壁とKとの関係を哀草果は知っていたようで、「U（UK）に対する態度を明らかにせよ」と哀草果は人を介して真壁に問うている。それに応える形で真壁は一九三八（昭和一三）年五月二六日の「日記」に、「A先生」というタイトルで五頁にわたる手紙形式の長い文章を書いている。実際清書されて哀草果に送られたかどうかは分からない。多分送られることはなかったのではないか。

そこには、Kの身の上、真壁とKの関係、この恋愛に対する真壁自身の思いなどがるる綴られている。ちょっと長くなるが何か所かを引いてみる。

A先生

——この間ｉさんに会ひ、U〔UKのこと〕に対するぼくの態度を明らかにせよとのあなたの要求をききましたのでおくればせながら申し上げたいと思ひます。ひとつはUの今後に起るべき結婚の問題に対しぼくは何らの制縛を持たぬこと。僕はむしろ彼女の結婚をすすめてゐます。しかし義理にしばられた不本意な結婚や不幸の見え透いてゐる結婚には友人として反対です。若し彼女が結婚するとすれば三十年の半生の不遇を取戻すほども幸福に恵まれてあれと思ひます。〔……〕僕の交わる前の数年を独身でやって来た彼女が、僕が現われたゝめ一切の縁談を拒絶するやうになったという批評は、彼女の真意を知らないことになると思ひます。スキャンダルをつくることのすきな閑人がみなこのやうな認識不足から僕を誹謗して巷間に言ひふらしてゐるのを僕は耐えてきました、仙台東京としばしば放浪を重ねているのは決して僕と相談してのことではありません。僕はただそれを賛成してゐるだけです。いなみ難い運命のみちびきと信じます。あはれです。自分の真実の生を求め、くらしをたずねて、妥協と従属（結婚も生家の生活もそれ）よりも孤独を愛していつも漂白の心を起こすUの心事は悲痛の極みです。〔……〕ぼくは彼女の容貌肉体を愛する以上にその精神と性格とを愛しています。仙台東京いなどこへ離れてもぼくらの友情は少しも変わるものでないことをぼくらは既に実験しました。僕が彼女の放浪求真の姿に遠くから声援を送ってゐるのは、それが友として当然の事だからに過ぎません。なんのつぐなひも求めはしません。ぼくらはこれまでいかにしばしばこの無償の行為に心を託して来たことでしょう。この晴れやかな哲学をジイドが教へたのでした。彼女は田園交響楽の老牧師や

狭き門のアリサを知った筈です。〔……〕
誰が彼女の日日のうつろひ去る若さをぼく以上に惜しんだでせう。愛もなく青春の終りを閉ぢようとする彼女の生存を僕はいたましいと思わずにはおれなかったのです。〔……〕彼女の家庭のくわしい事情を僕が知ったのは　むしろずっと後でしたが、その事情の中にいつとなく形づくられていた性格陰影には深いすくひがたい大孤独をかんじて、それをあはれに悲しいと思ひ、包んでやらう思ったのです。
ぼくは彼女を連れてベートオヹンの第九シンフォニーをききに行ったときの彼女の感動を忘れることができません。崔承喜〔戦中に活躍した朝鮮半島出身の舞踏家・歌姫〕を見、ジイドやフィリップやホヰットマンをよみ、絵画を鑑賞することをすすめたのも、そこに友情の中心を置きたかったからで、彼女はずいぶん敏感にそれらのものに栄養を汲んだやうに思ひます。
僕の存在がそれにも拘はらず恩師であるあなたの手許から彼女を奪ったことになったとすれば、不徳の致すところとして陳謝したいと思ひます。ぼくはいつでも誘惑者の名に甘んじ　道徳的批判の矢表〔面〕に立ちたいと思ひます。そしてより深い同情と愛とで奪い返していただくなら僕はそれをどんなにか喜ぶことでせう。
彼女はかつて「私たちが罪の名に値するなら、二人してその罪を負ひませう」といった。そして「神様は自分達に対して決してそんなに苛酷ではないだらうと信じます」とも。僕はしかし一切の負ひ目を回避しないつもりでおります。〝愛から生まれた行為はすべて善悪の彼岸にある〟というニーチェの言葉を堅く信じながらも。（「日記」一九三八年五月二六日）
一九三八（昭和一三）年、Kは山形を離れ、真壁から去って行った。三九年初めころから、真壁の「日記」や「手紙」からKの名前が消える。

最後にKのことが出てくるのは戦後の一九五九〔昭和三四〕年の『詩学』八月号の「四季・再検討」特集号上である。真壁はそこに「ぼくの精神史のなかの四季」という短いエッセイを寄せている。そこにKとの恋愛のことが回想されている。

僕の「転向」は〔昭和〕十年ごろから初まっていて、勉強も日本の古典文学に傾いていたころである。それにひとりの女性とかなりはげしい恋愛状態にはいっていて、三十代の愛の情感につつまれながら抒情詩を書いていた。女は短歌をやっていて相聞の歌をしきりに書いてよこすので、それにこたえるような詩を書いていたわけである。

それは貧困と弾圧のなかで十分にひらかなかった僕の青春のおくれた開花のようなものであったかもしれない。詩集「青猪の歌」におさめた抒情詩の大部分は「四季」に発表したものである。大濡れの詩である。〔……〕愛恋の情熱、古典への回帰そして浪曼的な精神高揚と戦争の狂気がどうむすびついていったかということは「日本浪曼派」や「四季」の運動あるいは活動ぜんたいが社会史の背景で検証されるなかでとりあげられることであろうが、僕は僕なりに、精神史の屈折点としてとらえなければならない。

理論的にそれを果たしていないが、戦後の詩作実験のうえではそれはたえず自己批判の対象となってきた。罰をともに負おうといった女は「恋は罪ではなかったわ」といまだに言うかもしれないけれど。[*13]

真壁仁の一九三〇年代後半のKとの恋情は、戦後初期に書かれた詩を集めた『日本の湿った風土について』に収められた「罰されている愛」に引き継がれていく。

罰されている愛†

ブルデルの水彩Jardinによる

〔……〕

罪は果実のかたちをして梢に熟んでいる。それは美しくかがやいている。けれども、罪とはなんだろう？〔……〕

ことばが声にならないので、二人はひどくいらいらしている。ひとはだれでも愛すべく罰されているのに、なぜ罪への門のように立っていなければならないのか。山と湖のある純粋な風景の方へ、くぐりぬけるのは風ばかりだ。だれか、赤い実をもぎに、肌をひっかきよじのぼってこい。

〔……〕

さらに真壁は、一九六六年一〇月から『山形新聞』で連載を開始する新聞小説『人間茂吉』のなかで、農民の血を引く斎藤茂吉と永井ふさ子との恋愛に触れながら、「愛は罪だろうか。そう私は書いた。ここでもくりかえす。愛は罪ではない。それなのになぜ罰せられるのだろうか。〔……〕茂吉はどう罪を意識しただろうか。それを問う資格を私はもたない。しかしこのことで茂吉が無感覚であったとは思わない。茂吉は結局は自分を孤独の崖に追いやることで、みずからを罰している」*14と書いている。

真壁が残した文章から私の想像するところ、Kは真壁を呪縛し続けた家族国家の家制度にとらわれることなく、一人の人間として、生活においても、恋愛においても自由に生きようとした女性であった。真壁のような近代の知識人（とくに男性の）がとらえられていたセクシュアリティ、とりわけ夫婦以外の男女や同性同士の肉体関係を「罪」や「悪」とみなすキリスト教的恋愛観や、男女間の非対等性（差別性）

を内包する家父長制下の儒教的倫理観からも自由に生きようとする女性だった。

自由な個人の生と性に憧れながらも家制度の桎梏に苦悶していた真壁が、キリスト教道徳観と闘いつづけたニーチェの「愛から生まれた行為はすべて善悪の彼岸にある」という箴言に魅かれたことは当然であった。

「恋は罪の名に値しない」と考えるKが、真壁にむかって「私たちが罪の名に値するなら、二人してその罪を負ひませう……神様は自分達に対して決してそんなに苛酷ではないだろうと信じます」と向き合おうとするとき、真壁には応ずる素地はなかった。そのような真壁を置いて、Kは遠くへ旅立っていった。終生真壁が、「愛は罪ではない」とつぶやきながら、Kの像をイコンのように抱きつづけたのはそのためであった。

真壁とKの私信のやりとりは、戦後もつづいたようである。仁が亡くなるまで大切に保存していた二〇通近いKからの手紙（封書）が、今も真壁家に残されている。真壁家の非開示の意志を受け入れ、私はそれらを見ていない。

四　黒川能との出会い

真壁仁と黒川能との出会いは偶然だった。この偶然の出会いもまた、一五年戦争下に生きる定めを負った詩人たちの一人である真壁仁をして、「その生き死にの悲劇的・壊滅的命運」に耐えさせる力となった。

真壁が黒川能と初めて出会うのは、一九三八（昭和一三）年二月一日から二日にかけて、黒川村の春日神社と村民の屋敷（当屋）で行われた「王祇祭《おうぎさい》」に職場の同僚たちと一緒に参加した時である。農林省の山形県農産物検査所の冬期米穀検査員として、前任地の尾花沢から鶴岡（庄内支所）に赴任してすぐのことであった。

黒川村は鶴岡市中心部から一〇キロほど内陸に入った一三の集落（戸数は現在約二四〇）からなる村で、住民たちの信仰の山である月山、湯殿山、羽黒山の懐に抱きかかえられるように広がる純農村地帯である。今は村の南西側を湯殿山、月山の地底を突き抜けて高速山形自動車道（山形―鶴岡）が走っている。

黒川には天文年間（一五三二～一五五四年）のころに上方から移植されたといわれる神事能が、地域の農民たちによって守り続けられていた。月山や羽黒山の修験道と結びついた先行芸能に、武家が持ち込んできた大和の観世や金春など能楽（武家式楽）が合体したものが黒川能だといわれる。

武藤家、最上家、酒井家などの封建領主の庇護は受けながらも、黒川能を守り育て演じ謡い続けてきたのは生産者である農民たち自身であったから、黒川能が豊作と村落の安寧を神（田の神、山の神、水の神）に祈り、感謝をささげる民俗的神事能の本質から離れることはなかった、と真壁は『黒川能――農民の生活の芸術』（日本放送出版協会、一九七一年）で書いている。

黒川能の起源については諸説あり、黒川能研究者の桜井昭男によれば、「最上義光が慶長一七（一六一二）年に五六石一斗一升四合の社領を春日神社に寄進した」という記録が「史実として確認できる」最初のものだという。[*15]

義光没後、最上氏にかわって長く庄内を統治することになる酒井氏（庄内藩主）の財政的政治的保護を受けながら、黒川の能役者は藩主に乞われて「上覧能」を演ずると同時に、その能狂言は庄内地方の町人・農民の娯楽芸能としても親しまれてきた。

能の源流は古代農民による田遊び・田舞いに始まり、平安、鎌倉を経て猿楽（申楽）と呼ばれる民衆芸能となる。室町期に入ってから観阿弥、世阿弥によって歌舞演劇としての芸術的な完成をみ、当時の支配階級である武家や貴族の保護下に置かれるようになったものである。[*16]

黒川能の特質は、先に少し触れたように、その起源から今日に至るまでの四～五〇〇年間、終始農民が能役者（舞・謡・囃子）を勤め、神を民家に招いて饗応し、豊年豊作に感謝する神事能としての本義をいっときも見失うことがなかったことである。

黒川の村人はみな、村の中心に位置する春日明神（春日神社）の氏子であり宮座（氏子集団）に属し、宮座は能座集団（上座・下座）と交錯しており、二つの能座集団は毎年競い合い助け合って、年に何回か能を神に奉納する。その祭典の中心が二月一日の宵から二日の午後にかけて行われる王祇祭である。

一日の夜には両座の当屋頭人（当番の家の一年神職）に神（まろうど）が山上の在所から招かれて、神と村人との同座饗宴の能が舞われ、翌二日早朝には神は春日神社に案内され、こんどは両座合同の神前能が舞われ、狂言が演じられる。

神社には能舞台が据え付けられている。ここでも演ずる人も見る人（楽しむ人）も村の老若男女だ。（現在は真壁が最初に見たころと様相が違って、観光客や取材記者、研究者などがふえている。）神社内の能舞台の回りを、黒川能を担ってきた歴代の能大夫たちの肖像画や写真が取り囲んで舞台を見下ろしている。ところで、真壁仁がシベリアからの烈風に舞い上がる吹雪をついで、同僚四人と一緒に初めて黒川を訪ねたのは、この王祇祭の二月一日の宵だった。巨大蝋燭の煌煌とした灯りの下に、村人たちがぎっしりと詰め掛けている下座の当屋である蛸井伊右衛門宅に飛び込んだ。

そこで真壁は、農民たちが当屋に神を迎え入れ、陽に灼けた背中の広い、がっしりとした体を色彩鮮やかな能装束に包み、式三番、弓八幡《やわた》、箙《えびら》、三輪、満仲、鐘巻道成寺……などの演目を、太い指を露わにしながらも実に優雅に舞い踊るさまに圧倒されてしまう。

「一見してこの古典的祭事の雰囲気に異様な神性の張を感じた」と当夜の「日記」（一九三八年二月一日）に書いている。同じ二月一日付の「日記」に、真壁は当夜の下座の能と狂言の演目の一つ一つを実に詳しく説明する文章を書いている。当夜配られた案内書（解説パンフレット）を参照したものであろうか。「日記」の余白に『能楽画報――昭和十一年十一月号　黒川能特輯』という文字が見られるから、それを参照して後で書き込んだのかもしれない。

真壁の黒川能研究の始まりである。こうして真壁の黒川村通いが始まる。真壁は黒川能の何にひきつけられたのだろうか。

真壁の黒川能についての最初の文章は、一九三九（昭和一四）年、『農政』八月号に発表した「農民古典劇としての黒川能」というものであった。[*17] 最初に出会ってからほぼ一年後に書いている。この文章は、同年の九月一五日から二六日にかけて、「黒川能について」というタイトルに変わって、『山形新聞』に五回にわたたって連載された。


〔黒川能は〕郷土芸術であるが田舎能ではないのである。室町の大和申楽の芸道が雪深い東北の一山村に伝へられて土着の農民生活を光彩づける民俗的な祭典の様式として相承されつつ今日めづらしく源流の俤《おもかげ》を失はないでゐるといふことは、わが国の民族精神史のたぐひなき美しさ健やかさの證とも考へられる事と私はおもふ。（『山形新聞』一九三九年九月一五日）

この二日にわたる祭典〔王祇祭のこと〕の様式としての黒川能ほど、信仰と芸術と生活との完全な一致を示すものはあるまいと思ふ。〔……〕黒川能は一部特権者のなかから永遠に能を民衆の中に移し植えた。神と共に在るかれらは支配者を必要とせず、民衆そのものであるかれらは観客を必要としない。（同九月二〇日）

室町文化を背景に幽玄のかかりを本風として生まれた能芸が、黒川に於ては却《かへ》って能本来の古典を伝へることゝなった。むしろ神と土とに結ばれた民俗的自存の姿に於て職業能芸の絶えざる時代苦を止揚し原初の純潔を保存することゝなった。

こゝには未来の農民芸術を設計する者にとって看過しがたい暗示がある。〔……〕黒川の農民は謡曲に囃の笛や太鼓や鼓にまた舞技演戯に、それぞれの個性を生かして、集団的綜合芸術としての能楽を村の舞台にまもってきた。演能止めば彼らは再び土に起つ。（同九月二六日）

生活と芸術（美）の一致、農業労働と詩作（表現）の統合……こそが、真壁仁が苦渋の人生のなかで求め続け、そして挫折して来た命題であった。彼の「転向」（「悲劇的・壊滅的命運」）もこの「挫折」に深くかかわるものであった。

その真壁が黒川能に見たものは、同じ山形の黒川の百姓たちが、真壁自身が体験してきたものと同様の日々の辛苦の労働のなかで、何百年にもわたって創造してきた、驚くほど神々しく美しい民衆芸術（能表現）というものであったろう。太い指と厚い肩、日焼けした身体で舞い踊る農民たちの、優雅で神々しい姿ではなかったか。農民の中の芸術表現の可能性の発見。それはまた、宮沢賢治の「農民芸術概論綱要」の精神（職業芸術家は一度滅びねばならぬ／誰人もみな芸術家たる感受をなせ）への憧れでもあった。

最初の出会いから真壁は戦時下であるにもかかわらず、毎年黒川に通い続け、農民であると同時に能舞・謡・笛・鼓・狂言などの専門家である農民（能役者たち）に教えを乞うている。黒川に保存されている数々の古典的な能装束や能面にも深い関心を示している。

この真壁の黒川通いは、やがて戦争をのりこえると、民衆の文化である手職・織・染色などの研究や、物の形体美の研究、農の始原の探求などへと発展するのである。

真壁の黒川能そのものの研究としては、敗戦後の一九五三（昭和二八）年に黒川能研究の嚆矢と目される『黒川能』（真壁の自宅気付である黒川能研究会の刊行、一九五九年に再版）を生み出し、一九七一（昭和四六）年に『黒川能――農民の生活と芸術』（日本放送出版協会）として刊行されている。黒川能の存在を広く世間に知らしめたのは、一九六六年の『太陽』二月号の「黒川能特集」である。真壁はそこで「ある農民芸術の系譜――黒川能の伝統」という巻頭エッセイを寄稿している。企画編集者は船曳由美、写真は園部澄であった。

三〇代初めの黒川能との邂逅が、真壁の詩の蘇生にどのような影響を与えたのか。シベリアから日本海を越えて庄内地方に吹き込んでくる冷たい北風が、月山や湯殿山にぶっつかって大量の雪となって人々を里に閉じ込める黒川の一月、二月は吹雪で明け暮れる。そのような吹雪舞う極寒の王祇祭での、黒川能独自の曲「所仏則《ところぶっそく》」の翁の舞を詠んだのが、真壁の「神聖舞台」(初出『意匠』第一四号、一九四二年)という詩である。[*18]

もう一つ真壁には同時期に黒川能を歌った詩に「歌舞の菩薩」がある。これは王祇祭初日の夜から明け方にかけて、その年の当屋である農家に神を招き入れ、ともに飲みともに謡い踊る「歌舞と饗宴の座」を歌ったものである。いずれも『青猪の歌』に収められている。ここでは「神聖舞台」の方を紹介する。

神聖舞台†

(黒川能のただしき伝統のために　I)

しろき面の翁　粛々と舞ひぬ
くろき面の翁　嬉々と舞ひぬ
敬恭と感謝とかれにあり
喜悦と祝福とこれにあふる
　どうどうたらりたらりら
　ちりやたらりたらりら
としごとに花さく春はめぐり

穀菽《こくしゅく》〔豆〕みのる秋きたり
国土のさきわひをいのるもの
天地のめぐみ知るもの
世々舞ひつぎ謡ひつぐ
威儀をただして古老は坐り
神燈垣なして神々をまねく
春日の社殿の神聖舞台に
翁は舞ひぬ　はにかむごとく
翁は舞ひぬ　足どりもかろく
　どうどうたらりたらりら
たらりあかりららりどう
ちりやたらりたらりら
たらりあかりららりどう
ところ千代までおはします
　われらも千秋さむらはう
日本海の怒濤ゆきぐもるそらに吼え
出羽の山々もだして白くいかめしく
凍原をするどくみがくきさらぎの風
大地は氷の下にねむり
穀物は倉に
家畜は厩に

種子はかたく回春の夢をはぐくむ
りうりやうとひびく笛の音をきけ
けふ春日の森の王祇まつり
農神にいつく収穫まつり
すぎし春秋はねぎらはれ
あらたなる豊の年ふたたびめぐれよと
身をすすぎ
食をきよめ
ふるき仮面と衣装をよそひ
たのしきほめうたくちずさむ
肌膚くろきはなげかず
指のふときをかなしまず
ただ勤労の足らざるをうれへ
ただ信仰のうすきをおそれ
芸統きびしき相承の道を伝へつぎゆく
よきかな
いさぎよく培ひし
あつき掌
つよき肩
しゆくしゆくたりかの翁
ききたりこの翁

敬恭とかれにあり
喜悦と祝福とこれにあふる

黒川村の能芸集団が庄内藩主の保護を受け、藩主に招かれて「上覧能」を演ずると同時に、しばしば鶴岡城下や酒田町内の芝居小屋で、町人や農民相手に娯楽興行を行ったことは前に述べた。それを取り仕切ったのが「町離」(長吏)と呼ばれた被差別部落の人たちであったことを、桜井昭男が詳しく書いている。[*19]真壁は戦前も戦後も、黒川能と被差別者との関係に気づくことはなかったようである。部落差別問題が真壁の住む山形(東北)では、どのようなものとして考えられていたのかについては、第八章で言及する。

「神聖舞台」は時流に迎合した国家・いにしえへの回帰、当時のイデオロギーとしての「日本文化の血統」への賛歌ともとれる危うさのある詩である。真壁自身にもそうした意識はないことはなかっただろう。敗戦五年後の日記に「古典としての能を美しい日本美の一つの原型として肯定的に理解しようとした。神社信仰―宮座組織を本質とする神事能、宗教的祭儀としての能に疑いをもたなかった」(「日記」一九五〇年四月一一日)と書いている。

だが、敗戦後、しばしの呆然自失の後、最初に取り組む仕事が黒川能研究の再開であり、黒川通いであったことは何を物語っているのだろう。

戦争末期に歌われた「神聖舞台」は両義性を抱えもっている。

一方で日本回帰・伝統回帰を詠い(日本賛美)、もう一方で日本近代国家の五倍、六倍もの時間を郷土の百姓によって伝承されてきた、天皇制国家の祭祀とは異質な〈さと・くに〉の神事能へのつよい矜持と愛着を表現している。だが、まぎれもなく、危機を孕んだ詩である。黒田喜夫のいう「「土着人」の生活的身体―農という言い方をすれば、農の身体性と抵抗感」が、この詩を「悲劇的・壊滅的命運」に耐えさせているとは言えないだろうか。

真壁仁が真に黒川能に学んだもの、学ぼうとしたものは、田の神や水の神に支えられた農の生活や労働に統合された農民芸術（美）の可能性というものであったろう。それは、土着詩人として生きようとする真壁仁の普遍的芸術の可能性の探求でもあった。

真壁が師と仰いだ高村光太郎は、真壁仁の「農の身体と感性」が創りだす詩群を「その詩魄は美の風鈴三昧に徹してはるかに一地方の域を脱し」（『青猪の歌』序）ていると評している。がしかし、古代からの水田稲作農耕が「瑞穂の国」に君臨する天皇制の基盤であったことと、黒川能に象徴されるような農民芸術がどのようにかかわるのか、これは戦後真壁が向き合わなければならない課題であった。

様々な課題は残るにせよ、羽州山形の農民の演ずる、神事にして芸術性の高い表現である黒川能との邂逅は、野の詩人真壁仁を転向の「悲劇的・壊滅的命運」の淵から這い上がらせ、詩人（表現者）であると同時に地域の生活者として生きるという、真壁仁の戦後再生への重要な礎石となった。

最後にふたたび黒田喜夫の言葉を引いて本章を閉じたい。


この時期の真壁仁の詩の危機を、いわば救い、生き耐えさせたのは、結局そういう「農」へのぎりぎりに残った依拠であったと思われる。四季派もモダニストもプロレタリアート詩人も、戦争下の壊滅的な状態にあるとき、自然に対して交わる受苦的な感性という意味での「農」の感性は、あくまでも手離さなかったそのこと――。[*20]

［第四章・註］

＊1　黒田喜夫「真壁仁の詩と時代」『新編真壁仁詩集』土曜美術社出版販売、二〇〇二年、一四六頁。

＊2　同前、一四八頁。

＊3　新藤謙『野の思想家――真壁仁』れんが書房新社、一九八七年、八五頁。

＊4　大岡信『昭和詩史』思潮社、二〇〇五年、六〇頁。

＊5　秋山清『あるアナーキズムの系譜――大正・昭和のアナーキスト詩人たち』冬樹社、一九七三年、三五～八七頁。

＊6　真壁仁「土着の詩に就て」『北緯五十度』第一輯（一九三四年）一～二頁。

＊7　同前、六頁。

＊8　高村光太郎「コスモスの所持者宮沢賢治」草野心平編『宮沢賢治追悼』次郎社、一九三四年、三五頁。

＊9　真壁仁「気圏詩人（「春と修羅」に就て）」『四季』第三九号（一九三八年八月）、五三～六〇頁。

＊10　このメモは「宮沢賢治を偲ぶ会」（一九三九年一月二二日山形市で開催）と「山形賢治の会」（同年二月～九月まで続いた）の活動記録とともに綴られた真壁仁の日記メモ。この文章は日付がなく、一九三九年六月頃のものと推測される。

＊11　詩集『青猪の歌』（一九四七年）の「おぼえがき」によれば、青猪とは深山の尾根に棲む雪中に青く映えるカモシカであると言われている。しかし真壁は、それを否定してこう書いている。「〔カモシカと〕同じ偶蹄類ではあるが、あおししは、ゐのししの同族である。彼の大きな胴体は剛い銀毛で蔽はれている。その銀白の毛は、あつみをもった積雪が時に青いひかりをおびるやうに、ゆふぐれの月の夜に青くかがやく。彼は角でなしに牙（犬歯）をもってゐる。彼が怒るときは背筋の毛並がさかだち、ちいさなその眼がきらめき、その牙は敵を裂く。しかし彼は孤独で内気である。無口でおとなしい。冬は穴のなかでくらす。彼はときどき私の領土にやってくる。あるひはどこかにひそかに住んでゐるやうである。」（『青猪の歌』二三〇～二三一頁）

＊12　真壁仁『文学のふるさと山形』山形郁文堂書店、一九七一年、二八三頁。この本は、一九六一年四月四日から翌年の一二月二四日まで「文学のふるさと」と題して週一回『山形新聞』に連載した文章を集めて編んだものである。Kの名前が出てくるのは神保光太郎の「項目」においてである。真壁はそこでは、Kを結婚後の

フルネーム（ＡＫ）で書いている。

*13　真壁仁「ぼくの精神史のなかの「四季」」『詩学』第一四巻一〇号（一九五九年八月）、四九〜五〇頁（特集「四季・再検討」）。

*14　真壁仁『定本人間茂吉』三省堂、一九七六年、三五六頁。

*15　桜井昭男『黒川能と興行』同成社、二〇〇三年、一二頁。

*16　折口信夫『日本芸能史六講』講談社、一九九一年、五四〜六八頁。初出は三教書院、一九四三年。なお折口は一九三六年に黒川村を訪問し、「黒川能・観点の置き所」、「村で見た黒川能」というエッセイを『能楽画報』に発表している。いずれも『折口信夫全集』第一七巻（芸能史編一）、中央公論社、一九七六年に所収。

*17　真壁仁「農民古典劇としての黒川能」『農政』第一巻八号（一九三九年八月）。

*18　船曳由美『黒川能――１９６４年、黒川村の記憶』集英社、二〇二〇年に「所仏則の翁」について以下の記述がある。「「所仏則の翁」とは父祖の慈愛の象徴と思われる。その古式の笑いに親しみと温かさがある。「神にして神に非ず、人にして人に非ず」という存在なのである。〔……〕「所仏則の翁」とは歳神様《としがみさま》でもある。正月に人々の前に現れ歳魂《としだま》を与える。村人はこの歳魂（お年玉）を頂き、今年一年間の活力、エネルギーを身の内に得るのだ。人々はまた稲魂《いなだま》を田の神でもある黒い翁からもらって、農耕、稲作のエネルギーとするのである。」（二五〇、二五三頁）若い編集者時代の船曳を黒川村・黒川能に導いたのは真壁であった。

*19　桜井昭男、前掲（*16）、九一〜一〇〇頁。

*20　黒田喜夫、前掲書（*1）、一五〇頁。

［戦後編］

第五章　戦後あらたなる出発のための模索――真壁仁の戦争責任の引きうけ方

一　敗戦、そして新たな出発のための模索

一九四五（昭和二〇）年八月一五日の敗戦の日、真壁仁は三八歳になっていた。その日の「農業手帳」[*1]メモには「正午聖上陛下ノ放送アリ。拝聴シテ大東亜戦争ノ終結ヲ知ル。ポツダム宣言ノ受託ニヨル敗戦的終結ナリ」とのみあり、翌一六日の「農業手帳」メモにも「終日楽シマズ。オモク沈黙ス」とだけ記されていた。敗戦の感懐を記したものは、ほかには何も残されていない。

　中国への報道員として国家総動員法第四条の徴用令状（「白紙」）によって徴用され、日本に戻ってからは文学報国会の委員をしていた、真壁と同年齢の作家・詩人高見順は、「嗚呼、八月十五日。ビルマはどうなるのだろう。ビルマには是非独立が許されてほしい。私はビルマを愛する。ビルマ人を愛する。日本がどのような姿になろうと、東洋は解放されねばならぬ。人類のために、東洋は解放されねばならぬ。日陰の東洋！　哀れな東洋！　東洋人もまた西洋人と同じく人類なのだ。人類でなくてはならないのだ」[*2]などとるる書き残している。日

畑で休む仁（45歳）と長男康夫（右）
左は手伝いにきた斎藤太吉

本の多くの自由主義者たちが、侵略戦争であった「大東亜戦争」を「西欧からのアジアの解放戦争として」受け入れていった（受け入れようとした）心的構図を見ることができる。

翌一六日、高見は当日の新聞から原子力爆弾の恐るべき威力に関する記事を見つけ出し、怒りをあらわにしている。そして「自分に帰ろう。自分をまず立派にすること。立派な仕事をすること」と書き付け、戦後に向かって動き出している。

後年（一九六四年暮）、この高見順の敗戦直後の日記を手にした真壁は「おどろく、よくぞ冷静に書きとめたもの。そのための腹立ち。いきどおり。少しも痴呆化していない。自分などは、しばらくの間敗戦ぼけでなすことを知らなかった記憶がある。すくなくとも、こんなに多くを見、記録したものを見ると、その観察も認識もぼくなどはごくわずかで単純だった。周囲とともに語り、批判し、激突しあう人間関係がなかったということ」と手帳に記している。（「年譜」）

真壁より六歳ほど若い長野県の畑作農民唐沢正三の敗戦日の日記が残っている。「お昼前から大麦、小麦の俵装をして供出したが夕方おそくなったので、検査に間に合はなんだ。今日は何といふ悲しい日であったことか。陛下はお親《みずか》らラジオで御放送なさるとの事だったので、何といふ重大な御事と思ひていたが、何と無条件降伏を御決心になり、国民に告げさせ給はったのである。臣として陛下のお大業をおたすけする事の出来なかった事は、どんなにお詫び申し上げてもお詫びしきれない申し訳ない事だった。」

翌一六日にはすでに唐沢は、農民モードに切り替わっている。「敗戦に気を腐らせてもいけないので、午前中いも掘りに行ってきた。」[*3]

敗戦の日真壁仁は何を考え、何をしていたのだろうか。（敗戦の年の「農業手帳」には、勤務先の農業会の仕事のことと自宅の農作業に関連したメモ、それに常日頃連絡し合っていた知人や団体の住所録以外にはほとんど記入されていない。その年は詩も発表していない。）

一九六五（昭和四〇）年二月四日の『山形新聞』に寄せた「短歌的抒情を否定――未見の世界像を描いて」と題する文章で、真壁は自らの八月一五日を次のように回想している。

八月一五日をむかえてしばらくは呆然となった。私はまちがいなく戦争協力者の一人だった。しかし（戦時中の）あの精神の高ぶりはまったくの徒労だったのだ。敗北したのだ。一方にいいしれぬ解放感が私をとらえた。しばらくはひそんでいたかった。

これは二〇年後の回想であるが、敗戦に直面して呆然自失しながらも、いいしれない解放感に捉えられており、同時に一方で自らの戦争責任の問題に苛まれ始めていた真壁仁の心的状態を私たちは感じ取ることができる。

しかし以下に見るように、真壁の戦争責任の引きうけ方は独特で、短歌的抒情から決別しようとする新たな戦後現代詩の創造と、敗戦後の新しい生き方（地域実践）を求めての紆余曲折の模索のなかで、一歩ずつ一歩ずつ、それを自らの人生にたぐり寄せようとする、といった風のものであった。

本章では敗戦直後から数年間の、新たな出発にむけた人間、生活者、詩人真壁仁の表現と実践の模索について考えてみたい。

この模索のなかに真壁の戦争受容・戦争協力の責任の引きうけ方、戦争責任の認識の仕方、そして真壁仁の戦後の生き方と表現の方向が示されている。

敗戦を契機とした真壁の現在と過去の断絶／連続の思想的問題への態度、つまり自らの戦争受容・協力の認識と反省の仕方は、師と仰いだ高村光太郎や山形の親しい友人で詩人・高校教師であった芳賀秀次郎のように、懺悔と呼んでもよいような、激しくいさぎよい自己告発・自己批判の文章を公開するという類のものではなかった。

光太郎は敗戦二年目の一九四七年に、隠遁先の岩手県の山林の庵で「暗愚小伝」を書き遺し[*4]、秀次郎は一九四八年に光太郎にならう形で、後述するような「わが暗愚小伝」[*5]を書いている。これらの二人にくらべれば、真壁の場合は曖昧模糊としたもので、断絶と連続を往還する、まさしく農民的反芻とでも言えるような模索であった。

それは一町三反の田（自小作）と五反強の畑を耕しながら表現活動を続けてきた野の詩人、土着の詩人にふさわしく、硝煙は消えたが荒廃は深く、反動の力も渦巻く東北の湿った大地の上を往きつ戻りつしながら、過去の何が誤りであり、何が譲れぬ大切なものなのか、これからの新たな出発のために何を信じ、何を原理として、どう生き、どのように表現していくのか、その模索の過程で真壁仁は自らの過失の責任を、戦後の多種多様な生活・表現・実践の全体を通してとっていこうとするのである。

敗戦後半年もしないうちに、真壁仁は暗い岩窟に閉じ込められていた「青猪」が突然明るい外界に飛び出して行くかのように、驚くべきエネルギーで様々な表現活動や実践を開始する。「しばらくはひそんでい」る、というわけにはいかなかったようである。

真壁の精力的な表現活動は敗戦の翌年（一九四六・昭和二一年）から始まる。一九四六年元旦の『山形新聞』に「白梅頌」と題する、〝心傷む新春〟といった風情の詩を寄せた。

白梅頌

梅ひらく
火の山　焔を噴かず
山湖に風落ち
天日くらく
嘴《はし》赤き鳥もうたはず

霏々《ひひ》として雪ふりし日
天末線の飛雪を浴び
凍原にいどむ青猪《あをしし》の
われとわが肉を啄《ついば》み
くるめき駛る行衛をおもひ
白き孤独の幻影をおもひ
板の戸
紙の窓に寒波を耐えて
弔鐘の余韻に心いたみ
なほも　なほも
とほき祖国の春を呼びしか
〔……〕

その年から一九五〇年代中頃にかけて、年齢で言えば真壁の三〇代末から四〇代後半にかけて、そのあたりを私は真壁仁の戦後模索の時代と呼ぶ。真壁仁の人生の折り返しの時代である。

それは占領下の様々な戦後改革（農地解放と小作制度の廃止も含まれる）と民主化運動の始まり、朝鮮戦争を契機にした占領政策の転換と反戦平和の労働者・民衆の運動の盛り上がり、アメリカ依存の日本資本主義体制の復活、などの時期と対応している。

さて、敗戦の翌年から真壁がとりかかった仕事は、①一九三〇年代後半から続けてきた黒川能の調査・研究と宮沢賢治研究の再開であった。②次に戦前・戦中に創作し中央・地方の様々な詩誌や一般雑誌に発表してきた自詩を取捨選択して編集した『青猪の歌』の刊行（一九四七年一一月）である。

③そして少年時代からの詩友更科源蔵（当時は札幌在住）と再び始める季刊詩誌・第二次『至上律』（一九四七～一九五二年）の編集・刊行の活動である。真壁はそこに詩や詩論、色彩論、詩人論などを次々と発表するとともに、共同編集者更科源蔵とともに月に一度は上京し、全力を挙げて編集作業に取り組んでいる。それは動き出した中央の詩人たちとの交流の始まりであった。④さらには郷土の詩人、相馬好衛、芳賀秀次郎、土谷麓らと「山形詩人協会」（一九四七年創設、二年後に「山形県詩人協会」に発展）を結成し、山形での戦後現代詩の創造にとりかかる。

そして最後に真壁が戦後最も精力的にかかわっていくこととなるのは、⑤教育・農業・平和・青年・婦人問題などの地域での社会的な実践であった。

真壁のこうした広範な社会実践への参画は、戦前・戦中は官憲の強い圧迫下にあったことにもよるが、戦後固有のものである。（戦前、真壁は農民運動にかかわることがあったが、前に述べたように、深入りすることはなかった。）この社会的実践の選択こそ、地域（野）に根をもち続け、そこから終生離れることのなかった生活者、詩人真壁仁の戦争責任の引きうけ方と深く結びついている、というのが私の考えである。

それは詩人、農民、地域文化活動の実践者・指導者……という、ときとして矛盾・対立しあう困難な生き方の選択であった。

①から⑤までの、これら多種多彩な活動のすべてが敗戦の翌年から一九四八（昭和二三）年の二年間の間に着手される。こうした実践と表現活動と農作業が重なって、「胃痙攣を起こして嘔吐」するほどだったと一九四八年九月の「年譜」は伝えている。

二　真壁仁の戦争責任の引きうけ方・自省の仕方

(1) 生涯宮仕えはせず

戦争末期にからだをこわして百姓仕事も米穀検査員(冬季)の仕事もできなくなった真壁は、一九四三(昭和一八)年三月から、いまだ「保護監察」の身ながらも、隣村の東村山郡千歳村(現山形市)にあった千歳村農業会の参事(のちに常任理事)の職を得、敗戦を迎えた。農業会とは戦争末期の日本農業と農民を全面的に戦争協力体制に組み込むために、一九四三年の農業団体法によってつくられた農民統制団体だった。

「日々悪化する食糧事情にそなえて米の増産をはげまし、とれた米を過大な割り当てに応じて供出してもらうことに明けくれる」(『野の自叙伝』一五七頁)というような仕事だった。敗戦後の一九四七(昭和二二)年に新しい農業協同組合法が公布され、農業会は解散に追い込まれる。

「私は戦争協力団体であった農業会役員としての責任をとって家業に戻りました。からだもよくなって、また田んぼに出れる自信もついていました」と真壁は後年に綴った「自己史ノート」(一九七八年九月、『野の文化論』[四]二五頁)に記している。戦後農地改革が始まる一九四六(昭和二一)年、県農政課長と農業会会長の訪問を受け、小作争議調停官(小作官=県職員)にと懇願されるが、「横すべりはしない」と断っている。(「年譜」)

「私は、宮づかえを生涯しない覚悟で生きてきました」と真壁は前掲「自己史ノート」に書いているが、これが生活者としての真壁仁の一つの戦争責任の取り方であった。真壁はその後、選挙で選ばれて市の農業委員と教育委員(公選教育委員)として短期間公職に身を置くことはあったが、官庁はもちろんのこと、民間においてもいっさい定職に就くことはなかった。

（2）黒川能・宮沢賢治の新たな探求

黒川能および宮沢賢治の戦後の評価についても、真壁の中に戦争体験が影響を及ぼしている。真壁仁の戦後の再出発は黒川能と宮沢賢治の学び直しから始まった、と言ってもいい。

戦前・戦中の宮沢作品との出会いや黒川能体験が、真壁仁の満身創痍（転向）からの再起・蘇生に一筋の光明としてはたらいたからだろう。

戦後、真壁が最初に取り組む仕事が黒川能調査の継続と黒川能研究ノートの執筆であり、同時に宮沢賢治研究の再開だった。敗戦の年にも真壁は足繁く東田川郡黒川村（現在は鶴岡市）に通い、翌年（一九四六年）早々から更科源蔵の個人雑誌『北方物語』に「雪国の祭り」というタイトルで「黒川能ノート」の連載を始める。

一九四六年一一月には、黒川村から四〇人の能役者（農民）を山形市立第四国民学校（国民学校が現在の小学校にかわるのは一九四七年）の講堂に招いて公演会（山形新聞社と真壁や洋画家の木村重道らが戦争末期から続けていた「自由懇話会」が発展した「山形芸文懇話会」の主催）を成功させ、敗戦の混乱の中で自信喪失になりがちな市民・県民を励ましている。それはまた、自らの再出発を励ます行動でもあったろう。

真壁はそこに斎藤茂吉、結城哀草果、今泉篤男（山形県生まれの美術批評家）、更科源蔵らを招待している。「同じ郷土に住むものとしてこの農民芸術の古拙（古風で素朴な趣を持つ）の美を少しでも多くの人に見てもらいたい」と思った、と真壁は先の「黒川能ノート」をまとめて一九五三（昭和二八）年に刊行した小冊子『黒川能』の「はしがき」に書いている。[*6] この小冊子の発行所、黒川能研究会の住所は真壁仁の自宅だった。

真壁の黒川能を見る視点は能楽研究者や郷土史家、民俗学者と異なって、農民の「芸術追求と勤労生活の統一表現としてのひとつの典型を示している点」[*7]にあった。

敗戦後の真壁の黒川能研究は、当然のことながら、戦中の自らの黒川能研究へ批判的視点を抱え込まざるをえない。それは能芸術の階級性、天皇と能芸との歴史的関係などを追求する唯物論的な能研究が刊行され始めるころである。とりわけ真壁に影響を与えたのは、一九四八年に伊藤書店から刊行された戸井田道三の『能芸論』であった。

自分も昭和五、六年ごろからであったら、黒川能の研究を初め〔ママ、以下同〕はしなかったろう。初めても或は熱心にはなれなかったかも知れぬ。自分の初めたのは昭和十五年以降である。それは第二次大戦の前夜であり、戦争の時期にわたっている。つまり私自身の日本への回帰の時期である。したがって古典としての能を美しい日本美の一つの原型として肯定的に理解しようとした。神社信仰―宮座組織を本質とする神事能、宗教的祭儀としての能にうたがいをもたなかった。戦後の私の詩人としての覚醒は、まずこうした自己の内面における古典日本との対抗であり批判であり否定であった。

数百年来、その表現精神と様式との一貫して変じない黒川能にたいし、私のうちむかう態度は変化する。解釈のちがいによって異った結論が生まれるということはありうるが、それがせいぜい十年の期間に一人の私の内で分裂するということは、論理的にではなく気持ちとして苦痛である。それはモラルにそむくような苦しみである。しかしそれこそが能の呪術性のはたらきかけにたいする敗北であるのかもしれぬ。（「日記」一九五〇年四月一一日）

右の「日記」では、黒川能の思想史的な学び直しの「苦痛」や「苦しみ」が表白されている。だが黒川能への思い入れが深い真壁には、それは容易なことではなかった。初めて黒川能に出会ってから三三年目の一九七一（昭和四六）年九月、真壁の黒川能研究の集大成と目される『黒川能――農民の生活と芸術』（日本放送出版協会）が上梓されている。

戦争を境にして、真壁の黒川能の構造及び歴史の研究は大幅に進んだが、黒川能理解が本質的に変わったわけではない。そして、一九七一年の単行本に色濃く表れてきたのは、六〇年代以降の農業近代化政策による村と農の衰退の中で、果たして黒川能が伝統を持ちこたえていけるかどうかへの不安である。

さて、次に宮沢賢治研究に関しては終戦の翌々年（一九四七年）に、真壁は「実践家としての宮沢賢治」（『みのり』第二巻第一号）と「宮沢賢治と童話的世界像」（『農民芸術』第四号）の二本の論稿を発表している。さらに一九四八年には「体験と理想――宮澤賢治について」（『次元』第一号）を発表する。少し遅れるが一九五一（昭和二六）年に書かれた長文の「宮澤賢治論」（北川冬彦ほか編『現代詩鑑賞』第四、第二書房）も加えてもよいかもしれない。[*8]

「実践家としての宮沢賢治」で真壁が注目しているのは、賢治の生活・研究・表現および地域での諸々の〈実践〉である。賢治が単に学問や芸術の人ではなく地域の実践家であったこと、つまり「学問を直ちに実地に生かし、考えを行為で以てつらぬき通す熱情の人」[*9]であったことにあらためて心動かされている。この評価は戦前と変わらないが、戦後は近未来の自らの生き方とかかわって一層強くなっている。

農民芸術の提言と地域での農業実践の統合という、一九二〇年代から三〇年代にかけての暗い時代において、詩人（芸術家）にして生活者たらんとした宮沢賢治の絶望的に孤立したこころみとその精神のなかに、戦後日本の民衆と知識人の行くべき方向を真壁は見つけ出そうとする。

一方、「宮沢賢治の童話的世界像」では、賢治の日本古来の伝統的詩歌につながる詩のリズムと形式と芸術性に魅せられて一九三八（昭和一三）年に書いた「気圏詩人」とは違って、賢治の童話と詩をつらぬく倫理感のぬくもりに包まれたユートピア思想に着目している。それは過剰な自意識によって痩せ細り光を失った日本の近代文学を再生させずにはおかないだろう、と真壁は考えていた。

そして、その賢治のユートピア思想は観念や信仰の産物ではなく、所与の社会状況の下での、賢治の現実生活にける文学表現活動と農業実践（地域実践）との間の根源的な矛盾（アポリア）を切り裂いていこうとする生き方の選択から生まれたものである、と真壁は「宮澤賢治論」で述べている。

ここではまた、宮沢賢治の脱偶像化・非神話化、つまり、現実に根を持たないモラリストの賢治像や実践とは無縁なユートピアン宮沢賢治といったイメージからの解放など、が説かれている。詩人宮沢賢治の「人間的苦悩」に実践的に学ぼうとしている。言葉づかいも、日本浪曼派風の超越的な表現から自由になって、真壁は自分自身の言葉で表現するようになる。


賢治の農民詩は農民の詩ではなく、農民への詩である。このことは農村を描いた多くの詩の中で、作者によって自覚され深い苦しみの表現となって見すごしがたくあらわれている。賢治の農民詩の暗さは、農村の壁をとりのぞくためにうめいている暗さではなく、そこに堕ちてともに苦しもうとしながら、同化できず、自分をいためしいたげ、かつはげましている暗さである。[*10]

宮沢賢治の詩（表現）と宮沢賢治の生き方（存在の有様）とを同次元・同位相でとらえ、そこに自らの詩と存在形態を重ねようとするやり方は、戦前と少しも違っていない。

（3）敗戦直後に『青猪の歌』を世に問うことの意味

真壁が自らの「処女詩集」と呼んだ『青猪の歌』（札幌青磁社）を世に問うたのは、敗戦後間もない一九四七（昭和二二）年一一月のこと。もともとこの詩集は戦争末期の一九四四年に『神聖舞台』というタイトルで、高村光太郎の序をえて東京のある書肆から刊行される予定のものだった。それが東京で印刷に付されている途中に戦災で焼失し、原稿だけが残った。

戦後すぐに真壁は焼失した『神聖舞台』から三分の二を越える作品を拾い、光太郎の序はそのまま使い『青猪の歌』として敗戦二年目に、札幌に疎開していた出版社（青磁社）から刊行した。『神聖舞台』のタイトルを棄てたのは、そこには古典回帰（精神復古）の色彩が秘められていたからだろう。

札幌の出版社を選んだのは、戦後の物資欠乏のおり、紙の配給が受け易かったこと、詩集の企画進行から装丁・校正の一切を引き受けてくれた畏友の更科源蔵が当時札幌で暮らしていたことなどの事情による。

『青猪の歌』に集められた詩の大部分が、真壁仁二八歳（一九三五年）から三六歳（一九四三年）の間に書かれたものである。このことから真壁は『青猪の歌』を「私の三〇代のトルソ」と呼んだ。「トルソ（ー）」とは顔や手足のない胴体だけの彫像のこと。三編ほど二一歳（一九二八年）から二三歳（一九三〇年）にかけて書かれたものが含まれている。そのうちの二篇「不死鳥」「日溜りの人生」は、第一詩集『街の百姓』に収録されていたものである。

私のここでの関心は、日本の戦争犯罪を裁く東京裁判が開始され、文学者や知識人の戦争協力批判や自己批判が起こり始めていたこの時期に、紛れもなく戦争受容・戦争協力の詩を書いてきた真壁仁が、戦前・戦中の詩を集めて自らの詩集を世に問うたことの意味である。戦争を受容し、数は多くないにしても戦争に協力する詩を書いたことを痛みとして戦後を迎えたはずの真壁が、この時期に『青猪の歌』を、それも「第一詩集」として世に送りだそうとしたのは、どうしてだろう。

自分が書いてきた大部分の戦前・戦中の詩群は自分の命がけの芸術表現であり、「ことごとく私の生身の一部」となっている魂の記録である。どのような批判をうけようとも、そこから出発するほかない、という決意が「おぼえがき」から伝わってくる。*11

この『青猪の歌』こそ、詩人真壁の傷だらけの原点であって、戦後再出発の起点はほかにどこにも存在しないことを、真壁は強く意識していた。

しかし、『青猪の歌』は一つの大きな闇というか欠落を抱えていた。戦後二年目に出版したこの詩集に、第四章で言及したような明確な戦争協力詩（「徒歩進軍」「怒れる地霊の叫び」など）を、真壁は一つも入れていない。それらの存在すら書いていない。

真壁は自らの戦争協力詩を黙殺した。というよりも、あえてそれらをも戦後再出発の詩集に刻み付けて、戦争責任を引き受けるという流儀を真壁は取らなかったと言った方が、真壁を理解するのに適切かもしれない。真壁は、個人と他者・集団・世界との間の裂け目（不条理）から言葉を紡ぎだす多くの戦後詩人が向かい始めた、個と批評に比重をおいて表現する方向には行かなかった。そういう体質をもっていなかった。

真壁仁が詩人としての戦争中の自らの蹉跌・転向の問題について直接言及するようになるのは、一九五〇年代後半から六〇年代にかけてのことである。朝鮮戦争やビキニ沖でのアメリカの核実験による日本漁民の被爆事件などを契機に、反戦・平和の世論が大きく盛り上がってゆき、文学の世界では吉本隆明、武井昭夫、鮎川信夫らによる詩人・文学者の戦争責任論が先鋭化するころである。（吉本、武井の『文学者の戦争責任』が淡路書房より刊行されたのは一九五六年五月のこと。）

もう一つの問題が『青猪の歌』には存在する。それは真壁がこの詩集を「私の初めての詩集」（おぼえがき）として、一九三二（昭和七）年二五歳で北緯五十度社より刊行した『街の百姓』を無視したというか、棄てようとしたことである。

その理由について、真壁は先の「おぼえがき」で「血気にあふれた二十代の詩は、あまりに傷痕ふかく、いま読むにたへないのですてた。この詩集（『青猪の歌』）が表現様式に於て多少ともクラシックな均整の美を持ってゐるとすれば、それはあまりに奔放にすぎた青春第一期の激情に対する摂生にほかならない」と書いているだけである。

真壁がいかに詩の「様式」「形態」「美（芸術性）」に強くこだわっていたかが理解できるだろう。『街の百姓』には「クラシックな均整の美」、つまり芸術性が欠けていたということだろう。

敗戦直後のこの時期はまだ、真壁仁は自ら一人の人間としての、詩人としての戦争責任問題については茫洋とした模索中にあった。詩人として敗戦後のこの時期に考えていたのは、戦争の韻律、短歌的抒情に容易に溶け込んでいく、湿った風土日本の近現代詩の「様式」の問題であった。

真壁が自らの著作の奥付に「すてた」はずの『街の百姓』の存在を書き入れるのは、私の知る限りでは、一九六六年の『詩の中に目ざめる日本』（岩波新書）あたりからである。真壁の第一詩集として『街の百姓』が山形市の郁文堂書店から復刊されるのは、一九七三（昭和四八）年のこと。復刊版の「復刊にあたって」で、真壁は「一部は幼く、二部は粗野である。いまこれをふたたび刊行するについても、ためらいなきをえない。しかし、その後の僕の詩と思想の原型式は、幼いなりにすべて、この詩集の中にあったといわなければならない。それを自ら否定することはできない」と記している。

一九六九年刊行の『日本農民詩史』中巻二（法政大学出版局）の中で松永伍一が「同時代のあまたの農民詩人の仕事のなかで、もっとも傑出した出来ばえの詩集」と『街の百姓』を高く評価してから四年後のことであった。

真壁自身が『街の百姓』の復刊に踏み切った背景には、松永による高い評価もさることながら、一九七〇年代という、戦後日本の近代化・工業化（開発）政策による農業軽視と、それによる日本農業と村の衰退が顕著になる時代の中で、それへの真壁の抵抗が存在していたに相違ない。

（4）第二次「至上律」の編集・刊行——短歌的抒情からの脱出を求めて

敗戦直後の一九四六年一二月真壁は北海道に更科源蔵をたずね、二人で第二次『至上律』の編集・刊行の準備にとりかかった。一九四七年七月、第二次『至上律』第一輯が疎開先の札幌から東京に戻っていた青磁社から出版される。これまでのような同人詩誌としてではなく、「季刊であるが詩と詩論の権威ある雑誌をめざすことにし」「〔更科と私は〕力のすべてをこの仕事にそそぎこんだ。」(『野の自叙伝』一七二頁)ものだった。

編集委員として片山敏彦、神保光太郎、亀井勝一郎、丸山薫、大江満男、北川冬彦、藤原定、中山省三郎(第三輯から吉田一穂、第八輯から深尾須磨子)といった著名な戦前・戦中の詩人たちが参加している。

この顔ぶれを見れば、編集責任者の真壁や更科がこの雑誌で文学者の戦争責任の問題を考えてみようなどという直接的な意図はほとんどなかったことは明白だろう。当時の読者は、真壁の親友の神保光太郎やその友人の亀井勝一郎などが『四季』や『日本浪曼派』を中心にどのように熱狂的な愛国詩や戦争賛美の詩や文章を書いてきたかはよく知っていた。吉田一穂を除く他の詩人たちとて、数の多い少ないはあるにしろ、真壁や更科同様に戦争協力の詩を書いていた。

「戦争によって開花を中断された〈近代〉のアドレッセンス〔青春期〕を詩人がもう一度みづからの肉体の中にむかへねばならぬときだ」と真壁は第一輯の「後記」で述べ、現代詩の新しい〈至上律〉を求めなければならない時期に直面している、とも書いている。

ところで、戦争に加担した詩人の責任の引きうけ方は多様であった。高村光太郎のように率直に自己批判を公にする詩人もいれば、大江満男のように外部からとやかく言われてどうこうするような問題ではなく、それは一人ひとりの文学者が「ヒュマニストとして自己の内面で対決を深くしなければならぬ」[*12]ものであるとして、戦後の各種の詩人全集に自ら書いた戦争詩を収録し続けた詩人もいる。[*13]

大江満男は真壁の同時代の友人で、第二次『至上律』の編集にもかかわっている。大江満雄はまた、戦前戦後、世間から隔離され差別されてきたハンセン病者と向き合う社会的実践にむかって行く。真壁も大江の社会的実践に影響を受けている。その大江が「対決の精神」という詩人の戦争責任の引きうけ方に関する論稿を、『至上律』第一輯に寄せた。

文学者詩人は、己の内部で対決を深くしてこそ、客観的な表現をもつことができるのであるから、対決の表現としての作品は外に対決を求めるのである。批評を内にしっかりもって作品で立会をふとするとき芸術における審判の世界が読者との関係に展かれるのである。〔……〕私たちは詩人として、なにより偽ることなき自己を示したい。[*14]

真壁仁は同誌の「後記」で、大江の問いかけに応えることなく、日本の「近代精神の一様式としての現代詩」が「太平洋戦争の期間を古典復帰の形であしぶみした」のは、その形式とことばに問題があった、といったようなことを論じているだけである。

日本の詩は、ふるいことばとかたちにしばられることがあまりにもながかった。否定の契機による自己形成の原理を知ることがあまりにもすくなかった。委縮した音韻の類型と、魔術をおびたことばの多義に至上律をかんずることで満足する習性をねづよく持っている。[*15]

真壁仁はまだ「己の内部で（の）対決」（大江満男）とは違うところにいた。別な言い方をすれば、主客を対比させ自己省察（対自批判）を加えるという「内部で（の）対決」の方法は、真壁のものではなかったようだ。

そのもう一つの例を示したい。北川冬彦の『青猪の歌』への批評に対して、真壁がむきになって書いている文章がある。北川冬彦も真壁と更科に誘われて第二次『至上律』の編集にかかわっていた。当時北川は詩の文語・雅語否定や詩の批評性を強く主張する詩人だった。

真壁より七歳先輩で旧「満洲」の大連に育った北川冬彦は、乾いた暗喩的方法で戦争の本質を鋭く衝いた詩集『戦争』〔厚生閣書店、一九二九年〕ですでに高い評価をえていた。そこに収められている超短詩「馬　軍港を内蔵している。」[*16]などはあまりにも有名である。だが、その北川もまた戦争末期に日本文学報国会に名を連ねていた。

その北川の『青猪の歌』批評の原文は発見できないでいる。『至上律』第四輯（一九四八年五月）に寄せた真壁のエッセイ「湿地と砂漠」によれば、次のようなものであったらしい。

北川は『青猪の歌』について、「非常な健康な精神の歌」であり、「詩術のオーソドックスを認め」、「ヴェルハアラン、光太郎、賢治、〔尾崎〕喜八、〔永瀬〕清子の系列に属するものとし、短歌系統の詩人だと思う」と評していたという。真壁の内面に波紋を起こした表現はそこまでにはなく、その「健康」さが「近代の分裂精神を通過していない健康さ」で現実感がなく、「健康のもたらすリズムの空転」があるという指摘〔警告〕、そしてもう一つは、この詩集には「敗戦の影がいささかも射していない」という北川の辛辣な不満表明の部分であった。

これに対する真壁の反論には、東北の農民でありつづけてきた真壁の〈身体〉と呼んでもよいような、湿った風土と出自によって無意識に培養されたある重要な資質がにじみ出ている。少し長いが引用してみる。

僕の詩の健康さと北川が言うところのものは、決して文学上の技法や稟質から来ているのではなく、暗く重い多くの圧迫と戦い、農村の逆戻りの力と対抗しながら、それから離れず、現実のはげしい動きに裸でぶっつかり時々あばれ、家庭の小安など少しも省みず生きてきた僕の張りつめた生命意欲の息吹であることを一こと言って置こう。僕はもっとも荒っぽい生活をしているために端整な詩を不〔ママ〕意識に考えていたのかもしれない。

僕の抒情は生活の激越なきしみのなかや、方角もわからない吹雪の谷間で大きな抵抗にぶつかって初めて目覚めるような性質のもので、これ以上しぼまない開きかたをねがっているのだが、現実的であるとゆうことでは、文学表象の上での現実的などという程度ではあきたらず、やはり生き方全体、存在のすべてからひびいてくる、そして前進する歴史の流れに立ってのみつかまえ得る現実感でありたいと思う。*17

この文章をよく読めば、真壁の「敗戦の影」(北川)の引き受け方が理解されてくる。これからの「生き方全体」の中で、「存在のすべて」をかけて応えていくほかはないと真壁が考えていたことが分かる。だが真壁の反論には、詩への批評を生活(生き方)への批判と取り違えているところがある。北川冬彦の批評の意味を理解していたとはとうてい思えない。生活と表現の裂け目に詩(批評)が生まれるという考え方は、真壁には遠いものであった。

ここで真壁が述べていることは自らの生き方の決意が中心で、近代社会や国家と個人との間、また、自己と他者との間などに存在するふかい絶望の淵(北川が考えていたであろう「近代の分裂精神」の根源)を覗き込んではいない。その深淵を覗き込むには、真壁仁の固有の出自と風土のなかで培養された〈身体〉あるいは〈資質〉と呼んでもよいようなものが重く阻んでいる。それは人間のつくった組織・制度(例えば国家)と個人の絶対矛盾、ロマン・ロランあるいは高田博厚流に言えば、「個人としての精神の自由・独立」と、そこから生み出される批評的知(表現)というテーマである。

それにしても北川冬彦への真壁の反論の仕方は、一九三〇年代初頭に起こった、秋山清、小野十三郎、岡本潤といった大都会のアナーキスト詩人たちと更科源蔵、真壁仁、猪狩満直らの東北・北海道に住む農民・労働者詩人たちとの間の論争における、北方の農民詩人たちの反論のスタイルと重なる。

詩誌『弾道』同人の秋山、小野らアナーキスト詩人たちが、更科、真壁ら『北緯五十度』の農民詩人たちの作品を「冗漫の一語……君達はありふれた甘い人道主義者」だ、と『弾道』誌上で批判したところから始まったので「弾道論争」と呼ばれる。

それに対する真壁ら北方の若き農民・労働者詩人たちの反論は、窮乏のどん底にあって「行くに道なき」北方地帯に暮らし、きびしい肉体労働の中で創作活動を続ける俺たちの苦難を、「ルンペンもどきの〔都会の〕」君たちにわかってたまるか![*18] というような感情的・農本主義的なものだった。詩への批評を『北緯五十度』の農民・労働者の生活(生き方)への批判と混同して怒っていた。

秋山、小野らが求めた、所与の情況のきびしさを表現することだけに満足しないで、詩の持つ芸術性・思想性・批評性をもっと認識すべきだという主張は、『北緯五十度』の詩人たちに深く理解されないで終わった。(しかし、一九三〇年代初頭のこの論争は、その後の真壁の詩の表現手法の深化に大きな影響を与えた。[*19] だが、その実践は容易なものではなかった。)

後年(一九六五年)のことだが、真壁はこの北川冬彦と小野十三郎に触れて、『山形新聞』に寄せた前掲「短歌的抒情を否定」のなかでこんなことを書いている。


小野も北川も戦前の文学的出発から短歌とは無縁な乾いた世界に身をおいていた。北川のごときは満州大陸の乾いた風土のなかで育ち、日本の万葉古今はもとより、藤村、泣菫すら読まずに詩人となったのだ。私は濡れに濡れたものとして、つまり短歌的原罪を身にまとった者として、自己否定の方法をとらざるをえなかった。

敗戦直後のこの時期に、真壁が『日本未来派』などの詩誌に次々と詩人論(石川啄木論、吉田一穂論、丸山薫論、池田克己論、高見順論、草野心平論など)を執筆し続けるのは自らの内なる「濡れに濡れた……短歌的原罪」からの脱却の試みであった。とりわけ戦前から「短歌的原罪」との対決を意識して孤高の詩を書いてきた吉田一穂から多くを学ぼうとした。

かつて日中戦争が始まったまさにその時に、日本の象徴である「富士」にちなんだ詩を書き始めるようになった戦前の草野心平を論じた文章で、真壁はこう語っている。真壁はどちらかというと草野に近い抒情詩人だった。

僕はそのことを、審《さば》くものの口吻をもって批評することはできない。むしろ、われわれの詩の素材としてのことばがもつ毒素のおそろしさと、その復讐のはげしさを、ここに見てかなしむのである。自分の吐いたことばのはげしい復讐の〔に〕傷ついたときの詩人のかなしみと痛ましさを僕らは知っている。その復讐は消え去ることなく絶えずつづいてゆく。〔……〕現代の詩人はみんなこの復讐のかなしみのなかから歩みをおこしている。[*20]〔傍点引用者〕

さて、このように大江満男や北川冬彦との出会い、多くの詩人論の執筆や実際の詩作を通しての「短歌的原罪」とのたたかい、また、赤裸々な自己批判の書である「わが暗愚小伝」を書いた同郷の詩人芳賀秀次郎の影響などを受け、真壁仁は少しずつ詩人としての、人間としての自らの戦争責任問題と向き合っていくのである。

そのころはアメリカ（占領軍）の極東政策の大転換期であり朝鮮戦争の危機が迫っていた時期で、戦争責任の問題は反戦・平和の問題と重なっていた。『至上律』第七輯（一九四九年二月）と第八輯（一九四九年六月、この号から『ポエジイ』と改題）での大江満男、武谷三男（理論物理学者）による「詩人と平和・科学者と平和」というテーマをめぐる往復書簡の編集などを通して、また行動する平和主義的科学者（武谷）と直接出会うことによって、さらには数年後に直面することになる地元山形の「大高根基地闘争」（後述）などを通じて、真壁は戦争や平和の問題と向き合うようになっていく。

「その詩は常に世界の本質にふれるものであってほしいこと。そして何よりも歴史の前進の方向をみあやまらないこと〔……〕〔そして〕今や再び文化の擁護を叫ばねばならなくなっています。真の文化を樹立するためには、多くの闘いが必要なのです。」このような武谷三男からの同時代の詩人へのメッセージを受けて、真壁は「日本の平和をまもり、日本を救う道が日本の詩を救う道でもあることがここに示されている」と、同じ『至上律（ポエジイ）』第八輯の論文「詩人の平和擁護」[*21]で書いている。

第八輯から『至上律』が『ポエジイ』に改名されたのは、世界史的視野に立って現代詩の探究を一層推し進めながら「詩人の社会的活動展開に主動力となって働」〔傍点引用者〕けるような詩誌にしたかったからだ、と真壁は同じ論文の「追記」に記している。

なお『ポエジイ』は資金繰りに窮し、第一一輯（一九五二年六月）で終刊を迎えている。

ところで朝鮮戦争前夜に書かれた先の論文「詩人の平和擁護」は、近い過去に戦争にからめとられていった日本の詩人たちにとって「戦争と平和の問題とは何か」について書いたものである。真壁はそこで、第二次大戦に対するレジスタンス運動として愛国詩を書いたフランスの詩人たちと「絶対主義への忠誠の伝統に拠って愛国の歌をうたった」日本の詩人たち〔「僕たち」と真壁は書いている〕を対比させながら書いている。これは、真壁仁のその後の平和詩の創作ならびに平和運動や様々な地域活動にかかわっていく転機となった重要な論考である。

> 僕たちが美的情緒のなかにもっていた平和性は、〔自由と人間性とをまもる〕そうした戦闘的ヒューマニズムを欠いたものであることは何といっても否定できない。そういう伝統の美意識が、戦争にあたって日本の優越を盲信する民族的浪漫主義の歌となって現れ、愛国感情を鼓舞したことは、フランス・レヂスタンスの詩人が祖国愛を叫んだのと全く反対の行動を意味したわけである。抒情詩の正統は、あらゆる政治的社会的生活現実からの象徴的超越にあるというのが、中世から戦後の現代にいたるまで日本の詩人がもっている固い信念である。その信用を裏づけるために、ボオドレエ

ルやヴァレリーやリルケが採用される。その中核は新古今的審美感である。〔……〕僕たちには批判的知性と共に、人類の善意に対する信頼がたりなすぎるように考えられる。[*22]

そして、この論稿の最後は、先に引用したように「日本の平和をまもり、日本を救う道が日本の詩を救う道でもある……」で終わっている。

もう少し詩人真壁仁の短歌的抒情からの脱出の試み、詩の独立性、自律性についての試み、乾いた現代詩への模索について述べてみたい。

敗戦直後の『至上律』や『日本未来派』に次々と発表した詩人論が、その試みであり模索であったことはすでに述べた。とりわけ戦前・戦後も独立独歩の姿勢を貫き、真壁とはきわめて異質な詩を書いてきた吉田一穂《いっすい》については、格別な関心を示している。『日本未来派』に四号も続けて「吉田一穂論」を連載している。[*23]

そこで真壁は一穂の独特な言葉を使いながら、「詩人は、現実の社会的秩序と世界の概念から自由な、それ自体発光し、噴泉し、点火する。独立の世界、むしろ未来の可能態を現実態と化する一個の創造的人格でなければならない。詩人の実現する意識像、認識像こそが、イデエであり、存在であり、歴史である」[*24]などと書いている。

一穂は、他者や社会に寄りかかって詩を書くのではなく、自分の内部に燃える混沌と根源的生命に垂直に降りたって表現するのが詩人というものだと主張し、一人孤高な詩を書きつづける詩人だった。真壁は一九七三年にも一〇〇枚の「吉田一穂論」を『詩と思想』に書いている。(これは一九七六年に『評論吉田一穂論』として深夜叢書社から刊行された。)

よほど気にかかる詩人であったに相違ない。「他者や社会的なもの」、つまり平和運動や地域実践などの社会的実践に向かえば向かうほど、詩人真壁仁の中には「人は社会的支柱に凭《もた》れかゝって、歴史的必然に流されてゆく。生とは強引にふりむいた「時」の意識である」[*25]などという一穂の言葉が迫ってきたに違いない。

人間個人の内部的根源（混沌）に火を放って生命を甦らせようとする吉田一穂の詩論は、真壁には最も異質で、最も対極にある詩論であったろう。それゆえに、真壁は生涯魅かれつづけることとなる。政治・文化状況の変化のなかで、やがて様々な地域実践に身を投ずるようになる真壁が、啓蒙詩を書くことにブレーキをかけたのは、吉田一穂との出会いの力も大きかったと推測される。社会実践に奔走している時期には、（若干の啓蒙詩を除いて）ほとんど詩を書かなくなる（書けなくなる）ことも、このことと無関係ではないだろう。

そのころ真壁は、短歌的抒情の世界から脱出すべく、様々な詩作を試みている。この過程で生み出されたのが、「日本の湿った風土について」や「日本の農のアジヤ的様式について」などの詩である。

これらはいずれも一九四九（昭和二四）年五月に刊行された雑誌『知識人』に発表された。真壁仁の戦後詩はここから始まったと言ってもいいだろう。詩の形式と方法においてもまた、真壁は戦争につながりやすい情緒的抒情詩から自由になろうともがいていた。これらはいずれも、真壁の敗戦直後の詩を集めた第三詩集『日本の湿った風土について』（昭森社、一九五八年。一九七九年に青磁社から復刊）に収められている。真壁にとって最も重要な詩集の一つとなる。

私が〈日本の農のアジヤ的様式について〉〈十勝の農業について〉〈朝鮮の米について〉などの一連のエッセイ詩を書いたのは（昭和）二四年ごろである。歌にもっとも遠い方法で、調子の悪い散文体でポエジイをつかむという方法が私にもやっとつかめた。しかし現代詩の伝統の浅さは、方式と様式をたえずおびやかす。（前掲「短歌的抒情を否定」）

真壁が日本の、東北の、「濡れに濡れた」「湿った風土」から分泌される「短歌的抒情」から自由になろうともがきながらつくった代表的な戦後詩の一つを紹介しよう。

日本の湿った風土について†

南北走向のこの島はもとユウラシヤ大陸の東辺だった。
ヒマラヤ崑崙の地続きだった。
内陸の植物景が自由にここまでのびていた。
鳥獣の限界線も海峡ではなかったろう。
沙漠の風も吹いたろう。
ぼくらの生理にはしかし遠い古代のその光と風の記憶はない。
氷河の擦痕と地体の沈降する震撼もおもいだせない。
この島が島となった日すら知らないのだ。
日本海。
突如として陸地が没し去ってできた紡錘状鹹湖。
わずかに残った陸橋も墜ちて、
氷山をのせたリマンの流れと赤道流とが、
南北の海峡からおどりこんだ刹那を夢にみる。
海に沈んだ水中山脈には、
まだ緑も失せない森林がひっついて、
水藻のように靡いていた……

ぼくらの生理が記憶するものは霧であり雨であった。
景観はいつも濡れていた。
島はいくども火を噴いて溶岩に地殻は赤くただれたが、
おそいかかる霧を乾かすことはなかった。
たえず鳴りひびく寒暖の循環流が岸を洗うばかりか、
海洋性の気塊は季節風に吹かれていつもさまよいめぐり、
青い苔をしげらせた。
そして数しれぬ海跡湖や陥没カルデラを抱いている地貌。
水はいたるところにひそんでいる。
水は休むことなく山から海にそそいでいる。
低地帯は時には見わたすかぎりの沼と化すのだ。

ぼくらはおもいだすことができる。
縄文紀の土器の手ざわりを。
石を擦っておこした火の熱と光を。
みがいた石がもっとも荒い役目をはたしたそのころに、
ぼくらの生理は植物的な
きわめて植物的な成長をとげた。
それからどれほど変ったといえるか。
ともかく草木でつくった家に住み、
紙窓のあかりで

その日の情感の祖型をなつかしいと
おもうものもつきてはいない。

霧はふかい。
視野をうずめて。
霧は皮膚からも吹き出る。
ぼくらは霧のなかで鉱脈もさがしたし、
石炭や油田も掘った。
電流もおこした。
けれども晴れ間にながめる景観は
いちめんのはびこる雑草原だ。
鉄片はどこにも見えない。
霧のなかの自虐。
霧のなかの内攻。
だがいつまた地球が変動しないとは限らぬ。
こんどは太陽熱を忘れていた海底山脈がむくむく隆起し、
地殻の波動にのって天山の褶曲がなだれ落ち、
あの日本海を埋めるか。

この時はまだ、一九六〇年代以降の「日本の湿った風土」に襲いかかる農業の「近代化」という「鉄片」(農業機械)の存在を知らなかったと、真壁は「復刊にあたって」で書いている。『青猪の歌』時代の

「日本の湿った風土」（短歌的抒情）に抗って、真壁がいかに乾いた現代詩を模索していたかがよく理解できる詩である。

（5）郷土の詩人・文学者との交流のなかで

真壁は敗戦二年後の一九四七（昭和二二）年、相馬好衛、芳賀秀次郎、土谷麓、蒲生直英、高橋兼吉、長谷川正、日下正博、伊藤和子といった郷土の詩人たちと「山形詩人協会」を結成する。

この中の真壁、相馬、蒲生、高橋は戦争末期の一九四四年八月に結成された「山形詩人会」（竹村俊郎会長、真壁仁事務局長、事務所は真壁宅）の発起人メンバーであった。この会は一九四二年六月に発足する「日本文学報国会」（徳富蘇峰会長、詩部門の会長に高村光太郎）の県支部に近い役割を付与されて生まれたものである。

ところで、戦後生まれた「山形詩人協会」は二年後に「山形県詩人協会」へと発展する。最初四六人の会員で始まり、五年後の解散時には八〇名に達した。真壁は会長に推薦されている。会員同士の交流と年刊詩集『北方詩集』の刊行が主な活動だった。アンソロジー『北方詩集』は三年続けて刊行された。また「山形県詩人協会」の会員有志が一緒に蔵王に登り、一九五〇年九月に『蔵王詩集』（真壁仁編）を出版している。

真壁が第二次『至上律』を通じて大江満男や北川冬彦と出会うまさに同じ時期に、同郷の詩人（歌人）であり親友であった芳賀秀次郎（一九一五～一九九三）から「わが暗愚小伝」（一九四八年三月二一日脱稿）と題されたガリ版刷りの文章を送られる。

それは歌人として教師として戦争に加担した自分を被告席に据えての、痛切な自己批判・糾弾の一文だった。芳賀の短歌的抒情の世界との決別の文章でもあった。前年に発表された高村光太郎の「暗愚小伝」に突き動かされて執筆されたものである。

そして多くの人々のように、私はかわらざる平和主義者であり、かわらざる民主主義者であるかの如き言葉をもって教壇に立っていた。はじめはおずおずと自信なく、そして次第に確信ありげに、しまいには権威あるものの如くに生徒たちの前に立っていた。――昨日は戦争の情熱に感動し、今日は平和国家の理想に感動する――それが人間の生命をかけた対決を経た革命であり、成長であるならばいい。私は実にやすやすと戦陣訓を愛誦した翌日に、新憲法を語ろうとしている自分を見ないわけには行かない。「そのみにくさ、そのひくさ、そのおろかさ、これを双の目に焼きつくすほど凝視」(『第二の青春』)しないわけには行かない。〔……〕はるか近代以前の薄明の中にぬくぬくと身を横たえて、阿片のように心身を眠らせる「刹那の感動」に酔いしれていたのが、私の恥ずべく、そしてまた愛すべき半生であり、かかる生き方を肯定する私の精神風土はまた、わかちがたく「短歌の世界」と結びついているものであった。[*26]

私の知るところでは、真壁はすぐにこれに対して反応を示していない。九年後の一九五七(昭和三二)年に、真壁仁は芳賀の戦争受容についての自己批判に言及してこう書いている。

敗戦三年目にこれを書いた芳賀秀次郎は、勇気ある教師であった。戦争詩、愛国詩を書いたぼくたち詩人に、戦争責任の自己批判をきびしくやって再出発したものがきわめて稀だったように、日本の教師が新しい民主教育に移行する途上で、軍国主義教育を自己の過失として追求した例もきわめて少なかった。詩人は新しい詩をとおして、教師は新しい教育をとおして実践的に変革を遂げたのだろうか。おそらくそうであろう。それは理論につくせない内面のいたみと悔いをともないながら、こまやかに、そしてきびしくいとなまれる知性の作業でなければならない。[*27]

これは芳賀の詩集『錐について』（げろの会、一九五七年）の跋文として書かれたもので、同年に刊行された『山形文学』の第一〇集に転載されている。私の引用はそこからである。

短歌の風土に生まれ一〇代にして哀草果や茂吉と別れを告げ、思想・批評表現としての現代詩の道を選んできたはずの真壁仁自身も、戦時中、詩の表現において短歌的抒情に足をすくわれ、日本回帰・古典回帰にひきずりこまれざるをえなかった。短歌的抒情との別れは敗戦直後からの真壁自身の決意でもあった。

しかし、真壁の場合の自己批判の方法は、芳賀秀次郎のようにキリキリと自分を切り裂いていくといったようなものではない。生活と表現と地域実践との全体の中で、じわじわというか、往きつ戻りつというか、戦後の政治状況のなかでの模索を繰り返しながら、戦時下の蹉跌を実践的に引きうけていこうとするやり方だった。それが農の身体をもつ真壁の模索であった。

芳賀の「わが暗愚小伝」に接してから一七年後の一九六五年に、真壁は『山形新聞』に本章の最初に紹介した「短歌的抒情を否定」という一文を寄稿している。

詩人としての私の戦後詩は、私のなかの農本主義と短歌的リリシズムへのたたかいにはじまったといえる。私も私の詩も戦争によって自己を失っていた。詩人の戦争協力は言葉の先祖がえりによって、伝承の表現に思考をゆだねることを意味した。〈撃ちてしやまむ〉というような言語のリズムにのることによって転向は具体化したのだ。私もこのようなリズムの魅力を年少の時代、身につけたので、この短歌的原罪からのがれることはできなかった。

戦争責任を引きうけようとする戦後の真壁仁のたたかいの、大きな標的の一つがここにあった。しかしそのたたかいはたやすいものではなかった。「詩人は新しい詩をとおして、（……）実践的に変革を遂げ」ようとするまえに、状況が詩人真壁を政治や教育の実践に向かわせる。その中で詩の言葉を紡ぎだす困難に真壁は直面する。

死の灰、広島、大高根を描くとき、新しい現実が新しいことばと様式を獲得する一回性の表現の、それゆえに創造的な仕事の困難さに苦悶した。しかし今は戦後の旗手たちが、変革の作業を鼻唄まじりにやってのけてみせる。私は古い世代の自由という気安さで回復していきたい。（「短歌的抒情を否定」）

（6）社会的実践――農業・文化・教育・平和・政治などの多様な地域活動

真壁仁の戦後を特徴づけるのはなんといっても多種多様な地域実践（社会活動）である。人のよい真壁は頼まれると断れなかった、と幾分批判をこめて言う人も多いが、それらの実践はいずれにしても真壁が自分で選択したことは間違いなく、すでに述べてきたように、この背景には真壁の戦争中の負の経験が色濃く反映されている。

戦争肯定の愛国詩を書き、戦争に協力する職場に勤務し、読者に一層の戦争協力を勧める文章を新聞や雑誌に書いてしまったこと、また戦前・戦中の子どもたちへの詩の指導や「山形賢治の会」などを通じて親しく出会っていた村山俊太郎らたくさんの東北の教師たちの実践（生活綴方運動、北方性教育運動）ときちんと向き合ってこなかったこと、さらには農民運動に深くかかわることがなかったことなどが、真壁仁の負の経験のなかで最もつらく重いものであったに相違ない。

真壁は村山と同時に検挙されるがすぐに「転向宣言」を書き七〇日間で仮釈放される。起訴はされなかったが「保護監察」処分に付された。一方、村山俊太郎は治安維持法違反で起訴され、その後長期間収監の憂き目にあい、体をボロボロにされた結果保釈され、敗戦を迎える。敗戦後ただちに共産党県連の再建や教員組合運動の再建に尽力するようになる村山は、一九四八年一二月四三歳で他界している。過酷な獄中体験が村山を短命に導いたことは間違いない。[*28]

真壁の戦後の地域での啓蒙的な活動（社会的実践）は、一九四七（昭和二二）年一二月三〇日の岩根沢の「青年学校」[*29]での講演にはじまる。そこに疎開し小学校の教壇に立っていた詩人の丸山薫の紹介によるものだった。演題は「日本の農業の方向」というもので、村の青年男女四〇名と青年学校の先生や村の中年農民が五、六人聴きにきた。真壁四〇歳の時である。

「年譜」によると、翌年二月にも真壁は「青年学校」廃止後に誕生した農村青年たちの学習の場である「青年学級」（北村山郡横山青年学級）に出向いて講演を行っている。なお、山形県は一九四八（昭和二三）年に全国にさきがけて「山形県青年学級開設要項」をつくり、いちはやく青年学級活動を始めている。青年学級は一九五三（昭和二八）年に制定される青年学級振興法によって、勤労青年のための社会教育の事業とされた。[*30]

一九四八年に「教育委員会法」（公選制）が施行され、真壁は山形市の教育委員に立候補することを勧められたが辞退。校歌の作詞依頼や青年団・県教組婦人部などの講演依頼が増え始め、真壁は少しずつ地域での社会活動を引き受けていくようになる。

山元村中学校の実践記録『山びこ学校』が世にでる一九五一（昭和二六）年の一月に、真壁は「青年の生き方について」（東村山郡豊田青年団）といった講演をし、同じ年の七月には県教組西村山郡支部婦人総会で「平和とヒューマニズム」というタイトルで話をしている。

そのころから山形でも農民の学習運動（青年団や青年学級を基盤にした農村青年の共同学習運動）がはじまっている。そして同年七月に、真壁の居住地の宮町の農業組合から山形市の農業委員に推薦され、無競争で当選。後日互選で会長に推された。

その翌年の一九五二(昭和二七)年一一月には、発足して二期目の公選制市町村教育委員会の委員に、『山びこ学校』の青年教師無着成恭や、民主化運動に動き始めていた青年・婦人たちによって強く推されて当選し、山形市の教育委員となる。その一か月後には山形県教員組合の講師団の一人に選ばれ、教師たちの教育研究活動に積極的にかかわっていくようになった。

詩の創作や詩人論の執筆などたくさんの仕事を抱えていたにもかかわらず真壁仁はそうした地域活動を引き受けていく。多くを妻(きよの)や長男(康夫)にまかせるようになっていたとはいえ、農家の仕事もおろそかにするわけにはいかなかった。

朝鮮戦争が勃発する年(一九五〇年)に真壁は評論「平和のまもりに」を『詩学』に書き、ついでビキニ環礁での米軍の水爆実験(一九五四年三月一日)に抗議する詩「石が怒るとき」を、自ら主宰する山形県在住詩人らの同人誌『げろ』第二号(一九五四年五月)に発表(後に『日本の湿った風土について』に収載)する。一九五四年一月に創刊した『げろ』とは、「現代文明にたいしてのはげしい嫌悪感」と「悪血のように精神を犯す過去の記憶」を吐き出したい衝動から命名した誌名である、と真壁は後に『野の自叙伝』で語っている。

『げろ』二号での「ビキニの灰特集」刊行は、東京の『現代詩人』(現代詩人会)の「死の灰詩特集」号が出るのが同年一〇月だから、ビキニの核実験・死の灰に対する真壁ら山形の詩人たちの反応は、ずいぶんと早いものだった。

　石が怒るとき†
はからずもおれたちは
歴史の曲がり角をよぎったのである。

マストを掠めてふってきた花粉のような白い灰。
海はその日から不毛と化し、
船は破滅の時間を過去の方へ流れはじめた。

あの一閃の滅びの火。
熱核反応の構造式に
汚れた手が釦を押した。
古世代から鉄の時代までが
ビキニの珊瑚礁といっしょに空散した。
そのとき
おれたちの羅針儀は死の門を指していた。

〔……〕
いわれなく強いられる死を拒んで
おれたちは沈黙の錨をたぐる。
蝕んだ肋骨のきしみで
デボン紀の魚が
シリアル紀の石が怒る。
——海を汚すな。
——空をかえせ。
——処刑人の眼球をえぐれ。

地元の山形では、北村山郡大高根村山中に米軍が朝鮮戦争にそなえて設置した射爆場に三つの砲座と機関銃座・バズーカ砲座がすえられ、そこから下の戸沢村集落に面した山の斜面に向かって撃ち出される砲弾の下で、文字どおり怯えながら暮らしていた村人たちが補償要求運動を続けており、やがてそれは多くの県民を巻き込んだ反基地闘争（大高根軍事基地反対闘争）に変わろうとしていた。（大高根村も戸沢村も現在は村山市となっている。）

次の詩は、この反基地闘争にかかわるようになった真壁の一九五〇年代中頃の詩である。

弾道下の村†

1

空を鳥は飛ばなくなった。
山にコブシが咲かなくなった。
空を飛ぶのは砲弾ばかり。
山に咲くのは火の花ばかり。
けれども人はどこにもゆけない。
ここがふるさと、ここが田畑。
家畜とともに農具とともに
弾道の下で耕して生きる。
　これは戦争じゃないか。
　これは戦争じゃないぜ。
だれも相手がいないじゃないか。

そういう戦争なのや。
岩が城に見えるのや。
鉄を山へすてにゃならんのやな。

2

もがみがわはうつす
黒い虹を。
燃える風景を。
のがすことなく。

3

戸沢の山は
毛をむしられた羊のように裸になった。
右岸砲座から黒い虹が
河をこえてそこにとどく。
虹は火を噴く。
山が燃える、身をよじる、うめく。
どっこい、どっこい、死ぬもんか、仆れるもんか。
山は闇のなかで歯ぎしりする。
焼かれても焼かれても芽をふく。

〔四〜六連は略〕

そして一九五五（昭和三〇）年の夏から真壁は街頭に出て、原水爆禁止運動にかかわっていくのである。

翌五六年六月には須藤克三、大熊信行、五十嵐明らと「山形県青年婦人文化会議」を呼びかけ、そこには県内の七〇サークルと二〇〇名の青年・婦人が集まって来た。こうして真壁仁は地域の農村青年や女性、それに青年教師たち、さらには街の若い労働者や学生たちの自立と自己表現の運動に、須藤克三とともに大きな影響を与えていくようになる。

このように真壁仁は山形県や東北地方の農村青年や女性たちの、また若い教師たちの文化運動の指導者の役割を担っていくようになるのである。

最後に『青猪の歌』が山形でも中央でも注目され、復刊『至上律』の編集・刊行が軌道に乗り、その上多様な地域活動が始まりかける一九四七（昭和二二）年一二月三〇日の「ノート」に書きつけた真壁仁の独白を引いておきたい。

ちかごろ職業に対する興味がますますうすらいでいくのをおぼえる。文学の世界もいやな世界が感じられる。生きていくということはわずらわしいことにちがいない。つねに自然の生にもどりもどりしながら、人間社会の論理の前に立つのははかないいとなみである。いかに孤独になるか、孤独にどれだけ耐えうるか、このたたかいで自分はいつもやぶれる。しかし本当の仕事はただ孤独の時間からのみ生まれる。孤独を愛せよ、孤独にたえよ。[*31]

この文章を「日記」に残す一月ほど前、真壁は東京都三鷹台牟礼に居を構えていた吉田一穂を訪ねて、

「孤独を愛するのではない。人は孤独によって自己を守るのだ」という一穂の言葉を印象深く聴いている。詩人（表現者）真壁仁と地域の実践家真壁仁との間の往還は、決してたやすいものではないことを暗示する文章である。平和運動や地域実践へ入って行く前の、真壁仁のとまどい、ためらいの時期である。

同じ年（一九四七年）、新たな決意、選択を自分にうながすような詩を書いている。「ひとつをうしなうことなしに／別個の風景にははいってゆけない／大きな喪失にたえてのみ／新しい世界がひらける」……なんども何度も自分に言い聞かせている。希望よりも不安の方が大きいが、それでも行かなければならない。生活・表現・実践の分水嶺にたたずむ真壁仁がそこにいる。戦後の時代へ分け入っていこうとする模索の詩である。

これが後に中学校国語教科書に採用され、ひろく世に知られることとなる「峠」という詩である。ためらいと模索は、青春前期とも云える、中学生の時代を生きる若者の内面の葛藤とよく響き合う。

この詩は最初『至上律』第一輯に掲載され、『日本の湿った風土について』に収められた。次の詩文はそこからの引用である。[*32] なお、この詩は戦時中、真壁が治安維持法違反の容疑で検挙され、七〇日間の拘留後釈放された年の夏、一九四〇年八月三日から九月三日までの一か月間、北海道弟子屈町に住んでいた詩友の更科源蔵の招きに応じて渡道し、更科から紹介された屈斜路湖近辺のアイヌの村々（コタン）を訪ね、仙北国境の美幌峠を越えて歩いたときの旅で着想をえたものである。

敗戦をはさんで二年後にようやく形になった、真壁仁のもっとも代表的な詩と目されている作品である。私には晩年の〈稲の始原の抒情〉や〈農のエロス〉をうたった、「オリザ（稲）」、「稲の道」、「糧の道」などの詩の方が代表作だと思われるが、これらの詩については終章で論じてみたい。

峠†

峠は決定をしいるところだ。
峠には決別のためのあかるい憂愁がながれている。
峠路をのぼりつめたものは
のしかかってくる天碧に身をさらし
やがてそれを背にする。
風景はそこで綴じあっているが
ひとつをうしなうことなしに
別個の風景にはいってゆけない。
大きな喪失にたえてのみ
あたらしい世界がひらける。
峠にたつとき
すぎ来しみちはなつかしく
ひらけくるみちはたのしい。
みちはこたえない。
みちはかぎりなくさそうばかりだ。
峠のうえの空はあこがれのようにあまい。
たとえ行手がきまっていても
ひとはそこで
ひとつの世界にわかれねばならぬ。
そのおもいをうずめるため
たびびとはゆっくり小便をしたり

摘みくさをしたり
たばこをくゆらしたりして
見えるかぎりの風景を眼におさめる。

現在この詩（部分）は、蔵王山中のお清水《しず》の森に一九七七年一〇月八日に建てられた碑《いしぶみ》（真壁仁最初の文学碑）に刻まれている。

［第五章・註］

＊1　「農業手帳」は農家用につくられた日記型の作業手帳。戦後真壁が用い、メモを記したさまざまな団体や会社の手帳の一つで、真壁家に残されていたもの。（未公表）

＊2　高見順『敗戦日記』中央公論新社、二〇〇五年、三二四頁。

＊3　中村靖彦『日記が語る日本の農村――松本盆地の畑に八十年』中央公論社、一九九六年、五〇頁。

＊4　高村光太郎「暗愚小伝」は『高村光太郎詩集』思潮社、一九八〇年などに所収。初出は『展望』第一九号（一九四七年七月）。

＊5　芳賀秀次郎「わが暗愚小伝」（一九四八年三月二一日脱稿）は個人的プリントとして友人に配られた。芳賀秀次郎『わが暗愚小伝（山形新書一）』ぐるうぷ場相澤事務所、二〇〇四年、一二～一四頁に所収。『山形県文学全集』第二期（随筆・紀行編）第三巻（昭和戦後編一）、郷土出版社、二〇〇五年にも収載されている。

＊6　真壁仁「はしがき」『黒川能』黒川能研究会、一九五三年、二頁。真壁はまた山形公演に先立つ一週間前の『山形新聞』（一九四六年一一月一〇日）に「黒川能と宮座」という紹介記事を書き、中世以来黒川能を担い続けてきた氏子の神事組合である「宮座」は「各人の自由な意志によって加入が認められ、各人の人格が平等に

尊重される文化的な村落自治体である」と述べている。
＊7　同前。
＊8　「実践家としての宮沢賢治」、「宮沢賢治と童話的世界像」、「体験と理想——宮澤賢治について」、「宮澤賢治論」はいずれも真壁仁『修羅の渚——宮澤賢治拾遺』法政大学出版局、一九九五年に所収。以下、引用は同書から。
＊9　真壁仁、前掲（＊8）、一七頁。
＊10　真壁仁、前掲（＊8）、五一頁。
＊11　真壁仁「おぼえがき」『青猪の歌』札幌青磁社、一九四七年、二三八頁。
＊12　大江満男「対決の精神」『至上律』第一輯（一九四七年七月）、六八頁。
＊13　渋谷直人『大江満男論——転形期・思想詩人の肖像』大月書店、二〇〇八年、二一七頁。
＊14　大江満男、前掲（＊12）、六八〜六九頁。
＊15　真壁仁「後記」『至上律』第一輯（一九四七年七月）、二〇〇頁。
＊16　鶴岡善久編『北川冬彦詩集』沖積舎、二〇〇〇年に所収（七〇頁）。
＊17　真壁仁「湿地と砂漠」『至上律』第四輯（一九四八年五月）、一二七頁。
＊18　松永伍一『日本農民詩史』中巻一、法政大学出版局、一九六八年、一四五〜一六九頁。いわゆる「弾道論争」を扱ったものは、そのほか新藤謙『野の思想家——真壁仁』れんが書房新社、一九八七年、五一〜六四頁／新藤謙「農本主義の陥穽——秋山清の『北緯五〇度』批判のはらむ問題」『真壁仁研究』第三号（二〇〇二年一二月）、三二七〜三四一頁／杉沼永一「『北緯五十度』と『弾道』の論争」〔一〕〔二〕杉沼永一編著『詩人更科源蔵と山形』山形ビブリアの会、一九九三年、八七〜一二〇頁などがある。
＊19　弾道論争のほぼ一年後の年末の日記で、真壁は「論争」をふりかえって、次のような反省（自己批判）の文章を綴っている。「〔弾道論争で〕俺達は、生活現実をより適確に、より冷静に捉へ表現するために、極力、主観的感情をかくして客観的認識の眼を洗った。そして素材のより具体的・現実的な表現のために、好んで細叙的手法を採った。俺の「蚕の詩」、猪狩の「炭坑長屋」以下大きい詩、更科の「コタンの学校」〔……〕ここには平板と単調とが流れ、リズムに魅力なく、遂に退屈なものとなっている。〔……〕俺達は、俺達の拓い

た形式の合適性を或る安易さに代へてしまったのではないか。〔……〕もっと弾力性のある、もっと緊密な、もっと燃え切った詩。俺達の自己批判はそこに向かはなければならない。」（「日記」一九三二年一二月三一日）秋山清、小野十三郎ら『弾道』側からのこの論争の評価については、秋山清『あるアナーキズムの系譜』冬樹社、一九七三年に詳しい。

＊20　真壁仁「草野心平論」『北からの詩人論』宝文館出版、一九八五年、一四五頁。初出は『日本未来派』第四一号（一九五一年一月）、第四二号（一九五一年二月）。

＊21　『野の文化論』［三］に所収（七二頁）。

＊22　同前、六九頁。

＊23　真壁仁「吉田一穂論」『日本未来派』第四四号（一九五一年五月）、第四五号（一九五一年七月）、第五一号（一九五二年六月）、第五三号（一九五二年一〇月）。真壁仁『北からの詩人論』宝文館出版、一九八五年に所収。以下、引用は同書から。

＊24　真壁仁「吉田一穂論」、前掲（＊23）、七二頁。

＊25　吉田一穂「あらのゝゆめ」『吉田一穂詩集（現代詩文庫）』思潮社、一九八九年、一一四頁。初出は『至上律』第五輯（一九四八年七月）。

＊26　芳賀秀次郎、前掲（＊5）、一一二〜一一四頁。

＊27　真壁仁「芳賀秀次郎の文学――感動の盲目性と新しい抒情の次元」『山形文学』第一〇集（一九五七年六月）、七九頁。

＊28　高島真『特高Sの時代――山形県社会運動史のプロフィール』新風社、一九九九年、二八一〜三二二頁。

＊29　青年学校とは小学校卒業後の勤労青年に義務教育・普通教育ならびに軍事訓練を課した戦時中の学校で、一九三五（昭和一〇）年に実業補習学校と青年訓練所が統合して生まれたもの。全国市町村に設置された。一九三九年には軍事訓練を重視する男子の義務制の学校になったが、敗戦二年後の一九四七（昭和二二）年には廃止された。（『広辞苑第五版』）

＊30　海後宗臣監修『日本近代教育史事典』平凡社、一九七一年、四七六〜四七七頁。

＊31　須貝和輔「ノート「詩論研究　外」――『青猪の歌』刊行の頃」『真壁仁研究』第三号（二〇〇二年一二月）、

三一八頁。

＊32　山形市在住の研究者杉沼永一によれば、「峠」には発表媒体の違いによって三〇以上のバージョンが存在するという。杉山永一編著『詩人・真壁仁とその周辺』山形ビブリアの会、二〇一五年、三九～六六頁。

第六章　詩人として、社会的実践者として――表現と実践の難問《アポリア》のなかで

一　ためらい

　真壁は敗戦後ただちに、平和運動や地域での様々な社会的実践に向かったのではなかった。初めは詩の問題として、つまり、ファシズムと戦争に絡めとられた短歌的抒情を乗り超える詩の再生の課題と対峙することから出発する。

「あらゆる政治的社会的現実からの象徴的超越」(前出「詩人の平和擁護」)へ向かった戦時中の自詩をも含めた日本の浪漫的抒情詩の、とりわけ、委縮した音韻や様式の再検討に取り組んでいった。普遍的な批評性を内包する乾いた現代詩論を模索しながら、「日本の湿った風土について」や「日本の農のアジヤ的様式について」「砂漠の詩」などの散文詩の詩作を試みていた。

　地域と日本と世界の政治や文化の状況が真壁に「政治的社会的現実」への投企を、戦争責任のひきうけ方と相俟《ま》って迫ってきていたが、真壁はためらっていた。すぐ地域へ、実践へというわけにはいかなかった。

仁69歳。山形民研の最上冷害調査に参加
［『真壁仁研究』第4号より］

アメリカを中心にした占領軍（連合軍最高司令部＝ＧＨＱ）と日本政府、そして日本の民主勢力の蜜月期は短命だった。第二次大戦中から潜在化する資本主義・社会主義両陣営の対立が米ソ冷戦のかたちで顕在化するようになるや、占領軍は日本の民主化に歯止めをかけるようになった。ドイツでは東西対立の緊張が高まり、朝鮮半島では米ソ冷戦が熱戦に変わろうとしていた。

軍国主義国家による民衆抑圧と植民地支配の軛《くびき》がとりのぞかれ、都市の労働者や農山漁村の青年や女性、さらには旧植民地出自の外国人（当時はまだ法的には「日本臣民」とされていた）が、自由と人権、民主主義と民族の独立を求める運動に起ちあがり始めたばかりであった。

人間らしい暮らしを求める人々の、食糧と賃上げを要求するデモが都市の街頭で日常的に見られるようになっていた。こうした動向に対して最初に立ちはだかったのが、一九四七年一月三一日のマッカーサー連合軍最高司令官による、二・一ゼネストへの中止指令だった。一五六万官公労働者を中心に、産別から総同盟までの四〇〇万人の労働者を包み込んだ戦後初めての統一的な賃上げ要求運動が、ストライキ開始直前にして抑え込まれた。占領軍は解放軍ではなく、民主化を抑圧する戦勝国の軍隊であることを人々は、はっきりと認識した。

職場や公共施設で、また若干時間差はあるが、全国様々な地域の工場や農山村などの公民館や学校施設で、若者や女性を中心にした音楽（うたごえ）や読書・学習運動、仲間づくり、生活記録の運動、つまり、小集団によるサークル運動が広がっていくのもこのころからである。そして、植民地化によって「日本臣民」にされた在日朝鮮人による民族教育を要求する運動も始動する。

兵庫、大阪、山口、東京などで始まっていた朝鮮人学校開設を求める運動に対して、一九四八年アメリカ軍政部は「非常事態宣言」を発令してこれを弾圧した。山形でも山形市立第一小学校に併設されていた朝鮮人学校が閉鎖されている。

かつての日本植民地であった朝鮮半島は東西両陣営の対立の影響を受けて、一九四八年八月に大韓民国（半島南部）が、九月には朝鮮民主主義人民共和国（半島北部）がイデオロギー対立を鮮明にして別々に独立した。一触即発の緊張状況が、敗戦の混乱まださめやらぬ日本の隣国で起こる。敗戦直後の山形県内にも六〇〇〇人を超える朝鮮人がいた。

その翌年、九月にドイツ連邦共和国（西ドイツ）が、一〇月にドイツ民主共和国（東ドイツ）がやはり分断されて誕生する。同じ四九年一〇月には日本軍と戦った毛沢東の中華人民共和国が生まれる。

こうした国際情勢の中で、米軍政部は対日民主化政策を転換する。じっと息を潜めてこの日を待っていた日本の反動勢力と手を組んで、反共・反民主化路線に転換するのである。

一九五〇（昭和二五）年六月、ついに、朝鮮戦争が勃発した。この戦争は三年続いて五三年七月に休戦するが、開戦から七〇年たった現在もなお戦争は法的に終了していない。米ソ冷戦構造が背景にあったとしても、そのおおもとは三五年間の日本の植民地占領支配にあった。この隣国の不幸な戦争によって、疲弊の極にあった日本経済が活性化するようになる。

日本共産党の勢力拡大（四九年の総選挙で三五議席獲得）と反米民主化運動の高まりをおそれた占領軍は、共産党員や労働運動、民主主義運動の指導者らを対象にレッドパージ（共産党員とその同調者の公職からの追放）政策を断行する。それにより、日本国有鉄道（国鉄、現在の全国ＪＲの前身）では三万人もの労働者が解雇された。東京などの大都市圏ではこの反レッドパージ闘争のなかでうたごえ運動や様々な職場や地域のサークル運動が広がっていった。

山形の真壁仁の周辺でも、教員組合運動の活動家を中心に県内の小・中・高校教員の二一名がパージされた。また、新聞社や放送局、民間労組にもパージはおよんだ。

その一方で、戦争遂行に深くかかわった旧軍人幹部や政府高官、特高警察や財界要人などに対する公職追放解除が、ＧＨＱの後ろ盾をえて日本政府によって断行されている。こうして旧戦犯らが政財界、司法界に復帰して行った。日本の再軍備のさきがけとなる警察予備隊（後に保安隊となり、やがて自衛隊となる）が生まれるのが朝鮮戦争勃発直後の五〇年八月のこと。真壁仁のいる山形県の神町（現在の東根市神町）や山形市にも九〇〇人の米軍が進駐。やがて、北村山郡大高根村（現在の村山市）に大高根軍事基地がつくられ、山河や田畑を荒廃させ、住民の生命まで危険にさらす実戦さながらの実弾砲撃訓練が行われるようになる。

一方で、農民たちを長年苦しめてきた地主―小作制度のくびきから解き放すこととなる、占領軍による農地改革が一九四七年三月から実施されている。

農業県山形でも、農民たちを小作制度から解放して小規模の私的所有農家（自作農家）をつくりだす農地解放政策がＧＨＱによって押し進められていった。自小作農であった真壁は、占領軍によるこの上からの農地解放に批判を持っていた。「ぼく自身は個人的に、農地を不均衡な耕作規模のまま早急に私有化すべきでなく、均衡のある配分計画が立つまでは国が管理する公有農地とし、低い地代で貸しつけるべきだと考えていた。[*1]」

土地に対する執着の強い農民たちが、ようやく自分のものとなった小さな「わが土地」への「土地持ち意識」を肥大させ、社会意識や階級意識のようなものを失ってしまうことを、真壁は早くから危惧していた。その危惧は一〇年もたたないうちに現実のものとなる。農民たちは無防備に市場商品経済に組み込まれるようになり、農村は保守政治の盤石な地盤となっていった。

だが、長あいだ続いてきた地主への隷属から小作農民を自由にした農地解放は、農山村の青年や女性たち（とりわけ家庭婦人、当時の言葉で言えば若妻）を揺り動かし、反封建と民主化のサークル運動、学習運動、生活記録運動を各地に生みだした。

学びたい、仲間たちと語り合いたい、自分が抱えている問題を表現してみたい青年たちの共同学習運動の始まりである。一九四〇年代末から五〇年代にかけて全国で開始される。

山形県の場合は、その支えとなったのが地域の学校（小中学校や青年学校、青年学級、定時制高校）の教師たちであった。彼ら彼女らの中には、戦前・戦中の北方性教育運動や生活綴方運動、さらには農民運動や文化・文芸活動に何らかのつながりをもって来た人たちも少なくなかった。

これらの地域のサークル活動、学習文化活動の若い担い手とリーダーたちが、文学に専念したいと思っていた真壁仁を放っておかなかった。戦前に抵抗と挫折の経験をもち、戦後自らの再生に苦闘する真壁仁のことばに耳をかたむけ、地域で、真壁仁とともに文化や政治の実践をしたいと願う彼ら彼女らが、真壁仁の前に現われてきた。

だが、真壁の腰は重かった。引っ張り出されて農民や労働者の青年や女性たちの前で話す機会を与えられても、彼の心を占めていたのは文学や詩の問題で、多くの聴衆（生活者である青年たち）の抱えるテーマに直接に届くものではなかったようである。彼ら彼女らの関心は生活に直接かかわる政治や経済の問題、また日々の暮らしの中の封建遺制とのたたかいなどにあった。

真壁は生業は農民であったが、内面は詩人であった。文学に専念して、詩人として生きようという気持ちを強く持ち、現代詩の創造のために苦闘していた。きつい農作業の上に、黒川能の研究調査、詩作や詩人論執筆など表現活動の負荷もかかって、体調を崩すこともしばしばだった。真壁は迷っていた。

その迷いを示す四三歳の時の「日記」が残っている。

もう自分のからだは農にたえない病身になってしまっているのをけふは確認しようとおもった。気持ちの上ではなんとかやれる、晴耕雨読式の生活はまだ可能だ、少なくとも月の半分は労働に向かうことができようと考えてきたのであるが、それはどうやら誤算らしい。それは古いモラルへの屈服でもあり、労働神聖論の肯定でもある。それは文学への決断の鈍さであり才能への懐疑でもある。かねあいの決意のなさである。〔……〕

冬の十二月に東京にでよう。そして一冬のあいだに仕事の見通しがつけば、そのまま東京にとどまろう。むこうで職についてもいい。つかないでやれるなら尚いい。これ以外にない。山形にとらわれ、家にとらわれていては、仕事も健康も両方だめになるのだ。（「日記」一九五〇年三月二九日）

身体や精神の揺れの中で真壁は詩作をつづけている。この「日記」の三日前に『山形新聞』に発表された散文詩「髪――ジャン・コクトーの素描から」には、「風が吹くたびにのびる私の髪。もはや身たけにあまるその髪が、膝といわず、股といわず、蹠《せき》〔足裏〕といわずからみつきなまあたたかい狂気をつたえる。ふたつの眼のとどかぬ部分から生えているその房が、しびれるような引力で私を裏と表に裂こうとする。あいひく情炎の磁気の空転。去就にまよう頭蓋。」といった言葉が揺れ動いている。

実際、当時の真壁は長髪で、講演などには和服の着流し姿で現れる時もあった。そこにはまだ平和運動や地域活動に向かおうとする姿勢は見られない。ためらいと迷いの時間。

地域に根を張って生活者として生きることを選択して、地域実践と表現（詩作）の間の葛藤を引き受けて生きようと覚悟するのは、もう少し先のことである。

だがそのきざしは、日本の民主主義の揺らぎ（反動的な逆コース）と戦争の気配が濃厚になる一九五〇年一月に発表された「平和のまもりに」という文章に、はっきりと見ることができる。反戦平和の運動へ、地域の文化実践の方へ、政治の方へ、真壁が動き出していく。


現在反共運動の風潮に乗って、社会のあらゆる層にファシズムと好戦的感情が煽られている。そういう現実の動向はひとり僕らの国のみのことではないが、われわれの場合、日本の目覚めというものがいかに困難で執拗な努力を求めるものであるかということを痛感させられる。〔……〕こういう状態の中で僕らが平和を思うことは、歴史と対決することなのだ。僕らの日常の現実に抵抗とたたかいの身構えをすることなのだ。〔……〕「現代詩への提言」を書けという〔『詩学』編集部の〕求めに対して、反ファシズム、反戦、そして平和擁護のために、詩人の協力、共同の結びつきを持とうじゃないかということを率直に言いたかったのである。

シュールも純粋派も絶望派もそれから抒情派も、みんなこのことだけは仲よく力を合わせようよ。それが必ず詩自体を立派にするだろう。[*2]

ファシズムと闘ったアラゴンやエリュアール……といったフランス詩人たちのレジスタンスのことを、真壁は想起していたのかもしれない。

ちょうどその半年ほど前に、戦前・戦中・戦後（一時はドイツに収監されたが）孤独に耐えながらフランスに残り、フランスの知識人や文学者の動向を見ていた友人の高田博厚（彫刻家）から、「ある詩人へ」というタイトルを付された長い手紙を受け取っていた。この手紙は、戦後のフランスの状況について伝えてくれと請うた真壁仁宛になっているが、戦時中挫折と転向を経験し、戦後民衆の方へ、政治の方へ、つまり社会的実践の方へ、と動き始めた日本の知識人や文学者に、広く読まれることを期待して書かれたものであった。


遠くから知ろうとしているあなた達に一つ言えることは、敗戦のあいだに自分の影像として「国家」を見ていた限り、レジスタンスは美であったが、戦争が終わるとともにその意味は失くなったということです。今の現実の国家とこの幻であった「国」とを意識的にまだ混同して、一切が「レジスタンス文学」であるフランスの現在の混乱と対立闘争に較べて、戦争の間それを謳った者から、負けて占領されたことによって、この「国」の幻をかき消されてしまった日本の方が、むしろ「真実」に直面しているのだと、私は云いたいのです。

もっと高次のものがあり、それによってしか私達は救われないのだという、厳密な道徳的反省が今

日ほど人間に迫ってきていることはありません。〔……〕
私は戦争の間、敗戦主義者だったことを正直に申し上げます。政治的な意味からではありません。日本の精神美のよさは戦いに負けなければ永遠に滅びると思っておりました。私ひとりの精神と他の一切を賭けることを余儀なくされました。私は自分の魂に嘘をつけなかった。これは私の信仰です。そしていまでも敗戦主義者です。〔……〕
野心と工作と個人闘争の多い此処で、「人格」がもつ意志力というものがどれだけ大事であり、人間はただそれだけだということを感じます。真壁さん、私もまた長い道を歩んで来ました。人間がどんなに弱く、また過ちを犯すか。それよりもまた人間がどれだけ悪意に充ちた動物であるかということも、様々に経験して来ました。
本当に「人間」を大事にしよう、自分の中の「人間」を愛しようという気になります。私達は「自分」の中に「人間」でない要素が多分に介入して「存在」となっていることに益々気づいて、驚きながらも。[*3]

ここで高田が日本の知識人や文学者に求めたのは、ナチスに勝利したレジスタンスの国フランスの知識人も、ファシズムを信じて負けたかつての絶対主義国家日本の知識人も、いま同じ問題に直面していることを忘れないでほしいということ。むしろ、国家に裏切られた日本の知識人の方が、レジスタンス後のフランスの知識人よりも国家の真実がよく見えるのではないかという期待。

それを、高田の同じ手紙の別の個所から引用すると、私たちは今、「「戦争反対」とか「平和主義」とか、〔……〕」「国家」とか、それ以上のものへの反省に強いられている」のであって、「「自分」を何処に置いたらよいか」、「よしんば苛酷に、「自分」が引裂かれても、その矛盾をつきとめ、受けとるより外ない」ということ。孤独な「精神の自立・自由」と「人格のもつ意志力」（道徳的批判の力）以外に、「人間」である私たちには頼るものは何もないのだということ……を、高田は真壁らに伝えたかったのである。高田は戦前も戦後も終始、個人主義（個人の魂の自立）を貫こうとしていた。

この高田博厚の言葉に真壁には、詩人吉田一穂の「人は孤独によって自己を守るのだ」という言葉が重なっていたに違いない。

高田には「国家」「国民」「政治」「組織」などに対して根元的な懐疑が存在していた。地域の親密な人間関係や社会的つながりを何よりも大切に思ってきた真壁にとって、高田博厚や吉田一穂の言葉は、それだけに内面深くに重く響いたことだろう。

眼前に迫ってくる新生日本の平和と政治と民衆の暮らしの危機状況に直面して、真壁仁は日本の多くの知識人同様、政治の方へ、民衆の方へ、地域実践の方へ、と向かって歩き始める。

詩人（表現者）の社会実践、啓蒙活動への投企が、どれほどの精神的危機に耐えなければならないか、詩人真壁仁はまだ気づいていない。しかし賽は投げられた。このアポリアを引き受けて、地域の実践者・表現者として生きることが、真壁仁の実存的、全人格的な戦争責任の引きうけ方というものであったから。

二　地域実践の方へ――山形県の文化運動・生活記録運動

真壁の地域での社会的実践は多様であった。主要なものとしては、一つは農村青年を中心とした一九五〇年代の文化運動（主として小集団サークルによる生活記録運動）と、それとつながる一九五〇年第後半から七〇年代の山形県の教職員組合と国民教育研究所（山形民研）をベースにした地域の教師・住民たちとの教育研究運動、それに五〇年代の文化運動（生活記録運動）の発展ともいえる一九六〇年代半ばから七〇年代後半にかけての農民大学運動への参加である。

そしてもう一つは、一九五〇年代から六〇年代中頃までにかけての原水爆に反対する平和運動（原水禁運動）への深い関与である。真壁が主体的にかかわっていった順序としては原水禁運動が最初なのだが、そこでの問題は第七章のテーマとしたい。また、真壁の山形民研での教育研究活動については第八章でも論じる。

真壁の地域での文化運動ならびに教育研究運動への関与と平和運動への参画は、時間的にも内容においても関与者においても重なり合っている部分が多いので、本来ならば同時に論ずべきだろうが、あまりに煩雑になるのでここでは分けて言及したい。

敗戦直後の山形で最初に小集団サークルによる文化・学習運動を始めるのは、封建的家父長制社会の重苦しい閉塞状況を蹴破って、一人の自由な人間として学びたい、自分を表現したい、仲間たちと語り合いたいと動き始めた地域の農村青年たちと、彼らの学びと表現と仲間との一体感への渇望をささえながら、自らも人間として教育者として再生・成長したいと願望する若い教師たちであった。

ここで使った「運動」という概念は、小集団サークルの文化・学習活動の中で、参加者一人ひとりが自己形成を願い、他の仲間との相互形成を希求しながら、支え合って周囲（封建的・閉鎖的な家や共同体など）からの圧迫を跳ね返し、何らかの形で外界（社会）の変革を試みようとする持続的で相互連携的な実践活動を指している。

それは、日本の戦後民主主義を象徴する若い青年（男女）たちの運動の一つであった。全国に先がけて始まった東京・京浜地帯のサークル運動は、組織的にも運動的にも一九四八年から四九年のはじめにかけてピークに達するといわれているが、[*4] 山形県では文化サークル運動、生活記録運動は一九五〇年代の初めから半ば過ぎあたりに最盛期を迎える。

青年たちの小集団サークル活動を中心にした文化運動が、生活記録運動と総称されるようになるのは、一九五一（昭和二六）年三月に南村山郡山元村（現上山市）の中学二年生全員の生活記録詩文集である無着成恭編の『山びこ学校』（青銅社）が刊行され、その衝撃が各地に伝わるようになってからのことである。

この『山びこ学校』は県内の様々なサークル活動に強烈な影響を与えただけでなく、全国各地の職場、青年団、青年学級などの文化・学習運動、生活記録運動などに多大な衝撃を及ぼした。『山びこ学校』の登場はさらに、アメリカ直輸入の戦後民主主義教育の中で忘れられがちであった、地域固有の生活や文化や歴史に学ぶことの重要さ、調査したり分析したり集団で議論し合ったりする科学的論理的集団的思考の大切さなどを、日本の教育全体に気づかせてくれた。

そうした意味でも山形は戦後日本の文化学習運動、なかんずく農村地帯での生活記録運動の先進県と呼んでも過言ではないだろう。ここでまず最初に、山形県における文化学習運動、生活記録運動の主たる特徴を概観しておきたい。農村青年の生活記録運動が、戦後山形の平和運動、政治運動と複雑に連動し合っていることはいうまでもないだろう。*5

（1）戦前の教師たちの北方性生活綴方教育運動、農民の文学運動の遺産

最初に文化学習運動に参加した地域の青年や教師たちの中には、戦前の東北（山形）の教師や農民たちがのこした教育・文化遺産である生活綴方運動や北方性教育運動、農村での農民たちの文学運動などの影響を受けていた人たちが少なからず存在していて、山形県の地域に根ざす文化学習運動の担い手になっていく場合が多かった。その例を二地域あげる。

山形県の戦後最初の集団的な学習文化運動が、県の中央に位置する村山地域の、さらにその中央部の長瀞《ながとろ》村（現在は東根市）の「長瀞グループ」と、本沢村（現山形市、一部は上山市）・山元村（現上山市）の「本沢・山元グループ」から始まるのは、そこに戦前の教師や農民たちの教育運動、文化運動の遺産があったからである。（～グループという呼称は私が便宜的につけたもの。）

・長瀞グループ

一九二九（昭和四）年に長瀞（北村山郡長瀞村）に生まれ、長瀞で食料店や農業などに従事しながら、敗戦直後から演劇活動、戯曲制作、地方史の研究などを続けてきた『地下水』（山形農民文学懇話会）同人の吉田達雄は、県内の学習文化運動の始まりについて、こう証言している。

「昭和二一（一九四六）年に、すでにはっきり生活記録運動といえるものが（長瀞で）できている。それには石垣邦雄君も一つの役割を果たすが村農（村山農業学校。戦前農業者育成のためにつくられた実業学校で、戦後県立村山農業高校となったが、二〇一四年閉校）の生徒と青年学級（青年学校の誤りだろう。青年学校は一九三五年に勤労青年への実業教育と訓練のためにつくられた学校で戦後一九四八年廃止。同年山形では全国に先駆けて青年学級が市町村に設置される）の生徒が回覧式ノートを作って生活記録をはじめる。これが山形での草分けだろう。その時代は年齢的には奥山忠男君ら十八歳ぐらいの青年が中心である。[*6]」

村山農業高校教師水野辰太郎を通して宮沢賢治を学んだ農高生たちや、当時長瀞小教師だった石塚邦雄らが中心になって、翌昭和二二（一九四七）年二月長瀞小を会場に北村山郡南部地区の青年学校生の演劇発表が行われ、それに参加した生徒たちを中心に「同志会」という学習・演劇グループが誕生した、と吉田は『地下水』の別の号で書いている。[*7]

石垣邦雄は戦前長瀞小で国分一太郎の生活綴方教育を受けた人で、新庄で最上共働村塾を運営しながら農村演劇を実践した松田甚次郎（宮沢賢治の教え子）の影響も強く受けていた。そして戦後、長瀞小学校の教師となり、青年団・青年学級・公民館などにもかかわり、長瀞地域農村青年の文化学習運動の発展とネットワーキングに大きな役割を果たしている。

なお、一九五七年から始まる「長瀞若妻学級」の活動を支えた長瀞公民館主事石塚邦雄の仕事については、北河賢三『戦後史のなかの生活記録運動』（岩波書店、二〇一四年）が伝えている。

長瀞演劇研究会の基礎をつくった「同志会」は、一九四八年、四九年と長瀞小学校の屋内体操場で村上元三、真船豊、宮沢賢治などの脚本で上演し、そこへは常時五〇〇人を越える村人が詰めかけたという。当時は全国的にまだ青年団などのアチャラカ芝居、やくざ踊りなどの素人娯楽演芸全盛の時代だったから、これは特筆に値する。長瀞村は享保年間に長瀞一揆が起こった場所であり、一九三〇年代の初めには隣接する小田島村では県内最大の小作争議が起こっている。

そしてまた長瀞小学校には、戦前国分一太郎や相沢トキがいて、北方性生活綴方教育を実践していた。こうした文化状況の下で、敗戦直後「同志会」にかかわった青年や教師たちを中心に『村山』（青野惣一郎、一九五四年）、『がつご』（奥山忠男、一九五六年）などのサークル文集が生まれ、戦後山形の文化学習運動（生活記録運動）の嚆矢となった。

また、「東根市長瀞小で国分一太郎の生活綴方教育を受けた教師が中心になり、戦後すぐの一九四六（昭和二一）年につくった機関誌『みんなのこぶし』」から山形県の生活記録運動が芽生えたという報告もある。[*8] おそらく、この「教師」とは石塚邦雄のことだろう。

この長瀞村の隣の東根町（現東根市）神町若木の開拓地域では、米軍による土地の接収に抗しながら、若い果樹農民たち（槇仙一郎、植松要作ら）が青年サークルを起ち上げ『自然』（のちに『おさなぎ』）という文集を発行していた。

長瀞の文化運動を担った青年や教師が中心になって、一九五六（昭和三一）年一月から二月にかけて、県央各地の青年文化サークルのネットワーキングに乗り出すのである。

・本沢・山元グループ

本沢村も山元村も、一九五六年までは南村山郡に属する村だった。一九四八（昭和二三）年ごろ、当時中学三年生（一六歳）であった鈴木実（村の醤油醸造家の次男で早稲田大学を終えてから山形大に学び地域の教師、児童文学者になる）が中心となって、一五歳から一八歳の若者が「四次元同志会」という読書会をつくる。メンバーは農家の長男が中心だった。井上清『日本歴史』や三浦つとむ『哲学入門』などを読み、『どっぴっ』という雑誌を出していた。[*9]

また、本沢村には禅寺の長男で山形師範（現山大教育学部）に通う無着成恭が『草酣《かん》』という俳句を中心とするサークル誌を出し、河上肇『経済学大綱』の読書会なども主宰していた。一九四八年に卒業して山元村の中学校教師になると、無着は学生時から付き合いのあった山形新聞論説委員の須藤克三から、戦前の生活綴方教育の理念と方法を学びながら、生徒たちと一九四九年七月から学級文集『きかんしゃ』を発行する。

この本沢村は、戦前農民歌人の結城哀草果が「本沢勉強会（読書会）」を開き、文芸誌『アカシア』を主宰しながら、真壁仁、神保光太郎、遠藤友介、渡辺熊吉、横尾健三郎らを育てたところである。農民や教師の文学活動（詩・短歌）も盛んに行われていた。

一方、隣村の山元村には、一九四九年に山元村の中学校を終え村に残っていた卒業生有志の勉強会「山いも同志会」がつくられた。翌年中学三年生になった佐藤藤三郎は、宮川実の『経済学入門』をテキストに学び合っている先輩たちの読書会に週に一回顔を出すようになる。無着や大沢という中学の先生が面倒を見ていたという。[*10]

この中学校から、一九五一年に無着成恭の教育実践が母体となって、佐藤藤三郎ら四三名の生活記録『山びこ学校』が生まれた。

佐藤藤三郎は一九五一（昭和二六）年に山元中学校を卒業後、上山農業高校定時制に入学している。青年団再建に奔走。「山いも同志会」では詩や散文を発表しあう『地しばり』という機関誌を出していた。高校では同級生の上山市牧野《まぎの》の木村廸男らと全校生徒の作品を集めて『雑木林』という詩集を発行。真壁仁がその第一集（一九五三年五月）に生徒たちに頼まれて寄稿している。同年秋の文化祭にも木村たち農高生に乞われて、真壁は「宮沢賢治論」を講演している。
五四年無着は山元中学校を退職して上京（駒沢大学に入学）。一九五五（昭和三〇）年、佐藤藤三郎は上山農高定時制を卒業。同年六月、本沢村の鈴木実（当時はまだ山大生）と佐藤藤三郎が中心になって、謄写版刷りの同人誌『百姓のノート』を発行。内容は、生活詩・評論・生活記録・創作・実態調査などが中心。

この雑誌は青年学級や青年団によって作られたものではなく、一つの村や地域を越えた「本沢、柏倉門伝、南山形、山元、東などの青年たち」によって個人的に自主的に作られたものであり、さらに「短歌や俳句ではほんものをつかみきれない、という話し合いになった」ので、初めから載せない方針をとった、と佐藤は述べている。[*11]

佐藤は創刊号で、一九五五年に生活記録を運動方針に掲げるようになった日本青年団協議会（日青協）の活動家の友人に宛てる形で「生活記録運動に関する疑問」という文章を書いている。同号にはまた、鈴木実の評論「長塚節『土』について」も掲載されている。

無着は創刊のことばとして「われわれは創造しなければならない。〔……〕われわれは創造の過程の中でこそ成長する。〔……〕まずおのれ自身の問題を深く掘り下げろということだ」と書き、真壁仁が創刊号に収められた青年たちの詩の短評と総評「農民の詩」を寄せている。二号には掲載された生活記録に須藤克三が総評「一緒に考えよう――生活記録について」を寄せた。『百姓のノート』には、本沢・山元グループ以外の、牧野部落の木村廸男や、柏倉門伝（現山形市）の『どてかぼちゃ』サークルで活動していた斎藤太吉なども作品を寄せている。

『百姓のノート』は五号（一九五七年三月）で終刊となったが、いろいろな意味で特異な文化運動誌であった。須藤克三と真壁仁は山形文化運動の中心的指導者であり、『百姓のノート』の書き手の青年たち（鈴木、佐藤、木村、斎藤、山元の横戸喜平治ら）は、いずれも文化学習運動、地域運動の重要な担い手となっていく人たちである。

(2) 須藤克三という指導者の存在

須藤克三《すどうかつぞう》(一九〇六―一九八二)の存在抜きに山形の文化学習運動、生活記録運動、児童文学運動などを語ることできない、というのが衆目の一致するところである。須藤は真壁より一つ歳上で、真壁の二年前に亡くなっている。二人は戦後山形の文化運動の巨峰にたとえられるが、須藤は子どもたちの文学や教師の文学実践につよいアクセントをおき、真壁は農民の文学表現の方につよいアクセントを置いて活動した。

須藤のもとから主として、童話や児童文学、教育実践記録を書く教師や青年が育ち、真壁のもとからは主として詩や地域史を書く農民や若者たちが育っていった。須藤・真壁両者から同時にそれぞれに違った影響を受けて育った教師や農民たちの方が多いのかもしれない。文化学習運動、生活記録運動に関する意識的なかかわりは、真壁は須藤より四、五年後からになる。前章で見たように、敗戦後数年の真壁の関心は自らの詩や詩論、詩誌の発行、黒川能研究などにあった。

簡単に須藤克三のライフヒストリーを書いてみる。

須藤は東置賜郡宮内町(現南陽市)の生まれ。山形師範卒業後何年間か郷里の小学校教師をした後、一九二八(昭和三)年上京し日大高等師範夜間部に入学。卒業後杉並区の小学校教師をしながら歌の修行。昭和一五年教職を辞し教育関係の出版社の編集。昭和二〇年四月戦災に遭い帰郷。山形新聞論説委員兼文化部長となる。荒廃した農村や山村の状況に心を痛め、青年・婦人の学びと表現を励ましながら各地を歩き始める。「山新短歌」の選者となり後進を指導。当時山形師範の学生であった無着成恭と会い生活綴方教育などについて助言。

一九五一(昭和二六)年三月の『山びこ学校』の出版を機に、無着とともに山形新聞の児童文化欄や歌壇・童話欄などへの投稿者に呼びかけ、集まってきた土田茂範、那須貞太郎、鈴木久夫ら現場教師と同年七月「山形県児童文化研究会」（児文研）を結成。機関紙『気流』が創刊される。やがて各地（置賜、庄内、田川、最上）に児童文化研究会が誕生。

さらに翌年から山形新聞紙上に童話を公募。その常連投稿者と児文研会員で一九五四（昭和二九）年「山形童話研究会」（五五年「山形童話の会」と改称、会長須藤克三）を結成し、鈴木実らと機関誌『もんぺの子』を創刊する。

山形新聞を媒介にした、この児文研と山形童話の会のネットワーキングから、若い童話・民話の書き手たち、また児童文学や生活記録、文学表現に取り組む教師や農村青年たちが育っていった。『もんぺの子』紙上に一九五五一月から連載された、五人の若い農民と教師による共同制作「ヘイタイのいる村」（頭上を射撃場の砲弾が飛び交う米軍基地下の山村のありさまを記録した少年・少女小説）は、一九六〇年『山が泣いてる』（理論社）として刊行され、翌年第一回児童文学者協会賞を受賞している。

須藤自身も一九六〇年代以降の農村の荒廃（出かせぎや廃村、農の衰退など）に抗しながら、『出かせぎ村のゾロ』（理論社、一九六八年）、『生きてろお化け村』（学校図書、一九八二年）などたくさんの児童文学作品を残した。[*12]

当時二〇代の五人の若者たちによる「ヘイタイのいる村」（『山が泣いてる』）の共同制作の実践が、山形県全体の生活記録運動に果たした役割にも言及しておきたい。五人とは『百姓のノート』の本沢村の鈴木実（教師）、弾道下の北村山郡旧戸沢村（村山市）の笹原俊雄（炭焼き農民）と高橋徳義（病気を抱えながら印刷業を営む）、米軍に接収された東根町神町若木開拓地の槙仙一郎、植松要作（いずれも果樹栽培農民）で、それぞれ地域で文化運動や基地反対運動に深くかかわっている若者たちであった。

この五人の共同制作の実践は、当時の文学表現運動・生活記録運動と政治や平和の運動が深くかかわりあっていることを、各地域でサークル運動に携わっている人たちに示唆するものであった。

（3）青年学級、青年団、そして県教員組合運動の果たした役割

一九四八年に「青年学校」が廃止されると、山形県ではすぐに全国にさきがけて「青年学級」が開設されている。同年に定時制高校が設置されるが、県当局は定時制高校に行く余裕のない、主として農山漁村の勤労青年を対象に「長期教養講座」の開設を推奨。二七〇万円の開設助成費を計上して市町村に青年学級の設置を勧めた。

青年学級が法制化されるのは一九五三（昭和二八）年八月の「青年学級振興法」をまってのことである。山形県では戦前から「夜学校」（後に補習校にかわり、さらに青年学校となる）などの勤労青少年のための独自な学習機会を設けてきた歴史がある。*13

青年学級は新制中学校の教室を間借りする場合がほとんどで、教師も村役場の学務係や他の行政職、小中学校の教師などが引き受けていた。青年学級に通う若者たちは大部分は地域の青年団にも所属しており、素人演芸ややくざ踊り、スポーツなどに熱中していて、学ぶという姿勢からは遠い状態が多かった。そこへ入っていった、戦前の生活綴方教育を経験した教師の教え子の小中学校の教師たちや児文研などのサークルで学ぶ若い教師たち、時には公民館主事や農業改良普及員などにささえられて、封建性・家父長制が根強く残る村と家庭内に様々な波紋を広げながら、青年たちは文化運動・生活記録運動を担っていくようになる。

戦後の青年団が、国家と一体化していた戦前の「大日本青年団」の影響を払拭して、自主的な地域の青年団として「日本青年団協議会」（日青協）に生まれ変わるのは、一九五一年の朝鮮戦争さなかのことである。山形の青年団組織はそれよりも早く、一九四九年五月に山形県連合青年団として再出発しており、須藤克三などの指導をえながら、五五年頃から生活記録運動を方針に掲げるようになる。

こうした青年学級・青年団の文化運動から生まれた五〇年代中頃のサークル運動・生活記録運動の

機関誌としては、米沢市綱木青年学級の『渓流』（鈴木輝男、高橋葉子）、米沢市三沢村西部青年学級の『ぼうりんぐ』（坂本源勇）、現山形市柏倉門伝の前衛的な青年団の『どてかぼちゃ』（高橋嘉一郎、斎藤太吉）、最上町本城青年学級の『あゆみ』（佐藤義則）、山形市片谷地の青年団有志による『生活記録の会』（山口和男）、東根市神町の青年学級『おさなぎ』（槙仙一郎、植松要作）……などが知られている。（ ）内にある名前は中心になってサークル運動を牽引した青年たちだが、鈴木輝夫と坂本源勇は教師で、その後の山形県の教育研究運動の担い手となる。彼らはみな児文研の会員だった。

山形県教組は一九五四年六月の定期大会で、「サークルを育てよう」「父母、大衆の要求……ねがいを組織」しようなどの運動方針を採択して、剱持清一教文部長（一九五四年から五八年まで在任）のもとで児文研の須藤克三とともに、積極的に各地の青年や婦人の文化学習サークル活動を支援すると同時に、県内全域のサークル運動をつなぐ役割を引き受けていくようになる。剱持は教文部長に選ばれる前から須藤に勧められて児文研の研究会に参加しており、そこに個性的で意欲と実力のある若い教師がたくさんいることを知っていた。

剱持は後に「この運動方針に敏感に反応したのは、児文研の教師たちであった。会員はそれぞれの地域で、サークルをつくることをはじめていた。サークルの交流をはかることもやりはじめた。全県下にわたり、サークル訪問をやり、顔見知りをふやしていった」と回想している。[*14]

県教組と児文研は一九五五年三月の『山形のこども』（県下の子どもの作文集）の刊行、同年八月の第一回「山形県児童文化研究協議会」の開催などで協力し合っていく。この県教組や児文研の運動の成果が、一九五六（昭和三一）年四月二八日、二九日に山形市で開催される第一回「山形県青年婦人文化会議」であった。

三　真壁仁と文化サークル・生活記録運動

戦後山形の農村青年の文化サークル運動や生活記録運動に、真壁自身が深くかかわるようになるのは、一九五五年から五六年にかけての頃からである。それまでは地域の青年団や青年学級、婦人学級、教員組合の研修会などに時々招かれて、農業問題、平和と教育、文学と生活、青年の生き方、文化とヒューマニズムなどのテーマで講演活動をつづけていた。まだ文学に強くこだわっていた。

一九五二（昭和二七）年一一月、真壁は無着や須藤に押されて山形市の教育委員（公選）となり、一二月には県教組教育研究集会の講師団に選出されている。社会的実践への組織的な関与も要請されるようになっていく。次章で扱うテーマになるが、五五年の県代表としての原水爆禁止運動（平和運動）への全面的参加から、真壁仁の社会的実践は決定的なものとなる。「平和と友情」が当時の青年たちのサークル運動や青年団活動のスローガンになっていたので、かれらはそのスローガンを象徴する指導者として、詩人であり農民であり平和運動の実践者である真壁仁に接近していった。

平和憲法を踏みにじってアメリカとの軍事同盟に舵を切り、米軍や自衛隊の基地を押し付けてくる日本国家や、封建的な村落社会や家制度に圧し潰されそうになりながらも、「俺にも・私にも、世界をよこせ！」と歩き出した一九五〇年代の若者たちに、真壁は、学びと表現と語り合える仲間たちに飢えていたかつての自分自身の姿を重ねていたはずである。

一九五六（昭和三一）年一月一五日午前、真壁は長瀞（当時東根町）の公民館で開催された成人式で講演。その午後同じ会場で、県央の村山地域でサークル活動をつづけていた青年たち（『村山』の青野〔矢萩〕惣十郎、『百姓のノート』の鈴木実、『おさなぎ』の槇仙一郎と植松要作、『基地のうた』の笹原俊雄と高橋徳義ら二〇名）が集まって話し合いを持った。

真壁もそこへ参加。真壁はその頃、新聞社に依頼されて『弾道下のくらし——農村青年の生活記録』（毎日新聞社出版局、一九五六年七月刊）を編んでいた。県内各地のサークル誌から、真壁が詩、小説、生活記録などを選んで編んだ作品集である。上記の青年たちはみなその本の中心的な書き手たちだったから、真壁はかれらをよく知っていた。

そこに集まった青年たちの呼びかけで、一か月後の二月一六日、さらに多くのサークルから今度は七八名の青年男女が長瀞の同じ会場（公民館）に集まり「新しい土の会」を結成し、機関誌『新しい土』の刊行を決定している。青年たち自身による山形県全体に広がる文化サークル運動、生活記録運動のネットワーキングの始まりである。*15

真壁は『新しい土』創刊号（一九五六年四月）巻頭に「創造のエネルギーをもやそう――われらのなかで芸術家とはどういうことを意味するか」という一文を寄せた。

農民のなかにある創造的なエネルギーをあまり高く評価することは、いま行きすぎのように思われている。それは漸く生活記録を書き初めた若い書き手たちを邪魔することのように考えられている。けれども私はそんなことはないと思う。

生活記録と文学をしいてわけたいと考えるのは、農村の外側の人である。生活記録と文学とはもちろんちがったものであるけれども、生活記録以外の作品を書く自由と、書く力とは農民にもあるし、農民の書いたものがすべて、作品以前、文学外の意味でだけ評価されなくてはならない理由はない。ただ、人間がえがく文学さえ、人間の恢復のための方法として考えなくてはならない現実、書く自由と力をおしつぶしている現実を、書くことでひらいてゆこうとする意欲としてしか、生活記録も文学も考えられないという位置に立っていることだけはたしかだ。農民の創作活動は、人間づくり、村づくりの仕事と深いかかわりをもってくる。

私たちは、書く自由を生活の中にたたかいとってゆこう。そしてどしどし、あたらしい形式を生み出そう。私たちの、人間の歴史、社会の歴史を私たちの手で書きあげよう。作者の名前で支えられ

る作品ではない、創作の無銘性を、集団の共同の力をもりあげよう。（『野の文化論』〔三〕二三〇〜二三一頁）

青年たちの生活記録運動とかかわる中で、真壁はいつも文学のことを考えていた。農村青年の綴る生活記録も、『山びこ学校』のような生活記録の実践も、真壁は文学のカテゴリーの中で考えていた。真壁のいう文学とは「人間恢復のための方法」であり、「人間づくり、村づくりの仕事と深いかかわり」をもつものであった。それは、書くことのできる生活や労働の仕組みと自由を作り出していく実践と表裏一体のものであった。

真壁には農民が自らの言葉を持つことを求め（真壁はそれを「ことばの農地解放」、「ことばの自作農になる」こと……などと述べていた）、それは文学表現活動を通して可能となるという、つよい信念があった。真壁はまた、農民だから素人だからという理由で、文学に必要な高い技術の追求を放棄してはならないということを、村の書き手たちに求めていた。

さらには真壁の考える文学は、「創作の無銘性」と「集団の共同の力」を大切にする「ヘイタイのいる村」のような共同制作的方法が志向されていた。

こうした考え方は、『新しい土』（一九五八年一二月、三号で終刊）を引き継ぐかたちで、『新しい土』創刊から一年半後の一九五七年九月に創刊される、山形農民文学懇話会機関誌『地下水』（編集者兼発行人真壁仁）創刊号の真壁論文「農民と文学」にも引き継がれる。

生活記録が意識された運動であるほど、文学の方は運動になっていないけれども、それは文学運動として発展するかもわからないほどだ。それは、生活記録運動のなかからのびてきた一つの芽であるといえよう。生活記録運動は、もうひとつの芽をそだてた。それは、記録の学習が、生産と生活の方向にすすめられてのびた芽である。古い秩序や因習にしばりつけられて、不合理にゆがめられ、人間として自由な欲求や行動を抑えられていた農民が、生産や生活の構造をあらためて、つくりかえようとする方向にのびてきている。これはいわば科学の方向である。この科学にむかう芽と芸術（この場合、文学といった方がいいだろう）にむかう芽とを、生活記録学習はもともとから包んでいるといえる。この二つのもの、あるいはそれ以上のいくつかの芽を幅ひろく包んでいるといえる未分化性が生活記録の性格である。〔……〕問題は農業生産を中心にした生活をまもりながら文学をやっていく立場に立って、どうしたらよい文学作品を書いていけるかということである。それを農民の文学をよくする努力は、農民の生活をよくする努力とひとつだという風に考えたいとおもうのである。〔……〕ぼくらは生産手段や生産技術を高めることによって、創作活動のエネルギーを生みだすのである。生活のしくみと労働の方法を改めることによって創作の時間をうみだすのである。決して、生産と生活から逃れたところ、逃れた時間に書こうとするのではないのである。〔……〕注目していいことは、ぼくらの周辺に「農村と農民の歴史を農民の手で書こう」という動きがおこっていることである。そして、それが共同制作という形でなされていることである。（『野の文化論』〔三〕二七三頁、二七八〜二七九頁）

『新しい土』から『地下水』への移行の間に、「記録」か「文学」かという論争が「新しい土の会」のメンバー間に起こっていた。それまで潜在化していた問題意識の違いが、メンバー間で顕在化したのである。記録しているだけでいいのか、もっと文学的な昇華が必要なのではないか、生活記録をもっと徹底し広げる必要があるのではないか等々。

真壁の『地下水』創刊号の文章は、それに応えるものとも読むことができよう。生活記録は「未分化性」を特徴として、「芸術（文学）」にむかう芽と「科学」にむかう芽と、「あるいはそれ以上のいくつか」

の芽が包み込まれている、と真壁は言う。しかし、真壁は「生活記録」が向かっていく芽として明らかに「文学」を選んでいる。「科学」や「それ以上いくつか」の方向に向かう「芽」は説明していない。「生活記録〈運動〉」そのものの固有な価値自体についても言及していない。

それに対する異論の代表格は、山元村から横戸喜平治らと一緒に『地下水』の会員になっていた若い農民の佐藤藤三郎である。佐藤は、「「文学」を本格的に勉強するには、大きな努力がいるし、経済的にやっていけないんじゃないか、と強く考えるようになった。〔……〕生活記録を深めていくと文学になるのか、文学と生活ということをどう関連づけて考えればよいのか、また、農業簿記というものを生活記録の中でどう取り扱うべきか、私はさんざん迷いました」と後年述懐している。[*16]

佐藤は『地下水』の会員になっていたが、真壁のいう文学には向かわず、生活記録運動の延長線上を歩きながら表現活動をつづけてきた。

「「生活記録的価値」は、「文学的価値」とは全く無縁なものとして存在することも、あり得る」[*17]と早くから主張してきた鈴木実は、真壁の死後三年たった一九八六年の「『地下水』の三十年をめぐって」の同人座談会で、こう語る。

「地下水」は昭和三十一年九月に出た「弾頭下のくらし」のメンバーに呼びかけた形になる。それと北〈村山〉郡中心にあった生活記録を文学的に高めなければならないと考えていた動きに多分つながっていたのではないか。藤三郎君たちは「百姓のノート」に入っていたからそういう動きの中にいたが、生活記録を文学にという積極的な眼はなかった。記録は記録で、科学的なものとして考えていく立場に立っていた。そういう意味で「地下水」は文学的集団として意図的に創られたのではなかったか。「新しい土」よりも更に明確に農民の書く文学という性格をうちだした。[*18]

さらに鈴木は同じ座談会で「なまじっかの思想主義、作品主義になってどっちつかずだった。徹底して村を見つめ記録していけば迫力のあるものも生まれたにちがいない。「地下水」の文章は逆に農民のことばを失ってきている。東京の思想家が使うはやりのことばが非常に多い。村衆のことばがなくなった。〔……〕自分たちの属しているところにもう一度ギリギリと入っていかなければならなかったのではないか」と『地下水』の仲間たちを批判している。

これらの鈴木の批判は、真壁の生活記録（運動）についての認識に向けられたものであると同時に、農民の書き手たちにも向けられている。

日々衰亡に向かう村で、必死になってすぐれた作品（詩）を書きつづけてきた農民詩人の木村廸夫は同じ座談会で、「私などは誠実に記録することが文学につながるという錯覚を持っていたという気がする。そう思いながらも、一方ではムラの言葉が全部美しい言葉ばかりとはかぎらない。東京の抽象的な言葉が全部ウソの言葉とはかぎらない。自分の言葉と表現の方法を獲得できなかった。文学のほんとうのきびしさを実は知らなかった。〔……〕リアリズムに徹する眼と、言語表現の問題は別問題である」と反論している。

日本農業の曲がり角にさしかかる一九五〇年代末に真壁仁がなげかけた「農民と文学」の問題は、このように青年たちの間に様々波紋を生んだ。だが、今日の時点に立ってみれば、真壁仁を慕って『地下水』に集まった農村青年たちの中から、「農民のなかにある創造的なエネルギー」を存分に発揮しながら、「農民のことば」で同時代を切り裂くすぐれた作品を書き、注目すべき営農や地域実践にとりくむ人たちが生まれてきたことも、まぎれもない事実であった。

四　青年婦人文化会議から農民大学の運動へ

（1）山形県青年婦人文化会議

さきの「新しい土の会」に集まったサークル運動、基地闘争や政治改革など、様々な地域運動の先達青年たちや、「サークルを育てよう」という運動方針を掲げていた県教組の地域活動に熱心な教師たちが実際の担い手となって、一九五六年四月二〇日から二一日まで山形市（県社会福祉会館）で県内から七〇団体、二〇〇名の参加者をえて「第一回山形県青年婦人文化会議」が実現する。「おかあさんの部屋」、「青年の部屋」、「演劇・うた声の部屋」などの分科会に分かれて、自己紹介・サークル紹介・討論などが展開された。

その呼びかけ文は「よろこびや、なやみ、経験をだしあうことで、おたがいのはげましにもなり、顔見知りもできて、いっそう今後の運動を発展させ〔……〕山形県のくらしと文化を高めようというねらいで、一度みんなで集まってみよう」というものであった。[*19]

この集会は県中央の集会だけではなかった。年末までに県内五か所で郡ごとの「地区青年婦人会議」が開かれている。この「文化会議」こそが、県内の各地域や職場でこれまでばらばらであったサークルを結びつける役割を果たした。表面に立った会議の呼びかけ人は、須藤克三、真壁仁、五十嵐明（山形大）、大熊信行（経済学者・歌人）、石井はた（県婦人少年部長）、加藤慶次（県教組委員長）、烏兎沼みほ（県連合青年団副団長）、寒河江善秋（県連合青年団参与）、松田仁平衛（県社会福祉協議会）の九人。

一回目の会議には、県労評や県教組、青年・婦人団体とならんで、県や市の教育委員会も後援団体に名を連ねていた。労組や民間運動と県市町村の行政との間に、また、労組・民間運動同士の間に、蜜月に近い関係がまだ存在した幸福の時代だった。

第二回は一九五七年九月一四、一五日に山形市の教育会館で県連合青年団と共催で、県内・県外（宮城、東京、愛知）から約二〇〇団体、延べ五五〇人の参加者をえて開かれている。分科会は「生活記録」、「文学」、「演劇」、「人形劇」、「学習（生産技術と読書）」、「音楽」、「仲間づくり」の七つであった。真壁は

「文学」の、須藤克三は「生活記録」分科会の講師をつとめている。呼びかけ人代表の須藤がこの第二回の会議をこう総括している。

今回の集会で考えさせられる問題があった。それは分科会の部門が具体的になるほど参加者がすくなかったということである。これは現在の小集団はまだいわゆる仲間づくりの域に止まっているか、あるいは具体的で技術的なものにまで発展しきれないでいるか、分析してみる必要があると思う。生活ととりくみ、生活文化をたかめてゆくためには、どうしても具体的な問題や、技術的なことに、より意欲的でなければならない。[*20]

この年度の会から県教育委員会は後援を拒否するようになる。教職員の勤務評定に反対する運動や道徳教育の復活問題等で保守・革新の対立が始まっている。

第三回大会は真壁の報告によれば、「(一九)五八年米沢市で開かれ、八〇〇人ほどの大集会となった。これに引きつづいて東北青年と青年教師のつどいも同じ会場で催された。八月下旬(二三、二四日)であったから、勤評強行、社教法改正が準備され、会場に学校を借りるのにも行政側の妨害が行われた。」[*21]ところで、真壁が山形県の青年文化運動の世話役というかコーディネーター役を引き受けている最中の一九五九年六月、県選出の参議院議員が病気で急死し、急遽参院山形県地方区の補欠選挙が行われることとなった。反安保闘争が全国的に広がりを見せている頃、保守の独走を止めることができる革新陣営の候補者ということで、真壁が突然、県の文化団体協議会(須藤克三会長)や県労評、サークル運動集団、婦人団体、教師集団などによってかつぎだされることとなった。真壁は逃げ回ったが、文化運動の仲間たちや教師たちの熱い懇願は断れなかった。地域のしがらみには弱い真壁仁である。

社会党公認・共産党推薦の統一候補として七月二四日の投票にのぞんだ。二〇万八四九三票の県民の支持を得たものの、真壁は落選。しかし、善戦だった。当選した保守の候補者の獲得票は二五万五六九九票であった。政治家などとはもっとも縁遠い真壁が、どうして選挙に出ることを引き受けたのか。後年真壁は次のように回想している。真壁の内面の思いはどうであったにせよ、そのころはすでに、真壁仁は県内革新勢力の統一戦線のシンボル的存在になっていた。保守勢力や行政は大衆運動〔民間運動〕からすでに離れていたが、そのころはまだ社会党・共産党を中心にした「民主統一戦線」運動方式が機能していた。

だがあの時は昭和三三年〔三四年の間違い〕だから安保の直前でね、それまで平和運動とか青年運動をやってきた人たちが結集する選挙にしなくちゃならんということで、勝ち負けはともかく我々のまいた種は刈りとらなくちゃならんという倫理的な気持ちがぼくにもあったんです。だから政治家たらんとしたんじゃなく、長い間やってきたことへのけじめをつける気持ちがあったわけですよ。[*22]

これまで一緒にかかわってき若いサークル活動や地域運動の実践者たちへの、真壁の誠実な思いが「我々のまいた種は種は刈りとらなくちゃならん」という言葉になっている。反安保闘争を盛り上げていきたいという政治的な願望も、多くの支援者とともにあった。

ところで、全県規模の大衆的な「青年婦人文化会議」が開かれるのは、五八年八月の第三回大会までであった。四回〔五九年一一月〕、五回〔六一年一一月〕、六回〔六二年三月〕まで開催されてはいるが、参加者は一〇〇名を越えることはなく、ほとんど「活動者会議」の様相を呈していく。[*23]

最後の会議となる第六回には、村山知義〔演出家〕が来形中の日程をさいて参加して、民族的文化創造に取り組む必要を強調している。民族や民俗の文化探求は、やがて真壁自身の中心的な研究テーマにもなっていく。

山形県の農村青年サークルを中心にした青年婦人文化会議運動は、勤評闘争、原水爆に反対する全国的な平和運動、反安保闘争などの内部で広がってきた分裂や亀裂、さらには池田勇人内閣が打ち出した「所得倍増計画」、農業生産の選択的拡大・生産性向上・構造改善・流通合理化などを柱にした農業基本法の制定（一九六一年）による日本の経済構造の変化などによって、急速に失速していった。*24

真壁はサークル運動、生活記録運動の失速を意味する「青年婦人文化会議」の終焉について、一九六二（昭和三七）年の『思想』第四五一号（一九六二年一月）に寄せた論稿「国民文化創造の諸問題」で、こう書いた。そこには、これらの運動が抱えていた弱点、ならびにいくつかの評価すべき点が述べられている。

〔実感主義の様相だけが目につくようになり〕緊張をあくまでもさけようとする組織のゆるやかさ、仲間づくりという姿勢が、このような〔安保条約の本質を見抜くことができるような〕認識や原理的な問題へのとりくみを阻害したことも事実であろう。とくにサークル内部に対自的な批評の形式がうまれなかったのは、運動の大衆路線方式のうえにのっかっていた啓蒙主義の浸食作用といわなければならない。私は運動の一端につながっていたものとして、このことをまず自分のうえにまず加えるべき批判として書いている。

サークル組織による文化運動のこのような試行錯誤的な足どりにもかかわらず、そのなかに一貫してみとめられる共通の志向を私はこのばあい評価しておくべきだと思っている。それは小集団じしんがたとえ明確に意識しなかったにせよ、その発生は「伝達への自由」への渇きであり、「対話の回復」への志向にあったということだ。

これは直接には、自分のことばと表現をもち、それの相互流通の場をもつということであるけれども、本質的には、共同体的規制からの人間の解放であり、あたらしい集団による主体形成への意欲であったと考えたい。自然発生的といわれるサークルもこのことで民主主義運動の歴史のなかに位置づけられるだろう。（一六〜一七頁）〔傍点引用者〕

ここで真壁が自己批判している「運動の大衆路線方式のうえにのっかっていた啓蒙主義の侵食作用」とは、文化運動の危機と同時に、詩人としての真壁仁自身の危機（「人は社会的支柱に凭れかゝって、歴史的必然に流されてゆく」吉田一穂）でもあることを真壁が気づいていたことを意味している。

（2）農民大学運動

この五〇年代のサークル運動、農民文化運動に中心になってかかわってきた人たちの中から反安保闘争の敗北後、自らの生産点に立って、専門家、地域に根ざした教育を志向する教師、農協職員らとともに、本格的に農業政策や開発政策を地域的・国際的な視点で学ぼうという強い意志を持った若い農民たちが現われてきた。五〇年代の青年婦人文化運動と異なって、学びが生産と政治にいっそう接近していく、きわめて目的意識的な「共同学習運動」である。

農業基本法公布（一九六一年六月）後の農業近代化政策の下で、農業経営の危機が始まり、高額な農機具や肥料の購入代金、さらには年々増える子どもたちの教育費を賄うために、長期間家を離れて、大都市に出稼ぎに行く農民たちがどんどん出てきて、農民層の分解が始まりつつあった。出稼ぎ農家率は、六〇年代半ばには、県内農家の二〇％を超えるようになった。その大部分が農家の大黒柱（世帯主）であった。

日本農業の近代化・機械化という名の下で、農業と農民の暮らしがグローバル（国際的）な独占資本がコントロールする市場経済に巻き込まれていく。農民の労働力と自治の力が奪いとられ、都市と工業に従属させられていく事態が、農民や労働者たちに大きな不安と動揺を与えるようになっていた。アメリカから余剰農産物が入ってくるようになり、果樹栽培農家や酪農農家に打撃を与え始める。安い硫黄も入ってきて蔵王山腹の硫黄鉱山労働者がクビになる。

問題は何か。どうすればよいのか。大地に根を張り、自分たちの拠って立つ地域から、日本、世界へとつながって展望を見出すための〈学び〉から始めるほかはない。

まず、戦後山形のサークル運動や、大高根米軍基地反対闘争の先頭にも立ってきた北村山（旧戸沢村、東根市神町若木開拓地）の若い農民たちが、一九六四年九月に第一回北村山農民大学を開校した。学長は神町の果樹農家の槇仙一郎。かっての農村サークル運動のリーダーの一人だった。彼は『山が泣いてる』（理論社、一九六〇年）の共同創作者の一人で、そのころ北村山国民教育研究所農民問題研究員会の委員長も引き受けていた。教員組合が地域住民と密接に連携し合い、地域住民の学びを支えようとしていたということである。それは剱持清一を中心にした山形県教組の大切な運動方針の一つだった。

北村山農民大学の呼びかけ文の、五連の詩からなる終わりの二連を紹介する。[*25]

やっぱりおれたちは百姓だ／構造改善はだれのためだ／自由化はだれのためだ／新都市はだれを太らせる／おれたちがやせて／祖国が肥え太るか

ごまかしをあばき／まやかしをはぎとり／生きる力をこの手でつかむ／農民大学はおれたちで成功させよう／農民大学に結集しよう

この北村山農民大学は二年後の一九六六年から、山形県農民大学へと発展する。山形県農民大学は冬期と夏期の年二回開校され、一九八〇年代まで二〇年以上も続けられた。真壁仁が初代学長に選ばれている。第一回山形県農民大学の呼びかけ文はこうである。[*26]

わたしたちの学習集団は／ひろく　ふかく／根をおろしはじめた
なぜか／野菜も果樹も畜産も／そして、米さえも／生活のささえにならぬ
数千年のあいだ／民族を飢えさせなかった農民が
家族からひきはなされ／土地をうばわれ
よその国の／たかい農薬　飼料　機械を買わされ
余剰農産物をおしつけられ／おれたち農民が飢える
民族の胃袋を他国に売りわたし／民族の独立はない
先祖のたたかいをかたらず／子どもに誇るべき歴史を捨て／農民は土地を追われる
なぜ　なぜ　なぜ
わたしたちは／学習とたたかいの集団を結集し／ここに／第一回山形県農民大学を開く
わたしたちの要求の／全県的統一を／つくりあげようでないか

記念すべき第一回には、一四一名（農民九九、農協職員五、市職員二、労組書記五、大学生三、小・中教師一七、高校教師三、大学教師五、その他二）の「学生」が参加したが、二〇代、三〇代が圧倒的に多かった。一回目には次の五つの講義の問題提起をめぐって学習が行われた。（　）内は問題提起をした講師名。①日本農業の展望と課題（美土路達雄・北海道大学）、②農協と農民運動（小林元一・信濃生産大学）、③農村での学習運動（藤岡貞彦・東京大学）、④在村労働者の現状と課題（那須野隆一・日本福祉大学）、⑤国民教育運動における農民、労働者教師の役割（劒持清一・山形県国民教育研究所）

真壁学長は開会のあいさつで、次のような自作の詩を朗読した。（『野の自叙伝』二三一～二三二頁）

ベトナムの農民に†

穀物の種よりも尊いものは
民族のいのち
独立の栄光なのだから
稲をつちかいながら武器をとる
たたかうベトナムの友よ
爆弾の下で稲を刈るあなたたちを
僕らは遠くからみまもっている。
すでに僕らのなかに
たたかうベトナムがある
日本の農民の心のなかに
青く弾《はず》むベトナムの竹
地を匍《は》いながら
しなやかにするどく天を指《さ》す
ベトナムの竹がのびはじめている

呼びかけ文同様に、農・民族・独立がキーワードになっている。アメリカ軍の北ベトナムへの空爆が激しさを増し、日本や世界各地でベトナム反戦集会が開かれるようになる頃である。戦後日本で初めての市民運動である「ベトナムに平和を！　市民文化団体連合（べ平連）」が登場するのが、前年の一九六五（昭和四〇）年四月（翌六六年一〇月に、「ベトナムに平和を！　市民連合」と改称）のことであった。既存の組織や団体から独立した個人個人の市民による独立した運動を目指し、その後の様々な市民運動の方法と形態に大きな影響を及ぼすこととなる。

反安保闘争の直後「主権者としての農民」育成を目指して誕生した「信濃生産大学」（宮原誠一東大教授が総主事で一九六〇年開校、七年間続いた）の影響を受けて、六〇年代中頃から全国の各地で「生産大学」「農民大学」「労農大学」の名を冠した農民・労働者の自主的な学習運動が生まれる。山形県でも上山生産大学（一九六三年）、北村山農民大学、山形県農民大学のほか、庄内労農大学（一九七〇年）が誕生している。

そうした農民・労働者の学習運動交流の場である第一回全国農民大学交流集会が、一九七五（昭和五〇）年六月に山形県東根市で開かれた。そこで真壁仁・山形県農民大学学長は「征服史観と近代化路線」という講演を行っている。権力と資本による大規模な地域開発政策が猛威をふるっていた頃である。真壁は当時まだ県教組が支える山形民研（国民教育研究所）の所長の任にもあった。

〈もっとも早く農村「近代化」を唱えた人たちによって一九六一年に農業基本法がつくられたが〉これは農民からみると、まったくよけいなおせっかいだと思うのです。いったい『後れた世界』、あるいは『辺境』というものは、権力から遠い世界のことなわけです。だから辺境を開くという考えのなかには、政治的にも経済的にも、あるいは文化的にも征服と支配の思想がつきまといます。

東北にはまだ埋もれている資源がある、土地がある、たくさんの労働力がある、『近代化』という合理化をおしすすめれば、農業生産力を高めながら、工業の立地と生産にも役立つ。それだけでなしにできあがった商品をよろこんで買ってくれる巨大な市場がそこに出てくるという期待があるわけで、事実、東北は、戦後あらたに開拓された大きな農村市場であり、農民は巨大な消費層として組織されてきました。

いろいろな家庭用品や生産資材を、かなり無選択、無原則に買い入れる買い手市場ができあがってきました。これまで生活のかなりの部分を自給してきた農村農民をこのように組織的に、消費市場としてとらえていく、それが『近代化』という名の政策の裏にあるものだろうと思います。(『野の教育論』[続] 三三八〜三三九頁)

五　真壁仁のもう一つの文学論――「民族のなかの原質」へ

ところで、真壁が農民の学習運動や教師の教育研究運動に身体を使って深くかかわっていくのは、一九七〇年代の中頃までである。その後、真壁は山形の諸地域を中心として東北の各地を歩き始める。東北の自然・文化・歴史・民俗などを深く掘り下げていく仕事にシフトしていく。稲(米)や紅花のルーツを求めて、アジア・アフリカ、沖縄諸島へも足を延ばすようになる。近代主義や啓蒙主義をこえて、農民の、原東北人の、日本人(日本民族)のエートス(心性・精神)を掘り起こそうとする作業に向かう。

一九六〇年代、詩人真壁仁は自らの詩集を一冊も出していない。もう少し正確に言うと、一九五八年に『日本の湿った風土について』(一九四〇年代後半から五〇年代半ばまでの詩を収集したもの)を刊行してから、晩年の一九七八年の『氷の花――蔵王詩集』(東北出版企画)と『失意の雲』(青磁社)までの間、自らの詩集の刊行はない。原水禁運動、青年・婦人の文化運動、反安保闘争、農民大学運動、民間教育研究運動などの社会的実践に忙殺されて、なかなか詩が書けなかった。

しかし、多忙な教育研究運動や平和運動の中で、真壁は社会的実践とかかわるいくつかの詩を書いている。私が知っているのは、「この子らのために」(『山形県職員新聞』一九六〇年一月一日に寄稿)、「平和」(山形市内の「鳥海月山両所の宮」境内に一九六四年建立された「平和の碑」の詩文)、それに先に少し紹介した一九六六年の「ベトナムの農民に」の三つである。いずれも地域実践の中でかかれたメッセージ性の強い詩である。これらの啓蒙的色彩の濃い詩を、真壁はどの詩集にも収録していない。詩人として満足できる詩は書けなかったということである。

しかし、地域実践や社会的活動に精力を費やしていたこの期間に、真壁は非常に興味深い、そして貴重なアンソロジーを編んでいる。真壁が一九五〇年代末から六〇年代の初めにかけて拾い集めた、八三人の日本の「民衆詩人」の詞華集『詩の中にめざめる日本』（岩波新書、一九六六年）である。

真壁は「民衆は詩人である――序にかえて」のところで、「これは戦後日本の民主主義のめざめへの記録であり。民衆の体験した戦後史でもある」と書いた。

真壁はまたそこで、民衆表現のなかに埋め込まれている詩的暗喩の豊かさ――「木の股裂き」（東北地方の二月の雪のこと）、「花崩し」（三月の雪）、「べっき（蛙）かくし」（四月の雪）など――や、笑いや諧謔やエロスの面白さ豊かさを紹介している。生産する者、生活する者、つまり民衆がことばをとりもどし表現を創りだしていくことは文学行為そのものである、と真壁は書いている。

そして民族や民俗の文化の基底をつくりだしているのは、署名のない「無名の常民」の「匿名性」の表現で、「民衆詩人」の詩はそれを養源として吹き出てくるという。この考え方は、五〇年代末の生活記録の運動の中からも生まれている。

そのころ真壁は、東京の国民教育研究所での定期的な研究会で歴史学者の上原専禄と出会い、彼の説く「地域論」「民族論」「国民教育論」に強く深く揺すぶられていた。このころの真壁の文章には「日本というものは、個性的な地域の複合体である」とか「抵抗の概念として地域」とか「地域は教育の内容である」……といった上原の言葉がよく引用されている。

次の『詩の中に目ざめる日本』の「序にかえて」の末文なども、上原の影響を色濃く受けている文章である。

地域にはそれぞれそれに個性があり、また固有な価値がある。地域は住民の共同体として、独立の文化をもっている。人間の独立とともに、この地域の独立をまもる意識は、民族の独立をまもる意識とふかくとけあわなければならない。そうでなかったら、独立ということ、自主ということは観念におわるおそれがある。

詩人は選ばれたるひとりでなければならぬ、というつぶやきが私のなかにもある。それは私のややまわりくどい民衆詩人論にとってはおそるべき不信の声である。これにたいしては、ダンテの偉大さ、プーシュキンの偉大さをよりどころにしてこたえるべきだろうか。かれらの偉大さは、時代と民衆のすぐれた代弁者であったからである、と。(二〇頁)

アメリカ合衆国への軍事的・政治的・経済的・文化的、民族的従属を構造化する日米安全保障条約に反対する巨大な民衆闘争の敗北の六年後(一九六六年)に書かれた文章である。真壁のなかには「短歌的抒情・短歌的詠嘆」批判から対自的批評性・倫理性に向かおうとする面、つまり、孤高な吉田一穂の詩論の方向(孤独な精神の奥底に垂直に向かう方向)に魅かれる面と、個人の体験を、民族や集団の体験との共有・共存のなかに解き放っていこうとする、民衆文化への一体化に向かおうとする面とが重なり合っている。

戦後一九五〇年代中頃から六〇年代にかけての真壁の平和運動、教育文化運動への実践的投企――それは真壁の戦争責任の引きうけ方というものでもあったわけだが――は、後者の文学論への傾斜を強くした。その比重が大きければ大きいほど、何ものにも寄りかからない自立した孤独な精神営為としての表現(詩)への渇きに苦しめられる。

真壁仁は表現と生活、実践(政治)と表現を異次元・異相のもとして引き離して考えることはできない表現者・生活者である。詩が書けない時は、別の表現方法を模索するほかはなかった。

「詩人は選ばれたるひとりでなければならない」ということは、私の民衆詩人論にとっては「おそるべき不信の声である」という文章は、二五歳（一九三二年）で刊行した処女詩集『街の百姓』の「自序」に書きつけた、〝私の宿命的な血みどろのアソビである詩作を、野良の仲間よ赦してほしい〟という表現につながっている。

真壁仁という詩人が個と集団の関係性のなかで揺れながら、つねに両者の統合・葛藤、いうなればアポリアの中で表現しようとしていることがよくわかる。どう耐えるか。問題はその葛藤・アポリアの中での自己分裂の危機に耐えられるかどうか。死の直前に刊行される詩集『冬の鹿』（潮流社、一九八三年一二月）で、真壁はさいごの力をふりしぼって、そのアポリアに挑んでいると私に思われるが、これについては終章で言及したい。

平和運動、地域運動に深入りしていた五〇年代から六〇年代にかけては、大岡信流に言えば「うたげ」が「孤心」を凌駕していたこと間違いないだろう。[*27] それはこんな文章からもわかる。

作家、書き手のなかの文学的体験が、どれだけ民族の原体験に同化していけるか。[*28]〔傍点引用者〕

これは真壁が一九六二年に『文学』に寄稿した「危機感と民族意識」に出てくる文章である。農村青年との文化運動、原水禁運動、反安保闘争、農民大学の実践のなかで、真壁が考えていた、民衆文化、民族文化へ向かうもう一つの文学論がここにある。前掲の、プーシキンやダンテは「時代と民衆のすぐれた代弁者」〔傍点引用者〕であったという文学の考え方もそうであろう。「代弁」への信頼は、啓蒙の時代の終焉とともに消滅し、「他者」（民衆・民族）の「代弁」への懐疑と批判から現代詩は出発するのだとしても、他者との「うたげ」そのものの排除は、詩の傲慢・消滅を意味しよう。

右と同じ論稿で、真壁はこんな言葉も記している。

たとえば太鼓や笛の音を〔に〕象徴される単調なあかるさや、鹿踊りなどにみられる強烈なヴァイタリティといったもの、つまり、もっと庶民的な感性の部分も民族のなかの原質としてあるのだが、これは文学のなかにはなかなか出てこない。そこには生きるということの素朴なよろこびと祝福、そして生産労働のリズムがあり、ものの衰弱状況をうちやぶってゆく力を汲みとることができる。文学はついぞそういうエネルギーに触発されて自己を解放する志向も機会ももたなかった。[*29]〔傍点引用者〕

五〇年代から六〇年代中頃までの「啓蒙の時代」に、真壁仁が社会的実践に多くのエネルギーを注いでいる間考えていた文学論とは、そういうものであったのかも知れない。

万葉集以来の日本の詩歌の歴史の中ではむしろこちらが主流で、戦争中の日本浪曼派が現実社会への批評から逃げ、そこ（「民族のなかの原質」）へ情緒的に回帰しようとして「壊滅的・悲劇的命運」に陥ってしまったこと、そして真壁仁もその一人であったことについては、第四章で詳しく見たとおりである。よしんばそれが、危険極まりない性質を秘めたものであるとしても、そこに向かおうとしない詩人はいないだろう。「いかに純粋な文学でも、民族とともに生き、ともに滅びる」[*30]ものだからである。民族・民衆・常民と文学の関係は一筋縄ではいかない。民族・民衆・常民に批評の目を向けようと、それらとどういうスタンスを取ろうと、誰が何を表現しようとも、どんなに過ちを繰り返そうとも、文学のゆりかごは、それら以外のものではありえないからである。

群れることを嫌った孤高な詩人吉田一穂もまた、そこへ向かって一人で垂直に下降した（上昇した）。批評性、普遍性への志向、対自的・対他的倫理性への自覚……これらを貫きとおすことだけが現代文学、現代詩の成立根拠なのかもしれない。そこに「個」が存在するか、どのような形で存在するかが分水嶺だろう。

それは表現の問題であるが、詩人にして生活者、地域の実践者たらんとした真壁は、日本の平和を揺るがす朝鮮戦争前夜、「日本の平和を守り、日本を救う道が日本の詩を救う道でもある」と決意して、「詩人の社会的活動展開の主導力として働こう」と平和運動、地域の文化教育運動に身を投じたことは、これまで見てきたとおりである。この間詩人としてはうまくいかなかった（詩が書けなかった）が、民衆・民族・民俗の教育、文化、歴史などの分野での表現活動では豊かな成果を生みだした。真壁仁の戦後詩や評論が戦中に先祖返りしているとは、私は思わない。

真壁の中の「民衆文化」や「民族の原体験に同化」したいという文学エネルギーは、また、この間、『黒川能』（日本放送出版協会、一九七一年）、『手職』（やまがた散歩社、一九七七年）、『紅花幻想』（山形新聞社、一九七八年）、『紅と藍』（平凡社、一九七九年）などの民衆文化、民俗文化の基底から紡ぎだされる文学的手法を用いた研究論稿として結実した。これらとともに、同郷の歌人と画家の評伝――『人間茂吉』（三省堂、一九六七年）と『最上川への回帰――評伝・小松均』（法政大学出版局、一九八四年）――などの形でも現われた。

真壁との交流の深かった五〇年代のサークル文化運動の青年たちが、大高根基地闘争を題材にして共同創作した長編童話作品『山が泣いてる』が一九六〇年に理論社から出版され、注目を浴びたことがあった。この作品についての評論で真壁は次のような文章を書いている。

共同制作あるいは集団創造の方向は、こうしたサークル文化運動の中で追及されていった集団主義の思想と無関係ではない。サークル文化運動の中では、まず何よりも自由と主体をかくとくした個人のパーソナルな関係をもとにした人間関係―小集団が意識され、また小集団に加わることで自我を解放するというサークルの機能が生れていった。〔……〕

しかしだいじなことは、個々の作家の実感と経験を直接つなぎあわせることではない。その実感と経験を個人の文学的発想のなかでつかまえるのではなしに、それを危機のなかの民族の発想として成熟させることである。それは、新しい集団的個性の創造とよぶこともできるだろう。現代社会の大衆化、機械化現象の中で、疎外された人間の状況を追及することのほか、未来への潮流を何ひとつつかまえることのできない文学の孤独と頽廃は、はたして何によってすくわれるのか。すくなくともいま、ひとりの作家の個人名でわずかに識別と評価をあたえられている文学的生産関係のなかで、無署名性のモニュマンをつくることが抵抗となる。民話の無名性に現代の叙事詩をそそぎこむことだ。*31

これもまた、真壁の中に実在するもう一つの文学論への傾斜を示す言葉であろう。真壁はこの論稿を脱稿した日付（六〇・六・一七）を末尾にわざわざ記している。

その二日前の六月一五日は、全国で五八〇万人の人々が反安保闘争に参加した日である。その日の夜、東京の国会前では、東大生の樺美智子が警官隊と衝突し暴行を受けて亡くなっている。そして、一日前の一六日は、安保条約の国会通過を阻止しようとする三三万人の人たちが、全国各地から国会周辺にかけつけ、徹夜で国会議事堂を包囲した日であった。真壁のこの文章には、そのころの日本の民衆運動の熱気が反映されている。

先のサークル運動の仲間たちの共同創作童話『山が泣いてる』への評論では、「集団的個性」というアンビバレントな言葉を用いて、真壁は「うたげ」（集団）と「孤心」（個人）の間にあるアポリアを超える視点を見出そうとしている。

真壁が地域の社会的実践者として活動した時期の表現は、詩としてはほとんど創出されることはなかったが、第八章で言及するように、地域の民俗・民衆芸能、民芸分野の仕事、地域教育研究、地域史研究、農業・農民論などの分野や、評伝などの詩とは違う形の仕事で、「民族（と民俗）のなかの原質」に迫ろうとしたことは間違いない。

詩表現としては、死期の迫った最晩年に刊行された詩集『冬の鹿』に掲載された「稲《オリザ》」、「稲の道」、「糧の道」、「原風景」などの農の〈始原への遡行《そこう》〉と〈農のエロス〉を詠った、数は多くないが珠玉の詩群に、それは造型されている。個の独立精神を「民族（民俗）のなかの原質」の中で蘇らせようとする試みである。

最後に掲載する詩「国を紡ぐことば」は、一九七二年にモスクワを訪問したときに着想をえ、それから一一年後の死を間近にした病床で、真壁の面倒をみつづけた家族や斎藤たきちらにささえられながら、あえぎあえぎ、推敲を重ねて生まれたものの一つだという。同じ時につくられた詩は「凍原」、「チェホフの墓」で、いずれも『冬の鹿』に収められている。

国を紡ぐことば

友人がシベリアで捕虜になったとき
一軒の農家に招かれたことがあった
家に入るといやでも目につく三人の肖像画が飾ってある
一人はいわずと知れたレーニン
次はスターリン
けれどもその次は?
すると百姓は少しばかり胸を張って
ヤポンスキー　お前は知らないのか
これがわが国の偉大なる国民詩人プーシキンだ
なるほど頬や顎の髭は濃いが

目元はやさしく精悍な若さにあふれている
あの百姓は
オネーギンなども読んでいたのか

おれはモスクワを訪れた日
プーシキンの銅像の下に立った
クレムリンの奥のことは知らないが
スターリンの肖像はもうどこにも見られなかった
力で勝ったものは力で敗れる
プーシキンの銅像は
木立ちの多い小公園に建っている
市民はここに安らぎや勇気を求めにくる
そしてやさしい詩のフレーズを思い出して帰ってゆくのであろう

農奴解放と自由を求めてデカプリストの運動がはじまったとき
プーシキンはまだ若かかった
しかし専制政治とたたかう諸民族の
反抑圧の思想の高まる中で
プーシキンはそれを代弁するたくさんの詩を書いた
人間の尊厳をうたい
自由と解放をたたえるそれらの詩には

読むものの心をとらえる美しいひびきがあった
プーシキンの詩には民族のちがいをこえて
新しいロシア語が生まれつつあることを感じさせた
軟かだけれどもつよく光る糸が繭を紡《つむ》ぐように
人と人との心を結んでいくことばの糸
〔……〕
プーシキンの言葉《ことば》は
大きな国の未来をはらんでいた
解放と自由と民主化をうたいつづけるプーシキンは
専制政府におそれられ憎まれた
一八二〇年南ロシアに追放され
つづいて北方ブスコク県に流刑された
一八二六年デカプリストの乱の敗北の後
ゆるされてモスクワへ帰ったが
抵抗の詩を書くことをやめなかった
たえまない迫害が彼をおそった
そしてついに
宮廷貴族たちのたくらみで決闘を強《し》いられる
プーシキンは敵の剣に胸を貫かれて死んだ
一八三七年三十八歳
〔……〕

斎藤たきちの「真壁仁闘病の記」〈日録〉には、こうある。

〔一九八三年〕九月一九日。朝から昨日のつづき。「不思議なものだよ、ソヴェトロシアを旅行してから十年になるが、これまで一篇の詩も、一つのエッセイも書けなかったのに、ベットに伏して天井を見つめているとソヴェトロシアのことが次々に想い出されて詩になるんだよ、頭の中には七篇ほどあってね。」と語っては、ノートにメモしていた詩を清書にかかるのだが、なかなかまとまらない。[*32]

〔第六章・註〕

＊1　真壁仁「土着思想と「近代化」思想――〈近代化〉に浸食された農民意識」松永伍一ほか編『講座農を生きる』第五巻〈歴史を踏まえて――主体性と農民〉、三一書房、一九七五年、三六頁。

＊2　真壁仁「平和のまもりに」『野の文化論』〔三〕五四頁、五七～五八頁。初出は『詩学』第五巻一号（一九五〇年一月）。

＊3　高田博厚「ある詩人へ」（一九四六年六月二八日）『フランスから』朝日新聞社、一九七三年、一〇四～一〇五頁。

＊4　城戸昇「詩と状況・激動の五〇年代」『現代思想』第三五巻一七号（二〇〇七年一二月）、二四三頁〈特集・戦後民衆精神史〉。

＊5　これらの運動の呼称は一定していない。真壁仁自身は「農村青年サークル運動」「生活記録運動」「文化運動」「地域文化運動」「青年運動」などとさまざまに呼称を変えて論じている。運動の内容や目的がそれぞれに

微妙に違っていて、「生活記録運動」では総称できない性質をもっていた。

＊6　吉田達雄、植松要作、鈴木実、高橋徳義、五十嵐フミ、木村廸夫、斎藤たきち、川田信夫〔座談会〕「『地下水』の三十年」『地下水』第三一号（一九八六年一二月）、七二頁の吉田の発言。

＊7　吉田達雄「私の農村文化運動と戯曲」『地下水』第四五号（二〇〇七年五月）、九～一五頁。吉田は二〇一四年に『実録長瀞一揆』（ひがしね叢書第九巻、東根文学会）を刊行した。

＊8　関充利「野の思想はなぜ届かなかったか――地域論を考える」『真壁仁研究』第七号（二〇〇七年一月）、二九五頁。

＊9　真壁仁「農民の歴史をつくる青年の創作活動」『野の教育論』〔下〕四四～五三頁。初出は『社会教育』第一一号五号（一九五六年五月）。須藤克三『自伝おぼえがき』みどり書房、一九六七年、一三九頁では、『どっぴつ』と『四次元』は別々の文学サークル誌となっている。

＊10　佐藤藤三郎『25歳になりました』百合出版、一九六〇年、二二一頁。

＊11　同前、一二七頁、一三四頁。

＊12　須藤克三、前掲（＊9）および山形県立図書館発行のパンフレット『須藤克三文献目録』（発行年不明）などを参照。

＊13　佐藤信一「須藤克三と社会教育」須藤克三遺作刊行実行員会編『須藤克三の道・仕事・人』やまがた児童文化会議、一九八四年、四九～五〇頁。

＊14　劔持清一『劔持清一教育論集』第三巻（地域と教育）、一九七三年、五五頁。

＊15　真壁仁、前掲（＊9）、四四～四六頁。

＊16　佐藤藤三郎、前掲（＊10）、一五八～一五九頁。

＊17　鈴木実「生活記録と文学――その有機的関連のために」『私の落穂拾い抄』北方出版、二〇一〇年、二八三頁。初出は『文学』第二四巻三号（一九五六年三月）。

＊18　吉田達雄ほか、前掲（＊6）、七七頁の鈴木実の発言。この問題については森岡卓司「一九四〇年代東北表象言説と『百姓のノート』」坪井秀人編『敗戦と占領』岩波書店、二〇一八年も言及している。また『地下水』の研究としては、相馬直美「山形農民文学懇話会『地下水』の農民文学運動」地域文化研究会編『地域に根ざ

す民衆文化の創造——「常民大学」の総合的研究』藤原書店、二〇一六年がある。
＊19　真壁仁編『新しい教師集団』三一書房、一九六〇年、二五頁。
＊20　須藤克三「自主的な歌ごえ——第二回青年婦人文化会議から」『教育北方』第三〇号（一九五八年八月）、一頁。
＊21　真壁仁「生活の底辺から」『野の文化論』〔三〕二三二頁。初出は『国民文化』第四号（一九五九年四月）。
＊22　「文芸訪問第五回・真壁仁の巻——深い思想の敬虔な翳り」『文藝山形』第一五号（一九七三年六月）。
＊23　北河賢三「須藤克三と戦後山形の教育文化運動」『戦後史のなかの生活記録運動』岩波書店、二〇一四年、一三五頁。
＊24　山形県『山形県史』第六巻（現代編上）、二〇〇三年、九六六頁。
＊25　剱持清一『北方の教育』民衆社、一九七四年、一五四～一五五頁。
＊26　同前、一五八～一五九頁。
＊27　大岡信『うたげと孤心』岩波書店、二〇一七年。
＊28　真壁仁「危機感と民族意識——文化創造運動のなかから」『文学』第三〇巻七号（一九六二年七月）、六一頁。
＊29　同前、五五～五六頁。
＊30　竹内好「亡国の歌」『竹内好全集』第七巻（国民文学論／近代日本の文学／表現について）、筑摩書房、一九八一年、二四頁。初出は『世界』第六六号（一九五一年六月）。
＊31　真壁仁「基地問題の形象化と集団創作の方法——長編童話「山が泣いてる」をめぐって」『真壁仁研究』第六号（二〇〇六年一月）三六九頁。初出は『山形文学』第一六集（一九六〇年八月）。
＊32　斎藤たきち「死をひたすら信じることなく」『地下水』第三〇号（一九八五年一月）、一三四頁（真壁仁追悼特集）。

第七章　さまよう詩人の魂——組織としがらみのなかで

一　原水禁運動の分裂と不寛容のなかで

一九五四年三月一日、太平洋ビキニ環礁でのアメリカ軍による水爆実験に遭遇して、近くで操業していたマグロ漁船・第五福竜丸の二三人の日本漁民が被曝。その半年後に無線長の久保山愛吉さんが病死。当然放射能被曝との関連が疑われた。抗議の声が日本中に湧き起こったが、日本の外相はこれからもアメリカの水爆実験に協力すると言い、アメリカ政府は日本漁民にはスパイの疑いがあり、漁民が危険水域に入ったことが問題だなどと発言。

その時内側からこみ上げてきた怒りの思いを真壁は書いている。（当時はまだマーシャル群島ビキニ島周辺の住民の被曝についても、また、日本にいて被災した多数の外国出自の被曝者の存在についても、日本世論の問題にはなっていなかった。）

「三回にわたる原水爆の実験にさらされた日本が、怒りと抗議を叫ばずして誰がこの世紀の終末の実感を伝えよう。私は日本の詩人としてほとんど義務にちかい気持ちで水爆実験禁止への訴えを発言し

仁55歳。山形県原水協理事長として
［『野の自叙伝』より］

た。現代社会のなかで、地獄の座に断罪すべきものの数はあまりに多すぎるけれども、二十世紀詩人が共同の手で、世界悪の根源を処刑する任務を語りあわねばならない、と私は思った。」（『野の自叙伝』一〇三頁）真壁の感情の昂ぶりが伝わってくる文章である。

真壁は自ら創刊した詩誌『げろ』に「ビキニの灰」特集を組み（一九五四年五月）、巻頭に評論「ビキニの灰と現代詩」と詩「石が怒るとき」を発表する。所属していた現代詩人会の抗議声明や「死の灰」特集の編集刊行にも積極的に参加していく。

その年の六月一四日に山形市教育委員会の呼びかけで、「山形市原水爆反対運動推進協議会」の第一回準備会が開かれている。当時真壁はまだ山形市の公選制教育委員の一人であったから、真壁が中心になって市教委を動かしたことは容易に想像できる。五四年六月二五日から二七日の三日間、山形市内で原水爆禁止署名とビキニ被災者見舞金募金の運動が、家庭・職場・街頭で実施された。真壁も街頭に立った。その後、県内でも行われるようになる原水爆に反対する平和大行進にも、毎年先頭に立って参加していく。

原水禁運動は、東京杉並区の魚商組合の請願運動（四月）と主婦を中心にした様々な地域住民の署名運動（五月）から始まり、それが一五年戦争と広島・長崎の被爆体験から生き延びた戦後日本の草の根の庶民の間に、燎原の火のように広がった、祈りに似た反戦平和の運動であった。

山形県内でも、山形市教委が動く一か月前に鶴岡市の一二の婦人団体による原水爆反対署名の運動が始まっている。三週間で三万五〇〇〇人の署名を集めていた。[*1]

原水爆禁止日本協議会（日本原水協）が結成されるのが一九五五（昭和三〇）年九月。その年の八月広島市で第一回原水禁世界大会が開かれ、真壁は四〇名の山形県代表団の団長として参加している。全国から集計された署名数は、実に三二三八万二一〇〇余人と発表された。

一九五五年八月六日の広島の空の下で、詩人真壁は「みどり幼く」という詩の着想をえている。[*2] 四八歳の時である。一〇連までつづく詩だが、最初の三連のみ紹介する。

みどり幼く†

あなたは見たでしょうか、
十年経ったデルタの町の繁栄を。
聖堂の祭壇にきらめいている不死鳥と
よびあっている死の影もうつろなドームを。
それが
血と骨の乾いた白い砂漠に立っているのを。

あなたは見たでしょうか。
ひろしまの緑が幼いのを。
土がみどりを育てず緑がまだ土をおおわないのを。
比治山の傷ついた木々を見たでしょうか、
あの山上のクリームいろのＡＢＣＣが
つめたく扉をとざしているのを

あなたは見たでしょう。
七つの川がこんなに澄んで、
蝶のかげひとつのがすことなく映しながら
ひき汐の海にそそいでいるのを。

血の河、屍の谷となった残像を
それはどこにとどめているのでしょうか。
〔……〕
〔ＡＢＣＣ（米原爆傷害調査委員会）は原爆投下直後にアメリカの民間機関が設置した原爆傷害調査研究施設で、被爆者の治療は行わなかった。〕

この第一回原水爆世界大会が開催された一九五五年は、戦後の平和運動にとって画期的な年であった。運動の一端を担っていく第一回日本母親大会や第一回青年問題研究集会（日本青年団協会主催）が開催されている。国民各層からなる文化・芸術団体で、原水爆禁止運動や反安保闘争でコーディネーター的役割をになうこととなる「国民文化会議」（南博、上原専禄、日高六郎、木下順二などが中心。真壁も会員となって参加）が誕生したのもこの年である。[*3]

翌年に開かれた国民文化会議の第一回「国民文化全国集会」の中心テーマとなったのが、全国各地の地域や職場で自然発生的に生まれていた「サークル活動」であった。反戦平和の運動や政治的危機のたかまるなかで、サークル運動や共同学習運動が広がっていく。

この年は基地闘争も激化した。米軍の東京立川基地の拡張を阻止しようとする反対派と警官隊の大きな衝突事件が起こる。山形県では、大高根米軍基地で測量を阻止しようとする住民や支援労働者が衝突して七〇余人の重軽傷者がでた。

さらにこの年、保守合同となった自由民主党と統一なった日本社会党の保革二党体制（以後一九九三年までつづくこととなる五五年体制）がスタートする。日本共産党が火炎瓶闘争などの「極左冒険主義」を自己批判し大衆路線に転換するのもこの年。アジア・アフリカでは新興独立非同盟諸国による「アジア・アフリカ会議」がインドネシアのバンドンで開かれ、「平和一〇原則」が採択されている。ＡＡ諸国の民族独立運動の高揚と非同盟主義は、日本の東西両陣営との非同盟独立を希求してきた人たちにも大きな影響を及ぼしたものであった。

敗戦後ほぼ一〇年。占領軍の対日政策は変化し、国内での保守・革新（当時は「保守・進歩」という表現がよく使われた）の対立が始まっていたが、反戦平和を願う原水禁運動はイデオロギーや党派をこえた広汎な大衆運動であったため、当初は保守勢力も支持していた。それは一九五六年一月に「原水爆禁止全国市会議長会議」が開催されたり、二月には衆参両院で「原水爆禁止決議」が与野党によって採択されていることからもわかるだろう。

山形県内でも県や市の行政も、当初は婦人青年団体・労組・政党などと共同歩調をとっている。真壁が理事長に選出された「山形県原水爆禁止協議会」（山形県原水協、五七年二月結成）でも、代表委員一〇人の中に当時の安孫子藤吉県知事が選出されていた。最初のころの街頭署名・募金行動には、山形市の広報車が出動したりしている。

県内から五六名の代表団が参加した一九五八年八月の第四回原水禁世界大会の団長には米沢市議会議長（自民党）の岸庄吉が選ばれている。その時真壁は副団長として参加。そのころはまだ、原水禁運動は「自民党も共産党もない」国民的な平和運動だと言われていた。

一九五〇年代後半、教職員に対する勤務評定に反対する運動や保革の対立が鮮明になる反安保闘争が日程にのぼるようになると、保守政党ならびに県や市町村の行政機関は原水禁運動から離れて行く。（保守勢力は民社党・自民党系の人たちが中心になって、安保後の六一年に原水協から去って独自に「原水禁国民会議」を結成している。）

原水禁運動の分裂はそれにとどまらなかった。当初から原水禁運動のイニシアチブをとってきた革新勢力内部に深刻な亀裂が生まれた。日本共産党・平和委員会系と日本社会党・総評（日本労働組合総評議会）系の二大組織間の指導権争いが顕在化し、組織につながらない草の根の人々（そこには被爆者たちもいた）は蚊帳の外におかれるようになる。無党派の真壁も当然翻弄されていく。

一九六〇年前後から激しくなるソ連と中国の対立（中ソ論争）が、原水禁世界大会に参加する諸外国の代表団内に分裂をもたらすと同時に、それがまた日本国内の革新勢力間の対立・抗争に拍車をかけた。国外勢力からの圧力に日本の革新勢力も、きぜんと主体性をもって対峙するというほど自立的ではなかった。自主性・主体性のそれほど強くない国内運動組織間の紛糾は、自力で解決の目途を立てられなくなり、分裂の道をたどるしかなくなる。

一九六〇年代前半、泥沼のような争いを続けることとなる社会党・総評系と共産党系の運動方針の違いを簡略化していえば、次のようになる。

「（社会主義国）ソ連邦をも含めたいかなる国の核実験にも反対。米・英・ソ連間の部分的核実験禁止協定締結を一歩前進として支持し、〈幅〉広い国民運動にしなければならない」（社会党・総評系）と「平和の敵を明確にし、米日反動の戦争と侵略の政策に反対しなければならない。平和運動は国内の様々の政治運動とつながるのが〈筋〉である」（共産党系）。

〈幅〉派（あるいは「いかなる国」派）と〈筋〉派（あるいは「平和の敵」派）の争いとも言われた。組織が大きければ大きいほど組織自体の維持と拡大を優先し、ヘゲモニー（指導権）争いに奔走し、会議や大会ごとにしれつな動員合戦（多数派工作）を繰り返すようになる。民衆の広範な平和運動に党派的政治運動の論理が持ち込まれたのである。民衆運動と違ってイデオロギーに寄りかかる政治運動となると、相互の妥協は簡単ではない。

山形県原水協の理事長であり、日本原水協の理事でもあった真壁仁もまた、〈醜悪な〉とでも形容したい、組織間の争いに巻き込まれていかざるをえなかった。東京におかれる日本原水協（中央）で多数派を占める組織（共産党系）と、県の原水協で多数派を占める組織（社会党・総評系、山形県では県労評系）が違ってくるにおよんで、県の運動の最高責任者である真壁の葛藤は頂点に達したことであろう。

生まれてからずっと山形の地域で暮らしてきた真壁には、共産党系にも社会党・県労評系にも日ごろ親しく付き合っている友人や知人がいた。一九五九年の参院補選に真壁を統一候補として推したのはかれらだった。真壁が信頼を寄せてきた地域の青年や教師たちも、どちらかの大きな組織につながり、その方針を大事にして活動をつづける人たちが存在した。真壁はどうしただろうか。

現代詩人たろうとする真壁は、自ら選んだこの錯綜・対立する平和運動の中で、内と外に対して、対自・対他の批評の武器を存分に振るい、個の精神の独立を保つことができたのだろうか。一九六〇年八月からほぼ三か月、真壁は大病（重篤な急性肝臓炎）を患い入院している。多種多様な激務と組織分裂への心労などがたたったのである。

真壁の大病明けの翌年（六一年）から原水禁運動の内部対立はいっそう激しくなり、分裂のきざしがあらわになってくる。

一九六一年八月三〇日、ソ連の核実験再開が公表された。それに対して日本原水協は反対を決議しソ連に抗議。この時点では原水協のイニシアチブをとっていたのは社会党・総評系だった。九月に入るや日本共産党は『アカハタ』（一九六一年九月八日）で、「ソ連は、その社会体制のなかに戦争を生みだす必然性を全然もたぬ社会主義国」であり、ソ連の核実験は「第三次世界大戦阻止」が目的であって、日本共産党はソ連を支持するという声明を出す。

その二日後の一〇日に出された『アカハタ』号外では、「戦争――しかも核戦争という大きな危険が目の前に迫っている現在、このような大きな危険を防ぐためにほかに道がないとすれば、たとえ「死の灰」の危険があっても、〔ソ連が〕核実験の再開という非常手段に訴えることはやむをえないことです」という野坂参三議長（当時）の「一問一答」が掲載された。原水禁運動への揺さぶりと、それへの反発が不寛容状況を強固にしていく。

ここから中央・地方の原水禁運動はさらにいっそう激しい対立と抗争へと突き進んでいく。統一戦線の破綻である。六一年一一月、日本原水協の安井郁理事長は何としても分裂を避けようと「基本原則」(「3、原水禁運動は原水爆の製造、貯蔵、実験、使用、拡散について、また核戦争準備に関係する、核武装、軍事基地、軍事同盟其の他各種の軍事行為について、いかなる場合もすべて否定の立場をとる。」〔傍点引用者〕——社会党・総評系路線に近い原則)を打ち出して各県の原水協に検討を要請した。

山形県原水協はこの「原則」をほぼ受け入れ、真壁理事長は「修正案」をもって、翌六二年二月一一、一三日の全国理事会に出席。全国理事会は三月五日「基本原則」を満場一致で採択した。

だが、その年の四月にアメリカの核実験がクリスマス島近辺で行われ、八月二日にはソ連の核実験が再開され、第八回世界大会(東京)は「核戦争阻止」をスローガンに掲げたものの、「いかなる国」派(社会党・総評系)と「平和の敵」派(共産党系と中国とＡＡ諸国代表が支持)の対立・衝突が激化し、社会党・総評系が退場し、大会宣言が採択されなかった。

一九六三年二月二一日、安井理事長は「原水禁運動の統一と強化について」と題する声明(二・二一声明)を発表。その内容は「この運動は、いかなる国の原水爆にも反対し、原水爆の完全禁止をはかる。それはまた、異なる社会体制の平和共存のもとで、運動の目的を達成できるという立場に立つものである」というものだった。だが「平和の敵」派からの批判沸騰の中で混乱は一層深まり、安井理事長はじめ担当常任理事は総辞職へ追い込まれる。広島県原水協理事長で被爆者団体協議会代表でもあった森滝市郎は三月七日の「日記」にこう記している。

「夜、県原水協役員会。二月二十八日の日本原水協常任理事会の報告を聞き、県原水協の態度決定(九月声明、二・二一声明の線で)。主体性。」〔傍点引用者〕主体性という文字がなんとも重くせつない。なお、「九月声明」とは前年九月一日に広島県原水協が出した運動の「団結と前進のための声明」で、被爆の体験こそ運動の源泉であると位置づけ、いかなる国の核実験にも核兵器にも反対するという、日本原水協の「基本原則」の順守を明確にしたアピールである。[*4]

真壁理事長の山形県原水協は、この二・二一声明の方針に基づき、「すべての核実験は反対」、「原水爆をなくそう」というスローガンを掲げて、七月一二日（酒田）から一九日（山形市内）まで八日間、県内各地三〇〇キロを歩き通す「国民平和大行進」を成功させている。この時点までは、県原水協は統一行動ができていた。[*5]

だが、第九回世界大会が迫った七月五日の『アカハタ』紙が、「いかなる国の核実験にも反対」を内容とする「二・二一声明」は平和の敵を利するもので容認できない、という趣旨の「評論員」名の特大論説（その原文の一部を後に紹介する）を掲載した。そのときの先の森滝は七月九日の「日記」に「憂慮にたえず」と記した。[*6]

そして、決定的な分裂が一九六三年八月に起こった。

日本原水協の常任理事会は機能不全状態におちいり、第九回大会（広島大会）の対立・分裂を回避するために、大会の準備・運営を被爆県の広島県原水協（森滝市郎理事長）に白紙委任したのである。森滝は哲学を専攻する広島大学の老教授でもあり、広島高等師範学校（現在の広島大学）教員時代に被曝し、右目を失明していた。

六三年八月五日夜、第九回原水禁世界大会は広島県原水協のイニシアチブのもとで開催にこぎつけたものの、動員合戦（つまり多数派工作）に敗れた社会党・総評系の組織が別行動をとって統一大会を見棄て、別の場所（国鉄中国支社グランド）で独自に開催し、日本の原水禁運動はここで完全に分裂する。山形県原水協の統一が崩れるのもこの夜だった。

会場には共産党系の組織の代表者を主力にした約二万人の人たちが残った。そこに残った方にも、別の会場に移った方にも、両組織の分裂状況に心を痛め、広島・長崎・第五福竜丸やビキニ環礁の被爆者に心を寄せながら、核兵器の廃絶を願って駆けつけた人たちもたくさんいた。

日本原水協の常任理事会と全国理事会によって白紙委任された広島県原水協の森滝市郎は、共産党系の人たちが圧倒的に多く残っている会場で、次のような「基調報告」をすることとなった。だが、この基調報告は圧倒的多数派となった共産党系の代表たちの支持はえられなかった。共産党系の人たちは広島県原水協への「白紙委任」には、態度「保留」の立場で臨んでいた。そのような異様な状況での森滝の「基調報告」であった。

いくたの困難を乗り越えてついにここ広島の原爆慰霊碑前に集まり、第九回原水爆禁止世界大会を開き得るに至ったことを皆さんと共にまことに感慨無量に存ずるものであります。私は皆さんと共に広島、長崎三十数万の原爆死没者のみたまに限りない哀悼の心を捧《ささ》げ、そのごめい福を祈り「誤〔過〕ちは繰返しません」という人類共通の誓いをここに改めて固く誓い、原水爆のない世界を目指して、平和のためのたたかいに立ち上がることを決意して、みたまよ安らかに眠って下さいとお祈りする次第であります。

〔……〕

広島・長崎・ビキニの被爆体験を持つ日本国民は〝原爆はもうごめんだ〟という怒りと憂いから、どこの国のどんな実験にも核武装にも絶対に反対だと叫ばないではいられなかったのであります。

〔……〕

私たちの禁止運動の立場から見れば、このたびの〔部分的〕核停条約は運動の一つの成果として十分に評価すべきだと思います。何となれば世界の民衆が手をつなぎ、声をあわせて平和への要求を高くかかげて国際世論をたゆみなく起こして行けば、国際政治をも平和の方向に向け得るものだという貴重な人類的経験を持つことが出来たからであります。*7

この会場にいた若き日の作家・大江健三郎のルポルタージュが残っている。原水協常任理事会の委託を受けた広島県原水協理事長で被爆者団体協議会の代表であった森滝市郎が孤立していくさまを、大江は悲痛な面持ちで報告している。[*8]

真壁仁もその会場にいた。山形県原水協の代表として、県内の様々な地域や職場から参加した九〇名の代表とともにそこにいて、森滝市郎の基調報告を聞いていた。正確に言えば、真壁団長とともに山形から参加した九〇名の中のある部分はそこから退場して、別の場所で開かれていた「いかなる国」派（社会党・総評系）の集会に参加していた。

被爆者のめい福を祈り、いかなる国の核実験にも抗議するという、広島の被爆者の一人である森滝代表理事の基調報告が無視されるという騒然たる会場で、詩人真壁仁は何を見、何を考え、何をしていたのだろうか。

ここでの経験や長くかかわった原水禁運動について、真壁はきちんとした文章を残していない。モノローグ風の短い文章はいくつか書いている。そのいずれの文章でも、草の根の民衆の平和を願う運動として出発した原水爆禁止運動に、指導権争いや政治的対立を持ち込んだ二大組織の一方の組織にコミットし、一方の組織を「国民的な統一」を破る勢力としてきびしく批判している。そこにいるのは政治活動家の真壁仁である。

分裂集会といわれた第九回の広島大会へ山形県の団長として行って、夜の宿舎に残っているのは私一人になっていた。留守居をしている団長ともしらないで、「明日の集会に出るな」という電話連絡がはいったりして悲しかった。その内輪の分派行動を目撃して、これではもう駄目だという気がした。
ひとつの組織、団体というものは、大きくなればなるほど、外に対して排他的になるものらしかった。私はサークルの思想で、国民的な統一をつくる理論を考えていたから、原水爆禁止大会の代表者がどこに所属していようと、送り出したのは地域の住民だという一点はゆずらなかった。でないと、無所属の人は集会へ出ることができなくなる。国民運動は成立しない。運動方針が（県の理事会で）否決されたとき、多数決の原理に疑問を感じたりした。アメリカを攻撃するような言葉がでると、彼らはまずいといった。社会的にも民主的で、民衆を指導していかなくてはならない人たちが、内部対立をくりかえすようでは、とても平和問題にとりくめるはずはなかった。そういうことした人たちは、じつはこの運動が大きく育つまで見向きもしかった人たちだった。私は絶望して身を引いてしまった。それは一九六四（昭和三九）年七月のことであった。（『野の自叙伝』二〇〇頁）

山形県原水協内部では真壁の云うようなことが実際起こったのだろう。だが、例えば先にみた森滝市郎を理事長とする広島県原水協の人たちにしてみれば、被爆体験者を中心にした様々な人たちの「原爆はもうごめんだ！」という願いと声に、長年辛抱強く耳を傾けて、「基調報告」の中心にすえた「どこの国のどんな実験にも核武装にも反対」だという悲痛な思いが、あの日の夜（原爆記念日の前夜）慰霊碑前の会場に残った多数派の人たちに無視され、日本原水協から白紙委任された「基調報告」が踏みにじられたという現実があったわけである。

その多数派の中に確かにいた真壁自身は、そのことに、どれだけ重く深く想像力をはたらかせていたのだろうか。

広島から戻ると、真壁は混乱の責任をとって六三年九月に、山形県原水協理事長の辞表を理事会に提出している。だがそれが受理されたのは、翌六四年二月、県原水協常任理事会の五時間にわたる激論の末であった。多数派の社会党・県労評派が受理を主張し、（山形県原水協では少数派の）共産党系の人たちが慰留を主張した、と『山形新聞』（一九六四年二月一三日）は報じている。

中央の原水禁運動の分裂にともなって、山形県の原水禁運動も、原水爆禁止山形県協議会（県原水協）と新しく設立された原水爆禁止山形県国民会議（県原水禁）に正式に分裂した。県原水協で多数派を占めていた社会党・労評系は、中央の社会党・総評系の人たちが日本原水協から離れて原水爆禁止日本国民会議（原水禁）を設立したのを契機に、それと連携する形で県原水禁と名のるようになったのである。

その後、両者（協・禁）が統一して世界大会を開催するのは一九七七（昭和五二）年。しかし、八六年には再度分裂して統一世界大会が開けず、今日に及んでいる。

真壁は「私は絶望して身を引いた」と書いていたが、その後も県原水協支持は変わることはなかった。すぐ前に引用した真壁の回顧録を読むと真壁が混乱期の原水禁運動の中で、何を考えていたかが見えてくる。それは、地域で職場で黙々と平和や民主主義の実践に取り組んでいる人たちの統一の力こそ原水禁運動の中核にならなければならない、という地域統一戦線の考え方である。その基盤にあったのが戦後生まれた、親しい仲間相互の自由・平等・対等な人間関係を目指したサークル運動論である。

真壁の脳裏にあったのは、一九五六年から始まる、県内の何百という団体・グループ・サークルが集まって始まった、「青年婦人文化会議」の自由で民主的な話し合いの経験だった。真壁はその一九五〇年代のサークル論、小集団活動論で、大集団（巨大組織）のヘゲモニー争いの論理が交錯する分裂期の原水禁運動にかかわろうとしたのである。

戦後の新しいサークルは、何よりも仲間としての対等な人間関係をつくるなかで、自立的な個人、独立の自我を形成しようとする意識を育ててきている。それは村社会と家族集団のなかの権力や権威にたいする抵抗であり、それからの解放の意識である。〔……〕サークルは、この封建的なものへのたたかいをとおして近代的な自我をかちとっていく集団である。〔……〕ぼくらは資本主義体制下の民主主義の自己矛盾を現実に体験し、民主主義の原理と力の原理とむすびつくときの本質の変わりようと、数の原理としてはたらくときの本質の変化を見てきている。それは、弱者の側に自主的な集団をつくらせた。労働組合、農民組合、青年団、婦人会などのほか、無数の集団を数えることができる。〔……〕しかし自主的な大集団が機構化され、自立の勢力として強まるにしたがって、力の論理に支配されがちなのもおおいがたい現実であった。〔……〕大集団の指導者は「指令」し、絶叫し、たえざる緊張のなかで数の力を高揚してゆく。規約と役員が組織の紐帯となって、上層から下層へのピラミッド形を築いたときに、もっとも充実し安定する。しかし、成員と成員とのむすびつきはパーソナルな関係でないために、組織以外の世界ではむしろ弱い個人となってしまいがちである。[*9]

日本原水禁運動の硬直化と内部対立に直面して、真壁仁は一人の地域運動の実践者・主導者として、また山形県原水協の代表として、自らの血肉となっているサークル運動の論理で原水禁運動の分裂を回避しようと試みた。だが、巨大な政治組織、運動組織の論理は真壁の思いや展望をはるかにこえ、そして残酷だった。

真壁には身近な小さな組織やサークルは見えても、状況によってつねに豹変してはばからない、顔の見えない国家権力や、それと対抗したり癒着したり、それを利用さえするときもある巨大な政治組織、運動組織（システム）の非人間的な力の論理、さらには国際共産主義・社会主義の圧力の中で翻弄される日本の運動組織（大集団）の脆弱な主体、などは見えなかった。見ようとしなかったのかもしれない。

そうでなければ、日本の原水爆禁止運動に決定的な分裂もたらすこととなる主張の一つである、次のような真壁がコミットした側の政治集団（大組織）の論説とそれが民衆の平和運動に及ぼした影響などに対して、真壁が独自な批評の精神を存分に働かせて言及しないなどいうことはありえなかっただろう。

この論説は真壁が団長として参加した、あの決定的な分裂がひきおこされる、広島の原爆慰霊碑前の

第九回原水禁世界大会のちょうど一か月前に発表された日本共産党機関紙『アカハタ』の論説である。

社会主義国の核兵器と国防力は、平和擁護と核戦争阻止の力である。〔……〕「ソ連核実験への抗議」だけでなく、「いかなる国の核実験にも反対」自体、現在では何よりも米日反動の日本核武装化と軍国主義復活の推進をかくす道具となっており、原水禁運動を骨ぬきにする謀略として、米日支配層が奨励している方針である。〔……〕日本の核武装阻止のためのあらゆる行動をわが国の原水禁運動の基本課題として明らかにし、この運動を「原水爆禁止だけ」にわい小化する主張を打破することは、アメリカ帝国主義者によって味わわされていた原水爆の痛苦と憤りを日本人民が真に生かす道であり、今日の情勢にそくしたわれわれの責務である。[*10]

原水禁運動に触れた、先に紹介した数少ない文章に見られるように、真壁自身の書いた山形県原水協の運動方針を多数決で葬った「ある政党、ある労働組合」については真壁は苦々しく言及しているが、その背景とも無関係ではないソ連の核実験の評価をめぐる対立や、大会への両派の動員合戦などにみられる原水禁運動のヘゲモニー争いの生々しい政治的対立などについては何も語っていない。第九回世界大会でほとんど無視される形となった被爆者代表でもある森滝市郎の基調報告についても触れてはいない。あのとき、真壁は社会主義勢力の原水爆（核兵器）は「平和擁護と核戦争阻止の力」として受け入れていたと言うほかかない。

真壁は身近な木々を見ていても、大きな森は見ていなかった。というよりも、身近な木々の結束の方がすべてに優先した、と言った方がいいかもしれない。

ところで、山形県では地方の草の根の政治運動、文化運動などを持続的に進め支えてきたのは、地域密着型の政治団体である共産党系の人たちが多かった。共産党は日本では最も持続的な政治運動の歴史をもった、一人ひとり個人の意志でかかわって行く政治集団である。社会党はどちらかというと組織労働者によって支えられている政党である。社会党系は戦前・敗戦直後は農民運動や反基地闘争には強かったが、持続という点では共産党系にはるかにかなわなかった。

社会党・総評（県労評）系の人たちも地域運動や基地闘争、文化教育運動にかかわる人たちも少なくはなかったが、共産党系から比べれば数は限られていたし、なによりも組織（職場）固有の運動（労働運動）が優先した。

共産党系の運動が労働運動内部に広がりイニシアチブが揺るぎ始めると、労働組合運動の独自性という論理で、総評とその系列の労働組合は社会党一党支持の原則を掲げてそれを阻もうとしてきた。

総評が社会党一党支持を議決したのが一九五〇年代半ば。総評傘下の日教組は六一年の宮崎大会で激論の末、数の力で社会党一党支持を決定している。少数派の共産党系の組合員は「政党支持の自由」を掲げてたたかった。山形県教組はこれもまた大激論の末、一九六四年六月の第三一回定期大会ではじめて社会党支持を議決している。（七〇年には再び政党支持の自由に戻っている。）[*11]

政党支持の問題は労組の役員選挙（人事）に影響し、活動（運動）方針に大きな影響を及ぼす。それぞれの労働組合は平和運動や政治運動のスタンスを支持政党のそれに合わせようとするので、それぞれの労組が議決した支持政党や平和運動のスタンスと異なる組合員は、それぞれ固有で自由な運動参加が、禁止されることはないにしても組合全体の中で孤立・排斥の憂目に耐えなければならなかったりして、大きな制約を受けることとなる。個人よりも組織が、少数派よりも多数派が優先した。

真壁がかかわった原水禁運動の対立・抗争・分裂の背景には、こうした問題も複雑に絡み合っていた。真壁は六二年三月から県教組の組合員がつくる山形民研の運営委員長の任にあった。県教組は六三年八月の分裂大会では社会党・総評系の立場を選択していた。これは県労評傘下の県教組が組織としては、真壁が批判していた県原水協の多数派に与したということになる。

真壁は先の第九回世界大会（分裂大会）の回顧録の中で、「そういうことをした人たち（大衆運動の統一原理を破った「ある政党、ある労働組合」の人たち）は、じつはこの運動が大きく育つまで見向きもしなかった人たちだった」と書いている。

真壁とともに山形県の原水禁運動を育んできたのは労働組合の幹部などではなく、地域密着型の共産党系の若者たちや労組の活動家たちが多かったのは事実だろう。こうした若者たちはまた、六〇年の反安保闘争でも先頭に立った。前章で触れた農民大学の運動に取り組んだのもかれらだった。

地域農民の反安保闘争を総括する文章の中で、真壁は「地域で、むしろ労働者よりも先んじて安保のたたかいを組織し、国会周辺の抗議デモに飛び込んでいった若い農民のいく人かを私は知っている。知っているどころか、私たちの親しい仲間である。特定の個人ではなく、サークルや青年団や民青（共産党系青年組織の民主青年同盟）や地域共闘の組織の中の活動家である」と述べている。[*12] 真壁のこの人たちへの信頼は厚く、終生かわらなかった。

真壁にはまた、戦前の転向経験から滲み出る地域の共産党系の友人・知人たちへの、いわく言い難いコンプレックスがあった。負い目と呼んでもよいだろう。たとえば、真壁より二歳年上の小学校教員村山俊太郎に対しては、とくにそうだったのではないか。

真壁と同じ日（一九四〇年二月六日）に治安維持法違反容疑で検挙された村山は、真壁と違って起訴され、長期間の獄中生活を強いられ体をボロボロにされて保釈・出獄し、敗戦を迎えた。しかし、彼は敗戦と同時に教員組合運動のリーダーとなって再び運動の先頭に立つと同時に、県の共産党組織の再建に尽力し、敗戦後三年目に病死している。

戦前からそうであったが、真壁は信頼し合える近しい人間関係を最も大事にした。組織よりも人への信頼であった。戦後、地域の社会的実践に身を投じてきた真壁仁の、共産党と共産党系の友人たちへの信頼と負い目は、終始変わらずに存在した。共産党（山形県委員会）もまた真壁を、党を支えてくれる、影響力をもった信頼できる文化人として遇した。

そのことは、日本共産党山形県文化後援会が編んだ『北方の青猪――真壁仁と日本共産党の共鳴』（北方出版、二〇〇三年）で、島津昭、栖坂聖司らが語っている。そこではまた、党と真壁との間にいくつかの「不協和音」（三里塚闘争を撮り続けた映像集団である小川プロの評価など）があったこと、真壁が党員になることはなかったことや妻のきよが共産党嫌いだったこと、なども語られている。

「地域の運動は理屈だけではない、いろいろなからまりがあってそれを解きほぐすいろいろな配慮が必要です」とは栖坂聖司の言葉である。

人も人がつくった組織も過ちをおかさないものは存在しない。その意味で人も組織も例外なく「弱さ」を抱えもつ。自分の過去と組織の歴史をふりかえれば、だれもが苦い思いで納得するだろう。人も組織も「弱さ」をもっているから、時としてそれに耐えられず、あるいは組織の存続のために、過去と歴史の改竄に走る。原水禁運動を荷なってきた組織、とりわけ内部分裂とヘゲモニー争いを繰り返してきた大組織の場合がそうである。現在残されているいくつかの大組織の運動史を見れば、「事実と真実の奪い合い」（相互の不寛容）に心痛めない人はいないだろう。

「不寛容」は自分の中にも、自分の組織の中にも避けがたく存在する「弱さ」、「過ち」を認めようとしないことから生まれる。そこにこそ、対自的倫理性・批評性がもっとも求められる詩人の役割があるのではないか。身内であれ、信頼をおく友人や組織であれ、経済的にも依存する発言媒体（メディア）であれ、かれらそれらの「不寛容」や「過ち」に対しては、詩人・表現者は自らの批評の言語を創造して提示しなければならないのではないか。

一九六〇年代から七〇年代にかけて、蔵王山頂にのびるリフトを敷設するために山形交通グループ（山形新聞、山形放送など）が、営林署や行政当局を巻き込んでひき起こした、いわゆる「蔵王県境事件」についての真壁の「沈黙」も、その問題と深くつながっているのではないか。*13

実はこうしたことと、詩歌における「短歌的抒情」が深く関係していることを指摘したのが、敗戦直後（一九四七年）に書かれた小野十三郎の「短歌的抒情に抗して」である。真壁も熟読したことのある文章であろう。「詩に於ける封建制、奴隷制の名残である短歌的抒情」は、天皇制とも深くかかわっている封建的・農本主義的な日常の人間関係・社会関係とは決して無関係ではない。だから当然のことながら、短歌的抒情の精神は「形を変えて大衆の生活感情の中に潜行している。」[*14]小野はさらにこう語る。

私の生活感情にはまだそれを許容するものがあり、それによって方向を決定づけられる喜びや悲しみを自分のものとしている。〔……〕いま私が書いている詩がなお多くの短歌的要素をその中に含んでいるのは、私の詩の弱みではなく、生活の弱みである。私はこういう意味で、現代の詩から短歌的な抒情を一掃することに残りの半生をかけたいと思う。〔……〕詩を「歌」としてよりも「批評」として、これを発展的に考える作家のみが、革命的な詩人の場合と同様、必然的に現代詩に於ける短歌性の問題にゆきあたる。そしてそういう問題が起きてくる生活基盤の上に立って、これを徹底的に批判しようとする意欲を持つ。作家精神の内部に徐々に新しい抒情の科学が形成される。[*15]

当時の詩人や文学者に大きな影響を与えたこの論稿は、一九五三年に刊行された小野十三郎の『短歌的抒情』（創元新書）に収められている。その中にまた、「弱い心」という興味深い一節がある。そこで小野は「短歌的リリシズムはそんな生やさしいものではない」、それは日本の現代文学の「弱さ」、詩人の感性の「弱さ」と深くつながっており、「これを観念的に自分の外部に遮断してしまおうとは思わない」方がいいと述べた後で、石川啄木に学ぶべきだと次のような文章を書いている。

私は啄木が民衆の詩人として今日まだ一般の大衆に非常に親しまれている理由は、啄木は所謂アバンギャルドではなく、抒情の変革の基礎を民衆の動きの中の革命的モメントにおくと同時に、民衆の動きの中の消極的否定面に身をおいて、民衆の感情の内部にいる敵と対決しつつ、すなわち「弱い心」を無視しないで、それに即しながら時としていたわり、時には励まし叱咤しながら共に進んでゆこうとする真の同僚精神を持った詩人であったからだと思います。（『短歌的叙情』、九八～九九頁）

「弱い心」を生みだすのは、弱者同士が結束しなければ生き難い世の中である。封建制や奴隷制の世の中ではとくにそうだったが、今の世の中も変わらないだろう。生き難い世の中での「弱い心」同士の結束は、内には寛容だが、外には不寛容な「むら社会」を生み出し易い。仲間同士は優しいが、外の異質な他者（組織）には冷淡になり排除しようとする。

かつて真壁が、自主的な小集団によるサークル運動の論理で大集団の硬直した論理を人間化することが私の運動論だと述べ、原水禁運動の中でそれを実践しようとしたが失敗したことはすでに触れた。小サークルも大組織集団も両方とも「批評の形式」を欠いて「むら」に陥ってしまったとすれば、サークルと大組織の間には冷めた相互批判の弁証法（抒情の科学）が生まれようがなく、仲間内の閉じた「和」か、敵対・排除（不寛容）しかなくなる。

先に引用した原水禁世界大会の回顧録にもあるように、真壁にもその「不寛容」（「弱い心」）がなかったとはいえない。

しかし、真壁は地域実践や政治運動の様々な〈しがらみ〉の中で生きながらも、自由な市民であろうとしつづけた。三里塚闘争や全共闘運動がはじまってゆく中で、真壁は統一戦線を志向しながらも、党派政治から排除される学生や文学者たちとも深く交流し、かれらを受け入れた。

反安保闘争の最中の一九六〇年六月一五日の夜、国会構内に突入した全学連主流派（共産党から除名された学生集団が中心）のデモ隊の中にいて、警官隊の暴力によって命を絶たれた東大生樺美智子の遺稿の言葉（「最後に」）を、真壁は『詩の中にめざめる日本』（岩波新書、一九六六年）に「民衆詩人」の詩として収録し、こうコメントしている。「二十二歳の清らかな生涯は真理と正義にたいして比類のない勇気を示し、独立と平和をまもるため、民主主義擁護のために身を挺して退かなかった行動の末、痛ましく血ぬられた死によって閉じられた。」また、民青系と対立した全共闘系の学生運動で逮捕された山形大生の身元引受人になることも辞さなかった。

地域の共産党系の友人たちと深い友情に結ばれていながらも、党が「極左集団」「左翼暴力集団」と批判していた映像作家の小川伸介とそのプロダクションの若者たち――三里塚で七年間にわたって農民と学生たちの成田空港建設反対闘争を撮り続けた映像集団――を、山形の上山市牧野村に受け入れるきっかけをつくったのは真壁仁であった。そして、真壁を人間としても詩人としても師と仰ぐ、当時まだ三〇代だった農民詩人の木村廸夫（木村廸男の筆名）が、総勢一六人の映像集団を自分の集落に引き受けたのである。

真壁がいかにイデオロギーや党派性にとらわれない人であったかは（時として党派性に気づいていないこともあっただろうが）、小川伸介を語る次の文章からも想像できよう。小川プロは牧野村に一九七四年春に移住し、村の農民とともに田畑を耕しながらほぼ一〇年目に『ニッポン国・古屋敷村』を作品化した。その作品完成を祝ったときの真壁の祝辞を文章化したものである。この時真壁は重い病に侵されていて、その文章が印刷される一年後には帰らぬ人となっている。

全体として描かれているのは、その名のごとく古い古屋敷村という農業地帯の生活景でありますけれども、稲の花粉の宝石のような光や、あるいはマユの白い絹の輝き、炭の焼けている炎の美しさ、そうゆうものが非常に鮮明に私たちに迫ってきて、古屋敷の世界というものが曼荼羅のように輝かしいものになるわけです。そのような映画の手法と、それから表現というものに私たちは打たれます。〔……〕古屋敷の人たちの話を聞いていると人間としても、秘められた内部の世界も炎のような、絹糸のような、稲の花粉のようなものが美しい宝石のように輝いていると思われてきます。土くさい朴訥な表情や風俗だけでしか農民を見ない人々の眼の浅さが恥かしくなります。くりかえしますが、それは物や人を深く掘り下げてゆくことを通してつき当たった生命の光のようなものであろうと思います。そこで美事に、科学の方法と人間の世界の働きの美しさ、物を生む人たちの働きの美しさ、そして掘り当てた生命の光と言ってもいいと思われるものを見せてくれた小川プロの皆さんに心から讃嘆の心をおくります。[*16]

なお、真壁は小川プロの飯塚俊男助監督の案内で一九七七年三月二四日、新東京国際空港となった三里塚の集落を訪問し、辺田部落などの農民たちと交流している。「年譜」には「三里塚の前田俊彦や農民たちと交流。土に生きる百姓の志を確かめる」とある。

二　アジア認識——他者の欠落

詩人真壁仁と社会的実践者真壁仁の二律背反が極点に達する一九六〇年代、真壁は全力投球した原水禁運動に挫折し、そして一冊の個人詩集も上梓しなかったことは前述した。この時代に歌った「平和」という数少ない詩の一つが、山形市宮町の真壁家裏手にある「鳥海月山両所の宮」境内の碑《いしぶみ》に刻まれている。樹木に覆われた池のある広い敷地の両所の宮は、真壁の子ども時代の遊び場であった。

平和[*17]

われらいくさに従い大陸に海に離島に
身をすててたたかったもの
いまここに石ぶみをおこし永遠の平和を誓う
民族の歴史にふかい傷痕を刻んだあの体験を
ふたたびくりかえさないために
無限に貴い人間の生命と生活のよろこびをまもるために
不戦のねがいをあらたにする
いのち若くしてあたら戦場の花と散ったつわものたち
深夜の星を仰いで家郷を偲び肉親を思ったそのまなざしよ
けれども死者の声はよみがえらず痛ましき沈黙に
遺されたものの悲しみだけがいつまでもこだまする
いま仰ぐふるさとの空は澄み山は青い
不運の魂をいだく故山の平安よ永遠なれ

真壁仁（昭和三十九年建立）

この「平和の碑」には、何故かアジアの「大陸に海に離島」にいまだ癒されず「痛ましい沈黙」の中にある異国の死者たちへの鎮魂の祈りが刻まれていない。平和は戦争の被害者と、被害者であると同時に加害者でもあった人たち双方の記憶の持続的な語り継ぎ合いの中にしか生まれないものだろう。

そういうことは真壁は百も承知だったはずである。そのころ真壁は山形で日中国交回復実現の活動、ベトナム人民支援運動、さらには日朝友好の活動にも積極的関わりをもっていたのである。一九六六年からはアジア・アフリカ連帯委員会の県理事長にも推されている。にもかかわらずこの他者の欠落、アジアの不在はどこから生まれたのだろう。

もう一つ、真壁仁の異質な他者の欠落にも触れておかなければならない。

山形県から中国東北部に「満蒙開拓移民」あるいは「満蒙開拓青少年義勇軍」として渡った人たちは一万七〇〇〇人を超え、これは長野県につぐ全国第二位の数だったことは第三章で触れた。北海道から沖縄まで全国四七都道府県すべてから、二七万余の人たちが「満洲」に入植している。真壁が保護観察処分中の一九四二（昭和一七）年、ほぼ一か月間移民開拓村を訪ねて歩いたことも詳しく述べた。その時真壁には「開拓移民」の意味や、「満州」の中国人の真実の姿が見えていなかったことも。

あれから敗戦をはさんで三七年後の一九七九年。「幻の花嫁」という、結婚することなく大陸の地で死者となり戻ってこなかった息子たちを悼んで両親や親族が奉納した「ムサカリ絵馬」（花嫁絵馬）について言及した文章で、真壁はこう書いた。

> 事実、日本からの移住者が手にしたほとんどの土地が中国人によって開拓された既耕地であった。しかし日本農民は掠奪者だったのだろうか。そうではない。一部の侵略的な植民地主義者にあやつられた被害者であった。そのことは敗戦による満蒙移住者の惨憺たる受難の終末を見れば明らかである。〔……〕日本の、とりわけ山形県の空には、亡霊たちがさまよい流れている。そして仏山にくるとき、既知未知の仲間の声がさざめいているのを耳にする。そこには、ひたすら個人の過失であるかのごとく悲しみ悼む肉親の声にもめぐりあうことになる。*18（傍点引用者）

真壁の義妹夫妻も満蒙開拓移民として大陸に渡り、非業の死を遂げてる。それでも「一部の侵略的な植民地主義者にあやつられた被害者であった」と言い切ってしまったら、歴史への対自的批判と対自的倫理性に背を向けることとなる。それは、詩人・生活者・実践者である真壁仁の精神の自立、独立した人格、批判精神の放棄にまっすぐにつながってしまう。

侵略戦争にかかわった国民（皇民）の中で、被害者だけの人は存在しない。

満蒙開拓移民はたしかに誤った国策だった。だが、その国策に乗って、多くの場合土地なし小作農家の次男・三男を「一〇町歩、二〇町歩の地主」になれると「満洲」に送り込んだ町や村の役人、教師、文化人、ジャーナリスト、宗教家などの役割は大きかった。詩人真壁仁もその中の一人だった。かれらは「一部の侵略的な植民地主義者」というよりも、どこにでもいる地方の有力者たちだった。

真壁自身、戦前山形から入植した開拓団を訪問して、先遣隊の青年たちに「村山農民のほこりにかけて、あの新開田から反当たり三石二斗の米を獲ってくれたまえ」*19と励ましていたのではなかったか。日本の戦後を象徴するような、真壁仁の戦争責任の引きうけ方の深刻なエア・ポケットである。

山形市あこや町千歳山霊苑内の山形県戦没者墓地の一角に、「拓魂」と太い字が刻まれた、山形県出身の満蒙開移民物故者の霊を慰める大きな石碑が建っている。建立団体は山形県拓魂碑奉賀会、碑銘揮毫者は当時の県知事の板垣清一郎。建立日は一九七八（昭和五三）年九月二三日。その慰霊碑の裏面に刻まれた「碑文」を全文写してみる。

他者の欠落は真壁仁一人ではない。

満洲開拓は民族共和平和楽土建設の理想のもとに日本政府の重要な国策として昭和七年より実施された　我が山形県は農村の経済更生と次三男の進路を大陸に求め全国に魁て集団開拓青年開拓義勇隊の送出しに努めた

国策に応じ開拓の勇志を抱き理想農村建設の希望に燃えて渡満した県民は一万八千名にのぼった大陸の厳しい自然に耐えて荒地を拓き原住民と相和して祖国防衛と開拓の鍬を振るいようやく実

績の稔るとき昭和二〇年八月の敗戦によって雄図空しく世紀的な惨状のもとに老幼婦女子に至る
まで七千余名が悲憤のうちに大陸の露と消えた
ここに謹んで拓碑を祀り事蹟を永遠に顕彰するため碑を建てて大陸に眠る同志の霊に捧げるもの
である

三　朝鮮と真壁仁

さて、一九七〇年代に入り、大きな組織〔政治組織〕との関連で、真壁仁は詩人の命運とかかわるようなさらに一層大きな蹉跌を経験することとなる。それは朝鮮民主主義人民共和国〔北朝鮮〕との関係である。北朝鮮国家との関係の深い朝鮮総連〔在日本朝鮮人総聯合会〕ならびに総連山形県本部との付き合いが、「朝鮮大学創立一〇周年記念式典に参加」（一九六六年五月二一日）のように、真壁の「日記〔手帳メモ〕」に見られるようになるのは、六〇年代半ば過ぎからである。いくつか拾ってみる。

「在日朝鮮人の民族教育を考える会　一・三〇産業会館」（一九六八年三月一二日）、「午後三〜四・三〇まで山新〔山形新聞〕の朝大〔朝鮮大学校〕ひぼう記事につき〔結城〕哀草果　毛利〔健治〕らと話し合い、山新を訪ねる」（一九六八年五月二七日）、「朝連山形県連の祖国解放二三周年記念祝典に出る」（一九六八年八月一五日）、「朝鮮時報〔総連の機関紙〕原稿『金日成伝』感想〔文〕」（一九七〇年四月七日）、「朝鮮総連主催大音楽舞踊叙事詩〔「祖国の栄光の下に」、千駄ヶ谷〕」（一九七〇年六月六日）、「金日成首相還暦記念品贈呈式〔山形〕市長室」（一九七一年一二月一〇日）等々。

そして、一九七二年三月二七日から約一か月間、真壁は一三人の学者・文化人とともに、北朝鮮社会科学院の招待〔朝鮮民主主義人民共和国首相金日成還暦祝賀式典招待〕でモスクワ経由で訪朝している。その時の代表団の団長は国際法学者でかつての日本原水協代表理事の安井郁だった。副団長が詩人で朝鮮問題研究者の藤島宇内。団員には真壁のほか詩人の江間章子、映画監督の岡本愛彦、音楽評論家の山根銀二らがいた。

そのころ北朝鮮では、金日成首相によって六〇年代後半から唱えられるようになる「主体《チュチェ》思想」が「われわれの時代、自主性の時代のマルクス・レーニン主義（金日成主義）」として広く海外に宣伝され始める頃であった。[*20]

その「主体思想」を研究し深め合うために全国から一五〇〇人の学者がマンスデ議事堂に集まった全国社会科学者大会に、真壁らも三日間参加。そのほか真壁らは金日成首相生家、大規模なニワトリ工場、共同農場、板門店などに案内されている。万寿台《マンスデ》芸術団の音楽と舞踊を観賞した後で金日成首相と握手する機会も与えられている。

帰国するや朝鮮画報社から刊行された金日成首相の誕生六〇周年祝賀記念の『萬壽無疆《マンスムガン》』という文集に、真壁は「ペクトウの峰――金日成首相還暦慶賀の詩」を寄せた。これは訪朝前に書いて真壁の同人誌『地下水』第一四号（一九七二年三月）に載せた詩「ペクトウの峰チョソン民族の父――キムイルソン首相の還暦を祝福して」に若干手入れしたものである。ルビの位置が変わったり、補足が若干あるだけで、二つの詩の間には大きな相違はない。原稿は訪朝前に朝鮮画報社から依頼されていたもののようだ。

記念文集の編者は真壁と同郷の農民歌人結城哀草果である。歌人の哀草果も真壁と一緒に山形で日朝友好の活動に取り組んできた。哀草果は訪朝していないが、「祝還暦」として、次のような金日成賛歌を寄せている。九首のうち三首のみ掲載する。みちのくのアララギ派歌人の面影はどこにもない。

世界平和の為め六十年前昇りし太陽常若《とこわか》く今朝《けさ》も輝く金日成首相
還暦の首相の額《ひたい》なごましく民族愛に蔭《かげ》一つなし
金日成首相産声《うぶごえ》挙げて六十年国に日は満ち民繁栄す

同じ特集号に真壁と一緒に招待された著名な「夏の思いで」の詩人江間章子も「金日成は地球の上のともしび」という詩を書いている。真壁の「ペクトウの峰」はこうである。

ペクトウの峰――金日成首相の還暦慶賀の詩

白頭《ペクトウ》の峰は雪にかがやき
けだかい白銀の首《こうべ》を
三千里江山にめぐらしているだろうか
私はその峰があなたの顔に重なって見える
それはどんなに離れていても見える高さだ
あの山ふところが国土をうるおす水のみなもと

白頭の麓の密林を根拠地に
飢えと寒さに耐えながら
たたかいの焔を燃やした遊撃隊《パルチザン》
ふぶきの冬も熱気の夏も
夜は暗く長かった
しかしついに普天堡《ポチョンボ》の戦いは夜の闇を裂いた

〔間の三連を略〕

白頭の峰は雪にかがやき
清冽な白銀の眉《まゆ》を
三千里江山にめぐらしている
私は見る
あれがあなたの顔だ
深いひだと広い裾野のひろがりによって高く
そしてきらめく精神の永遠の若さを

この詩はさらに二〇〇七年に『朝鮮時報』(四月一八日)にも掲載された。二〇一六年には、卞宰洙(ピョン・ジェス)著『朝鮮半島と日本の詩人たち』(スペース伽耶)という単行本でも全文引用されている。右に引用した真壁の詩はそれを使った。

真壁は『山形新聞』に三回にわたり訪朝記事「チョソンの旅」(一九七二年五月二二日、五月二三日、五月二六日)も書いている。内容は、最初に日本近代の朝鮮支配、朝鮮抑圧について触れられてはいるものの、全体的にはチョソン社会主義への賛歌に終始している。まさしく「歌」であって、現代詩人が失ってはならない「批評」性はどこにもない。

真壁は一九七七年四月二三日の『朝鮮時報』にも、「偉大なる魂の小さな産屋──キム・イルソン主席誕辰六十五周年慶祝」という三一行の詩を寄稿する。これは五年前の訪朝で、万景台《マンギョンデ》の金日成生家を訪ねた時のことを詠んだものである。

マンギョンデのあの小さなわら藁葺きの家/古い農具と/ひしゃげた水瓶/なかばつぶれたその瓶はしかし/汲み上げた水を満たすに足りたし/鍬は土を起すに役立った/〔……〕/あのマン

ギョンデの藁葺きの家を思う／ひっそりと大地に根を張っている／偉大な魂の小さな産屋《うぶや》／春の花々がその朝／民族の父の誕生を祝福していた／静かな　革命の原点を！

真壁の訪朝は一九七二年三月から四月。そのころはまだ、朝鮮民主主義人民共和国（北朝鮮）は日本社会の中では、豊かで開放的な社会主義のイメージが強かった。とくに朝鮮植民地支配に対して、日本人として強い責任を感じていた進歩派知識人にはそうだった。まだ、日本人が被害者となる拉致事件、それに北朝鮮国内の飢え、人権侵害のニュースなども伝わってきていなかった。

当時の日本共産党と北朝鮮政府（朝鮮労働党）との関係は良好で、『赤旗』の特派員もピョンヤンに常駐していた。数は多くないが、日本の学者・文化人・ジャーナリストなどが訪朝の機会を与えられ、交流していた。だから、真壁の訪朝も決して珍しいできごとではなかった。日本共産党の宮本顕治書記長（当時）を団長とする強力な代表団（団員は内野竹千代幹部会員候補、不破哲三書記局員候補など、いずれも当時）が訪朝し、朝鮮労働党と強いきずなを結んだのは一九六八年八月のことである。[*21]

両党間の関係が悪化し始めるのは真壁らが訪朝した一九七二年ころからだと、北朝鮮に帰還した在日朝鮮人の取材が原因で、七三年に北朝鮮から追放されることとなる当時の『赤旗』記者だった坂本孝夫（筆名萩原遼）が書いている。[*22]

ところで忘れてならないのは、半島の南側の韓国（大韓民国）の当時の政治・社会状勢である。軍事クーデターで政権を握った朴正煕大統領が、「北朝鮮による南進の脅威」をかかげて国家非常事態体制をとり、次々と民衆・学生・知識人を弾圧していたころである。七〇年代初頭は作家の金芝河や政治家の金大中が逮捕・誘拐され、大学は閉鎖され、民主化運動への完膚なき弾圧が日常化していた。その分だけ当時の日本人には社会主義北朝鮮への期待と思い入れが強かったのである。

真壁は山形で金芝河や金大中の救済運動にかかわっている。

北朝鮮の国民に対する人権抑圧や拉致問題、全国に広がる民衆の極度の貧困状態などが日本社会に伝えられるのは、二〇〇〇年代に入ってからであった。日本人の青年や少女らが北朝鮮の工作員によって拉致され始めるのは一九七七年頃からである。だが、実態はまだまったく闇の中であった。

一九五九年一二月から八四年までの間に、約一〇万人（在日朝鮮人の一七％）の在日朝鮮人が北朝鮮に帰っていった。北朝鮮当局と一体となった朝鮮総連の「地上の楽園」への帰国事業だった。しかし、何年か後に総連はそれが「地上の楽園」どころか「修羅の場」への送り込みであったことに気づく。だが、総連の中央は「送りこんだ罪を隠ぺいし、帰国事業への一切の批判を封印した」という。[*23]

この事業には「日朝友好」の名のもとに、全国のたくさんの朝鮮と朝鮮人への思いを寄せる日本人が民間の「帰国協力会」をつくって応援した。真壁仁ももちろん、「山形県在日朝鮮人帰国協力会」の役員になって支援した。[*24]

真壁と朝鮮（人）との関わり合いで、私がここで考えたいのはただ一点、なぜ詩人真壁仁が国家権力の象徴である金日成首相（主席）を讃える詩を詠んだかである。

その背景にあるのは、一つは真壁自身の生活史のなかでの朝鮮にかかわる「経験」であろう。真壁の戦前からの朝鮮人との出会いの経験である。真壁の生まれ育った山形市北端の宮町は、銅町、鍛冶町といった鋳物や機械などの工場地区に隣接していた。それらの工場には、戦争中多くの朝鮮人労働者（徴用工）も働いていた。近くには五棟の「朝鮮人長屋」もあった。真壁の地域の隣人たちだった。

戦争前、県内には田川炭鉱、赤山鉱山、小国電興建設工事、仙山線建設工事、さらには種々の軍事工場などで、何千人もの朝鮮人労働者が働かされていた。

強制労働にたえかねて鉱山や工事現場から逃走する朝鮮人も多かったという。山形県内の朝鮮人の人口動向は、「一九三〇（昭和五）年四三五人、一九四〇（昭和一五）年一一〇一人、敗戦直後（一九四五年一二月）には六二八四人まで増加した（総務庁統計局「人口調査」）[*25]というものであった。

一九四五（昭和二〇）年に日本の敗戦とともに多くの朝鮮人が帰国していった。しかし、様々な事情で日本に残った、残らざるを得なかった人たちの中で、同胞の人権と生活権、民族の権利を強く求める人たちが中心となって「在日本朝鮮人連盟（朝連）」を結成する。翌四六年にこれに反発する反共・反社会主義系の人たちが「在日朝鮮人居留民団（すぐに「在日本大韓民国民団」と改称、民団）」を結成。

一九四八年に大韓民国と朝鮮民主主義人民共和国が分裂したまま成立するに及んで、「朝連」は北朝鮮系、「民団」は韓国系とはっきりと分かれて日本国内で活動するようになる。「朝連」はＧＨＱと日本政府によって一九四九年九月に解散させられるが、「在日朝鮮統一民主戦線（民戦）」を経て、一九五五年に「在日朝鮮人総聯合会（総連）」として復活する。山形県内にも二つの団体が生まれた。

総連県本部の小さな会館が真壁が住む宮町に置かれるようになったのは、前述のように、戦前から近隣に朝鮮人が比較的多く居住し働いていたからである。解散以前の「朝連」時代から、真壁は幹部の人たちから子弟の教育問題、とりわけ母国語教育を中心にした民族教育についての相談を受けていた。

一九四八年三月から四月にかけて、占領軍軍政部の指令を受けた各府県教育行政当局は、在日朝鮮人学校の閉鎖命令と校舎の明け渡し、さらに朝鮮人生徒の日本の公立学校への転校指令を発するが、それによって山形市立第一小学校に併設されていた朝鮮人学校も、四九年春に閉鎖の憂き目にあう。民族教育の弾圧である。地域での平和運動に身を投じ始め、やがて山形市の教育委員に住民たちから推されるようになる真壁仁と、子弟の民族教育保障に奔走する総連県本部の人たちとの接触が生まれるのは当然のことであった。そのころ真壁はまた、母校である第三小学校ＰＴＡの文化活動に関与しており、学区内には朝鮮人の子どもたちも学んでいた。

真壁と市内在住の朝鮮人や総連県本部との関係は、北朝鮮への帰国運動への連帯によって一層深まっていった[*26]。

なお、山形県内のその後の朝鮮人学校について、一九五三年、五四年、五五年に県内の「民族学級」は公立小学校内（おそらく山形第一小だろう）に一学級、公立中学校内に一学級が併設されていた。五三年の小学校の「民族学級」の生徒数は九四名、中学校の「民族学級」の生徒数は一五名、朝鮮人教員は小中合わせて三名。五四年も同じ。五五年の「民族学級」で学ぶ朝鮮人の子どもたちは小学校で四三名、中学校で一五名、朝鮮人教員数は小中合わせて三名となっている。[*27] 朝鮮人学校は山形では「民族学級」として公立学校に併設されて存続していたことがわかる。

以上のような、真壁仁と近隣の朝鮮人やその組織との個人的な関係が、真壁の北朝鮮訪問や金日成首相をたたえる詩の背景にあることを、まず知っておきたいと思う。

もう一つは原水禁運動のところで見たように、戦後進歩派知識人や革新政党、革新系労働組合などのなかに醸成されていた、社会主義思想と社会主義国家を近代の理想形とみる考え方である。それは「韓国併合」という植民地化への罪の意識を伴った理想形だった。この理想形の思想に疎い人々の「蒙」（無知）を啓《ひら》こうと、戦後の進歩派の「啓蒙運動」が生まれたという側面もある。

真壁仁の朝鮮にまつわる個人的な関係（経験）と戦後の進歩派文化人・知識人の中に醸成されていた社会主義（国）への希望的な考え方が基盤になっていたとしても、さらにまた、米日資本主義国家体制に支持された韓国の独裁軍事政権への強い反発があったとしても、何の懐疑や戸惑いもなく、あのようにまっすぐに、権力者賛辞の表現に向かったのはなぜなのだろう。

真壁の戦後詩「日本の湿った風土について」などにみられた、自他への批判的精神と現代詩人の魂のようなものが消えている。「白頭《ぺくとう》の峰（の）……けだかい白銀の首《こうべ》」（金日成）と真壁仁とのあいだに〈省察の裂け目〉がない。詩人の魂が彷徨《さまよ》う。

真壁の意識の底につねにありつづけた吉田一穂なら、真壁にこう言っただろう。「他者の助けを借りず、他のいろんな思想に寄っかかからず、自分の混沌の中に立って、混沌に垂直に立てるというようなものこそ、私は、詩人でなければならないと思います。」[*28]

私はまた真壁と同世代の作家・伊藤整の言葉を思い出す。それは人間と人間のつくった組織との関係について語った文章である。伊藤整は以前言及したことがあるように、小樽高商を出て旧制中学の教師をしていた一九二五（大正一四）年に詩誌『抒情詩』に詩を応募し、真壁仁と一緒に「新人推薦号」にその詩が掲載された人物である。後に作家・文芸批評家になった。真壁の知友である。その伊藤が敗戦八年目（一九五三年）にこんな文章を書いている。

当時伊藤は、D・H・ローレンスの『チャタレー夫人の恋人』を翻訳・出版して、日本国政府によって「わいせつ物頒布罪」に問われて、出版社社長ともども裁判の被告席にあった。

私は人間が自由であるという大まかな前提を疑うことから出発したい。そして真に生命を持っているのは、人間ではなく組織であり、我々はその奴隷ではないかという怖れを意識することから自由そのものを考えることを始めたい。特に文士が芸術家が自由であるという、今の一般的な前提を疑うことから出発したい。
我々がいかに自由でないかを知ること知らせること自体が、あるいは我々を真に自由に一歩でも半歩でも近づけるかもしれない。[*29]

真壁仁が伊藤整、高田博厚のような組織や国家に対する懐疑や批判的精神を持ちつづけていたならば、たとえ詩人の魂がさまようことがあったとしても、これまで見て来たものとは、まったく違った精神の揺れ、悶えとなっていたことだろう。国家（権力機構）・組織・集団・日本・農・東北（地域）……のしがらみから一度自らを引き離してみる力こそが、さまよえる詩人の魂を〈普遍〉の方に近づけるのであろう。だが、それは誰にとっても容易なことではない。このころにはもう真壁の「同時代者」であった私自身の問題については最終の章で述べる。

最後に、敗戦直後に真壁が「朝鮮」を歌った詩を紹介してこの章を閉じたい。批評性を放棄した戦中の短歌的抒情からどう抜け出るかに苦心していた頃の散文詩である。自らに突き刺さってくる精神の揺れが閉塞した状況を突き抜けようとしているが、真壁のアジア認識の曇り（他者の欠落）が敗戦後の新しい時代においても、尾をひいているのが分かる。

朝鮮の米について[†*30]

朝鮮を北から南にとおったことがあった。
東アジヤの古い道。
そこがまだ陸橋であった洪積世には
インド象がアカマツ林をくぐって日本にやってきた道。
石器時代には弥生式文化が
黄沙をあびた農耕人の掌に穀物の種とともに握られて東漸した道。
箕子《きし》の昔から楽浪高麗とかぞえきれぬ幾変遷のあいだ、
文物の往路、民族の橋であったところ、
赤いとうがらしもこの道をわたってきた。
この道はいくど閉ざされまたひらかれたことだろう。
古い朝鮮をおもうことがある。
道を逆に、ものの祖型を大陸の奥にたどってみることがある。
朝鮮の山はまだ毛をむしられた狼のように

禿げて尖ったままだろうか。
朝鮮の河は雨季にはあふれて
陸地をいくつにも断ち切ることだろうか。
咸鏡南道の火耕の風習はまだ絶えぬだろうか。
朝鮮の米はどうなっただろう。
いつか満洲にのがれた火田民が水田に籾をばらまいているのを見た。
火田民を追った火山系の狼も今は絶えている。
一九三五年代に日本が送った陸羽一三二号種はどうなったろう。
朝鮮の米はあれからずいぶんよくなった筈だ。
あの稲はいくつかの品種を生み朝鮮と日本を潤したものだ。
奥州で生まれたあの種が、
朝鮮の土と光で飴いろのよい米となり
横浜の波止場に荷揚げされるのを見たときはうれしかった。
いまではあれが、
古い道を帰って行ったたった一つのつぐないの記憶である。
あの道はまたとざされているが、
朝鮮をおもうとき朝鮮の尖った禿山をおもう。
あの禿山が深い緑に蔽われる日のことをおもう。
朝鮮の飴いろの米をおもう。

〔箕子―殷の紂王の叔父。朝鮮の王となる。火田民―朝鮮北部の焼畑耕作民。なお、真壁が朝鮮半島を北から南へ縦断するのは、一九四二（昭和一七）年夏の「満洲」移民開拓村への視察旅行の時である。〕

ここに出てくる「陸羽一三二号種」は、宮沢賢治の「〔あすこの田はねえ〕」（『春と修羅　第三集』に収められたもので、一九二七年七月、天候不順のなか農家に対する稲作指導中に書かれた詩）で歌われている。冷害や病気に強い米として賢治は農民たちに播種を奨励していた。それもあって、真壁はこの品種に格別の関心をもっていた。「陸羽一三二号」は、山形庄内の小農阿部亀治が品種創選した「亀の尾四号」（病気に弱いが多収で食味が良い）を母本とし、「陸羽二〇号」（食味は悪いが冷害に強い）を父本として、秋田の国立農事試験場陸羽支部での人工交配によって生まれたもの。一九三〇年代から市場の高い評価をうけ「優良品種」として、冷涼な気温の本土の東北各地、満洲、朝鮮半島に広く栽培されるようになった。

三〇年代後半の戦時体制下、朝鮮産の味がよく多収穫の優良品種米であった銀坊主や陸羽一三二号などは、その多くが日本本土に移出され日本市場で高値で取引され、主として本土の日本人の食卓を潤した。朝鮮人の食糧不足解消に資することは、あまりなかったのである。

朝鮮人は「満州」産のアワやヒエの雑穀で飢えをしのいだ。また、「満洲」の稲作の多くは朝鮮半島から移住して行った朝鮮人農民に荷なわれていたが、かれらの多くもまた日本本土出自の「優良品種米」を食べることはできず、粟や雑穀を食べるほかなかった。

そしてまた、朝鮮半島に普及した優良交配品種は大量の肥料（硫安等）と水利灌漑施設を必要として、朝鮮人農家経済を圧迫しただけではなく、在来品種を衰退させるということもあった。[*31]

真壁が言うように、奥州から朝鮮にわたった「飴いろの米」（陸羽一三二号）が朝鮮を「潤し」たとはいい難いのである。アジアの植民地への詩人真壁仁の想像力の曇りを、ここでも指摘しなければならない。

［第七章・註］

＊1　原水爆禁止山形県協議会編『山形県原水協50年の歩み——1957–2007』原水爆禁止山形県協議会、二〇〇九年、二二頁。

＊2　『日本の湿った風土について』に収載。長津功三良、鈴木比佐雄、山本十四尾編『原爆詩一八一人集』コールサック社、二〇〇七年、四八〜四九頁などにも収められている。

＊3　戦後日本の平和・民主主義擁護の運動は、対米従属からの解放・独立という課題の比重が非常に大きく、そこから自由になるための統一的な運動主体を表現する用語として「国民」を選択する。それは苦渋の選択であった。周知のように「国民」は「臣民」「公民」と同義で、戦前戦中に盛んに使われた、一度深い傷を負った集合主体を表す言語であった。「国民」は敗戦後の対米従属状況下で、「人民」「民族」「労働者階級」「民衆」「市民」「人間」……などを統合する運動主体概念として考えだされたものである。かくして、さまざまな「国民運動」（国民平和運動、国民文学運動、国民教育運動、国民文化運動など）が展開されていくのだが、これらの運動は当然ながら、一つの重要な陥穽をはらむことになる。「日本国民」ではない人たち（在日外国人市民など）への深い配慮が及ばなかった問題である。それが意識化されるのは、日本資本（企業）がアジアに進出し始める一九六〇年代から七〇年代にかけてである。原水禁運動という「国民的平和運動」の中でも「国民」ではない外国人被爆者（例えば朝鮮人被爆者）の問題が論じられることは、五〇年代ではまだなかった。

＊4　中国新聞社編『ヒロシマ四十年——森滝日記の証言』平凡社、一九八五年、一六一〜一六二頁。

＊5　原水爆禁止山形県協議会、前掲（＊1）、三八頁。

＊6　中国新聞社、前掲（＊4）、一七〇頁。

＊7　同前、一七八〜一八〇頁。

＊8　大江健三郎『ヒロシマ・ノート』岩波書店、一九六五年、三八〜三九頁。

＊9　真壁仁「むらの小集団——サークルの原理と思想」『野の教育論』［続］一一一頁、一一七〜八頁。初出は山形県社会教育研究会『農村における小集団の研究』一九五八年。

＊10　評論員「原水爆禁止運動の統一と前進のために」『アカハタ』一九六三年七月五日。
＊11　組合史編集委員会編著『山形県教職員組合四十年史』山形県教職員組合、一九八七年、六一七〜六一九頁。
＊12　真壁仁「農民の意識と安保闘争」『新日本文学』第一五八号（一九六〇年九月）、一五一頁。
＊13　一九六〇年代から七〇年代にかけて、山形県政財界を震撼させた蔵王のお釜リフト設置をめぐるスキャンダル「蔵王県境事件」が起こったが、その「黒い霧」の中心に「山交グループ」（山形交通、山形新聞、山形放送など）がいた。真壁は七三年九月七日、山形の文化人や県議、市議、政党指導者、開発会社社長ら一四名の呼びかけ人の一人となって「蔵王県境問題の真相を明らかにする会」を結成し、パンフレット『県境を覆う黒い霧（第一集）』を刊行。県民に「黒い霧」事件の真相究明を呼びかけている。だが、これまで県内の教育、農業、開発問題などで生じた理不尽なできごとに対して発言を続けてきた真壁は、この事件に関してはその後一切口を閉ざしている。「明らかにする会」の『第二集』も刊行されていない。山形県下の独占メディアである『山形新聞』の文化欄は、戦前は真壁の表現を育て、戦後は真壁がその中心にいてリードしてきたものであった。フリーな詩人であった真壁は、経済的な面においても山形新聞に負うところが少なくなかった。なお、この事件について発言しつづけたのは、教育関係の仕事から作家に転じた須貝和輔（『小説蔵王県境事件』東北出版企画、二〇〇九年）と県境移動事件裁判を担当した弁護士の佐藤欣也（『蔵王県境が動く――官財癒着の真相』やまがた散歩社、一九九七年）、それに、放送作家でジャーナリストの相澤嘉久治（『山形県民に訴える』ぐるうぷ場、一九八三年など）であった。児童文学者の鈴木実は論稿「『野の教育論』（上・下）を読む」『真壁仁研究』第一号（二〇〇〇年一二月）の中で、「野の思想家」と言われ「反官」「反権力」を貫いてきた真壁が「何故、それについてただの一文も表現しなかったのだろう」と疑問を呈している。
＊14　小野十三郎「短歌的抒情に抗して」渡辺直己編著『日本批評大全』河出書房新社、二〇一七年、四一八頁。初出は『新日本文学』第一巻九号（一九四七年九月）。
＊15　同前、四一八〜四一九頁。
＊16　真壁仁「小川伸介の仕事」『野の文化論』〔一〕二七三〜二七四頁。初出は『地域通信』一九八三年一月。
＊17　山形歴県歴史教育者協議会、治安維持法犠牲者国家賠償要求同盟山形県本部、酒田港中国人強制連行を考える会編『平和と人権――やまがたガイド』から引用。『野の自叙伝』二三四頁の「平和」原文写真では、詩の

タイトルは「不戦のちかい」となっている。

＊18 真壁仁「幻の花嫁」『みちのく山河行』法政大学出版局、一九八二年、一二八〜一二九頁。初出は岩井宏美編『絵馬秘史』日本放送出版協会、一九七九年。

＊19 真壁仁「現地報告　新開河の先遣隊」『開拓：東亞一般誌』第六号一一号（一九四二年一一月）、一二六頁。

＊20 朴庸坤『ある在日朝鮮人社会科学者の散策』現代企画室、二〇一七年、八六〜八七頁。

＊21 岩垂弘「知られざる国・北朝鮮へ」『もの書きを目指す人びとへ――わが体験的マスコミ論』第二部第七二回（二〇〇六年三月二三日）https://www.econfn.com/iwadare/page180.html。当時『朝日新聞』の社会部記者だった岩垂は、一九六八年九月、日本共産党の仲介で、国交のない北朝鮮に最初に入国を許された日本記者団の一人として、コペンハーゲン、モスクワ経由で訪朝している。九月九日の建国二〇周年の慶祝行事への招待としての北朝鮮訪問だった。

＊22 萩原遼『北朝鮮に消えた友と私の物語』文藝春秋（文春文庫）、二〇〇一年、一九五頁。なお同書の単行本は文藝春秋より一九九八年に刊行されたもの。

＊23 朴庸坤、前掲（＊20）、一三六〜一三七頁。

＊24 山形県『山形県史』資料編二三（現代資料社会・文化編）、二〇〇二年、七〇〜七一頁によれば、一九五八年に始まり六七年に打ち切られる北朝鮮への帰国事業で、県内からは三三四名が帰国した。残った在山形県の朝鮮人総数は、一九六七年三月現在で六六八名（韓国系三一七名、北朝鮮系三五一名）であった。

＊25 山形歴県歴史教育者協議会ほか、前掲（＊17）。

＊26 山形市宮町と朝鮮人労働者、総連と真壁の関わりなどについては、真壁と山形県国民教育研究所で長い間一緒に過ごされた須貝和輔氏のご教示によっている。

＊27 呉永鎬『朝鮮学校の教育史――脱植民地化への闘争と創造』明石書店、二〇一九年、七四〜七九頁。

＊28 吉田一穂「詩神との対話」井尻正二編『詩人吉田一穂の世界』築地書館、一九七五年、五六頁。

＊29 伊藤整「組織と人間」高橋和巳編『戦後文学の思想』現代日本思想体系第一三巻、筑摩書房、一九六九年、一八五〜一八六頁。初出は『改造』第三四巻一二号（一九五三年一二月）。

＊30 『日本の湿った風土について』に収載。初出は『北方詩集』一九五〇年版。

＊31　藤原辰史『稲の大東亜共栄圏——帝国日本の〈緑の革命〉』吉川弘文館、二〇一二年／飯沼二郎「朝鮮総督府の農業技術」飯沼二郎、姜在彦編『近代朝鮮の社会と思想』未来社、一九八一年／許粹列『植民地初期の朝鮮農業』庵谷由香訳、明石書店、二〇一六年などを参照した。

第八章　真壁仁の散文世界——真壁仁のトータルな世界の理解のために

一　「過失の実」

真壁は晩年にさしかかる一九七〇年代後半、越し方に思いをはせ、こう書いている。

ぼくはここ十数年来のことだが、自分では動機が正しいと思ってやったことでも、また善意から発したことでも、さらに内部からのつよい要求を生かすために行動したことでも、ことごとく結果は過失に終わる、という自覚を持つようになっている。わが心の庭の木々に実のっているのは、たわわに、おいしそうに熟れているが、手にとって口にすると、それは見かけとちがって苦い味のする過失の実なのである。教育のことについて何か書いてきたのも、わがもろもろの過失の一つであったと思う。自分でつちかってきたそれらの苦い果実を刈りとることは何と苦痛であろうか。しかしいまはのがれられない。心を改めるにしては時期はおそすぎた。（『野の教育論』［上］九頁）

散文表現に集中する1970年代の仁

これは真壁の最初の著作集が『野の教育論』〔上〕というかたちで刊行が始まったとき、その序章に書き下ろされた文章に出てくる言葉である。この序章の冒頭の小見出しには「過失の実」というタイトルが付されている。「過失」とは「まちがい」とか「あやまち」の意である。善意でやったことや、自分でやりたいと思ってやってきたことなどが、よもやこうなるとは思ってもいない結果に至ってしまった。それが真壁を苦痛にさせている。

「時期はおそすぎた」などと書いているが、その後も手職、染め、紅花、地域史……の研究と詩作はつづき、真壁仁の表現への渇望は終生衰えることはなかった。

「教育のことについて何か書いてきたのも、わがもろもろの過失の一つ」〔傍点引用者〕とあるように、「過失の実」は教育にかんする文章だけではなさそうである。「ここ十数年来のこと」とあるから、一九六〇年代から七〇年代後半にかけての様々な社会的実践や講演、それに多方面にわたるジャンルの原稿執筆のことを指しているのだろう。前述したように、この時期に真壁は自らの一冊の詩集も編んでいない。圧倒的に散文エッセイや研究論稿、評伝などが増えてくる。

真壁は同じ序章で、語気を強めてこう書いている。

> 百姓が知識や技術への渇望をもたないなど考えるのはまったく錯誤である。飢餓の風土の飢えに立つものの渇望は、ただ口腹をみたすことにとどまるものではない。農こそ万有の科学によって豊かにされなければならない生産活動だからである。天文学から気象学、地学から地質、土壌の学、植物学、動物、昆虫、微生物、酵母の学にいたるまで、つまり光合成によって葉による炭酸同化を助け、食糧を生みだす生産過程は、人間と自然のあいだに行われる物質代謝の正しい関係によって成りたつことを学ぶのは、自然と人間の共存による再生産をさらに高めていくために役立つのである。しかしそれらの学問がひとつとして野に還ってきて、百姓の個人史をささえるということが

あっただろうか。（『野の教育論』［上］二七〜二八頁）

日本の学問研究は国家と大企業によって独占され、百姓に必要な学問や科学はひとつとして野に、村に還ってこない以上、百姓の学びへの渇望を満たすものは、自分自身、つまり百姓自身で学んでいくほかはないと真壁は叫び、次代の青年たちにもその志を伝えてきたのである。

この叫びは晩年まで続いた。「研究が専門分化されているんです。互いに通じ合ってない。けれども、我々百姓が聞きたいのはその全てなんです。だから、私は今、百姓こそ、世界を寄越せ、すべてを寄越せと言わなくちゃならないと思います。百姓が欲しいのは世界だ。あるいは全てだ。学問の全てなんです。」[*1]

かくして真壁は、ずいぶん前から農業、文学・詩学、歴史、教育、民俗、地質、気象、絵画、土壌、植物、染色、民俗芸能……といった様々なジャンルの学問研究分野を渉猟し、おどろくほど多方面にわたる作品を残してきた。それらをみな苦い「過失の実」だというのだろうか。

真壁仁が一九五〇年代に種を蒔き、一人ひとりと丁寧に付き合いながらはぐくんできた『地下水』（山形農民文学懇話会）同人の一人である木村廸夫は、死の床に就いていた真壁からこんな悔恨に近い独白を聴いている。

木村もまた真壁同様、地域（上山市牧野村）に深く根をおろした生活者（農民）であり、己れの父や叔父の戦争死を自らの生の原動力として受けとめ、農のうつろいを凝視しながら重厚な詩を書きつづけてきた、土に生きる詩人（表現者）である。

「ぼくはねえ、あの詩集〔『日本の湿った風土について』〕のような、農をテーマにした作品だけで（詩集を）作りたかった。けれど雑事に追われて途中で挫折してしまった。今考えると残念でたまらない」。この言葉を聞いたのは最近である。死期の迫った一九八三年十二月、厳寒の外光の強い病室のベットの上で、身を乗り出すようにして語ってくれた。

喉が渇くのであろう氷の塊を音をたてて噛み砕き、右手はふいに襲い来る痛苦を抑えるかのように下腹部にあった。「雑文を書くのにかまけて、詩を書くのを怠けてしまった。もっと詩を書くべきだった」とも付け加えた。その眼は余命いくばくも無い死者に近づく者の眼とは思えない、鋭さと輝きに充満していた。

真壁仁の云う雑事とは、農業委員会活動、教育委員会活動、教育制度改制による学校建設のための日夜共々の行動を指す。一九五五〔五六が正しい〕年には、大熊信行らと山形青年婦人文化会議を結成し、青年団、サークル、生活記録、文学運動等を指導するようになる。

同じ年、原水爆禁止協議会〔山形県原水協は五六年結成〕を組織し、平和運動へも情熱的に関わったことは年譜の示すとおりである。鬱屈した心象と、混沌たる精神のもだえから脱した真壁仁は、透かし見える風景としての新しい社会への確立をめざして、身を晒し始めていたのである。極めて積極的に、極めて果敢に。

しかしそれらの肉体的行為と行動とを、病床で追想する時、一抹のむなしさを覚えていたのかも知れない。あるいは「いっさいの俗為を排し、ひたすらに思惟を深める垂直思考こそ、思想の確立に繋がる。そこに詩人の真性が存在する」とした吉田一穂の相貌を想い浮かべたのかも知れない。

実生活での実行為と活動を雑事と表現し、そのための文章を雑文と云わせた詩人の言葉を、私は反芻しないではおられない。*2

木村は同じ論稿でさらにこうも書いている。

しかし詩人として文学上の出発をし、死期最近〔ママ〕にして、いっさいの雑事から（文章作業も含めて）解放された時、ようやくにして詩人であるべき己れの原性に立ちもどることができたのである。詩人から――詩人へのプロセスを独り回想するとき、詩人に徹しきれなかった多くの時期を惜しむのである。詩人である以上、詩作品より雑文（真壁仁のことば）が多くてはならぬ、のである。詩人にとって雑為、雑行動（真壁のことば）は排すべきものであり、純粋思考こそ詩人本来の営為とした吉田一穂の貌が再び憶い起こされてならなかったのかも知れない。[*3]

木村廸夫も詩にいのちをかけ、農に生きてきた土着の詩人である。木村の詩人としての成長ぶりを近くでみてきた先達の土着の詩人真壁仁が、死の間際で若い木村と向かい合うとき、それ以外に語り遺す言葉はなかっただろう。それほどに真壁は詩人として生きようとした。そして生きた。木村もまたそうである。二人の詩人の最後の語らいは〈詩のこと〉以外にありえなかっただろう。

真壁が木村に語ったという「雑為」「雑行動」は、真壁が戦後戦争責任を引きうけようとして自ら選んだ実践（社会行動）であった。もしそれが「過失」や「悔恨」に値するものとして真壁が想っていたとすれば、それは「雑為」や「雑行動」に問題があったのではなく、「社会的支柱に凭れかゝって、歴史的必然に流されてゆく」（吉田一穂）ことなく、「国家や組織に幻想をもたず、一人の個人として、人格の持つ意志力を大切にして」（高田博厚）、つねに批評精神を忘れない一個の独立精神をもつ詩人として、「雑為」「雑行動」（社会的実践）にかかわりきれなかったところに問題があったのであろう。それは誰にとっても難問（アポリア）であった。前章で私はそのことに言及した。

本章では、そのアポリアを抱えてしまったことが、いくつかの蹉跌や錯誤があったとしても、野の詩人・思想家真壁仁の、詩人としての、思想家としての、生活者としての、また実践者（行動者）としての価値を決して全面的に汚したり低めたりするものではないことを、私は書こうと思う。

真壁仁の業績は詩の世界に留まるものではなかったことは、すでに述べてきた。民俗・民衆芸能研究の分野、歴史（東北史）・地域研究の分野、教育実践・学習運動研究の分野、農業・農民論、絵画芸術論などの分野においても、すぐれて個性的であるだけでなく、多くの今日的な課題を示唆する業績を私たちに遺した。

真壁が「雑文」だと呼んだこれから紹介する多くの散文は、真壁が嘆くほどに後悔しなければならないものだったのだろうか。互いに尊敬し合っていた詩人の松永伍一が、真壁の追悼講演でこんなことを語っている。「真壁さんの散文は「散文を頼まれたから散文を書いた」というのとはちがった魅力がありました。普通の人が五行費すところを二行で言っています。その省略の妙こそ真壁さんの力から出たもので、「散文を書きすぎた」というのは一種の逆説だとおもいますね。」[*4]松永は同じ講演で、「散文と韻文の両立は、真壁さんの思想地図の鮮やかさと深く関係があるはずで、その言語構造にわけ入った分析」が必要だとも語っている。

さらに忘れてはならないことは、真壁仁同様に、すぐれた表現者であり、生活者であり、地域社会の実践者となっていった多くの若者たちを育ててきたという業績である。

それは教師というよりは、同じ地域という場で、ともに共通の課題に向かい合い、ともに生きるという先達の同伴者というスタイルのものであった。真壁の後を追い、真壁と同じ土着の生活者にして農民詩人、地域の実践家となった木村廸夫、星寛治、斎藤たきちの仕事（業績）を、人々は真壁の仕事とともに忘れない。（三人については終章でも言及する。）

この三人の農民詩人のみならず、真壁に出会い励まされ、山形という一地域の枠をはるかに越えた仕事（業績）を残した山形の教師、労働者、農民、主婦……といった人たちがたくさん存在するが、ここではすべての人たちを紹介することなど不可能である。

真壁仁の業績を偲んで刊行された『真壁仁研究』第一号～第七号に熱い原稿を寄せた多彩な「同伴者」

たちの顔ぶれを見れば、そのことは容易に理解されるだろう。

二　教育・学習運動の世界

学校教育にほとんど無縁であったといってもいい真壁が、一九五〇年代中頃から八四年一月に没するまで、かくも長い間、教育や学びの問題に深い関心を持ち続けてきたのはなぜだろう。教育論、学習論、教育・学習運動論について、おびただしい数の長短の散文（エッセイや論稿）を書いてきた。

それは、人間のそして自分自身の成長の根源にかかわる、学ぶことと教えることという生命行為が、国家や教師の管理下におかれた学校教育によって独占されてきたこと、そしてそのことに疑いを持つ人があまりに少ないことへの、真壁の生涯をかけたたたかいであったのではないか。

真壁にとって教育とは、新しい生命主体が周りの他者や環境（自然と地域共同体）や先達が遺してくれた文化遺産などに助けられ、自分自身を発見し、自立した精神と身体をつくりあげながら、他者や共同体や世界に自らを還元していく、そういった一連の循環プロセスのことであった。

真壁の教育論の根底には、いつも自己教育の考え方が存在した。それは真壁が学校とは無縁な七六年の生涯を通して、家族や仲間やコミュニティやすぐれた文化遺産に支えられ、労働を通じて学びながら自らをつくりあげてきたという、何ものにもかえがたい固有の経験があったからである。それは真壁仁の自負でもあった。

農民であり詩人であった真壁が、教育や学習（まなび）を重要な問題として、課題として意識するのは、一九五〇年代半ば以降、働き学ぶ農村青年たちと出会い、向き合うようになってからである。困難な経済的・社会的・文化的諸条件にもめげず、必死に学び表現する若者たちの姿に、己の昔の姿を見たからである。

真壁が農村青年の学習運動や文化サークル運動とどうかかわってきたかについては、すでに第六章で書いたので繰り返さない。真壁の教育・学習論は、「生活記録運動」「自己教育思想」「地域学習論」などのテーマの下で、社会教育・生涯学習関連学会で早くから注目されてきている。[*5]

ここでは山形の教師集団の教育研究活動に真壁がどうかかわり、何を考えてきたかを中心に述べてみたい。

真壁が深く教師たちの教育研究活動や学校教育現場にかかわるのは、一九五七年、日教組の研究所である国民教育研究所（上原専禄運営委員長、後に研究会議議長）が四県（岩手、山形、千葉、宮崎。後に六県となる）調査と四県共同研究を開始するが、そこへ真壁仁が剱持清一（県教組文教部長）や西塔辰雄（高校教員）らとともに山形県の共同研究者としてかかわるようになってからである。

この国民教育研究所の共同研究の場で、真壁はやがて大きな影響を与えられる歴史学者の上原専禄と出会う。真壁が共同研究者として参加するようになった四県調査の山形県の調査報告書は、勤評闘争直後の五九年の教育研究会全国集会（全国教研大阪大会）で発表され大きな反響を呼んだ。

この調査報告書は一九六〇年に『新しい教師集団』（真壁仁編、三一新書）として刊行される。この調査で真壁は初めて地域で民主主義運動を担っている教師たちの仕事（学校での日々の教育実践と研究活動、労働者としての組合運動、住民としての地域実践）の大変さと重要さを知る。子どもたちの幸不幸が、教師のそうした多面的な仕事と大きくかかわっていることにも気づくのである。

> 教育のしごとが、近代社会のメカニズムのなかで、いかにむずかしくそしてきびしい創造のいとなみであるかということを、自己の内と外にたたかいながら、しかも、子どもとともにいきいきと未来に思想を形成している教師と語りながら感じたりもした。
> 子どもたち一人一人が、重い父母の歴史をになっており、生活の理想と要求を表情〔ママ〕しており、

また生活のゆがみをも反映している。なによりも日本の苦悩そのものを子どもが背負っているのではないか。教師がそれを読み取り、それをじぶんのものにしている場合と、そうでない場合とでは、子どもの幸不幸がどんなにおおきくわかれるか。[*6]

また同書で真壁は、山形県教組が劔持清一文教部長を中心に一九五四年から取り組んできた、教師たちが地域の父母や住民たちと一緒に教育実践と教育研究をすすめることが、反勤務評定闘争のような政治権力の教育現場への介入を阻む運動にとって、また子どもたちの学習意欲の進展と認識の深化にとって、さらには教師たちの職場の民主化にとって、いかに大切なことであるかについても熱く語っている。

山形県教組は一九五九年五月に「山形県国民教育研究所」（山形民研）の設立を決めているが、研究活動を開始するのは六二年三月からである。初代の運営委員長に真壁仁が選ばれた。最初に「地域研究委員会」と「教科研究委員会」がその中に組織され、小中高の現場教師、大学の研究者、真壁のような地域の知識人や農民などが共同研究者として選ばれている。山形民研の特徴は、地域農民の共同研究者が大きな役割を果たしたことである。七一年七月から民研の組織機構が変わり、真壁は運営委員長から所長となった。

ところで、地域の「国民的アカデミズム」を目指そうとする山形民研の設立の趣旨は、次のようなものであった。[*7]

この研究所は／北方地帯の教育現実のうえにたち／国民による、国民のための、国民の教育をうちたてるために／ひろく学者、文化人、教師、父母の協力のもとに／民主的な諸団体と手を結び／今日的な教育研究のセンターとして／研究を組織し／研究、調査をおこなう。

研究活動を開始した一九六二年、山形民研はすぐに共同研究「北方性教育運動の展開」を発表し[*8]、戦前東北の苛酷な「生活台」の上で展開された東北の教師たちによる生活綴方運動をも含む教育運動と実践の歴史の掘り起こしにとりかかっている。

とりわけそこでは、弾圧に抗して戦いながらすぐれた教育実践と教育理論を残した山形の教師の村山俊太郎や国分一太郎の業績が深く掘り下げられている。

村山や国分と同時代に農民運動にかかわった真壁仁は、この共同研究では第一章「東北の生活台」と終章「まとめ」を担当している。終章で真壁は書いている。

北方性教育運動の教師たちは、子どもを生活者として発見した。そして国定教科書の注入という授業形式を改める努力をし、子どもと教師、子ども集団のなかの伝達の反復交流を重視した。それは教育という概念に、学習というもうひとつの概念をぶっつけ、それをくみたてようとしたことでもあった。その根底には「支配層が定めた一定の内容を子どもたちに授け、教えこむことから、子どもたちの生活の内部にこそ、教育されなければならない問題がひそみ、待ちうけている」(さがわ・みちお)ことに気づき、その生活をほりおこしてみようとする教師たちの自覚が見られる。[*9]

教育(教えること)は本質的に学習主体である子どもの学びによって支えられなければ「教化」に変質してしまう。教えることと学ぶことの内容(テキスト)は、一人の生活者である子どもの内面と子どもの生活内部と子どもがおかれている社会状況内部に、同時に切り結ぶものでなければ意味をもたないということ。これは高等小学校までしか学校経験のない真壁自身の実感でもあっただろう。識字学習は、学習者である農民や労働者のコンテキスト(学習者の生活と学習者が置かれた状況)に立脚しない限り、生きた学力もつかなければ、教師は学習者を痛めつけ自信を奪ってしまう。そう言い切ったのは世界でも最も農民や労働者の学習運動の理論形成に貢献した、今は亡きブラジルの教育学者パウロ・フレイレ(一九二一〜一九九七)であった。*10

真壁が代表として取り組んだ共同研究の次のテーマが教科の研究「教科構造と生活認識の思想」(一九六九年)であった。この研究が最も重要なもので、今でも、今でこそ真剣に学ばれる必要があるだろう。

この本で論じられた〈生活〉と〈地域〉という概念は、山形県教組が一九五〇年代中頃から自主的な教育の実践と研究のキー概念として大切にしてきたものであった。それが敗戦直後の学力低下の張本人とされた科学的系統性のない「生活経験主義的な生活単元学習」批判とあいまって、高度経済成長政策下で企業の側から「教育と科学の結合」(系統学習)の要請が高まる中で、生活や地域(さらに民族)という概念が時代と状況を無視した曖昧で非科学的な概念であると同時に「政治的」な概念であるとして、体制や教育運動の両方から批判の対象となった。

それに対する、教育学者でも教育の専門研究者でもない、山形という地域に生きる詩人であり農民(生活者)である真壁仁の応答《リスポンス》はこうである。生活主体・認識主体・権利主体・歴史主体をバラバラにしようとする教育への怒りが、真壁にはあった。

生活という概念には、人間の生きる意志と同時に、生きる権利の意識がつらぬかれている。国民の生活は例外なく歴史に規定され、社会的に規定されている。政治と文化、労働と家計、人間的欲求と政策的拘束の葛藤が、体制の矛盾をそのまま反映しながら具象化された世界である。この世界に生きている主体を抜きにして、科学や文明を知るという知識の客観主義は、人間の中から、肉体的な能力や個性的な創造力や階級や民族を抜きとってしまうおそれがある。生活と芸術を結合させるのは、生活の経済的拘束や生活の日常性のなかに人間性を埋没させない創造的主体を形成するためであり、生活と科学を結合するのは、生活の直接経験の個別性、偶発性を高めて、とじこめられた認識を長大な歴史的時間と世界史的空間にいたりうるみちすじをもたせるためであり、事物の認識から法則の認識へおしすすめるためである。[*11]

真壁が山形民研の共同研究者として取り組んだもう一つのテーマが、自然学習と公害調査・公害学習であった。それは一九七一年から始まっている。最初に、置賜地方の南陽市を流れる吉野川（最上川の一支流）とその水を使っている水田のカドミウム汚染の調査に、地域の中学校教師や県内・県外の大学の専門学者とともに取り組んでいる。土壌・水・玄米の分析や汚染源と考えられる鉱山の開発史研究など容易なものではなかった。

その研究成果について真壁は、県議会の厚生常任員会で証言している。調査研究においても証言においても、真壁仁は行動的だった。

私たちはあくまでも被害をうけているのは農民であり、被害を与えたのは誰なのかを明らかにしなければならないと思います。吉野川はいつから、なぜよごれたかを見るなら、当然鉱山が浮かび、鉱山である限りその経営者が問われなければならないと思っています。研究所としては、その因果関係を明確に確認して公表する、という段階にいたっていませんが、吉野川沿岸の開発の歴史と鉱業生産量およびカドミウム汚染の歴史がつながっていることは明らかだと思っています。（『野の自叙伝』二五四頁）

さらに真壁らの山形民研調査団は、朝日連峰のブナの原生林伐採の現地調査と、ブナの森に囲まれた西村山郡西川町の大井沢小中学校の自然学習の実践研究にとりかかっている。その貴重な成果は一九七六年に『自然学習――大井沢小中学校の実践』（国民教育研究所編、草土文化）として刊行されている。

真壁仁はそこに美しい序の文章「山の道」を寄せた。

大井沢の人びとはこの山に分け入ってクマを撃ち、イワナやヤマベを獲《と》り、またワラビ、ゼンマイ、ウドなどの山菜や数々の茸《きのこ》をあさり、山ブドウの皮やアケビの蔓をあつめて籠を編んだ。炉にくべる薪を伐り、家畜の餌の草を刈った。名だたる豪雪地帯のことだから、冬は麓の町との交通もとだえ、陸の孤島となってしまうのだが、夏は山の道を通って湯殿山に参詣する行者でにぎわう宿坊のむらでもあった。

こうした山の恩恵のなかに生きてきた人びとにとって、たとえ国有林だからとはいえ、片っぱしから木が伐られていく。ことにブナの原生林が皆伐《かいばつ》方式で伐られて裸にされるのは、生活の破壊をもたらすものといわなければならない。(一五頁)

一九六〇年代後半から七〇年代にかけて各地で総合的な地域開発がすすみ公害問題が浮上してくる。真壁は全国各地の公害の現場に足を運び、そこでたたかいつづける住民・市民たちとの交流を続けた。その報告文の一つである「わが一九六九年夏——ことばの中の地域と民族」などを読むと、真壁が地域開発や公害の問題を、ことばの問題、地域文化の問題としてとらえていたことがよく分かる。

この報告論稿の末尾の文を紹介する。

危機はしかし基地と公害都市だけにあるのではない。いたるところにそれはひそんでいる。無事と見える日常性のなかで行われる侵略、教育と文化の領域にある腐蝕もまた危機の課題である。私は夏の旅からこの日常性のなかへ帰ってきて、むらの農道や夜の茶の間にはびこっている官庁製農業用語やハレンチショー、ナンセンス饒舌に、とりかこまれながら、民族として失ったものの大きさをいまさらのように感じた。

そして思うことは、あの沈黙の底から、明るい情念となって、わずかに噴きあげてくる北富士の母たち〔自衛隊による北富士演習場での実弾射撃訓練と入会権の侵害に抗議する忍草の母たち〕のことばを、どうしたら白痴的な疑似の平穏に侵食されながら鎌を研ぐことを忘れていた私じしんの内部に根づかせることができるだろうか、ということであった。*12〔傍点引用者〕

真壁は七七年近い生涯で一度だけ国立大学で集中講義をしている。一九七八年八月二八日から九月一日までの五日間、兼任講師の辞令を受けて北海道大学教育学部の教壇に立った。同学部の美土路達雄、山田定一両教官の依頼だった。

真壁が講じたテーマは「農民教育論」というものであった。なめらかな大きな字体の講義ノートが残っている。真壁仁が農民教育というテーマで、旧帝国大学である北海道大学の若い学生たちに語りかけたかった内容を知ることができて興味深い。

「とくにヨーロッパに学んだ〔官学の〕知識・学問・技術は、それ自体の完成が目的であるかのように、野には還ってはこなかった。」（『野の教育論』〔上〕）と書いた真壁は旧帝大でどんな講義をしたのだろう。講義細目をそのまま紹介してみる。

序　農民の教育――農村教育
　農民大学と学習運動（資料）　「土の思想」（民研、下田、まかべ）、○（『野の教育論』）
1、自己史（自己教育として）
　血と環境　『野の教育論』、○詩集（街の百姓）、○（日本の湿った風土について）、○（東北民衆の歴史）

2、稲作史と日本の農
潮流と季節風　稲の詩　○稲作史の著者のうち1、2冊　青葉高氏の研究〔北国の野菜風土誌〕○潮流の図作製　南からきた文化と北からの文化
3、宮沢賢治　その農民像　〔賢治研究〕全集別巻
○学研の〔宮沢賢治〕コピー　〔ポラーノの広場研究〕
〈農民芸術概論〉を中心に
盛岡農高―関豊太郎―稗貫郡土性調査
花巻農学校―羅須地人協会―東北砕石工場
○グラフ山形のコピー
4、松田甚次郎と農本主義の思潮　○加藤完治全集
○グラフ山形のコピー
5、農民的技術　品種改良　○文化の基底としての技術文化
阿部亀治と工藤吉朗兵衛　片倉権次郎氏のイネつくり〔阿部、工藤、片倉の三人とも山形の農民で真壁仁『百姓の系譜』（東北出版、一九八三年）に登場する。〕
6、松本十郎の帰農　〔グラフ山形〕コピー〔松本十郎は北海道開拓大判官から郷里鶴岡に帰農した人。〕
ノート、〔百姓の系譜〕
安藤昌益　機械化　近代化　小農複合経営　星寛治〔グラフ山形〕コピー　《鍬の詩》〔星寛治が一九七七年にダイヤモンド社から出版した詩集。〕

残されている別の講義メモをみると、必ずしもこのシラバスどおりには行かなかったようである。とくに一日目は、「農民の師とはだれか」というテーマで、自己史を中心に、地域の認識、歴史の認識――

征服史観・差別論の克服、内部からの歴史づくり、農民の能力の可能性などが講じられたようだ。

また最後の五日目にはシラバスにはない「米と紅花の原郷を求めて」という七七年六月のインド、アフガニスタン、エジプトへの旅の話になっている。真壁七〇歳の時の旅である。きっと学生たちを国境をこえた悠久な農の始原の大地へ誘いたかったに違いない。

「よろこばしき邂逅のために遍歴せよ」、これは真壁が戦前に書いた詩「色彩論覚書」の最終行に刻みつけた言葉である。

三　歴史・民俗・芸能の世界

真壁はモノ、コト、ヒトを驚くほどよくみる。手で触り、においを嗅ぎ、音を聴き、実用を確かめる。真壁仁と会話すると、彼のことばはしっかりと自分に届くのに、自分の言葉は話せば話すほどに宙に浮游して、どこにも誰にも届かないことに気づかされる。真壁のことばは、その発声と抑揚からして手触りの感覚があり、においや音や色彩のある具象世界への想像を聴く人に迫る。それもゆったりと、無理じいするでもなく。

真壁仁のものの考え方の特徴は、モノ、コト、ヒトの悠久の始原の世界に向かい（始原への溯行）、そしてさらにコト、モノ、ヒトの隠された見えない本質を見極めようと、地底の奥ふかく掘り下げて行く。前者は歴史学的方法の世界であり、後者は民俗学的方法の世界に通じる。真壁仁は空高く飛翔する鳥の目と、地底深く蠢動する虫の目、土壌をかみくだく微生物の目で、コト、モノ、ヒトの世界を見ようとする。

始原の世界と地底の世界を複眼的に見ようとする方法は、詩においても散文においても変わらない。後で深く味わおうと思うが、農の始原への遡行をうたった「稲の道」や「糧の道」などは、木村廸夫が評したように「日本の農民詩の中では代表作品として遺るものである」だろう。*13

一九三八年に初めて出会い、戦中戦後と向き合いつづけてきた農民芸能（黒川能）の研究は、三三年目の一九七一年にしてようやく『黒川能——農民の生活と芸術』（日本放送出版協会）という形で、一つの完成をみた。黒川能の始原遡行と農民芸術・芸能の地底を掘り下げる二つの方法がみごとに結実した好例である。芸能（黒川能）のことはすでに書いたので繰り返さない。

（1）真壁仁の〈歴史〉の世界

ここではまず、真壁の〈始原遡行〉とはどのようなものであり、それはどこから来るのかを考えてみたい。真壁の歴史認識の方法と呼んでもいいだろう。

真壁は〈血〉という表現をよく使う。結城哀草果について書くときも、斎藤茂吉や小松均の評伝を書くときも、かれらの「農民の〈血〉」はキーワードの一つである。それは自己史の場合も同じである。祖父清七の〈血〉、祖母ユンの〈血〉、父清太郎の〈血〉、母マサの〈血〉……が自分のどこかにかかわっている、といった表現を真壁は随所でしている。

藍栽培と藍染のくにの阿波路を旅したとき、こんな文章を書いている。藍は農民の作業着の色であり、封建の世には農民にゆるされた唯一の色彩であった。藍で染めた農着に身を包み藍を栽培していた祖父母を思いだしながら、真壁は書いている。

> 文久生れの祖父、慶応生まれの祖母が、まだ若く生きた明治の変革期と、その後一〇〇年にわたる近代化の流れは、米を作り、紅、藍、綿、薄荷をつくり、蚕を飼い、何の理由からかは知らず全部つぶされてきた歴史であった。つぶされて行く原因をつきとめようともせず、またつきとめるちからもなく、植栽をはじめ、それをやめ、また別の、もうかるといわれる作物にとりついてその種を播

き、その苗を植えて育てる。おろかといえばおろかの極みであり、無知とも無能とも、諦念とも、そのほか何とでもいわれるものであるだろう。〔……〕無告の民として生きた祖父の秘められた恨みがぼくにはある。祖父に劣らず、弱く拙くぼくも生きてきたが、ぼくをとりまく一〇〇年の歴史が、ぼくを無言のままでいさせないところまできている。[*14]

真壁の〈血〉は必ずしも生物学的な血縁（血のつながり）を意味してはいない。自分（たち）がおかれている所与の社会状況・社会現実の中で、今を生き未来を構想するために渇望する自分（たち）の想像のアイデンティティに近いものがある。他者や世界に向かって突き出す、突き出さずにはいられない、自分自身の存在証明のようなもの。それが真壁のいう〈血〉である。

真壁が晩年好んで使った「まつろわぬ民」「化外の民」の住む東北とか「原東北」といった概念もそういうものであろう。

古代大和朝廷による蝦夷「征伐」（支配）の歴史や明治以降の日本の国家、中央政府による東北地方にたいする上からの「開発」と「国内植民地化」の政策に見られる「征服史観」に抗して、真壁は東北の同志にはたらきかけて、一九七六年『民衆史としての東北』を編んだ。

その「序」に真壁は「化外の風土・東北」というレジスタンス精神旺盛な文章を寄せている。本書の序章冒頭でも少し引用したが、それをもう少し長く引用してみる。

東北は長いあいだ未開野蛮の地とされてきた。古い東北の歴史は、差別支配とそのための攻略の記述によっていろどられている。化外の民の住む世界、飢餓と貧困の風土として、おくれた文化の経済しか持たず、社会的秩序もなく、骨肉近隣相食む狂暴な世界として描かれている。そうした記述をさせているのは、エミシを討つ「征夷」の軍の記録をつくった昔から、「後進地域開発」の名であくことのない収奪の政策をくりひろげている現代まで、権力の論理、支配の野望にもとづくところの征服史観なのである。〔……〕まつろわぬ民の血を内部に自覚する東北在地の民衆の眼で、内側から破っていくほかはない。

〔……〕

ぼくらは東北を一つの地域として見る。地域の概念に、「中央」に従属する「地方」であることを拒否する意志をこめている。地域は住民の自治を本則とする生活と文化の空間ではあるが、他の地域にたいして自らを閉ざすものではない。それどころか、他の地域との連帯や交流によって自立をたしかなものにすることができると考える。

世界もまたいくつかの地域の総体である。地域は、それぞれに個性的な価値を持つことによって世界を豊饒にする。東北は、真に東北的であることによって日本・世界に参加することができる。歴史もまた、そのような地域史として個性と自主性によって征服の史観を克服し、民衆の歴史となりうるのではないだろうか。民衆自身が歴史の書き手になり、語り手にならなければならぬときがきている。[*15]（傍点引用者）

真壁のこの歴史観は、前半は『街の百姓』に収録された二〇代前半の社会主義リアリズムの詩を書いていた頃から、東北の農民詩人真壁仁のなかに芽生えはじめていたものである。それは戦前の東北、つまり、山形や秋田や宮城の北方性教育運動を担った生活綴方教師たちよっても共有されていた。かれらは北方の「生活台」という表現を用いて教育実践上のキー概念としていた。

先の引用部分の後半は六〇年代に入って、国民教育研究所を通じて強い影響を受けつづけた歴史学者の上原専禄の考え方を真壁なりに咀嚼したものである。この歴史認識、地域認識にささえられて真壁は六〇年代以降生きつづけ闘いつづけてきたと言っても過言ではないだろう。

この上原・真壁の歴史認識、地域認識は、五〇年代から六〇年代にかけて世界史に登場する、植民地主義・帝国主義の世界支配に対するアジア、アフリカ、ラテンアメリカ（ＡＡＬＡ）諸国の非同盟主義と民族独立運動の思想にも影響を受けている。またアンドレ・グンダー・フランクらの「従属理論」（低開発理論）やラテンアメリカのカトリック教会の司祭たちの「教会基礎共同体」運動から生まれた「解放の神学」などの思想も反映されているだろう。

いずれも、虐げられた者、弱者の地位に貶められた者たちが自らのアイデンティティに目覚め、結束して被抑圧状態から自らの解放・自由・人間化をかちとろうとする思想であり運動である。

それらはまた真壁が五〇年代の農村青年たちのサークル運動、学習運動で学んだ、大きな力を持った組織の官僚性や牢固として動かない村落社会の因襲に対して、小集団サークルのデモクラシーで立ち向かおうとした精神にもつながっている。

しかし今日、世界中の経済力と武力を独占する、少数巨大国家と巨大企業がコントロールするグローバリゼーション政策によって、ＡＡＬＡ諸国、とりわけアフリカや中南米諸国の〈独立〉の内実は「個性」や「自主性」どころではないことは、周知のとおりである。

日本の諸地域でも大資本・政府・官庁（中央）がイニシアチブを握る原発政策や農業政策によって、「個性的な地域をもつ地域」の「地方化」（従属化・画一化）の進行は止まらない。

そうであるなら、先に紹介した上原専禄や真壁仁の地域論、歴史認識は間違っていたのだろうか。二一世紀前半の今日の日本社会では、意味を持たなくなったのだろうか。

いまだにアメリカ合衆国の巨大な軍事基地を押しつけられたままの沖縄の一人ひとり、東京電力福島第一原子力発電所の原子炉爆発（メルトダウン）事件の様々な〈後遺症〉におびえて暮らす何万、何十万という現在とかつての福島県民一人ひとりの内面に思い馳せれば、また、近代に入ってから「裏日本」

と称せられるようになった日本海側の諸地域と東北地域に押しつけられたままになっている巨大な原子力施設群を熟視すれば、さらには、食糧自給率が年々低下しているにもかかわらず農業と農地と農民のコミュニティが衰微しつづける現実を認識するならば、さらに、七〇年間もアメリカに政治的・経済的・文化的に従属したままで、いまなお巨額な武器・兵器・食糧などを買わされ基地を提供しつづけ、「米日一体」などと豪語してはばからない日本政府のありようを見るとき、それでも次のような真壁が残した言葉を、私たちは無視できるだろうか。古い時代遅れの農民詩人の妄言だと笑える人はいるだろうか。

地域を守るということと民族の自覚、民族の独立の課題というものは無関係どころか、ふかいところで結合されなくはならない問題であると思う。地域の主体、地域の主権、地域の文化というものが抜きとられようとしているとき、これをまもり、あたらしい地域を主体的に創りだしていくということは、侵略と支配をたちきって、民族が権利をとりもどし、独立をかちとっていくことと同一の課題である。

それをしかし私たちは、ふかく自覚し、理論的に明確にすることができるとはいえない。民族の独立ということが、固有の文化を、たとえば民族の言語を創りだしていくという文化創造のたたかいでもあるということを考える習慣はなおさらのこと、私たちはあまり持っていない。[*16]

真壁は晩年に近づくと歴史学や考古学の研究成果に学びながら、「原東北」という言葉を使ったりするようになる。自分たちには大和に征服された「原東北人」の〈血〉が流れている、といったように。「原東北人」とは、大和朝廷国家が東北地方に侵入してくる以前の、樺太や北海道といった北から南下してきて今の東北地方に定住するようになった狩猟・漁労民、そして縄文晩期には素朴な農耕さえ行っていたという北方系の民族（「蝦夷」等）をさす言葉だという。

紀元前〔ママ〕三千年から二千三百年と推定される縄文時代の晩期は、津軽平野の一隅、岩木山のほとりの亀が岡から出土された、いわゆる亀が岡土器に見られるような繊細で優美をきわめた肌と形をもつ土器文化が東北全域に広がっていたといわれている。その時代は、東北は列島文化の原点であり中心であった。*17

「蝦夷」征伐のために大和朝廷によって諸国から移住させられた「屯田兵」（真壁）たちによって支配される以前の東北は、湿地を利用した稲と、焼畑による雑穀や蔬菜が栽培され、北上山地を中心とする全域に馬の牧があり、東北各地の山々は金、銀、銅、鉄などの豊かな鉱物資源を蔵していた。原東北人を大和を中心とする律令国家が征服するのに一〇世紀以上を要した、と真壁は述べている。

真壁が山形や秋田の山間地域に暮らすマタギの人たち（山の民）を訪ね歩き、クマ猟の仕方やそれにまつわる用語や歌謡などを記録していたのは、原東北人の〈血〉の濃い末裔たちの文化に学ぼうとしていたのかも知れない。マタギ探訪の記録も一九八二年出版の『みちのく山河行』（法政大学出版局）に二本収録されている。

真壁はまた山地の焼畑栽培蔬菜類である赤カブ（蕪）や、木地師など山の民の手職にも関心をしめし、それらについて詩でも散文でも書いている。真壁の日本農業と日本文化の認識が、日本の天皇制の存続と深くかかわってきた水田稲作農耕（民）のみに限定されたものではないことがわかる。それは次項で言及するように、真壁仁の晩年の「百姓」認識とふかくかかわっている。

その前に、七〇年代に書かれた「蕪の道」と題された、真壁仁の「農の始原遡行」の詩の系譜に属する散文に近い詩を読んでみたい。原東北人と赤蕪との出会がファンタジックに歌われている。

蕪の道[†*18]

風が運んできたのだとでも思え
でなければ
鳥が啄んできて
糞といっしょに振り落としたのだと考えたまえ
あの気も遠くなるようなシベリアの黒土地帯を
カブールの丘とか
ヒンズークシの麓の山畑から
ケシ粒ほどの蕪の種を
ヒトが運んできたと信じたくないのなら……

越後境の山の村で
焼畑に作ったおいしい蕪漬けを食べながら
この赤蕪の郷里がパミールの向こうときいたとき
おれもなかばはあきれたが
絹の道よりずっときびしい蕪の道は
冬の季節や
白鳥の渡る道だったのか
凍原を踏む北の民のたしかな足音が
しだいにおれにも聞こえてきた

そして

間もなく気づいた

それはじつは

おれ自身の足音だったのだと

（2）真壁仁の〈民俗〉の世界

最晩年の真壁の闘病末期、真壁を慕う人たちによって次々と真壁の著書や詩集がまとめられた。その中でも一九八三年一〇月に刊行された『百姓の系譜』（東北出版企画）の「序」に寄せた、真壁仁の凛とした文語体の「百姓真志」は、真壁の遺書とも目されている。

そこには、真壁が書き遺しておきたいと思った山形の過去現在の一七人の「百姓」群像が描かれている。その中の「ひとり（一群）」は、一まとまりの人間群像として今も伝えられている享保八年の「長瀞一揆の百姓群像」である。

銘がきざまれた一六人の「百姓」の中には農民だけではなく、「小鼓の名手」（黒川能の蛸井孫右衛門）もいれば「庄内さしこ」（池田鉄恵）、「科布織」（野尻スミ）、「野の文学者」（結城哀草果）もいる。「砂とたたかったひとたち（砂防林を育てた人たち）」（佐藤藤蔵、佐藤太郎右衛門）や、「庄内柿の父」（酒井調良）、農民育種家（阿部亀治）、「品種改良の父」（工藤吉郎兵衛）、「義民」（高梨利右衛門）も「開拓者」（板垣董五郎）も入っている。新しいところでは都市の消費者とつながりながら小規模複合農業経営をめざす「有機農業」家（星寛治）もいる。

こまかく「百姓」の職業をあげたのは、真壁が「百姓＝水田稲作農民」というふうには限定して考えていなく、芸能や植林や開拓も、布織りや染《そめ》や「さしこ」（刺し子）などの手職も……それらの仕事（職業）もみな百姓とふかいつながりをもった仕事だと考えていたことを理解しておきたかったからである。

これは「農こそ万有の科学によって豊かにされなければならない生産活動である」（『野の教育論』〔上〕）に通じている。

そしてこの考え方は、百姓は農民だけをさす言葉ではなく、たくさんの姓をもった一般の人民をさす言葉であり、「百姓＝農民」は、米の石高年貢制を支配してきた国家によって強力に押しつけられてきた考えだと主張する、日本史家・網野善彦の百姓論とも通じている。*19

真壁仁の「遺書」といわれている「百姓真志」はこう始まっている。

> 百姓とは百の姓《カバネ》なり　百の生なり　百の職なり　百の技なり　痴愚かにしてその一つをも弁ぜざるあるも　また　知勝れて眼冴えたるものは天地解明の理《コトワリ》を明《アキラ》め　万物生成の原理を解きて　列島の気象　地の理に立ち　梅雨　台風　旱魃　地吹雪　豪雪等の地域に被害少なからしめ　悪しき条理の中に物を育てしめ　作物自らの力を生かしむ　何よりも土をつくるを本命とす〔……〕旧きつくりごとに　神々の作物を生みし話あり　神話と称するもの本末を誤《アヤマ》り　民を欺《アザム》きてきたれり　神々の白き手　宮人《ミヤビト》の細き指　一物も生まず　天下を領するも　百姓を蔑視するは長き慣わしなり（『百姓の系譜』四頁）

真壁の百姓論は、農という仕事は万能の技と能力がそなわらないとやりぬけない職であるにもかかわらず、世の支配者（宮人）はつねにそれを蔑視してきた、というもので、歴史家網野の学問的な百姓論と同じものではない。しかし、真壁の祖父母の歴史に見られるように、農民から次々と稲作農耕以外の多様な「職」と「技」と「生」を奪い取り、唯一勤倹力行型の水田稲作農業に追いつめてきたのは強力な国家の政策であった、というあたりは共通の精神に貫かれている。

真壁が文芸・詩作という「わざ」を農の技と同等に考え、奪われることを終生拒否しつづけ、守り育てきたことはこれまで見てきたとおりである。早くから真壁が農民芸術・黒川能に注目してきたのは、彼が早くから能を演じ切る黒川の農民たちに芸術表現の高度な技と能力を発見すると同時に、農民たちの芸術への強い渇望の精神を自らのものとして感じ取ったからである。

農の神事と深く結びついた黒川能の民俗世界の研究については既述したので、以下では真壁仁の「手職」と「紅と藍」の民俗的世界の探求について触れてみたい。

真壁仁の晩年の仕事の中でも手職の研究は秀逸である。その研究は多く場合、野を越え山を越えての、手づくり職人たちへの聞き書き探訪のなかから生まれたものである。

一九九〇年代から山形の山野を歩き始めた民俗学者の赤坂憲雄は、真壁との感動的な〈出会い〉について、詩のような文章でこう表現している。

手さぐりに東北学への道行きに踏みだして、ふと気が付くと、その人がすぐかたわらにいた。いや、より正確には、過去か未来か判然とはせぬ、うす昏がりのなかを、いずこへか遠ざかってゆく、その人の後ろ姿に眼を凝らしている自分に気付いた、といったところかもしれない。〔……〕のちに『山野河海まんだら』と題してまとめられることになる、その聞き書きの旅のなかで、わたしは幾度となく、遠ざかってゆく真壁のうしろ姿を見たのである。訪ねる先々に、真壁の足跡《そくせき》が刻まれていた。その足跡はやわらかく、しかし、深々と大地に刻印をとどめていた。[*20]

赤坂はとくに真壁の手職の研究――『手職――伝統のわざと美』(やまがた散歩社、一九七七年)、『続手職――現代のたくみたち』(同、一九八一年)に注目している。山形市に新設された東北芸術工科大学東北文化研究センターの所長に迎えられた赤坂が、センターの仕事の一つとして『真壁仁研究』全七号の刊行に踏み切ったのは、そのゆえであったろう。これによって真壁仁研究は、一気に広がり深まった。

　山形を中心にした真壁の東北の民俗研究や地域史の研究、また東北の百姓の視点からの宮沢賢治研究は、詩人の松永伍一や歴史学者の色川大吉などによって早くから注目されていた。それは、松永の「詩人真壁仁の世界」や色川の「真壁仁の民衆史」などの講演記録（いずれも『真壁仁研究』第一号所収）で知ることができる。

　ところで先の『手職』〔正〕〔続〕で訪ね歩いた手職の職人は、和菓子、絵蝋燭、畳職、鮨匠、紅花づくり、塗師、打刃物師、表具師、鋸鍛冶、石工、陶工、笹野一刀彫、桶職、紙漉き、和傘づくり、将棋駒彫師、川船大工、屋根葺師、竹細工師、仏師、指物師、川魚調理師、和裁士、錺《かざり》職、木型師、箒づくり、下駄職、装蹄師、草木染、庭師、米つくり、昆布巻屋、紬《つむぎ》織、焼麩つくり、美容師、提灯つくり、宮大工、彫金師、蝋型鋳物、染屋（以上〔正〕巻）、仏壇師、板屋、木地師、箕《みの》つくり、注連縄《しめなわ》つくり、印刻師、桐紙つくり、左官《しゃかん》、藁工品、飾金具師、木地玩具、沈金蒔絵師、理容師、藤蔓細工、箪笥金具師、乃し梅製造、草履表つくり、金網職、縫箔師、豆腐つくり、靴つくり、相良人形、研《とぎ》師、草木倭染、石切工、紋様師、鞘師、製本職、鑢《やすり》鍛冶、鋳物彫金師、木挽、花火師、洋服仕立師、勧進つむぎ、手焼き煎餅、あらき蕎麦、張子人形、大工、隠明寺凧、堆《つい》木細工（以上〔続〕巻）の総勢八〇人である。

　真壁は手職にかける思いをこう書いている。

> 人間の手の力、手のはたらきを、もういちど見直したいのである。手わざのはたらきで物をつくる伝統的な産業にたずさわってきた人々は、「職人」とよばれることに甘んじ、むしろその無銘性に生きながら、その手づくりの物の美しさ、堅牢さ、有用性を人間のくらしの中に惜しげもなくなげ出し、そのことで人々のくらしをゆたかなものにしてきたのである。（『手職』三〇〇頁）

真壁はまた、長い忍耐のいる徒弟時代の修業で鍛えあげられた、無駄なことはひとことも言わない、ぴんと筋の通った職人独自な堅物的な気質にもひきつけられている。おしなべて寡黙だが、鍛え抜かれた技術と勘を持ち、言うことは決定的に言う職人たちに魅了されながら、真壁は一〇〇人近い山形の古老職人・匠を訪ね歩いた。そこに自己教育の原形さえも見ていた。一五歳で野良に立った百姓仁兵衛の自己教育の歴史が、そこに重なるのであろう。

『手職』「あとがき」の最後の部分で、こういう言葉を残している。「手づくりのものは、物としてみれば疑いもなく本ものである。本ものをなくし、本もののつくり手を絶やしてはならない。本ものを大事にする人がふえるならば、それはまもられるのである。〔……〕人間の手のはたらきで物をつくる力は失ってはならないと考えるから、手職の人びとのしごとを少しでも書きとどめておきたいのである。」(同書、三〇一頁)

手職の人びとの共通の悩みは、あと継ぎがいないことである。これにも真壁は心を痛めている。あと継ぎ問題で悩んでいるのは百姓も同様である。真壁が手職にこだわるのには、もう一つの理由があった。それは孫の常吉(真壁の幼名)をことのほかかわいがってくれた、祖父の清三郎と祖母のユンが語ってくれた、昔の百姓たちの数々の手職談義への追慕があった。

棉を畑に栽培し、それを紡ぎ、染屋に染めさせ、家で縞木綿を織るといった仕事や、藁をたたいて縄をなったり、藁ぐつや藁蓑をつくったりする手仕事も、真壁家だけではなくどこの農家でもやられていた。

田を耕し米を作る農家の仕事も真壁は「手職」に入れている。「たがやす」の「た」は手のことだという。「土をひっくり返して、植えた苗が根づくに必要な空気中の酸素を補給することが手返《たがや》しである。土をつくることに、米づくりの全作業を代表させているのである。土を起こす道具である鍬《くわ》は手の延長であり、現代の耕運機《こううんき》はさらにその延長である。しかし機械は作業の効率をあげただけで、人間の手・

指・爪のはたらきの精密巧緻さにはおよばない。」(『続手職』三一六〜三一七頁)

職業差別の問題について、真壁は興味深い記述を残している。それは、『続手職』でとりあげている「草履表つくり」の農家の女性を河北町谷地に訪ねたときの探訪記のなかにある。草履表つくりは全国では山形県が主産地で、県では谷地地方がその中心だった。県内の草履表つくりの「農家副業」は、ここから始まったという。谷地はまた戦前の山形県で農民運動が最も激しくたたかわれたところでもある。谷地の大町組名主であった田宮五右衛門という人が、一九世紀初頭の文政年間に商用で江戸へ行ったとき、草履表の業者から伊勢表、遠州表の製造法を習いおぼえて帰り、地元の女性たちに伝えたことから谷地地方に広がったのだという。

関西方面では昔から履物業を卑しい業と見る風潮がつよい。ことに草履などは昔から「不借」とか「げげ」とかいってさげすまれたことは、今田信一・駒込豊蔵両氏編「山形県草履表発達史」などでも触れられている。「げげというはきものは、いやしきものなれば、下々の音なるべし」などともいわれた。これを作っている人たちを、不当に差別していたのである。しかし田宮はそのことを知っても「職業に貴賎なし」という信念をつらぬいてその普及につとめた。これをつくる山形県の農民には、草履表つくりを賎業と考えるものは一人もいなかった。〔……〕草履表つくりをとおして、山形県の農民は職業差別を無視してきた。(『続手職』一二六〜一二七頁)

草履表つくりが山形県では官民によって農家の副業としてひろげられ、そこには賎業意識や差別は存在しなかったと真壁は書いている。山形県の農村地帯に被差別部落が存在したかどうか、寡聞にして私は知らない。

しかし、庄内藩配下の鶴岡や酒田では芸能や大相撲興行、牢番や刑吏などを取り仕切る「長吏」あるいは「町離」と呼ばれた被差別集団が一定の地区に隔離され、存在していたことは知られている。これについては第四章で触れた。[*21]真壁が注目しつづけた黒川能の鶴岡や酒田での能・狂言興行をとりしきったのも、藩公認のそうした被差別集団であった。

既述したように、真壁にはおそらくこの問題についての認識はなかっただろう。それは真壁の認識の浅さや狭さの問題なのか。それとも部落問題は山形などの日本の北方地域では、歴史的には西方とはかなり違った状況にあったということなのだろうか。

赤坂憲雄は西のヤマト地方中心に見られる被差別部落に対する差別や穢れの問題は、東北では違う視点から見る必要があるのでないかと述べている。

「差別と穢れの民族史へ」と題するエッセイで赤坂は、たしかに東北でも、旧城下町周縁部などには被差別地区の痕跡が垣間見られると述べる。しかしこれは、近世に西国から移動した大名たちが伴ってきた皮革や警吏などに従う職人集団が被差別集団を形成したものであり、西日本で差別されてきた職業でも東北では当たり前の生業と見なされ、農村部には被差別部落は見られない。ではどうして中世以前の東北には、西国のような差別と穢れのシステムが見られなかったのか。

「いくつもの日本へ」の視点（史観）に立つ赤坂はこの問いに対して、「列島の東／西の断層が、先進／後進に根ざしたヤマト中心史観に絡め取られてゆくとき、差別や同和の問題もまた、かぎりなく矮小化される。それはこの弧状なす列島のうえにくり広げられてきた、縄文・弥生以来の民族史の総体のなかにおいてこそ問われねばならない」と問題提起している。[*22]

これは先に紹介した真壁仁の「原東北」の歴史観と重なるものであろう。

また、「紅と藍」の世界の探求も真壁仁のライフ・ワークの重要な一つであった。それは真壁の戦前からの色彩論研究にもつながっている。真壁が若いころから紅（アカ・ベニ）に魅かれてきたのは、真壁の経験の内面から涌き出てくる、ほぼ無意識の心理的欲求に根ざしている。その心理欲求には真壁家の〈血〉も流れ込んでいれば、真壁仁を包み込んできた羽州山形の風土・風景からくるものもあるだろう。

カラフルでエロティックな話を真壁は書いている。「若いとき野良に働いていて見る娘たちが、黒絣で腰きりの仕事着にモンペを穿き、太腿のあたりのモンペの切れ目から赤いお腰がちらつくのがなんとも魅力だった。本紅などではもちろんない。ネルの地にただ赤いばかりの色だったろうに。[*23]」

ニーチェは「北方人には暖かい色にたいする恐怖がある」と言ったそうだが、自分には「暖かい色」にたいする渇望があった、と真壁は語っている。

若い時代のある夏の日、緑一色の北海道の大地を汽車で旅していたとき、真壁はこんな経験をしている。

そのとき三平〔真壁のこと〕は、汽車のなかで緑に疲れていた。なにか変化があらわれて来ないものか。それが何であるかは意識できない。でも、心は何かに渇《かつ》えている。そんな満たされぬ思いで厚岸《あっけし》を過ぎたあたりの崖に、ちらっと真赤な色のひとかたまりが目に映った。「あッ」と声をあげるほど感動した。一瞬のことで、それが何の木の何の実であるかはわからなかった。しかし、それは、三平が渇え、求めていた色だった。〔……〕あのときの感動が三平のまなうらに消えずにいて「ぼくらは緑の飽和のはてにいつも紅を招ぶ〔招《よ》んだ〕」ということばになっていったのだと思う。人間にとって、幼児期の色彩体験は、思ったより深くその後の情動にあらわれて生き続けるのではないか。[*24]

ここで引かれている「ぼくらは緑の飽和のはてにいつも紅を招んだ」という文章は、真壁が一九三八

（昭和一三）年九月『四季』第四〇号に「マチス」という原題で発表し、後に『青猪の歌』に「かがやく真紅をしたたらしめよ」に変えて収録した詩の一節である。（第四章参照）

三年後同じ『四季』第六〇号（一九四一年八月）にゲーテの色彩論に強く影響を受けて発表した詩「色彩論覚書」にも、「彼は言った／われわれの眼は自身で色彩圏を完結する　と／碧緑の飽和を呼ぶ」と同趣旨の一節を入れている。

真壁が述べているのは、自分がアカを渇望するのは、自分の幼児時代の「われらは雪白の凍原に黒い土と緑の芽を恋い／万緑の繁茂のなかに一点の紅を慕う」（「色彩論覚書」）という色彩体験にあるのではないかということ。春先から初夏にかけての山形の水田風景だろうか。

色彩を物理的なものとしてよりも、人間の心理や純粋感情のあらわれとするのは、一九四〇年二月から四月まで拘禁されていた監房に差し入れしてもらって読んだ、ゲーテの『色彩論』の「残像現象」という考え方によるものであった。

民俗の「紅」について書くはずが色彩の美術論の方に行きかけているので、「紅の花」（キク科ベニバナ属）の民俗誌にもどる。紅花は日本では主として、布や紙を染める染料であり、口紅・頬紅などの化粧料である。世界では油脂原料として栽培しているところが多い。インドのヒンディーの既婚女性が眉間に塗るシンドールの原料でもある。また薬品の原料ともなった。

日本の紅花の原郷の一つが出羽山形の最上川流域である。日本の紅花は三世紀から四世紀にかけて中国から伝わり、中国へはエジプトやアラブ近辺からシルクロードを通って入って来たものらしい。中国に渡ってから紅花の耐寒性がきたえられたのだという。

真壁の身辺には昔からつねに紅花と紅花にまつわる物語があった。

ぼくが紅にひかれるのは、ぼくの家が祖父の代まで畑に紅花をつくってきた家であることだ。幼いころぼくは祖父母から紅花摘みの話を聞いて育った。原郷は、ぼくの血の中にもあるのだ。ただ、美しいものを求めるためだけではない。紅花を作って金に換え、貧しいくらしの足しにして生きてきた、つらいつらい労働のなかに紅花は記憶されていた。

あでやかな口紅、華麗な衣裳に見る美しさも、根源を土のなかにまでさぐってみないでは済まない思いがぼくにはある。だから紅花のことを書くのは、自己史のなかの一章にほかならない。*25

紅花への郷愁は、真壁仁を紅花の始原（ルーツ）を訪ねる旅にかりたてる。七〇歳になって真壁はインド、アフガニスタン、エジプトへの紅花の始原（紅の道）を辿る旅に出ている。

『紅花幻想』（一九八一年）はそのときの旅から生まれた紀行文である。

紅色の表紙と紅染深山紙の幻想的な薄いとびらで装幀されたこの本は、紀行文だけではなく、「色彩遍歴」「艶と呪い」「紅の色」「花のうた」「紅花と文学」などの紅花ワ、ー、ル、ドが満載されていて楽しい。薊のような鋭い棘におおわれた紅花は、茎の末に咲く花を摘んで紅を採るので、「末摘花《すえつむはな》」の別名をもっている。

「好きなそもじ（あなた）と紅花染めよ　一夜一夜に濃いくなる」、「盆が来た来た赤い腰巻持たぬ嬶《かか》さ買ってけちゃ花染めを」……最上川流域の紅花栽培農民の花摘み歌には、ほっこりさせられる。紅花は花餅に加工され都へ送られ、貴族女人の晴れ着や頰・唇を艶やかに飾ったけれど、日の出前から起きて紅花を摘んだ百姓たちの暮らしとは無縁であった。紅色は民・百姓には、ぜいたくな色として禁じられた色彩（禁色）であった。最上川流域の里ではいまでも紅花栽培をみることができる。夏の花笠まつりでは紅花の色彩が乱舞する。

民・百姓・庶民、つまり働く者たちに推奨されたのは、丈夫で地味な藍色であった。一四歳で高等小学校を終え、ただちに農業に従事することとなった仁は「はじめて紺の股引をはき、縞木綿の野良着を着て田圃に立った」（「年譜」）のだった。縞木綿の野良着の染は、もちろん藍であった。紺は濃い藍色である。

からだを使って働く人々は、「紅には優雅さをもとめてあこがれながら、藍には意気と気力を感じとって、常の日のくらしの奥ふかいところまで、その色彩をとりこんでいったのだ」と真壁は『紅と藍』で書いている。藍は働く者の意気と気力を奮い立たせたのである。藍染の野良着が使い古されていたんでくると、麻糸や木綿糸で様々な紋様をつくって刺したり、布きれを何枚か綴りあわせてつづれ刺しにして、長く使い込んだ。

刺し子は野良着を堅牢にするだけではなく、紋様の美しさは農村の暮らしを明るくした。

農民は紺の股引を穿き、縞木綿を野良着とした。手甲も、脚絆も藍染であった。朝草を刈に行くと群がって血を吸いにくる蚋《ぶと》も、寄りつかず、わずかに肌の見える足首に集中した。大工さんは紺の印半纏《しるしばんてん》にどんぶりのついた腹掛け、股引に足袋を穿いた。股引も腹掛けも藍染木綿の裏がついていた。〔……〕

農婦おゆんも、明治二〇年代まで畑に綿をつくり、それを行燈の下で紡いで綛《かせ》にし（糸巻き車にまいて）、染屋にやって染めさせたうえ、縞木綿を織っていた一人である。彼女はたいへんな働きもので、米つくり仕事のあいまに家族がふだん着る着物や野良着を織ったほか、売りにも出して家計の足しにした。〔……〕秋が近づき、虫が鳴くころになると、孫たちによく「ほら、つづれ刺せ、ぼろ刺せと鳴いている」と聞かせた。おゆんはぼくの祖母（ユン）である。*26

真壁仁は一九七〇年代に、日本の「藍の里」と呼ばれてきた徳島の阿波藍の里を、吉野川をさかのぼって何度か旅をしている。今なお残る、藍葉の栽培から葉藍切り、藍粉成《こな》し、藍の発酵をうながす寝床つくり（薬《すくも》つくり）、藍玉加工などの専門家（藍師）を訪ね、実物に触れながらその工程を学んでいる。藍大尽《あいだいじん》が残した資料館（三木文庫）に展示されている「製藍図録」や阿波藍関係資料も分かり易く紹介している。真壁仁の藍への関心も尽きることがない。

「紅と藍」ともつながる「織り」への関心もつよく、かつて真壁の祖父母が栽培していた青苧《そ》を原料として織りあげる、越後上布の里へも旅している。草木染の糸でミンサー帯や上布、芭蕉布などを手織《てばた》で織る女人《ひとたち》を訪ねて、沖縄の八重山諸島へも足を延ばしている。戦前から、黒川能の能衣装の色彩や能面にも真壁は並々ならぬ関心を示してきた。「能は色彩だともいうことができる」（『黒川能――農民の生活と芸術』一四四頁）と真壁は言い切ったことがあった。

真壁仁の中には、とりわけ彼の詩文の中には、紅に象徴される優雅・高貴へのあこがれと、藍に象徴される額に汗して働く農民・職人の土着世界への哀歓の感慨と、二つの感性と思念が同居しているようである。

おしまいに、真壁仁が七〇歳のとき、紅花の始原《ルーツ》を求めて西方の国ぐにを訪ね歩いたときの詩《うた》。この旅（一九七七年六月二日―二六日）は山形新聞と山形放送の企画になるもので、同行者は真壁と山形大教授、新聞と放送の各記者一人の四人であった。

紅をもとめて[†*27]

コーランの祈りで目ざめた
と　連れはいうのだが
聾のぼくには聞こえなかった
カーブルの丘のうえのホテルで

青い種無し葡萄を食べ
よれよれのパッチワークを買う
なるべくよれよれのがいい
色さまざまな布の綴れが
すくなくも百年むかしのものであれば

茜や紅やコチニールがそのころ
羊毛を綿糸を麻を染めたであろう
色を見に
ぼくはここまで来たのだ
トルコ赤
ペルシャの赤
そしてアフガンの赤
見ていると聞こえる聾の耳に
黒いチャドルを顔からはずし
窓のない日干し煉瓦の家で
カーペットを織っている娘たちの声
恋とアッラーの神とのあらがいの悲話

カーブルの夜空は澄んで
星がかぞえられる

その星座をめあてに
岩山をまたぎながら隊商が行く……
絹の道
貨と種を背に積んだ駱駝の首の
鈴の音が聞こえてくる
夜は時間が
過去の方へ流れるくにで

（アフガニスタンの旅）

七七年に近い真壁仁の人生を追ってきて、今、私に真壁仁の人生を表象する色彩を選んでみたいという欲求が湧いてきた。敗戦をはさんで、前半生は真壁のはりつめた野良着の〈藍〉で、後半生は真壁の多様な表現と実践をいろどる〈紅〉である。そのいずれにも、〈蹉跌〉や〈欠落〉の色彩が溶け込んでいるが、そのことによって〈藍〉と〈紅〉が光沢を失っていることはない。

野の詩人は、農と芸術（美）と実践の統合を目指す暮らしのなかで、紅と藍の光沢が織りなす数々の表現と実践の軌跡を、後世に生きる私たちに遺した。

［第八章・註］

＊1　真壁仁「農業問題を語る」『真壁仁研究』第三号（二〇〇二年一二月）、一七頁。一九七六年六月に行った講演の記録。

＊2　木村廸夫「真壁仁・詩論ノート」『地下水』第三〇号（一九八五年一月）、七一頁。

＊3　同前、七九頁。

＊4　松永伍一「真壁さんを悼んで」『地下水』第三〇号（一九八五年一月）、二八頁。

＊5　浅見芙美子「生活記録・サークル運動と真壁仁の自己教育思想の形成」社会教育基礎理論研究会編著『叢書生涯学習』第一巻（自己教育の思想史）、雄松堂所収、一九八七年／宮崎隆志「地域学習論の構図――北方性教育運動に即して」『社会教育研究』第三五号（二〇一七年）など。

＊6　真壁仁「教師集団の課題――研究のあとの感想」真壁仁編『新しい教師集団』三一書房、一九六〇年、二六一～二六二頁。

＊7　当時はまだ、「国民」が民族・民衆・市民とほとんど同義に使われていて、在日外国人を無視する概念であるという考え方は外国籍の研究者や日本人研究者からも、ほとんど提起されていなかった。日本民族の独立を志向する国民教育（国民主体形成の教育）の提唱者で、真壁に大きな影響を与えた歴史学者の上原専禄は、労働者と民族と個人を統合する概念が「国民」であるという主張を繰り返していた。この問題については、拙稿「民族と平和の教育」佐伯胖ほか編『共生の教育』岩波講座現代の教育――危機と改革第五巻、岩波書店、一九八八年で詳述している。

＊8　国民教育研究所『地域と国民教育』第二（北方性教育運動の展開）、日本教職員組合、一九六二年。

＊9　同前、二三一頁。さがわ・みちお（寒川道夫、一九一〇～一九七七）は新潟県の生活綴方教師。村山俊太郎や国分一太郎らと同じく治安維持法違反で検挙。二年半の獄中生活をおくり、戦後は明星学園に勤務。和光大学、国学院大学等の講師も兼任。教え子大関松三郎の詩集『山芋』（百合出版、一九五一年。さがわの実践記録でもある）などを刊行。

＊10　パウロ・フレイレ（Paulo Freire）の著作の邦訳としては、『被抑圧者の教育学――50周年記念版』三砂ちづる訳、亜紀書房、二〇一八年／『伝達か対話か――関係変革の教育学』里見実、楠原彰、桧垣良子訳、亜紀書房、一九八二年などがある。

＊11　真壁仁「国民教育創造の原点」山形国民教育研究所、真壁仁編『教科構造と生活認識の思想』明治図書、一九六九年、二六二～二六三頁。

＊12　真壁仁「わが一九六九年夏――ことばの中の地域と民族」『真壁仁研究』第四号（二〇〇三年一二月）、三九頁。初出は『国民教育』第二号（一九六九年一一月）、二一～二三頁。
＊13　木村廸夫、前掲（＊2）。
＊14　真壁仁「藍の里紀行」『野の文化論』〔二〕八三頁。初出は『地下水』第一七号（一九七四年一月）。
＊15　真壁仁「化外の風土・東北」真壁仁、野添憲治編『民衆史としての東北』日本放送出版協会、一九七六年、七頁、一〇頁。
＊16　真壁仁「民族の認識を教育の中味に」『野の教育論』〔下〕八〇頁。一九六八年二月に行われた山形民研の集会基調提案で、初出は『山形民研通信』一九六八年三月号。
＊17　真壁仁「みちのく山河行」『みちのく山河行』法政大学出版局、一九八二年、七頁。初出は『鎮守の森――日本の歴史』第六巻（山形）、国文社、一九七五年。
＊18　『失意と雲』青磁社、一九七八年に収載。（六六～六八頁）
＊19　網野善彦『日本の歴史をよみなおす（全）』筑摩書房、二〇〇五年、二六一頁。
＊20　赤坂憲雄「手職の美はどこにあるか」『真壁仁研究』第一号（二〇〇〇年一二月）、九九～一〇〇頁。
＊21　新しい研究としては、佐治ゆかり「庄内藩における長吏の芸能興行」東日本部落解放研究所編『東日本の部落史』第二巻（東北・甲信越編）、現代書館、二〇一八年、一五四～一七一頁がある。
＊22　赤坂憲雄「差別と穢れの民族史へ（上）」『いま、地域から――赤坂憲雄エッセイ集　東北学二〇〇一／二〇〇七』荒蝦夷、二〇〇八年、四四～四七頁。初出は『望星』第三三巻一号（二〇〇二年一月）。
＊23　真壁仁『紅と藍』平凡社、一九七九年、七〇頁。
＊24　真壁仁『紅花幻想』山形新聞社、一九八一年、五一～五三頁。
＊25　同前、二一五頁。
＊26　真壁仁、前掲（＊23）、一三九～一四〇頁。
＊27　『冬の鹿』潮流社、一九八五年に収載。（一〇六～一〇八頁）

終章　農のエロス、〈不運〉の稲――真壁仁へのオマージュ

一　真壁仁と出会う

真壁仁にぼくはいつ出会ったのか。どうして、真壁につよい関心をもつようになったのだろう。最初に真壁仁を遠くから見かけたのは、大学院（教育学研究科）の後期課程に在籍中のころ。一九六六年夏、山形県東根温泉で開かれた東北民教研（第一五回東北地区民間教育研究団体合同研究集会）の会場においてではなかったか。それから三年ほどつづけて、ぼくは浅虫（青森県）、大滝（秋田県）、岳《だけ》（福島県）の各温泉地で開かれた東北民教研に寄せてもらっている。

そこに座って、東北の教師や農民たちがそれぞれの地の言葉で語り合うのを聴いているだけで、ぼくは元気になった。

そのころぼくは新潟の「寒村」から上京して五年ほどしかたっていず、東京で根をもって暮らすには相当の覚悟がいるなあ、と感じていた。郷里新潟の農村から逃げるように出て来てしまったのだが、「個の自由」をかみしめながらも、土や湿った風景から精神的に切れてしまったらおしまいだという思いがあった。「思い」と書いたが、それは身体《からだ》の奥底にあえぐ乾

真壁仁と妻きよの（右端）を囲む「地下水」同人
（1983年1月）

いた感覚がもとめるものだった。故郷や湿った風土が、ぼくの中でネガ（否定）とポジ（肯定）のアンビバレントなものになろうとしていた。

そんなわけで東北の風土を歩いていたら真壁仁に出会った。まだ真壁仁の詩も散文もほとんど読んではいなかったが、彼のヒト、コト、モノについての重く、少し何かを反芻するような語り口が、ぼくの内面に沁み込んでくるものがあった。

真壁の近くで彼を見つづけてきたジャーナリストの田中哲は、真壁のその語り口を「一語一語、蚕が糸を吐き出すように、丹念に舌の先で選別してからコトバにしてきた」[*1]と表現した。至言である。

東北民教研の分科会の一つに「文学活動」とか「創造活動」とかいうのがあって、そこの助言者（研究協力者）はたいてい真壁仁であった。真壁はその分科会に参加する参加者（多くが教師）に、子どもに書かせるだけではなく、教師自身も書くこと、表現することを求めていた。書いてみないと自分の言葉は生まれないという、これも心動かされることだった。

そのころ、ぼくは東京民研（東京にあった「国民教育研究所」の通称）の共同研究委員（「世界と教育」研究委員会）の仕事などもするようになり、東京民研が主催する夏の六県民研共同研究集会（通称箱根集会）で真壁仁と出会うようになる。真壁はいつも山形の重厚な現場教師・剱持清一と一緒だった。

そこで二言、三言ことばを交わすようになるが、ぼくのことばはいつも空を切っていたことを覚えている。つまりどこにも着地しないで浮游していたということ。ちゃんと向き合って真壁と語り合ったことが、ぼくにはない。語ることばがあの時は、ぼくにはなかったのだ。それが本書の執筆の動機の一つである。

二　アフリカの旅で

真壁仁の存在がぼくの中におおきくなっていくきっかけは、二つあった。その一つは忘れもしない、真壁仁が編んだ一冊の詩集とのアフリカでの出会いであった。一九六六年の終わり、ぼくは東アフリカのケニアで、心身ともに苦しい一人旅をつづけていた。そこへ、刊行されたばかりの真壁仁編『詩の中にめざめる日本』（岩波新書）が東京のサークル運動の友人（渡辺一夫）から送られてきた。

六六年九月に横浜港からフランスの旧移民船カンボジア号でアフリカに向かって旅立ってから、すでに三か月ほどが過ぎていた。初めてのアフリカへの旅だった。当時はたしか一ドル三六〇円時代で、持ち出せる外貨も五〇〇ドルに制限されていた。だから、経費を思い切って切り詰めなければならない長旅だった。連日思いもかけないことが起こり、よく体調を崩した。おれにはやっぱり、アフリカは無理かなあ、週に一度くらいはそんな思いで落ち込んでいた。

そこへ、真壁が編んだ有名無名というか、既知未知の八四人の「民衆詩人」のアンソロジーである『詩の中にめざめる日本』が送られてきた。東京の友人はおそらく、ぼくが時々アフリカから書き送る手紙で、ぼくの心身の苦境に気づいていたのだろう。

ぼくはそれらの詩を、一つ一つ、時には声をあげて読んだ。くりかえし、くりかえし読んだ。そうやってアフリカの乾いた大地に耐えていた。そのころはケニアのギクユ民族の村で一週間ほど暮らし、ナイロビ（首都）の街に戻っては安宿で二日ほど体を休める、といった生活をしていた。村の農家での居候暮らしはなかなかハードだった。

タダ飯を食わせてもらう代わりに、畑を手伝ったり、時には村の小学校の分教場の代用教員のまねごとをしたりしていた。トウモロコシの粉をお湯に溶いて固めたウガリと野菜スープ中心の食事と、それに村のややこしい人間関係がストレスの種だった。胃痛にも苦しめられていた。

その間に村の産育習俗を調べたり、イルアという成人式（割礼の儀礼）に参加させてもらったり、ギクユの反植民地闘争であった「マウマウ」の闘いやギクユ独立学校運動の関係者から話を聴いたりもしていたので、けっこう難儀な日々だった。

真壁の編んだ詩集だけはいつも手元におき、疲れ果てたり、途方にくれたりするたびに、ページを開いては癒された。小雨季が終わり乾季に入った、乾き切ったアフリカの大地で読む日本の湿った風土や言葉たちの滴《したた》りが、疲れきったぼくの内面に沁み込んできて、逃げたらだめだ！　と励ましてくれた。

真壁の長い序文「民衆は詩人である」やそれぞれの詩への短評には、東北や日本各地の農民や民衆詩人たちの豊かな詩的暗喩や諧謔やエロスの世界が描かれていた。ぼく自身が通っていた村々で〈ンガアーイ　ザアーイ……〉（神さま、どうかわたしたちに安らぎをあたえてください）などというギクユの年老いた農婦の美しい祈りの言葉を耳にしたり、〈グテイリ　ムベア　ナ　ムズング〉（宣教師も植民者も同じ穴のムジナさ）などという辛辣な諺などを書いた古い書物に出会ったりすると、これって、ギクユの「民衆詩人」の表現かな、などと思ったりもしていた。

真壁が編んだあの詩集は、ぼくにとってはまぎれもなく〈干天の慈雨〉であった。

三　地域の生活者・表現者・実践者として

真壁仁を意識するようになった二つ目の理由は、ぼく自身の子ども時代から青年期にかけての暗い「地域」体験というか、「村」体験に深くかかわるものであった。もっとも、当時はまだ「地域」などという言葉をぼくはよく知らなかった。だからそれは、生まれ育った越後の「家」と「村」（とそこに住む人々）を閉じ込めていた「湿った暗い風土」とでも言おうか。

「地域にはそれぞれ個性があり、また固有な価値がある」、「地域の中に日本があり、世界がある」、「地域・日本・世界を串刺しにしてとらえる世界観・歴史観を」、「地域こそが抵抗の基盤である」、「地域は主体を育む場」……などといった、だいぶ後になって真壁仁や、真壁が師と仰いだ歴史学者の上原専禄を学ぶようになって知るポジティヴな「地域」のイメージなどは、ぼくの場合まったくなかった。

真壁が「地域」を語るようになるのは一九六〇年代から七〇年代で、日本の諸地域が「中央」によって「地方化」され、地域固有の力や文化が崩れ出す時期である。工業化を中心にした高度経済成長政策によって、農業が工業に従属させられ国際的な市場のネットワークに絡めとられるようなる。その背後にはアメリカ合州国（パックス・アメリカーナ）による日本の「地方化」（アメリカ化）という日米安保条約にかかわる、政治・経済・文化・科学の全面にわたる被従属的政策の進展があった。その起点は一九六一年に公布される農業基本法であった。

若年労働人口の都市への流失（労働者化）と農の担い手たちの都市への出稼ぎが始まり、村の荒廃が顕在化するころである。七〇年代には減反政策が始まり、百姓が米を作ることさえ制限されるようになる。穀物・農産物の外国依存は年を追うごとに強まって行った。それらは、日本の百姓（百のかばね）が生み出してきた「手職」や「結《ゆい》」「手仕事」などの固有な文化の喪失をともなうものであった。農民が農に自信を失い始めるころである。

ところで、ぼくにとって地域は、真壁や上原が言うような「主体を育む場」どころか「主体が生まれようとするのを押し潰すところ」というイメージが強くあった。ぼくには当時の「地域」の変貌の意味などまったく見えていなかった。農村人口の都市への大移動の波に紛れ込むようなかたちで、六〇年代の初めぼくも都会に流れ出た。

逃げ出したというほどの強い意志はなかったが、ここには居られないという思いだけは強くあった。何をどうしたらよいかを考える時間と場所を求めて、都会に出て来たというあたりが、あたっているか。村や町に残って、そこに人間（民）の暮らしの根を下ろそうと懸命に働いている小中学校時代の友人たちに対する、どこか裏切りのような脱出だった。
当時は「地域」のことなど何も見えていなかったのだが、その裏切りのような行為によって、ぼくは「地域」とそれにまつわる様々なヒトやコトやモノへの〈負い目〉をいつまでも抱え込んでしまうことになった。
しかし、ぼくの意識下によどむ「地域」の感覚とイメージは、どろどろと身体に絡まりつく、次のようなネガティヴなものだった。

まとわりつく母の涙、汚泥のヌメリ、土間と板の間のざらつく砂の感触、じっとしていると足に這い上がってくる蚤たち、祖父の押し殺したようなだみ声、盗みがばれるのをおそれて隠れていた裏小屋の乾いた藁束のにおい、小学校教員をしていた父母と農民だった祖父母や曾祖母らが醸し出す異質な二つの文化に引き裂かれながらまだ言葉を知らなかった少年時代、ぼくの言葉をからかう村の若い衆の下卑た笑い、性器や性行為をあけすけにがなりたてる部落《むら》の盆踊りの歌、雨の日には裸足《はだし》の足にからみつく家畜の糞尿の感触、土間の片隅にあった汚物がうず高くつもり鼻が曲がりそうな臭いが上がってくる汲み取り式便所、暗い裸電球の灯り、雪が布団にうっすらと積もっている吹雪の朝の寒い目覚め、町の友人には決して見せたくなかった煤けた茅《かや》葺き屋根の家と着物の前をはだけた祖母の姿、悪行をしてよく隠れていた二階の長持ちの中の黴《かび》臭いにおい、どこまでもつづく鉛色の冬の水田と稲架《はざ》木、そのはるか遠くを煙をたなびかせて走る汽車を眺めていた庭先の杉の大木の太く曲がった枝、秋の終わりから春先までつづくどんよりとした暗く重い空、体中にチクチクと突き刺さる稲束、ガサガサ音がする藁の掛布団、鬱屈した少年時代の性、盗みや陰湿な弟妹へのイジメ、動物虐待などの数々の非行……。

どうして、こうネガティヴなイメージしかよみがえってこないのだろう。少年時代には村の仲間たちと野原を駆けまわったり、魚を釣ったり、用水路の杭の裏側に潜んでいる鮒や蟹を捕まえたり、村道に雪穴（ぼくらはどふぁと呼んでいた）を掘って大人たちがそこに落ち込む姿に興じたり、十五夜の晩に近所の悪童たちと一緒に鏡餅を盗んだり……した、ワクワクするような楽しいイメージもないわけはないが、心に沁み込んで残っているのは圧倒的に暗いイメージばかりである。昭和一〇年代から二〇年代にかけての、日本の家や村共同体の崩れの過程でうごめく〈醜悪な人間関係〉に圧し潰されそうに生きてきたぼくには、家や「地域」はどうしてもネガティヴな思いの方が強くなる。

だが、たとえ自分が選んだものではないにしても、それがどんなものであろうとも、自分のかけがえのない「宝物」である子ども時代の経験と記憶を、それを隠したり、それに居直ってみることだけに必死で、深く深く掘り下げ、暖かく育ててあげてこなかったことを、今ぼくはしんから悔やんでいる。

えきたゆきこの『マコの宝物』（現代企画室、二〇一七年）を読んでせつにそう思っている。忘れたい、かくしたい経験をふかく掘り下げ、現在と未来につながるポジティヴな記憶として、暖かく「宝物」として自分で育て上げる。それができていたら、精神の蟻地獄のようなぼくの青春時代の長い自己惑溺から、少しは自由になることができたのかもしれない。

湿った「裏日本」の故郷からいくぶんかの〈負い目〉を抱えて逃れるように上京し、カサカサに乾き切った「表日本」の巨大都市に身をおき、やがて、うなりをあげて稼働する高度経済成長期の、日本の巨大システムの歯車に巻き込まれるようになると、ここで肉体的に精神的に殺されないためにはどうしたらよいか、真剣に考えざるをえなくなった。

この螺旋状に回転しつづけながらせりあがっていく巨大システムのリズム、速度に、少なくとも自分からは適応しない生き方を模索するほかなかった。それが故郷の「裏日本」や東北の湿った風土にこだわりつづけること、つまり、同じように地方から出てきた労働者や学生の仲間たちと東京で泥臭いサークル運動を続けること、そして大学院での研究テーマにヨーロッパ近代の影の最も暗い部分（地域）であるアフリカを選び、アフリカに渡るという生き方だった。少々大げさな言い方になるが、それは東京で生き延びるための選択だった。

そんな中で、真壁仁が、真壁仁につながる山形が、東北が、「地域」が、ぼくに迫ってくるようになった。真壁仁やアフリカの村につながることによって、忘れようとしてきたぼくの人格の暗部に確実につながっている「地域」に、意識的に向きあい、それに光をあててみよう、と考えるようになった。そうしなければ精神的に肉体的に殺されてしまうかもしれない、そんな思いだった。それは決して大げさなことではなかった。

それにしても、真壁仁がこだわり手放すことのなかった「地域」は固有であり、具体的だった。それは、真壁自身の出自である東北《みちのく》の百姓の暮らしと深く結びついたものであった。

土、手、指、爪、野、労働、泥かまし、百姓、藁、馬、紅花、青苧《そ》、赤蕪《かぶ》、稲（オリザ）、稲のしべ、籾、木地、藍、雑草、薄荷《はっか》、ゴマ、蚕、山毛欅、民族の糧としての米、飢饉、陸羽一三二号、マタギ、どぶろく、農の始原、青猪、乳汁、手職、親潮（寒流）、黒川能（農耕儀礼と神事能の合体）、蔵王、最上川、方言、化外の地、渇望の野、暗喩、諧謔、農のエロス、まつろわぬ民、自己教育、宮沢賢治、染、織、屋根葺き、刺し子、米穀検査員、峠路、花嫁絵馬、畦《くろ》……。

それらが、真壁が生活者（農民）として表現者（詩人）として実践者として地域に生きるというときの「地域」の具体的な内実であった。観念としての「地域」、表層心情としての「地域」しか存在しないぼくには、眩いばかりだった。実在の「地域」から離れたことによって生じた人格的な空虚なもだえから、ぼくが選んだもう一つの観念の「地域」は、それは既述したように「アフリカ」だった。

しかし、一九七〇年代以降、急速な近代化とグローバリゼーション（国際資本による世界諸地域の地方化）の荒波にアフリカの地域も日本の地域同様に呑み込まれてしまい、それまで地域をささえてきた生産や文化や生活の核の部分が溶解し空洞化が見られるようになった。このあたりのことは、四度目のアフリカへの旅の後でつづった紀行文（『アフリカは遠いか』すずさわ書店、一九八一年）で書いた。

真壁がいとおしんだ土は病み、村には人影がなくなり、田畑は荒れ、村の暮らしを支えた里山の森は荒廃し、手職もまた後継者を失い、一つまた一つと消えていく。こうして、百姓仕事や手職が生み出してきた人々の倫理やモラルの基盤が崩れ去っていく。農民詩人である真壁仁に「悲運の稲（農）」を詠《うた》う詩が生まれる。

ぼくがしばらく暮らしたケニアのギクユの村々では、近代化によって大地《コィルゴ》のゆるやかな共同体所有が崩れ、大地が個人の私的所有に変わっていくとき、人と自然、人と神々、人と人との相互交通、相互扶助のつながりが崩れ出す。

教育や学びの問題でいえば、「オターリ」（しつけ）や「ンドニャーノ」（一人前になること）というギクユ民族の独特の産育習俗語彙にとって代わって、すべて画一的な「ギゾーモ」（「読み書きができること」、「学校教育を受けること」、あるいは「キリスト教徒になること」が同義）というただ一つの近代言語にかわっていくのであった。[*2]

それが真壁仁が亡くなる一九八四年一月の日本やアフリカの「地域」の情況であった。最晩年の真壁は、黄泉の国へ誘おうとする病とたたかいながら「百姓真志」という詩のような「遺書」を書き遺こした。[*3]

「百姓とは百の姓なり　百の生なり　百の職なり　百の技なり……」で始まる真壁仁の、その詩文の最後は、藩領の主《ぬし》らの理不尽な収奪と使役に抗して敗れ、晒首の刑に処せられた百姓たちの「怨念の眼射」を後世に生きるぼくらに突きつけて終わっている。

首魁たりしものらは　晒首《サラシクビ》とて獄門に晒さる　薄板の上に田圃の稲株《イナスビ》を逆さまに乗せ　その上に
生首を押しつけて据える　行人　啾啾《シュウシュウ》たる鬼哭《キコク》の声と　眼窩《ガンカ》を隈取《クマド》る怨念《オンネン》の眼射《マナザシ》に、真向いえざ
りき百姓

宮野浦仁兵衛

「行人《こうじん》」の一人たるぼくは、真壁の死後も「百姓」（それは「地域」でもあるだろう）の「啾啾たる鬼哭の声と、眼窩を隈取る怨念の眼射」にしっかりと真向かうこともできずに、相も変わらず根なしのまま浮游しつづけてきた。

今ならはっきりと言えるが、ぼくが真壁仁にこだわり魅かれてきた最大のわけは、それは真壁仁という一人の人間が、地域に生き、地域に根をもった〈生活者〉（農民）であると同時に、孤独な〈表現者〉（詩人）たらんと決意し、さらには、地域や世界が抱える課題のいくつかを引き受けて生きようとする〈実践者〉（行動者）たらんと試みたことであった。それは決して成功などありえない、表現・生活・実践のアポリア（難題）を抱えて生きることの選択であった。

四　農のエロス、〈不運〉の稲

真壁仁は死の床にあって、もっともっと農をテーマにした作品（詩）を書きたかったと親しい人たちに語っていたという。真壁が最も大切に思っていた農をうたった詩群の中から、まず、農のエロスをうたった二つの詩（「稲《オリザ》」と「原風景」）を、詠んでみる。

藁や秣《まぐさ》がにおう、生産と生殖がからみ合う農の欲情・悦楽に気を奪われがちだが、一行一行よく読んでいくと、真壁が描く農のエロスには、そのエクスタシーの内側に〈非運〉の種、〈不運〉の果実が孕まれていることに気づく。

農民真壁仁兵衛《にへえ》（本名）の身体や精神であると同時に、大和朝廷以来の日本の国家の身体や精神でもあった〈稲〉の種子を、〈不運の種〉〈不運の原形〉〈不運の實〉とうたっているのはどういうことなのだろうか。稲作の始原をうたった「稲の道」の詩でも、〈非運の稲〉ということばが使われていた。ずっとぼくはそれが気になっていた。

この稲の〈不運〉〈非運〉の表現には、先祖代々稲とともに生きてきた百姓・真壁仁兵衛の愛着感情〈農のエロス〉と、稲を慈しむかのごとくに振舞い統治の手段として水田稲作を押しつけ年貢米を取り立て、民・百姓を生かさず殺さず支配してきた律令国家体制以降の権力への抵抗の精神が、錯綜しあいながら溶け込んでいるのではなかろうか。*4

また、土を耕す民（農民）の作物の豊饒を願う素朴な神事であった稲作儀礼が、非耕作者の宮廷都人による国家統治のための、厳粛を装う神話的秘儀（新嘗祭など）に変質させられたことへの、やりきれない違和の感情が隠されてはいないだろうか。

さらには、アジアの熱帯・亜熱帯の湿地に自生していた野生の稲が、気の遠くなるような時間を経て北上し、寒冷な日本の東北に定着するまでの様々な不運／非運の歴史と、そして、それ（稲＝米）を難儀な労働と勤勉な学び（技術）によって改良に改良を重ね暖衣飽食の暮らしを夢見てきたにもかかわらず、常に飢えに怯えてこざるを得なかった東北《みちのく》の生産者農民の〈非運〉な現実の歴史への抒情もまた、そこに垣間見ることができるように思う。

一九七〇年代初頭から始まる減反政策によって、強制的に稲（米）づくりを止めさせられた、今日の百姓たちの怒りと〈非運〉もまた、これらの詩には表現されているだろう。

そしてまた、六〇年代以降の農の衰亡の始まりとともに、自らも農の暮らしから離れていかざるをえなかった、江戸中期に誕生した古農家の系譜につながるみちのくの百姓・真壁仁兵衛の、日本の農の近現代史の〈不運〉と重なり合う自らの運命への思いもまた、そこには織り込まれ揺らいでいる。

稲《オリザ》†

その禾本科の草のことを
古くはニイバリといい　アキマチグサといい　トミクサともいった
インドではウリヒ、ギリシャではオルザ　フランスやイタリヤではリッといった
アジアの南では湿地に自生していた

詩集『日本の湿った風土について』より

家畜小屋で恋をしたとき
女はきんいろの種を掌にもっていた
愛のおもさと
ひとつぶの重量を計りながら
女の瞳はかがやいたが
不運の種を手ばなせない

なんという完全な慾情であろう
糧と愛はわけがたいと
ぶあつい胎盤のうずきでこたえる
秣《まぐさ》のにおいのする髪にまかれて
男はじきにまけた

夜があけると
おれたちは沼沢地帯におりていった
それから列島のやわらかな肌に播いたのだ
穀粒にきざまれた
飢えと
はずかしめと
そして秘密にみちた泥のなかの婚姻の歓喜とそのしわくちゃな歴史を
なまぐさい粘液で濡らして沈めたのだ

関東ローム層のなかから
ジャポニカのひとつぶがみつかってから
気もとおくなるような洪積世まで
つながってしまった歴史を
女は肩で背負う気だ
あの赤土の崖で
夕日をうけてきらりとひかった化石の肌
その不運の原形に
白い乳房をしぼろうという

ある日おれたちは
雄々しい雑草を発見した

それは一本のたくましいヒエ
永久のレリックである
強暴な生殖力を価値に変えなくては
と女はいった
おれたちはするどい刃でその茎を斜めに切った
そしてきんいろの種子から生えた雑草の茎をついだ
未来が接木されたのだ
おれたちはやがて
刈りとるだろう
倍になった不運の実を

※　レリック＝遺存種（生きのこり）〔傍点引用者〕

この「稲《オリザ》」は最初『詩学』第一四巻六号（一九五九年五月）に「日本の米について（序章）」というタイトルで発表されたものである。そして「日本の農のアジヤ的様式について」[*5]からワンフレーズ（様々なイネの呼称）をとって、今詠んだように、最晩年に刊行された詩集『冬の鹿』（一九八三年）の冒頭作品である「稲《オリザ》」のリードとして挿入して、作品を完成させている。

『冬の鹿』に収録された最終版「稲《オリザ》」は、前出のようにリードの六行が欄外に追加されているものの、わずかな語句の修正以外は、初出の「日本の米について（序章）」とほとんど変わっていない。

よほど愛着があったのだろう、北海道大教育学部での集中講義「農民教育論」（一九七八年夏）用に作成したノートには、「自分の代表作と思われる詩作品一篇」と記されていた。真壁が最も気に入っていた自詩といってもいいだろう。（北大の集中講義の内容については第八章参照。）

もう一つ農のエロスをうたった作品「原風景」を詠む。これは『冬の鹿』にのみ掲載されている詩である。やはり最晩年の作品。

原風景

あなたはつぶやいた
茜の雲にいろどられた朝が
わたしの明日にあるだろうか？

ぼくはこたえる
僕らはつくってきたのだ　風景を
朝はぼくらのかかえる闇の深さによってかがやくほかはない

あなたは見たことがないだろうか
あなたの血が記憶している遠い風景を

男が棚の上に穀物の種をまさぐり
女の掌にわたす
女は胸を開いて乳房をしぼる
乳汁に濡れた籾をやがて湿地に播く

そのとき

月山のコニーデの肩に残雪が光っていた
春だったのだ
まぶしい昼の光のあと
夕焼けが山を染めると
とほうもなく大きく深い闇がきた

秋に女は孕《はら》み
男は田舟に穂をつみとって
臼で搗いた
それははるかな時間の奥の原風景であった
生産と生殖とは
ひとつのいとなみであった
最上川の波は
雲と星とを映していた

僕らの風景は　いま
鉄と石油の文明にいろどられた
ぼくらは土器と木地の感触を失なった
原風景は処刑された

ぼくらは喪失の大きさに生きる

ぼくらは闇の深さに息づく

そうだ

朝はぼくらの創りだす風景の上にしか来はしない

〈コニーデ＝成層火山〉

「鉄と石油（と原子力——と、二〇一一年三月一一日の原子炉爆発事件を真壁が経験していたらつけ加えただろう）の文明」依存の農の「近代化」の中で、縄文期以来の「生産と生殖とはひとつのいとなみであった」農の原風景と農民の身体（エロス）が「処刑」されていく。「朝はぼくらの創りだす風景の上にしか来はしない」と結ばれているが、うたわれているのは、ここでもやはり、稲の〈不運〉、農の〈非運〉である。

真壁にとって稲は、肉体であり精神であり、血であり乳房であり、乳であり、水であり土（泥）であり……存在そのものの根源、つまりエロス（生命の根源）そのものであった。その〈非運〉な稲の蘇生《よみがえり》を、野の詩人真壁仁は稲の、農の始原遡行によって辿ろうとする。

それが「稲の道」であり「糧の道」などの「農の始原への遡行」（『冬の鹿』「あとがき」）の詩群である。第八章で紹介した「蕪の道」も同種の農の始原遡行の詩である。

次に、「稲の道」と「糧の道」という農の始原への遡行をうたった二詩をつづけて詠んでみる。出典はいずれも『冬の鹿』である。

稲の道†

メコンの流れがあふれている

昆明の奥の思芽《しぼ》という湿地から
友だちが持ってきてくれた野生の稲の穂一本
芒《のぎ》がひどく長くて
そのはじっぽに
縄文紀の光りがきらっと見える
そこでは紅米を
青竹の筒《つつ》で蒸して食べていたそうだ
稲の道は東へ南へ河に沿ってくだった
揚子江をくだった奴が
黒潮にのっておれたちの列島へ渡ってきた

対馬《つしま》の豆酘《つつ》という村では
今も昔の赤米を祀っている
　四月吉日　種おろし
半夏生あとさき　田植え
十月十七日　お吊りまし
十月十八日　初穂米
十二月三日　斗瓶酒《とがめざけ》
　十二月十九日　ヒノサケ
潮の干満《みちひ》を知るために壱岐も対馬も
旧い暦が生きていて

月神も祀られている
酉《とり》年のヒノサケは一月二十四日だ
受け頭屋《とうや》では麦の濁り酒が汲みかわされる
おれが豆酘村へ飛ぶ日だ
親潮の岸まできた非運の稲の
始原と終焉を語りあうため……
〔傍点引用者〕

糧の道

おれの手は　まだ縄文期の土の肌ざわりと
焼畑の土の　ほろにがさを覚えている
みとのまぐわいが稲麦の豊饒をもたらした日
種子も土も精液で肥えていた……
藁を燃やす現代の焼畑の上にうごめいている鉄の魔ものたち
あいつらは　人を追いたて大地を枯らした
けれどもおれたちは取戻す　生きている土を
おれたちは鍛える　おれたちの機械を
見よ
ヒンドスタンの高原から　揚子江の沃野へ
朝鮮半島の青山《チョンサン》里《リ》へ

それから　沖縄の受水走水《うきんずはいんず》の稲田から
十別の泥炭地へ
さらに　北見のオホーツク圏へ
ひとすじの糧の道がつづいている
おれたちには見えるのだ　その道を
藁の好きな馬たちが
幻となって濶歩してくるのが

農の始原遡行は、農の神々と酌み交わす濁り酒の宴への遡行でもある。農の始原遡行はまた、農のエロス（「生産と生殖のいとなみ」、「みとのまぐわい」）と重なり合う。晩年の真壁仁には、農（稲）の始原につらなるアジア諸地域の悠久の道を、「藁の好きな馬たちが幻となって闊歩してくるのが」見えていたのかもしれない。真壁は最後の仕事として、藁についての作品を書くことを願望し、その準備もしていた。しかし、それは叶うことなく、幻に終わった。

藁工品がいかに農民の暮らしと文化を豊かにしたか、藁が家畜の飼料や作物栽培の肥料としていかに大切な役割を果たしてきたか、しめ飾りや注連縄《しめなわ》のように藁がいかに人々の精神生活を支えてきたか、などについて真壁は自らの体験に基づいて書き残したかったようである。その断片は『手職』『続手職』の記述からうかがうことができる。今でいう持続可能な物質循環のシンボルとして、藁についての再評価を世に問うたことであろう。

真壁仁の農のエロスへの遡行は、初夏の陽光に包まれて、稲の花の穎《えい》のひらかれた室房で繰り広げられる、神秘にして豊饒な「しべのゆらぎ」（受精、受粉）への、青年時代に感じた心身の疼きに似た感動にも始原していることは、第四章で「無限花序」（一九三八年）を取り上げたときに言及した。余談であるが、この「しべのゆらぎ」を映像芸術に昇華させたのは、上山市の牧野村に移り住み、農作業をしながら撮影しつづけた小川伸介プロダクションの『一〇〇〇年刻みの日時計――牧野村物語』などの作品である。死期の迫っていた真壁は、この映像にもまた鮮烈な感動を覚えている。（第七章参照）

先に詠んだ「糧の道」では、農のエロチシズムは国生み神話（古事記）の「みとのまぐわい」（男女の交合）にまで遡行している。これはぼくの仮説のようなものだが、真壁仁自身のエロチシズムの根源の一つは、閉鎖的な家父長制が支配する農村共同体の人間関係の中で青春時代を送らざるを得なかった、真壁の鬱屈し閉ざされた〈性愛《エロス》〉にもあるのではないだろうか。（第三章参照）

それが、戦後一九六〇年代以降の、農基法体制下での日本の農の圧殺とあいまって、「農のエロチシズム」の表現（詩）となって噴出したのであった。農のエロスは万物の生命の根源に始原するがゆえに、人（農民）の性愛《まぐわい》も稲のしべの交合も同じように包摂する。

また、農のエロスは、農の〈非運〉とたたかう抵抗のエロスでもあった。農から豊かなエロスが奪われるとき、農は滅び農業となり、野は農薬と鉄（機械）で痩せ衰えてしまい、地域（野）から百姓の姿が消える。野の詩人真壁仁は、そう言いたかったに違いない。『冬の鹿』に収められた散文詩「夏の祭」の一部分を詠んでみる。

夏の祭†

くすぶる家父長の夢を蹴り　横座（囲炉裏の正面の主人の座る場所）の権威をくつがえし　そして
しめっぽい情誼の垣根をこえて　おれたちはやってきた
〔……〕みづみづしい林檎を卓上に積め　したたる西瓜を割れ　干鱈と昆布でたらふく飲もう
夏の祭だ　かびた禁欲の柵をはずせ
偽悪者のおずおず説いた怠惰の論理を　いまこそ祝福しよう　粗放の利得がいまみのってき

た　すすけた天井裏に穴をあけて　おいらの太陽をとりもどせ　紙幣の幻影をすてろ　おいらのひろばに　乾いた太鼓のとどろきがあがる　どんどこどんどこ　どんどこどんどこ　どんどん
ボルドウ液〔農薬の一種〕をふりまいた　硫黄華くさい指を酒で洗え　そして　バイラス〔ウィルス〕の薯ばたけとイモチの青田をしばらく忘れよう

赤い満月の下で　はずむ乳房と　汗くさい精気の肌と出あう夜に　石の呪文がなぜ重かろうか

国家の農民支配と家父長制の下で鬱屈させられてきた農（民）のエロスが、「夏の祭」に炸裂する。近代農業の命運にもてあそばされる鬱屈した農民のエロスである。このような真壁仁の農のエロスや悲運、農の始原遡行をうたった抒情詩について、真壁の死後、詩人の佐川亜紀がこう批評している。

戦後詩が日本的なるものを否定した中で、真壁仁は、近代国家になるずっと以前の縄文紀からの人々の営みを復権させる。戦後詩が否定・批評に性急で、日本人の基底や肉体を見なかったのに対して、真壁仁は日本人の肉体である「稲の／始原と終焉を語りあう」のだ。
真壁仁の〈始原の抒情〉は、豊かであるとともに、無批評ならば民俗に埋没する危険もある。それは、多くの戦後詩が個と批評に比重を置き、民俗と抒情を軽んじて孤立したのと表裏のことである。[*6]

これはまったくの余談の部類に属するが、真壁仁が一九五五（昭和三〇）年、四八歳の時に地方誌の「恋愛と結婚についてのアンケート」に答えた文章を見つけたので紹介してみたい。

①初恋はいくつですか――一七のころ。②恋愛結婚ですか、見合い結婚ですか――恋愛結婚をたくらんで親族会議で否決になり、三年ばかり結婚を棄てたのち、カジ屋のおやじの仲人で見合いをしました。③あなたの理想とする男性、女性は――私はこの愚問に賢答を出すべく一週間思い悩んだが、どうしても「理想」のイメージが出てこない。やはり、私の意識外の感覚の正しさを信じて、「恋愛をかんじうる人」を理想とするほかはない。[*7]

「意識外の感覚の正しさを信じて」とは、まさしく「エロスへの信」にほかならないだろう。

五　真壁仁の農の詩魂と実践を受け継ぐ三人の農民詩人

真壁仁の農の〈非運〉をうたった抒情詩は、真壁よりは二八年後（一九三五年）に山形市に隣接する上山市牧野の貧農の家に生まれた木村廸男（筆名廸夫）に引き継がれた。木村は定時制高校時代に真壁仁と出会って詩を書き始めた農民で、真壁の愛弟子の一人と呼んでもよいだろう。木村はさらに、同郷の〈不安と遊撃〉の詩人黒田喜夫にも強い影響を受けている。二五冊を超える詩集やエッセイ集を刊行している。詩集の数は師の真壁をはるかに超えた。『木村廸夫詩集』（一九九五年）は真壁仁の詩集と同様に、「日本現代詩文庫」（土曜美術社出版販売）に収められている。

少年時代に父と叔父を戦争で亡くした木村の表現の原点は、貧困と部落《むら》の因襲と戦争への身悶えする叫びであった。木村は三里塚農民の暮らしと新東京国際空港反対闘争のドキュメント映像を撮っていた小川伸介プロダクションチームを自分の暮らす牧野部落に招き入れ、かれらが十数年間村人とともに農作業しながら村落《むら》や農民の暮らし、稲や蚕などの生育のドキュメント映像を撮り続けるのを支えた。

木村は真壁の「農の〈非運〉」を、日本の崩れゆく「村の〈非運〉」に重ねて詠った。木村の詩は〈非運〉の村落への愛慕でありレクイエム（鎮魂歌）でもある。最近作の詩集『村の道』（書肆山田、二〇一七年）から「わが死地」を詠んでみる。

わが死地

少年期から
青年期にかけて
わが村落は
——にくしみのふるさと——であった。
小農に生まれ
戦争で父親を失い
貧農そのもののくらしであった

言葉を持たず
労働に明けくれる日々——
早くから
村落脱出の夢を抱いて寝た
村と
人との
温かみなど感知する余地もなかった

村と人との温みを覚えるようになったのは
四十歳か
五十歳か
ずい分と歳を取ってからのことだ

そのわが村落も
いまは人かげも無く
農業後継者も無く
見渡すかぎり田野や
畑野も
あれ始めようとしている

——ＴＰＰが　追いうちをかける——

わが死地は
この村落以外に無いと
心に決めて
久しい

すると
何故か　急に

わが村落が
美しく見えてくる

真壁仁の農の〈非運〉を乗り越え、豊かな農の再生の地平を現実に切り拓いたのは、木村廸男同様真壁の愛弟子の農民詩人である高畠町（東置賜郡）の星寛治である。星も一九三五年生まれで、真壁が主宰する農民文学誌『地下水』で育った。農業青年のサークル活動から出発した木村廸男や斎藤太吉（筆名たきち）らと異なって、星は日青協（日本青年団協議会）につながる青年団活動から生活記録・共同学習運動に入っていった経歴を持つ。

農業基本法体制下（一九六一年〜）の大型機械・農薬・化学肥料依存の政策に身も心もボロボロにされた星寛治は、七〇年代以降悪戦苦闘しながら、近隣の若い農民有志とともに有機農業者集団を結成し、自然との融合・共生を目指す農業経営の試行錯誤を続けてきた。都市部の消費者グループと提携して、大規模機械化農業や食糧管理法などの国策にふりまわされない、有機複合・小規模家族農業経営という、古くて新しい日本農業のあり方を模索してきた。星らの実践は、〈悲運〉の日本農業全体に一筋の確かな光を灯している。

星もまた表現への欲望抑えがたく、十指をはるかに超える詩集と農業や教育に関する評論、エッセイ集を書いてきた。地域の教育や文化の問題に深くかかわり、様々な社会的実践に従事してきたのは真壁と同様である。つい最近、重厚で大部な『自分史』（アサヒグループホールディングス、二〇一九年）を上梓した。

同志たちと有機農業経営の道を選んでからの星の詩は明るい。詩集『種を蒔く人』（世織書房、二〇〇九年）に収められている「永劫の田んぼ」を詠んでみる。有機農法で蘇った黒く柔らかい土の上に出現した「共生の村」への賛歌である。真壁仁の農の〈非運〉を乗り越えて行こうとする、現代の農民詩人の姿がここにある。

永劫の田んぼ
粉雪のけむる朝、
浅いまどろみの中で
一頭の猪《しし》になったぼくは
田んぼの雪を蹴って
光る峡に一散駆ける

〔……〕

ぼくは青猪の詩人に導かれ
霧氷の峠に立つと
はるか雲海のかなたから
銀色の波が寄せてくる

〔……〕

いま出羽の盆地では
底冷えの梅雨や、
猛暑の夏をかいくぐり

けなげな稔りをもたらし
雪の下に眠る田んぼ。
柔い黒土の床で息づく
小さな生き物たちの鼓動

やがて春がめぐれば
雪溶けの水を浴びて
身体《からだ》の方から動いていく
草木、虫、鳥、魚
そして百姓の習性《ならい》

水を貯め、水を温める
水田の絶妙な装置。
タニシ、ヤゴ、アメンボ、
クモ、ホタル、アキアカネが群れる
小さな楽園の顔をした
ぼくらの共生の村

〔……〕

その日、少年は少し背が高く

頬を夕陽に染め
銀の鎌をかざし
たわわな稔りを刈る

少女の掌にこぼれる
べっ甲色の宝石は
一粒一粒が自立するぼくの米、
かがやくいのちの糧。

〔青猪の詩人は真壁仁をさしている。〕

真壁仁を師と仰ぐ農民表現者として、真壁の最も近くで真壁の営農、創作、社会実践、取材などを様々な形で支えつづけてきた斎藤太吉（たきち）の存在を忘れるわけにはいかない。斎藤もまた、木村廸男・星寛治と同じ一九三五（昭和一〇）年亥年の生まれ。三人とも東北地方を襲った未曽有の冷害とそれによる凶作・飢饉の昭和九年に、農婦であった母の胎内に長男（跡取り）として生命の灯をともされた。真壁が結城哀草果に生き方のモデルを見たように、斎藤も星も木村も真壁仁にそれを重ねながら、それぞれ自己形成をしてきた。

三人とも真壁の始めた『地下水』で表現力と社会批評の力を磨いてきた農民である。いずれもみな一九五〇年代から六〇年代にかけての青年時代に、生活記録運動、サークル活動などを通じて真壁仁に出会っている。三人とも真壁仁同様、芸術的なもの、知的なもの、社会的なものへの渇望を抱えてきた農民たちであった。

斎藤が真壁仁から受け継いだものは、農政・農業教育を中心にした社会批判と、多方面な文化・芸術へのつよい関心であろう。山形市郊外（西部）の先祖伝来の農地で、五〇年代にサークル運動で出会った幸子夫人とともに田を耕し果樹を育てながら、つねにアフリカやアジア、アラブの人たちの暮らしや、三里塚の農民たちの心と繋がろうとしてきた。今では斎藤は農民ということばを嫌い、独立独歩の〈百姓〉を名乗っている。師の真壁に学んだものであろう。木村廸男同様に自らの代で農から離れざるをえない心情を抱えている。

評論集『北の百姓記』［上・下］（東北出版企画、二〇〇五年、二〇〇六年）には、作者の心を痛めるこの半世紀の日本農業の変貌が、自然現象に左右される日々の農作業を通してリアルに綴られている。『農民教育の創造』（たいまつ社、一九七八年）などの編集・執筆にもたずさわっている。

斎藤たきちの二冊の詩集の内の一つ『富神山ある風景の序章』（地下水出版部、二〇一四年）から、「斎藤農園」の四季を詠んだ連作の中の「四月　うづき」という美しい詩を紹介する。

四月　うづき

雪がちらちら舞うなか
開花を告げる一番手は　梅
かすかな香りにつられて　咲き競うは
ソルダム　りんご　桃　桜桃　和梨や洋梨
キウイフルーツ　くり　プルーン
みちのくの山形は　こうして花園となる
ぼくらは花に酔い
蜜蜂やヒヨドリもまた忙しい
十七種類もの夏野菜の種を　土に落とすのもこの季節

満開の桜桃に五月の凮が吹いた夜
十センチもの降雪が白い世界と化し
ぼくは魂消《たまげ》て　眠れぬ夜を過ごした

六　真壁仁へのオマージュ

冒頭でも書いたように、最初ぼくは真壁仁の中に、ぼくが喪《な》くしてきたもの、棄ててきたもののあざやかな〈実在〉を見、感じ、驚き、圧倒された。真壁の語る、書く「地域・土・農・民俗・民族・民衆・百姓・手職・労働……」などという言葉群と、それらが地底から芽吹いてくるような彼の地域実践がまぶしかった。

地域に根を降ろし、そこを友や隣人らと深く掘り下げることによって、世界やモノ、コトの本質に迫ろうとする生き方に、強い衝撃を受けた。生活者であり、表現者であり、実践者である真壁仁の生き方に、ぼくは叶わないながらも、学ぼうとしてきた。

しかし、戦前・戦中・戦後と真壁の遺した文章を読みすすめていくうちに、ときに、そこにどうしようもない弱さ、曖昧さ、自分や他者や国家や社会や組織……の本質に迫らずに、そこから「なめらかにずれてゆく」[*8]真壁の姿が見えてくる。とりわけ、戦後の真壁の社会的実践と表現が抱えるアポリアについて、敢えて一章（第七章「さまよう詩人の魂」）を設けて論及した所以である。

その真壁仁の姿の中に、われとわが身が「ずらしつづけてきた」自己との対峙・物事の本質への肉迫を避け、周囲の不協和音やしがらみの同調圧力に超然とできず、認識の曇りにも気づかず、周りと同じ歌を歌ってしまうわれとわが身の心性のありようと同質のものを発見し、慄然とするときがあった。

生活者、表現者、実践者のアポリアを生きることの困難さ、恐ろしさを知る。自分自身の心性を切開することなくして真壁仁を書いても意味がないことに気づくようになった。

何度も止めようと思ったが、「なめらかにずれて」きた自分自身のやりきれない姿をあらためて見つめ直してみたいという思いと、そのような卑小な自分との、それこそ卑小なアナロジーなどを超えた真壁仁の文学と実践の広大な沃野を、それも傷だらけの沃野を、真壁仁へのオマージュ〔賛辞〕として表現してみたいという、自分の内側から涌き出る思いには抗しがたかった。

書き始めて、文学〔詩〕の素養のまったくないことに気づき、内心忸怩たるものを感じ、幾度となく立ち止まった。文芸批評や山形の地域文化論の側から痛烈に真壁仁を批評、批判する山形在住の岩井哲（一九四九〜）や高啓《こうひらく》（一九五七〜）の次のような言説には、なるほどと教えられながらも文学の素養のなさからか、よく理解できないところが多々あった。真壁仁の仕事はそうした批評や批判を超えて、豊かな広がりと深さを持っているのではないか、という思いは消えることはなかった。

> 筆者〔岩井〕の考えでは、彼自身の詩論もしくは表現論の中に、いわば時代〔戦後システム〕が背負った誤謬という意味で、文学と政治という位相的な違いについての認識が希薄だったのではなかろうかという思いが巡ってくる。おそらく、一時期影響を受けたであろう社会主義リアリズムが本質的に持っていた方法的な誤謬をそのまま引きずってしまったに違いない。〔……〕
>
> 真壁仁を詩人としてより以上に社会的・政治的人間という位相で成熟させていったのは、したがって時代という環境そのものであった。*9
>
> この人物〔真壁〕の〈罪〉をとりあえずふたつ指摘できる。ひとつは文学もしくは表現のあり方に「運動」や「人間関係」の要素を色濃く持ち込み、これらの性質を混同し、表現の質それ自体自立したものとして問うという文学の根本姿勢をこの地域の人々から被い隠してしまったこと。これは

わかりやすく言えば、表現者が教育者にすり変わってしまっているという問題だ。もうひとつはインテリに向かって「百姓」、中央に向かって「北」、行政や公教育あるいは体制に向かって「野」というように対抗的な概念を、つまりは〈様々なる意匠〉を対置して問題を単純化し、己れの側の希薄な思想や思考の内実をいかにもいわくありげなものに偽装する常套手段を流布してくれたことだ。[*10]

詩人であり文芸批評家でもある岩井と高が共通して指摘しているのは、真壁の表現（文学）認識には現実の運動や政治実践との位相上の区別がなく、いうなれば、芸術方法の媒介をもたない真壁の現実素材の表現は表現（文学）たりえていないという指摘であろう。したがって、真壁の表現は戦前から尾を引く社会主義リアリズムの誤謬に囚われたままであって、大衆への教育的啓蒙、政治的プロパガンダの域を出るものではないという批判である。鋭い指摘である。

そのことに真壁自身気づいていたのではないかとぼくは思っている。「方法」という言葉は使わなかったが、方法的には試行錯誤していた。第六章でそのことについてぼくは書いた。

真壁が社会的実践に傾斜していく一九五〇年代終わり頃から七〇年代の半ばの間、真壁は詩をほとんど書いていない。その間、詩表現に代わって民俗文化や手職、芸能、地方史の研究、さらには郷土の生んだ歌人や画家の評伝に没頭した。真壁仁は啓蒙家や教育者にはなれなかった。

そして最晩年に「農のエロス」や「稲の始原」を詠った、いくつかの不朽の作品（詩表現）を遺して逝った。ぼくはそこに「社会的・政治的人間という位相の成熟」ではなく、詩人としての「成熟」を見るのだが。

ぼくは何度も書いたように、ファシズムと戦争に屈したにがい経験の上に立って、地域に生き、地域に根をもった〈生活者〉（農民）であると同時に〈表現者〉たらんと決意し、さらには地域や世界が抱える課題のいくつかを引き受けて生きようとする〈実践者〉（行動者）たらんと試みようとした、決して成功や満足などありえない、その真壁仁のトータルな生き方に魅きつけられてきた。

「生き方」や生活現実をいくら記述しても、それは表現（文学）にはならないと岩井や高から批判されるだろう。それはその通りだと思う。そのことが本書のアキレス腱であることは、書きながらずっと思ってきたが、最後まで克服できなかった。文学的方法の問題は、ぼくにはよくわからないままである。だが、生き方、生活や地域の現実、政治などを表現（文学）とは異質な位相として峻別して、文学的・芸術的方法にプライオリティを求めるあまり、文学表現が生活や現実世界や政治、労働、人間の生き方などをどんどん抽象化し漂白してしまうことはなかったのだろうか。例えば、現代詩が素材として生活を歌うとき、その芸術的表現方法が素材（生活）自体のリアリティを読者から遠ざけてしまうという、一種の疎外現象は起こっていないのだろうか。

すぐ前で引用したように、詩人の佐川亜紀が「戦後詩が否定・批評に性急で、日本人の基底や肉体を見」ず、また「多くの戦後詩が個と批評に比重を置き、民族と抒情を軽んじて孤立した」と、真壁の詩とかかわって書いたようなことが実際起こらなかったのだろうか。

ぼくがかかわってきた戦後教育の問題でいえば、六〇年代に登場する「教育と科学の統一」という戦後教育の生活主義教育批判の方法的命題が、いつのまにか「生活から科学へ」（生活でなく科学へ）とそれてしまって、教育実践の世界が学習主体である子どもたちが拠って立つ生活基盤それ自体から遊離してしまうという現象が起こった。[*11]

そういうことが文学表現の世界ではなかったのだろうか。

ぼくが〈同時代者〉という言葉を知ったのは、一九六〇年代以降、二〇代になってからである。ぼく自身にも、他者や世界がおぼろげながら見え、迫ってくるようになった。反安保闘争、原水爆禁止運動、日韓条約に反対する運動、ベトナム反戦運動、反アパルトヘイト運動、在日朝鮮人との連帯の活動、農民の基地反対闘争を支える運動……、こうした社会的実践にぼく自身もおずおずと自分の意志でかかわっていくようになった。

つまり、このころからぼくは真壁仁と同時代を生きるようになった。本稿、とりわけ一九六〇年代以降の真壁仁を書きながら、〈同時代者〉真壁仁という思いを強くしていった。そして、書きつづけることが辛くなることが多々あった。

同時代に別々の場所で無関係に、真壁もかかわりぼく自身もかかわったある運動、ある事件についての、真壁仁の考え方やかかわり方に、共感と同時にまた違和感や批判の感情を覚えることが起こるようになった。

同時代を生きたとはいえ、年齢も三〇歳以上も違い、異なる経験をもつ違った人格なのだから、当然といえば当然のことだが、やはりつらかった。すでに反論の機会も回路ももつことができない真壁仁には申しわけないと思いながら、本稿（とくに第七章）では率直にぼくの違和と批判を書かせてもらった。批判は否定ではない。出口のないような社会的・人間的難問（アポリア）に一緒に立ち向って行きたいという意志表示である。それもまた、真壁仁へのぼくのオマージュの表し方だと思っている。

ぼくは日本の啓蒙主義がほとんど意味を失ったころに青春時代を迎えた人間である。一九六〇年の壮大な反安保闘争の敗北の後で、「知識人」や既成政党、労働組合、既存の巨大メディアなどに、できるだけ依存したくないという雰囲気の中で、ものを考え、社会活動（ぼくらは市民運動と呼んだ）を始めた世代である。

ぼく自身も六〇年代中頃から小さな市民運動にかかわり、また自分たちで独自の市民運動（反アパルトヘイト運動）を作りだしてもきた。市民運動のやり方や組織のあり方に関しては、小田実や鶴見俊輔らの「ベ平連」（ベトナムに平和を！　市民連合）の影響を強く受けてきた。たくさんの過ちもおかした。

〈市民〉(citizen)という、一九六〇年代に登場してきた言葉は、それまでの国民、民族、人民、労働者、民衆、住民、公民、日本人……などにはない響きがあった。五〇年代までの日本の運動や言説を支配していた上記のような言葉(集団的主語)から、一人ひとりの〈個人〉(個的主体)を解き放ち、自由にする響きがあった。もっと直截に言えば、市民という主語は、国家・国籍・組織・共同体(地縁血縁)などから個人の〈私〉を解放すると同時に、より広範な〈他者〉を包摂する(inclusiveな)言葉のように思えた。

その背景には、国家権力や様々な権力から一人ひとりが身を守る権利を有すると同時に、それらの権力に対して、一人ひとりが人間としての、個人としての権利を主張することができるという意味での〈市民〉(権)意識が、日本社会の中に生まれてきていた。

前述したように、崩れかけた家や村共同体の陰湿な同調圧力から、「個」(ぼくはぼく自身でありたい)に救いを求めてもがいてきたぼくには、好ましい集合的主語は〈市民〉以外のものではなかった。

だが「市民」という言葉は、主として都市の中産階級の学生・ジャーナリスト・学者・文化人・活動家などの間には流通しているものの、そのほかの多様な職業や日本の様々な地域に暮らす生活者の間に受け入れられているとは、とうてい言いがたい。これは言葉の流通(広がり)の面だが、「市民」という言葉の内実においても、検討し克服しなければならない課題を多々抱えていた。それは今でもそうである。

例えば、今日の差別・選別的な学校教育や先端技術医療などに見られるように、「科学」の名の下で、あるいは「科学的・合理的」判断の下で、個々の多様な生を分断し隔離し排除する優生思想(生の科学的・合法的・効率的線引き思想)[*12]などは、とりわけ市民(市民社会)が陥り易い陥穽である。

近代市民が自分の個人的権利を守り、自分の社会的負担を回避し、自分の財産や快適さ(安楽)をつくりだすために、様々な「普遍的な」近代的思想や主義(自由主義・個人主義・能力主義・生産主義・効率主義・平等主義・合法主義・科学合理主義……)を隠れ蓑に使ってきたことも事実である。市民社会国家による市民個人に対する死刑執行や尊厳死の容認などもそうだ。

このように、〈市民〉にも翳りが生まれてきているのも事実である。それは、市民という概念が封建体制や地縁的・血縁的共同体から、限りなく個々人を自由にし（個人化し）、自由な個人（市民）の契約にもとづいて新しい平等で自由な共同体（市民社会）を作ろうとしてきた歴史に根をもっている翳である。西欧の市民社会では、女性・植民地原住民・障害者・労働者（無産者）・奴隷……などは初めから排除されていたものであった。

そうした排除された者たちの人間としての、女性としての、あるいは民族、労働者……としての権利獲得のたたかいが、市民社会の市民権をより包摂的・普遍的なものにしてきたのである。だが近年になって、新自由主義社会の下で、無用なもの・無意味なもの・非生産的なもの・非効率なもの・同調しないもの、異質な少数者などにたいする、公共機関や多数派市民による排除のための暗黙の「生の線引き」が広がっている。災害時の避難所から路上生活者が排除されるなどはその例である。性的マイノリティの差別、同性婚の禁止などもそうである。

また、〈市民〉という言葉につきまとう〈普遍性〉という幻想概念が、個人個人に固有な地域性・民族性・セクシュアリティのような自己の存在証明（アイデンティティ）にかかわる属性までも無化してしまいかねない危険性（根こぎ《デラシネ》の危険性）を孕んでいることも気づかれるようになった。

アメリカ合州国と日本本土から厖大かつ暴力的な軍事基地を押しつけられてきた沖縄では、昔も今も、「市民」や「市民運動」という言葉は「民族」「民族運動」などと比べて、被抑圧者主体を結束させ奮い立たせるには軽い意味しか持たないかもしれない。しかし、沖縄社会内部でも日常的に生起している性差別や家父長制支配による人権侵害、経済格差がもたらす家族・共同体の崩壊による子ども・若者・老人の孤立化……、などに立ち向う主体言語としては、〈市民〉や〈市民権〉は有効性を失っているわけではないだろう。

それにしても、〈市民〉もまた〈国民〉や〈労働者〉や〈民族〉などと同様に、今日のように分断・対立が日常化している社会では、いずれ満身創痍であることにはかわりない。より包摂的な集合的主体言語とは何であろうか。

真壁仁は宮沢賢治について書いた文章の中で、「近代文学のきずいた人間は怜悧で繊細で上品で優美である。懐疑し、自虐し、過剰な自己意識に瘠せた。それが戦争を契機とする修羅道と餓鬼道とに直面して完全に自壊してしまったのだ」[*13]と述べていたことがあった。敗戦直後のことである。

「近代文学」同様、近代〈市民〉にも当てはまるのは、「懐疑し、自虐し、過剰な自己意識に瘠せた」ところだとしても、近代日本に戦争の「修羅道と餓鬼道」をもたらしたのは、自国や他国の個人を迫害し、時には抹殺したのは〈国民・臣民〉であって、決して〈市民〉ではなかったのである。

レジスタンスを担う〈市民〉などは、弁護士の正木ひろしや詩人の秋山清のような例外的市民を除いては、当時は生まれようがなかった。日本社会に初めて登場してきた大正期市民階層も、ファシズムと戦争期には大部分は〈臣民〉に変質していった。

ぼくがこだわる個々人の総体としての〈市民〉という概念が、果たして今日の国家権力や組織社会のネットワークや共同体のしがらみの中で、個々人の主語（主体言語）として、集合的主体言語として、持ちこたえられたか否かは、それほど確信を持っているわけでない。〈個人〉と〈市民〉の間にも闇は幾重にも重なりあっている。

同時代者であることを意識して生きるようになってからの人生で、ぼくは幾度かの危機的状況に遭遇した体験を通してそう思っている。

その一つは一九六〇年代後半から七〇年代初めにかけての大学闘争の渦中での経験である。ぼくの大学院生から助手の時代である。「大衆路線」を標榜する民主化自治共闘系の大学の全構成員（学生、院生、助手、教授、職員）による自治と民主化を求める運動（主要局面では既成政党に指導されていた湿った体制順応主義《コンフォーミズム》〉と、ノンセクト・ラディカルな学生集団と「革命」志向のセクト集団の連合による、大学という国家につながる巨大システムの本質とそこに包摂されている自分自身を白日の下に曝け出させようとする全学共闘系の運動（問題提起型の乾いたアナーキズム）の、二つの運動の考え方の間で、ぼくは揺れ、引き裂かれ、挫折した。ぼくのなかには両者が対立したり共存したりしていた。

職場では前者に傾き、市民運動では後者に傾く自分がいて、苦痛が深まっていく。闘争の後半から始まった全学共闘系セクトの大っぴらな暴力と、それに対抗する「大衆路線」派の隠れた暴力と、さらにコンフォーミズム派を引き込んで淡々と問題を処理しようとする大学当局の管理主義には、とても耐えられなくなった。

もっと耐えられなかったのは、ぼくが家や共同体や組織から自由になりたくて、「個人として」選んできたはずの〈市民〉につながる原理が、文部省（当時）・警察などの国家システムや企業体などと絡み合って機能する大学システムと、学外の既成政党や大小様々な政治運動組織にコントロールされる学生・教職員の運動体との衝突の中で、また、時として相互補完・原理なき妥協などの現実の中で、〈個の選択〉の軸が揺らぎに揺らぎ、自分がボロボロになっていくことだった。

ぼくは大学を辞し、修羅場から逃げるほかなかった。ぼくの中の〈市民的個人〉の敗北である。

真壁仁は原水禁運動内部の権力闘争に直面したとき、第七章で見たように一方の政治勢力（権力）を選び、それに加担して動じなかった。その政治的信念は揺らがなかった。そして自らが選びコミットした政治勢力の内側（身内）に、詩人としての批評のメスは向けることはなかった。また、一九七〇年代には、国家権力の独裁者を讃美する詩を書いて献じた。それらのことをぼくは、真壁仁の中の〈詩人の敗北〉と書いた。

それは、戦後の真壁仁の戦争責任のひきうけ方の内実ともかかわる重要な問題である。真壁は時として批評よりもコンフォーミズムを優先させることがあった。そうせざるをえなかったのだろう。真壁の中に内面化されてきた家や村共同体的な精神は、何よりも身近な、あるいは、「身内」の人間関係の平衡状態を維持しようとする「場の論理」を優先させるものであったからである。

　ところで、あの大学闘争が戦前からつづく「国民国家システム」の国家総動員体制への根源的批判の芽をはらんでいたことは、ずっと後になって、ぼくは山本義隆（元東大全共闘議長）らの文章[*14]で気づくようになった。大学闘争から四〇年後に起った国家や大学の科学技術システムと一体化した巨大産業システム（東京電力原子力発電所）の原子炉爆発事件とそれへの対処の仕方、そしてだれも責任を取ろうとしない体制《システム》の中に、大学闘争で問われた問題がくっきりとぼくにも見えてきた。

　システムや世間の同調圧力に抗して己を失わずに生き抜くために、ぼくはなんど敗北しても〈個人の原理〉、〈市民の原理〉から出直すほかはないと考えている。政治的論争点ともなってきた憲法一三条「個人の尊重と公共の福祉」との関係でいえば、〈個人〉の尊厳、〈個人〉の権利を守り育み、どのような〈存在〉であれ、決してそれを例外として邪魔者扱いをしたり排除したりしない〈公共〉を、どう創造していくかということである。

　それは、「個」と「個」のあらそいや、「集団」と「集団」の対立の解決に、超越的・神話的・宗教的な〈象徴〉を求めたりしないで、「個」と「個」の厄介なあらそい、「個」の集合体である「集団」と「集団」との間の錯綜した対立抗争の間に、面倒なことではあるが相互に向き合い、どう粘り強く折り合いをつけるか、という問題にまで進んでいく。

　孤独や憎しみや怒りなどで苦しみもがいている人たちのことを思うと、「個」（わたし）などという言葉にはたして意味があるのか、わたしの軽さ、わたしの根のなさに身もだえするほどである。しかし、そのつらさに耐えかねて、ここで「個」（わたし）を手放し、「人々」や「民衆」や「世間」……などに自己同一化してしまうと、「個」であるぼく自身の「個」も、ぼくと同じ「一人ひとりの個」の集まりである「人々」や「民衆」の「個」も、みんな手放して、どこにも存在することのないノッペラボウの、容易に支配を受け入れる〈マッス〉（mass）になだれ込んでしまうのではないかと不安になる。

自民党が改定を急いでいる憲法の草案では、第一三条の「すべて国民は、個人として尊重される」という現行憲法条項から、「全て国民は、人として尊重される」というように「個人」が削ぎ落とされている。それは、自分で考え、判断しようとする「個（人）」としての「国民」を恐れているからだろう。

しかし、あまりに「個」に固執してしまうと、「個」と「個」、「個」と集団との相互的・存在論的な関係性、「個」と社会、「個」と自然や超越的なものとの交流・交信などの中でのみ、人間の「個」は成り立ち意味を持つという、「個」の関係的本質を忘れてしまいそうになる。

それでもぼくが「個」にこだわりつづけるのは、「人間《ひと》」一般、「生命《いのち》」一般、「国民」一般、「民衆」一般、「民主主義」一般……といった同調圧力を背後に隠し持つ政治・教育・医療などの〈システム〉の大義名分にからめとられてしまい、自分で息ができなくなり、自分の頭でものを考えられなくなることが恐ろしいからである。ぼくには「個」は、集団や一般や組織……と折り合いをつけられるか否かを吟味するバロメーターのようなものである。

それでも、ぼくの考え方にはどこか傲慢さがぬぐい切れずに存在するように思う。

個人としての表現を封じられた（誰からも期待されない）重い障害をもつ人たちや、個人どころか人間とさえも思われていないこの国の多くの外国人労働者や難民・移民の人たちと出会う中で、「個」の尊厳の同等性・普遍性という考えだけでは、日々出会い向き合う相手と相互に「個」として向き合い受け入れ合うことはできないのではないか、と思うようになっている。

現実社会のぼくら一人ひとりの生きる場は、障害も国籍も性差も様々に多様な個人が入り交じり合う街であり、路地であり、雑踏の広場である。そうした雑踏・混沌の広場の宴で、移民や障害をもつ人たちのそれぞれに固有な存在が、様々なわだかまりやためらいを乗り超えて、そこに集う人たちによって受け入れられているのを感じるときがある。

その時、人々は一人ひとりの「個」の尊厳・同等性と「個」の表現（文化）の固有性を、相互に受け入れ合っている。一人ひとりの「個」が尊厳において対等平等であると同時に、「個」の表現の現れ方（文化）においてそれぞれに異質で固有であるということを相互に受け入れ合うことが、ぼくたちの目指す寛容な社会の基盤であることが見えてくる。

一人ひとりの「個」の尊厳の同等性・普遍性の認識は、「個」と「個」の表現の在り方（現われ）の固有性の認識と不可分のものであり、どちらか一方が欠落しても、「個」と「個」の人間同士の寛容な相互認識・相互受容とはならない。それを可能にするのは、街（町）や村の、日々の暮らしの中での「個」と「個」の出会い向き合いの中（場）だけである。

それが今のところ、ぼくの腑に落ちる考えである。

戦時中、国家総動員体制のファシズムにのみこまれ、戦争の韻律に身を委ねてしまった真壁仁は、戦後短歌的抒情から身を引き剥がすことから表現活動を再開した。詩誌『至上律』編集・発行の再開と戦後詩集『日本の湿った風土について』の刊行がそれである。

そして、ようやく手に入れた日本の平和と民主主義が東西冷戦下で危機的状況にさらされるに及んで、真壁仁は山形の地域で反戦平和と民主主義擁護の社会的実践の方へ歩き出す。

それらの表現と実践が、真壁が選んだ戦争責任の引きうけ方というものであった。東北の地域で、農に従事する生活者として、政治・文化・教育の情況にコミットする実践者として、そして批評と美の表現者（詩人）として、三者を統合する生き方を模索していく。

だが、五〇年代の終わり頃から様々な社会実践に忙殺されるようになり、体調を崩したりしながら、農業労働や詩作（詩表現）から離れざるをえなくなる

六〇年代、七〇年代、社会的・教育的・政治的実践が生活の中心を占めるようになると、啓蒙的な詩、

プロパガンダ詩を極力書くまいとしてきた真壁は、志す詩が書けなくなる。真壁のしがらみの多い社会的実践からにじみでるコンフォーミズムへの傾斜とオブスキュア（曖昧）な対自的批評性と倫理性が、真壁仁から詩を遠ざけさせたのであろう。

この時代、詩にかわって真壁は民俗・教育・歴史・文化・農業・評伝・旅などについての散文表現の世界に入っていった。詩人真壁はこれらの散文表現を「雑文」としてあまり評価していないが、第八章で書いたように、真壁の重要な表現の世界を切り拓くものであった、とぼくは思っている。

最晩年、先に見たように、野の詩人真壁仁は、「農のエロス」、「〈不運〉な稲」、「農（稲）の始原」を表現することによって、農の受苦的ロマンチシズムの世界の表現に到達する。

真壁仁の表現・生活・実践は難問《アポリア》と矛盾と錯誤に満ちたものであったが、地域と日本と世界にこだわりながら、表現者・生活者・実践者として生きようとした生の選択は、この現実世界の〈システム〉による「生の線引き」に懊悩する多くのぼくたちに、過ちを恐れずトータルに生きていくことのちからと勇気を与えるものであった。

［終章・註］

＊1　田中哲『須藤さん仁さん真壁さん』東北出版企画、一九八四年、一八頁。

＊2　これらの問題については拙稿「アフリカの教育世界（一）――ギクユ独立学校運動の研究」『叢書・産育と教育の社会史』第四巻（子どもの社会史・子どもの国家史）、新評論、一九八四年などで論じた。

＊3　真壁仁「百姓真志」『百姓の系譜』東北出版企画、一九八三年、四～五頁。

＊4　坪井洋文『稲を選んだ日本人――民俗的思考の世界』未来社、一九八二年、八三～八四頁、一六九～一七

○頁など。坪井は、雑穀や根菜類の栽培（畑作）を優先させてきた東北の農民たちが、農業経済学者の守田志郎や中世史家の網野善彦らが言うように、なぜ水田と稲作の結合を神聖不可侵なものにしてきたのかは、国家権力の神話的権威の存在がなければ考えられなかった、と繰り返し述べている。

＊5　『日本の湿った風土について』に収載。初出は『知識人』第二巻五号（一九四九年五月）。

＊6　佐川亜紀「真壁仁と黒田喜夫――原点への回帰と破壊」『真壁仁研究』第一号（二〇〇〇年一二月）、二一八頁。

＊7　『ひろば』第六集、山形市光文堂書店、一九五五年九月。

＊8　鶴見俊輔「暗黙前提一束」『戦後を生きる意味』筑摩書房、一九八一年、二一五頁。初出は『季刊三千里』第一一号（一九七七年八月）。

＊9　岩井哲「『北からの詩人論』ノート」『真壁仁研究』第三号（二〇〇二年一二月）、二六五頁、二六九頁。

＊10　高啓「真壁仁・その〈夜〉の顔」『真壁仁研究』第三号（二〇〇二年一二月）、一九〇頁。

＊11　北田耕也「原点への回帰――生活記録運動の再検討」『談論始末』北田先生の古希と退職を祝う会、一九九八年、四七頁。初出は『明治大学教職・社教主事・学芸員課程年報』（一九八一年）。

＊12　杉田俊介、立岩真也「討議　生の線引を拒絶し、暴力に線を引く」『相模原障害者殺傷事件――優生思想とヘイトクライム』青土社、二〇一六年、一七九～二三八頁。

＊13　真壁仁「宮沢賢治と童話的世界像」『修羅の渚――宮沢賢治拾遺』法政大学出版局、一九九五年、二五頁。初出は『農民芸術』第四号（一九四七年九月）。

＊14　山本義隆『私の１９６０年代』金曜日、二〇一五年／山之内靖『総力戦体制』筑摩書房、二〇一五年など。

真壁仁年譜

一九〇七（明治四〇）年
三月一五日　山形市宮町の自作兼小作農家の長男として生まれる。米のほか紅花、棉、藍、薄荷などを栽培し蚕を飼う、江戸中期からの古い農家であった。幼名は常吉。尋常小学校入学時に先祖名仁兵衛（戸籍名）を襲名。仁は一〇代後半からの筆名である。

一九一三（大正二）年　六歳
四月　山形市立第三尋常小学校に入学。一年上級に神保光太郎がいた。

一九一九（大正八）年　一二歳
三月　尋常小学校終了後二年制の高等小学校農業科へ入学。そこで、仁同様中学進学を断念せざるをえなかった学びと表現に飢えた友人たちと出会う。

一九二一（大正一〇）年　一四歳
四月　高等小学校を卒業し野良に立つ。野良仕事の合間に県立図書館に通う。白鳥省吾、福田正夫などの民衆派の詩やホイットマンの『草の葉』などに魅かれていく。

一九二三（大正一二）年　一六歳
八月　この頃から二〇歳になる一九二七（昭和二）年までに、全七冊の手作り「詩稿ノート」が生まれる。「野の詩人」真壁仁の祖型がここに刻まれる。

一九二五（大正一四）年　一八歳
二月　『抒情詩』八月号（新人推薦号）で尾崎喜八を選者に指定した投稿詩「南」が二位に入選。同時に入選した更科源蔵や金井新作との交流始まる。尾崎喜八、高村光太郎、高田博厚らの世界を知る。ロマン・ロラン、ヴェルハーレン、クロポトキンなどを読む。

一九二七（昭和二）年　二〇歳
六月一五日　山形市内で徴兵検査。五日前から入院し十二指腸潰瘍の治療を受け、大量の下剤を服用し減量。「丙種合格」判定をえる。

一九二九（昭和四）年　二二歳
一〇月　世界大恐慌が日本の農村をも直撃。冷害とあいまって小作争議が各地で始まる。この年、山形市青年団の弁論大会に母校の校長に頼まれ参加。「馬鈴薯階級宣言」という演題で農民の貧窮を語る。農民闘争に参加。警察にマークされるようになる。
一二月　山形県立図書館勤務の長崎浩が同人詩誌『犀』発刊。翌年の三号から真壁が参加。更科や猪狩満直らとの『至上律』（『北緯五十度』）などとともに、真壁の詩作修練の場となる。

一九三〇（昭和五）年　二三歳
一〇月　『中央公論』一〇月号のルポルタージュ募集に青山修平名義で「俺達の行くのは何処だ――養蚕奴隷覚え書き」を投稿し入選。

一九三一（昭和六）年　二四歳
九月一八日　関東軍満鉄路線を爆破し「満州事変」（中国東北戦争）を起こす。小作法案が廃案となる。
一二月九日　隣村千歳村（現山形市）の農家仁藤孫三郎の長女きよと結婚。

一九三二（昭和七）年　二五歳
三月一五日　二五歳の誕生日に更科源蔵の尽力で処女詩集『街の百姓』（北緯五十度社）が刊行される。
八月二〇日　早朝私服警官五人に襲われ一晩拘禁される（文化運動弾圧の巻き添え）。
一二月三〇日　長女圭子が誕生。

一九三四（昭和九）年　二七歳
一月二八日に刊行された草野心平編『宮沢賢治追悼』で賢治を知る。
七月二四日　長男康夫が誕生。
異常気象による雪害・風害・水害・冷害が相次ぎ、東北地方は大凶作。この頃から真壁の文学的「転向」がはじまる。

一九三五（**昭和一〇**）**年**　二八歳

一月　神保光太郎、亀井勝一郎の紹介で『コギト』、翌三六年から『日本浪曼派』や『四季』などの中央詩壇の雑誌に次々と詩や評論を発表する。

一一月　農閑期に臨時米穀検査員として尾花沢支所、鶴岡支所で働くようになる。一九四二（昭和一七）年までの冬期八年間、山形市内の家族から離れ単身赴任。「青猪の歌」の詩などの構想が生まれる。Ｋという女性との新しい恋が始まり、多くの相聞の歌が生まれる。

一九三八（**昭和一三**）**年**　三一歳

二月一日から二日にかけて黒川村（現鶴岡市）で農民芸術の黒川能（王祇祭）と出会う。

一二月三日　祖父清七の死（七七歳）。

一九四〇（**昭和一五**）**年**　三三歳

二月六日　村山俊太郎らの生活綴方教育運動との関連が疑われ、治安維持法容疑で山形警察署に逮捕。四月一六日まで七〇日間監房に拘置。「陳述書」（転向宣言）を書いて釈放。

一九四一（**昭和一六**）**年**　三四歳

四月一二日　祖母ユンの死（七四歳）。

一二月八日　日米開戦、「大東亜戦争」始まる。

一九四二（**昭和一七**）**年**　三五歳

八月一〇日からほぼ一か月間、保護観察処分の身であったが「満洲」の東（東満）から北（北満）にかけて、郷里出身者の移民開拓村への視察旅行に出る。

一九四三（**昭和一八**）**年**　三六歳

三月三日　東村山郡千歳村（現山形市）農業会参事（のちに常任理事）の職を得る。

一〇月　『辻詩集』（日本報国文学会編、八紘社杉山書店発行）に「農村学校」を寄稿。

一九四四（**昭和一九**）**年**　三七歳

一〇月　詩集『大東亜』（日本報国文学会編、河出書房発行）に「征きてかえらぬ」を寄稿。

一九四五（**昭和二〇**）**年**　三八歳

八月一五日　敗戦の日の「農業手帳」に「正午聖上陛下ノ放送アリ。拝聴シテ大東亜戦争ノ終結ヲ知ル。モツダム宣言の受託ニヨル敗戦的終結ナリ」のメモ。

一九四六（**昭和二一**）**年**　三九歳

一月一日　戦後初の詩「白梅頌」を『山形新聞』に寄稿。

一一月一七日　黒川村から四〇人の能役者を招いて山形市立第四国民学校講堂で公演会。

一九四七（**昭和二二**）**年**　四〇歳

二月一日　山形詩人協会創立（二年後に県詩人協会に）、会長に推される。

七月七日　更科源蔵と詩誌『至上律』（第二次）を復刊。一一輯（一九五二年六月）で終刊。

一九五〇（**昭和二五**）**年**　四三歳

一一月一〇日　詩集『青猪の歌』（青磁社）刊行。

六月二五日　朝鮮戦争始まる。

九月　『蔵王詩集』（東北学芸出版ＫＫ）刊行。

一〇月三〇日　詩「朝鮮の米について」「十勝の機械農業について」を年刊『北方詩集』に発表。

一九五二（**昭和二七**）**年**　四五歳

一一月一日　山形市の教育委員に公選される（一期四年間務める）。

一二月　山形県教職員組合の講師団の一人に選ばれ、教育研究活動への参加始まる。

一九五三（**昭和二八**）**年**　四六歳

一二月二日　山形の「平和問題懇談会」の設立にかかわり、同月一四日に東京で開催された「平和国民大会」（京橋講堂）に参加する。
一九五四（**昭和二九**）**年**　四七歳
三月一日　ビキニ環礁で米国が水爆実験。操業中の第五福竜丸乗組員が被災・被爆。
五月二〇日　真壁編集詩誌『げろ』第二号の「ビキニの灰特集」に詩「石が怒るとき」を発表。
一九五五（**昭和三〇**）**年**　四八歳
七月五日　原水爆禁止山形県協議会結成。理事長に選ばれる。
八月六日　第一回原水爆禁止世界大会広島大会開催。県代表四〇名の団長として参加。
九月一七日　大高根米軍基地（現在村山市）で住民と警官隊が衝突。
一九五六（**昭和三一**）**年**　四九歳
四月二〇—二一日　第一回「山形県青年婦人文化会議」。七〇団体（四五をこえるサークル）から二〇〇名の参加者。呼びかけ人は須藤克三、真壁仁ほか。県教組も教育委員会も一緒に参加。第六回（六二年）まで開催されるが、大衆的集会は三回（五八年）まで。
七月　真壁仁編『弾道下のくらし——農村青年の生活記録』（毎日新聞社）刊行。
一九五七（**昭和三二**）**年**　五〇歳
七月一日　日教組「国民教育研究所」を設立。真壁は釼持清一らと山形からの共同研究者に。
九月一五日　真壁仁編集兼発行人の農民文学運動誌『地下水』（山形農民文学懇話会）刊行。
一九五八（**昭和三三**）**年**　五一歳
七月二〇日　詩集『日本の湿った風土について』（昭森社）刊行。
一九五九（**昭和三四**）**年**　五二歳
七月二四日　参議院山形地方区補欠選挙に社会党公認・共産党推薦で推されて立候補。落選。
一一月一五日　長男康夫、高橋邦子と結婚。この頃すでに真壁仁は表現活動や地域実践で多忙をきわめ、農作業は妻きよのと康夫・邦子夫妻が中心となる。
一九六〇（**昭和三五**）**年**　五三歳
一月二一日　真壁仁編『新しい教師集団』（三一新書）刊行。
四月一七日　日米安保反対運動の街頭宣伝に立つ。
六月六日　原水爆反対の平和行進が青森に到着。歓迎集会に出席し翌日より一緒に行進。
八月二一日　遠野市で開かれた平和友好祭の講演会で重篤な急性肝炎で倒れる。四三日間入院。
一九六二（**昭和三七**）**年**　五五歳
三月　山形県教組の組合員がつくる国民教育研究所（山形民研）の初代運営委員長に就任。七一年から所長に。東京の国民教育研究所運営委員長の上原専禄と出会い影響を受ける。
一九六三（**昭和三八**）**年**　五六歳
一月一三日　父幸太郎死去（七七歳）。
八月五日　第九回原水爆禁止世界大会（広島）に山形県原水協代表として参加。大会は社会党・総評系と共産党系の運動方針の対立で機能不全状態になり、統一集会は分裂。
九月一三日　山形県原水協理事長の辞任を表明、翌年二月辞表受理される。
一九六六（**昭和四一**）**年**　五九歳
二月　第一回山形県農民大学（学長真壁仁）。農民と教師が中心。年二回八〇年末まで続く。
一〇月二〇日　真壁仁編『詩の中にめざめる日本』（岩波新書）刊行。
一九六七（**昭和四二**）**年**　六〇歳
一〇月五日　『人間茂吉——農民の血と詩人の血』上巻（三省堂新書）刊行。下巻は二〇日刊行。

一九六九（昭和四四）年　六二歳
二月　山形国民教育研究所、真壁仁編『教科構造と生活認識の思想』（明治図書）刊行。
五月二五日　真壁仁、千野陽一編『労農青年の地域民主主義運動』（現代企画社）刊行。
一九七一（昭和四六）年　六四歳
六月二五日　『文学のふるさと山形』（郁文堂書店）刊行。
九月二〇日　『黒川能——農民の生活と芸術』（日本放送出版協会）刊行。
一九七二（昭和四七）年　六五歳
三月二七日から約一か月北朝鮮へ。キムイルソン首相六〇歳の還暦祝賀祝典に招待される。帰国後「ペクトウの峰——金日成首相還暦祝賀の詩」を『朝鮮画報』社の文集に寄稿。
一九七三（昭和四八）年　六六歳
一月一五日　『街の百姓』復刻版（郁文堂書店）が第一詩集として復刊される。
一九七五（昭和五〇）年　六八歳
二月二日　『斎藤茂吉の風土——蔵王・最上川』（平凡社）刊行。
六月　第一回全国農民大学交流集会（東根市）で基調講演「征服史観と近代化路線」。
六月二五日　『旅の随筆集——わが峠路』（東北出版企画）刊行。
一九七六（昭和五一）年　六九歳
四月二〇日　『定本人間茂吉』（三省堂）刊行。
八月一日　『野の教育論』全三巻（民衆社）の刊行始まる。
八月　佐藤総佑、芳賀秀次郎、真壁仁『やまがた風情と抒情』（東北出版企画）刊行。
一〇月一〇日　野添憲治、真壁仁編著『どぶろくと抵抗』（たいまつ新書）刊行。
一一月　後藤紀一との詩画集『雪とはなびら』（永井画廊）刊行。
一二月一日　真壁仁、野添憲治編『民衆史としての東北』（日本放送出版協会）刊行。
三日　母マサ死去（九一歳）。
一九七七（昭和五二）年　七〇歳
一月一〇日　『手職——伝統の技と美』（やまがた散歩社）刊行。
三月一五日　『吉田一穂論』（深夜叢書社）刊行。
六月二日から二六日までインド、アフガニスタン、エジプトへ。紅花の源郷を訪ねる旅。
一〇月三〇日　『わが文学紀行』（東北出版企画）刊行。
一九七八（昭和五三）年　七一歳
七月一日　詩集『失意と雲』（青磁社）刊行。
五日　紀行文『紅花幻想』（山形新聞社）刊行。
八月二八日から九月一日まで北大教育学部で集中講義「農民教育論」。
一〇月三〇日　『蔵王詩集——氷の花』（東北出版企画）刊行。
一九七九（昭和五四）年　七二歳
四月八日　『紅と藍』（平凡社）刊行。
一九八〇（昭和五五）年　七三歳
六月八日　真壁仁文、薗部澄写真『カラー会津の魅力』（淡交社）刊行。
九月一日　真壁仁、白鳥邦夫『対話——希望の回想』（秋田書房）刊行。
一九八一（昭和五六）年　七四歳
八月一日　『続手職——現代のたくみたち』（やまがた散歩社）刊行。
一九八二（昭和五七）年　七五歳
七月三〇日　『みちのく山河行』（法政大学出版局）刊行。
一九八三（昭和五八）年　七六歳
一〇月一〇日　『百姓の系譜』（東北出版企画）刊行。
一〇月二〇日　県立病院に四回目の入院。『野の文化論』全五巻（民衆社）刊行。

一二月一二月　詩集『冬の鹿』（潮流社）刊行。

一九八四（昭和五九）年　七七歳

一月一一日　県立病院にて午後九時五〇分永眠（肝臓腫瘍と診断）。

＊＊＊

二月二〇日　日本現代詩文庫『真壁仁詩集』（土曜美術社出版販売）刊行。

六月二〇日『野の自叙伝』（民衆社）刊行。

七月二〇日　真壁仁文、薗部澄写真『最上川――おわりなき旅』（桐原書店）刊行。

一一月一日『最上川への回帰――評伝小松均』（法政大学出版局）刊行。

一九八五（昭和六〇）年

七月二五日『北からの詩人論』（宝文館出版）刊行。

一九八七（昭和六二）年

八月一五日　新藤謙『野の思想家真壁仁』（れんが書房）刊行。

一九九五（平成七）年

七月三一日　妻きよの死去（八二歳）。

一二月一日　長男康夫死去（六一歳）。

一二月一日『修羅の渚――宮澤賢治拾遺』（法政大学出版局）刊行。

二〇〇〇（平成一二）年

一二月より真壁仁研究編集委員会編『真壁仁研究』（東北芸術工大学東北文化研究センター発行）の刊行始まる。第七号（二〇〇七年一月）で終刊。

二〇〇二（平成一四）年

『新編真壁仁詩集』刊行。

本年譜は、『真壁仁研究』第一号（二〇〇〇年一二月）所収の「真壁仁年譜」（佐藤治助、斎藤たきち編）、『新編真壁仁詩集』土曜美術社出版販売、二〇〇二年所収の年譜（木村廸夫、斎藤たきち作成）、山形地域研究読書会『地域社会研究』第八号所収の年譜（杉沼永一作成）などを参照して作成した。

謝辞

最後になってしまったが、本書の執筆にあたり実に多くの方々のお世話になった。感謝してもしきれない思いである。そしてまた、たくさんの方々にご迷惑をかけてしまった。本当に申し訳なく思っている。本書がそうした方々の内面に届いてくれることを祈るのみである。

あらゆる面での素養と知識のなさを嘆きながら、一〇年をはるかにこえる年月がかかってしまった。いままでは見えなかったが、真壁仁という、地域に根を持ちながら世界につながろうとした時代詩人のいくつかの〈傷跡〉は見えてきた。それはぼく自身にも確実に刻み込まれてある〈傷跡〉につながるものであった。

時代と人間と表現がテーマであった。情況のなかでの人間の弱さと勁さについていつも考えていた。勁さよりも弱さから、より多くを学ぶことができる。

そして、本書で真壁仁の存在の大きさと深さは垣間見ることができたものの、そのトータルな描出は、先行研究の新藤謙『野の思想家真壁仁』（一九八七、れんが書房新書）に遠く及ばないものになった。本書を執筆中、新藤謙氏（一九二七〜二〇一六）の逝去を知った。お届けできなかったのは無念である。

お世話になったり、ご面倒をかけてしまったりした方々の、すべてのお名前をここに表記させてもらうことはできないが、次の方々だけはお名前を記してこころから謝意を表したい。

山形市宮前の真壁仁の自宅に保管されている手帳、日記、掲載紙誌の切り抜きファイルなどを、労をいとうことなく見せたり貸したりしてくださった真壁邦子さん（真壁仁の長男で故人の康夫さんのお連れ合い）、真壁家や親族の系図などをていねいに教えてくださった鈴木典夫さん（真壁仁の次男仁吉さんの長男）。こころより感謝申し上げます。

邦子さんや典夫さんには、また、真壁仁のたくさんの写真を貸していただいた。その中の何葉かを本書で使わせていただいた。真壁仁が逝って二一年後の一九九五年七月三一日、八二歳で逝去された妻きよのさんと、同じ年の二月一日に六一歳で亡くなられた長男の康夫さんのことを書けなかったことが心残りとなっている。仁が社会的実践と表現活動で多忙になり、田畑に出られなくなる一九五〇年代末から真壁家の農作業を担ってこられたきよのさん、康夫さん、そして一九五九年に康夫さんのもとに嫁いでこられた農業経験の全くなかった邦子さんの側から、真壁仁を見る視点が必要だったのだが、書けなかった。

そのことは、本書の大きな欠落であり、書き手であるぼく自身の欠落の部分である。

真壁の貴重な手帳・日記・掲載紙誌などを、早くから、誰もが使いやすいように年代順にきちんと整理しておいてくださったのは、黒川能研究者で現在島根県在住の民俗学者石山祥子さんである。とても助けられた。面識はないが感謝を申し上げたい。

『地下水』でお世話になった斎藤たきち、木村廸夫、星寛治、川田信夫、須貝和輔、長瀬ひろ子、相馬直美、梅津保一、鈴木実、吉田達雄、菅野健吉、大場義夫、菊池卓大……のみなさんには、長い間支えられ励まされてきた。とくに須貝和輔さんからは貴重な資料の存在を示唆されたり、しばしばお便りでも多くのことを教えていただいた。みなさんありがとうございました。

『地下水』は真壁が創設し主宰してきた山形農民文学懇話会の機関誌である。一九五七年に創刊され、二〇一五年に五〇号を迎えたロングランの農民文学の運動誌である。そのような大切な『地下水』の同人に、二〇〇〇年頃から門外漢の自分が加えていただいたことを、ずっと申し訳ないことと思ってきた。本書がさらにいっそう、同人のみなさんにご迷惑をかけることにならないことを願うのみである。

斎藤太吉（たきち）さんと奥様の幸子さんには、山形へ行くたびにお家に呼んでいただいたり、ご馳走になったりした。五〇年代の山形の文化サークル運動にかかわっていく頃の真壁仁の様子などを、お二人の体験を通して面白く教えていただいた。斎藤農園のリンゴやラフランス、ブドウ、スモモなどの野趣あふれる果物の味に魅了された人は全国各地にいる。ぼくもその一人である。ごちそうさまでした。残念にして痛苦なことは、昨年の一〇月一二日に斎藤たきちさんが八五歳で他界されてしまい、本書を読んでもらうことができなかったことである。

出版大不況のこの時節に、本書の刊行を応援してくださったアートフロントギャラリーの前田礼さんと、厄介な編集を引き受け、的確な指摘を与えつづけてくださった現代企画室の小倉裕介さんに感謝申し上げます。前田さんは一九八〇年代の反アパルトヘイト運動時代からの若い友人で、ぼくなど想像もできなかった壮大な運動「アパルトヘイトノン否！ 国際美術展」を中心になって企画・運営された方である。

本当に最後になってしまったが、なかなか書けず仕事部屋にこもって唸ってばかりいたぼくを、〝まだやってんの！〟と笑いながらも応援しつづけてきてくれた、わが連れ合いに、心を込めて、〝ありがとう〟のことばを送ります。

楠原　彰

二〇二〇年春

付記　さいごに「二〇二〇年春」と記して本稿を編集に届けたが、その直後から日本も世界も歴史の大きな転換を思わせるに十分な事態に遭遇している。〈憂春〉である。未来の展望が過去を省みることのなかにしか見いだせないものであるとしたら、野の詩人・真壁仁の生きぬいた歴史のなかにも、ぼくたちはそれに資するものを発見できるかもしれない。

［著者略歴］

楠原　彰（くすはら　あきら）
1938（昭和13）年新潟県の農村に生まれる。大学・大学院で教育学を専攻し、大学の教員となる。未然の可能性を秘めたたくさんの若者たちと教室の外に広がる豊かな生活世界（現場）に学びながら、また、アフリカやアジア諸地域に暮らす様々な人々の剥き出しの生と直接触れ合いながら、歩きつづけてきた。多くの欠落や錯誤を抱えながらも。
長くかかわったアパルトヘイトに反対する市民運動から、国家・国境を超える視点がないと近くの人や物さえ見えなくなること、そして、山形の真壁仁からは自らの根を持つことの大切さ、根を深く掘り下げることをおろそかにすると、どこにも、何にも到達できないことを教えられた。

主な著書に、『自立と共存』（亜紀書房、1976年）、『アフリカは遠いか』（すずさわ書店、1981年）、『アフリカの飢えとアパルトヘイト』（亜紀書房、1985年）、『アパルトヘイトと日本』（亜紀書房、1988年）、『南と北の子どもたち』（亜紀書房、1991年）、『世界と出会う子ども・若者たち』（編著、国土社、1995年）、『セカイをよこせ！　子ども・若者とともに』（太郎次郎社、1999年）、『学ぶ、向き合う、生きる』（太郎次郎社エディタス、2013年）などがある。
共訳書に、パウロ・フレイレ『被抑圧者の教育学』（亜紀書房、1979年）、同『伝達か対話か』（亜紀書房、1983年）がある。

野の詩人　真壁仁　その表現と生活と実践と

2020年6月15日　初版第一刷発行

定価　2,800円＋税

著者　楠原彰

装幀　上浦智宏（ubusuna）

発行者　北川フラム

発行所　株式会社現代企画室

東京都渋谷区猿楽町29-18　ヒルサイドテラスA棟

tel. 03-3461-5082 / fax. 03-3461-5083

http://www.jca.apc.org/gendai

印刷・製本　中央精版印刷株式会社

ISBN978-4-7738-2003-4 C0095 Y2800E